BASTEI
LÜBBE
TASCHENBUCH

Weitere Titel der Autorin:

Perfect Passion – Stürmisch
Perfect Passion – Verführerisch
Perfect Passion – Sündig
Perfect Passion – Feurig
Perfect Passion – Fesselnd
Perfect Passion – Berauschend

Perfect Touch – Ungestüm
Perfect Touch – Intensiv
Perfect Touch – Ergeben
Perfect Touch – Untrennbar
Perfect Touch – Vereinigt

Perfect – Für immer verführt (enthält die Kurzromane Perfect Passion – Verführt und Perfect Touch – Für immer)

Wild Games – In einer heißen Nacht
Wild Games – Mit einem einzigen Kuss
Wild Games – In deinen starken Armen
Wild Games – Ein verführerisches Spiel

Über die Autorin:

Jessica Clare lebt mit ihrem Mann in Texas. Ihre freie Zeit verbringt sie mit Schreiben, Lesen, Schreiben, Videospielen und noch mehr Schreiben. Ihre Serie *Perfect Passion* erschien auf den Bestseller-Listen der *New York Times*, der *USA Today* und des *Spiegel*.
Mehr Information unter: www.jillmyles.com

JESSICA CLARE

schreibt als JESSICA SIMS

MIDNIGHT LIAISONS

Zum Biss verführt

Aus dem amerikanischen Englisch von
Melike Karamustafa

BASTEI LÜBBE TASCHENBUCH

BASTEI LÜBBE TASCHENBUCH
Band 17864

Dieser Titel ist auch als E-Book erschienen

Vollständige Taschenbuchausgabe

Titel der Originalausgabe: »Desperately Seeking Shapeshifter«
Originalverlag: Pocket Books, a Division of Simon & Schuster, Inc., New York
vermittelt durch Mohrbooks AG Literary Agency

Titelredaktion: Julia Feldmann
Titelillustration: © Plus69/Thinkstock; Guter Punkt; kapitanyphotos/
Thinkstock; © LiukasArt/Shutterstock
Umschlaggestaltung: Guter Punkt, München | www.guter-punkt.de
Satz: hanseatenSatz-bremen, Bremen
Gesetzt aus der Adobe Garamond Pro
Druck und Verarbeitung: CPI books GmbH, Leck – Germany
ISBN 978-3- 404-17864-3

2 4 5 3 1

Sie finden uns im Internet unter
www.luebbe.de
Bitte beachten Sie auch: www.lesejury.de

Für Micki!

Vielen Dank, dass du mir die Möglichkeit gegeben hast, mich hiermit etwas abseits der üblichen Pfade zu wagen.

Kapitel eins

Meine Schwester lag in einem Krankenhausbett, und es war meine Schuld.

Okay, der ein oder andere würde vielleicht argumentieren, dass die beiden Wendigos, die sie entführt und angegriffen hatten, für ihren Zustand verantwortlich waren. Oder auch das brennende Gebäude, aus dem sie sich nur mit einem Sprung aus dem ersten Stock in den Garten hatte retten können. Bathsheba hatte das Feuer selbst gelegt, um den noch lebenden Wendigo zu zwingen, die Villa zu verlassen und sich dem mächtigen Werpuma Beau Russell – Anführer der Übernatürlichen Allianz – zu stellen.

Aber ich wusste, wessen Schuld es in Wirklichkeit war. Meine. Wenn meine Schwester nicht mit allen Mitteln versucht hätte, mich zu beschützen, dann läge sie jetzt nicht im Krankenhaus. Wenn Bath nicht ständig das Gefühl hätte, ihre kleine Schwester im Auge behalten zu müssen – diese völlig kaputte kleine Schwester, die ihren eigenen Körper nicht unter Kontrolle hatte –, dann könnte sie ein normales Leben führen. Eines, in dem ihr größtes Problem darin bestand, die Kinder rechtzeitig beim Ballettunterricht oder Fußballtraining abzuliefern. Stattdessen steckte sie bis zum Hals in einem Leben, das aus übernatürlichen Kreaturen bestand, und brachte sich ständig in Gefahr – meinetwegen. Eine Situation, mit der wir seit Jahren lebten und die trotzdem niemals wirklich einfacher wurde.

Ich nahm ihre Hand in meine. Bathsheba war schon immer groß und stark gewesen, schon als wir noch Kinder waren. Ich dagegen war die Kleine, Zierliche, die beschützt werden musste.

Doch jetzt, in diesem Krankenhausbett, mit einem Infusionsschlauch am Arm, das Gesicht beinahe genauso blass wie ihre hellblonden Haare, wirkte sie zerbrechlich. Ihr ganzer Körper war von Schnittwunden und blauen Flecken übersät, und sie hatte zwei gebrochene Rippen. Lange, tiefe Kratzer zogen sich quer über ihren Oberkörper, wo der Wendigo seine Klauen hineingeschlagen hatte.

Die widerlichen Kreaturen hatten sie ausgetrickst, sie glauben lassen, dass ich mich in ihrer Gewalt befinde. Und Bathsheba war ihnen, ohne nachzudenken, direkt in die Arme gelaufen, um mich zu retten. Sie hatte von Anfang an gewusst, dass es eine dumme Idee war, dass sie ein Himmelfahrtskommando bestritt, aber es war ihr egal gewesen. Für sie hatte einzig der Gedanke gezählt, mich beschützen zu wollen. Mich, eine Werwölfin. Eine Übernatürliche, die von einem Menschen beschützt werden musste. Die Ironie dahinter war schon fast zum Lachen. Aber mir war nicht nach Lachen zumute, dafür war der Kloß in meinem Hals viel zu dick.

Die Tür wurde geöffnet, und ein großer, gut aussehender Mann kam herein. Beau hatte dunkle Ringe unter den Augen, und sein Haar stand in alle Richtungen vom Kopf ab. Er sah aus, als hätte er seit Tagen keinen Schlaf bekommen.

Leise schloss er die Tür hinter sich und trat dann neben Bathshebas Bett, um sich auf den leeren Besucherstuhl neben dem Kopfende zu setzen. Zärtlich nahm er ihre Hand in seine. Mit ernster Miene betrachtete er sie, als wollte er jeden Atemzug überprüfen, um sicher sein zu können, dass es ihr gut ging. Der schmerzhafte Ausdruck in seinen Augen spiegelte meine eigenen Gefühle wider.

»Danke, dass du gekommen bist«, sagte ich leise.

Beau sah mich an. »Ich werde nicht von ihrer Seite weichen.« Als wollte er seine Worte damit unterstreichen, drückte er ihre Hand fester, wobei er darauf achtete, nicht an den Infusionsschlauch zu kommen. »Die Wendigos haben uns kalt erwischt. So etwas wird nie wieder vorkommen.«

Bath und ich waren so beschäftigt damit gewesen, das Wolfsrudel im Auge zu behalten, dass wir für alle anderen Dinge, die um uns herum vorgegangen waren, blind gewesen waren. Dann hatte das Rudel Savannah – Russells Werpuma-Cousine – gekidnappt, um die Allianz zu zwingen, den mysteriösen weiblichen Wolf an sie auszuliefern, der sich in ihrem Territorium aufhielt. Mich. Doch die Allianz hatte mich nicht ausgeliefert, und ich war mir nicht ganz sicher, ob ich dankbar sein oder mich vielmehr schuldig fühlen sollte, dass die Wölfe Savannah noch immer nicht freigelassen hatten. Wie es aussah, trug ich in letzter Zeit an vielen schrecklichen Dingen, die um mich herum passierten, die Schuld.

»Gibt es Neuigkeiten von deiner Cousine?«, fragte ich leise, um Bath nicht zu wecken.

»Sie ist immer noch verschwunden«, antwortete Beau. »Das Wolfsrudel legt ständig falsche Spuren, um uns abzulenken. Meine Brüder haben die ganze letzte Woche damit verbracht, ihrem eigenen Schwanz hinterherzujagen.« Wütend biss er die Zähne zusammen, sodass seine starken Kiefermuskeln hervortraten. »Aber wir werden sie finden. Es ist nur eine Frage der Zeit.«

Nur dass Savannah keine Zeit hatte. Sie war kurz davor gewesen, läufig zu werden, als die Wölfe sie gekidnappt hatten. Seit der Entführung war viel Zeit vergangen, und alle Männchen, die von ihrer Läufigkeit betroffen waren, hatten versucht, sich so gut wie möglich mit Alternativen zu behelfen. Die meisten Mitglieder des Russell-Clans hatten sich ein Date für die Nacht genommen. Beau war mit meiner Schwester zusammen gewesen. Aber wen sollte Savannah nehmen, wenn alle Männer, die zur Verfügung standen, Wölfe waren? Die Triebe würden immer stärker werden, bis sie das Bedürfnis nach Sex halb verrückt machen würde. Und sie war gefangen … Ein weiteres Leben, das zerstört werden würde, um meines zu retten.

Als ich den Blick wieder auf das blasse Gesicht meiner Schwester richtete, stieg angesichts der Ungerechtigkeit all der Ereignisse bittere Galle in meiner Kehle auf. »Ich sollte mich ihnen ausliefern.«

»Nein«, sagte Beau. »Es steht ihnen nicht zu, irgendwelche Dinge zu verlangen und zu erwarten, dass wir uns ihrem Willen beugen. Die Tage, in denen alle anderen Übernatürlichen in Angst und Schrecken vor den Werwölfen leben mussten, sind vorbei. Sie müssen endlich lernen, sich wie zivilisierte Menschen zu benehmen.«

Nur dass sie keine zivilisierten Menschen waren, sondern Werwölfe, die sich einen Dreck um menschliche Gesetze kümmerten, wenn sie ihnen nicht in den Kram passten. Genauso wenig wie um die Gesetze der Allianz. Wenn sie etwas wollten, dann nahmen sie es sich, und jeder, der sich ihnen in den Weg stellte, wurde bedroht. Kein Übernatürlicher würde jemals zur Polizei gehen – die würde viel zu viele Fragen stellen, und kein Außenstehender durfte erfahren, dass die seltsamen Dinge, die sich in der Nacht abzuspielen schienen, wirklich geschahen. Und weil sich niemand traute, etwas gegen die Wölfe zu sagen, konnten sie sich herausnehmen, was immer sie wollten. Die Allianz bekämpfte ihre Machenschaften, jedoch war das nicht wirklich leicht, wenn man sich selbst an die Regeln hielt, die der Gegner ignorierte.

»Aber wir müssen irgendetwas tun.« Ich hörte selbst, wie verzweifelt ich klang. Traurig strich ich Bathsheba eine lange Strähne ihres blonden Haars über die Schulter. »Ich will nicht, dass noch irgendjemand wegen mir verletzt wird. Wie viele Leben ist meines wert?«

Beau sah mich streng an, widersprach mir aber nicht. Er war hin- und hergerissen, das wusste ich. Er wollte mich beschützen, um meine Schwester glücklich zu machen, aber meine Sicherheit kostete Savannahs Freiheit, und das konnte er genauso wenig zulassen. Beau saß in der Falle – genau wie ich. Es war eine Situation, in der jede Partei nur verlieren konnte. Das Rudel wollte mich, weil es zu wenige weibliche Werwölfe gab. Jedes andere Rudel in der Gegend schien ebenfalls nur eine Wölfin, höchstens zwei zu haben. Das Rudel, das mich suchte, bestand aus sieben Männern und einer Frau – ihrer Schwester. Sie wollten mich als Paarungspartnerin, und sie würden ein Nein als Antwort nicht akzeptieren.

Beau fuhr sanft mit den Fingerspitzen über Bathshebas Wange, während er sie von oben bis unten musterte, um sicherzugehen, dass jeder Verband und jede Nadel an der richtigen Stelle saß und nichts verrutscht war. Anschließend überprüfte er den Infusionsschlauch und die Vitalwerte, die auf einem Monitor neben dem Kopfteil des Bettes angezeigt wurden. Dann strich er das gestärkte weiße Laken glatt. Er sorgte für sie, solange sie es nicht selbst tun konnte.

Genau das will ich auch, dachte ich sehnsüchtig. Einen Partner, der auf mich aufpasst, wenn ich selbst nicht dazu in der Lage bin. Als mir ein plötzlicher Gedanke durch den Kopf schoss, setzte ich mich kerzengerade auf. So gleichgültig wie möglich fragte ich: »Was würde passieren, wenn ich einen Partner hätte?«

Beau zog fragend die Augenbrauen hoch. »Ich glaube, ich kann dir nicht ganz folgen.«

»Was wäre, wenn mich das Wolfsrudel für sich beanspruchte, ich aber schon einen Partner hätte?«

»Ein Partner genießt immer das Vorrecht. Er würde in der Rangordnung automatisch höher stehen als die Wölfe«, sagte Beau, während er nachdenklich mit den Fingern meiner Schwester spielte. »Du könntest ein offizielles Mitglied des Rudels sein, müsstest aber nicht mit ihm leben. Außerdem wärst du nicht gezwungen, dich mit den Mitgliedern des Rudels zu paaren. Du wärst sozusagen vom Markt. Partnerschaften sind unverletzlich und dürfen nicht angegriffen werden.«

Das war perfekt! Vor Freude wäre ich beinahe auf meinem Stuhl auf und ab gehüpft. »Dann will ich genau das tun! Ich brauche einen Fake-Partner. Wir arrangieren ein Treffen mit den Wölfen, bestehen darauf, dass sie Savannah mitbringen, und sobald sie in Sicherheit ist, packen wir in letzter Sekunde die Partner-Geschichte aus.«

Beau dachte einen Augenblick über meinen Plan nach, bevor er antwortete: »Nicht gerade die feine englische Art.«

»Nichts Neues für die Wölfe also. Wenn sie sich nicht scheuen, sich die Finger schmutzig zu machen, sollten wir es auch nicht tun.«

Ein verhaltenes Grinsen zerrte an seinen Mundwinkeln. »Stimmt auch wieder. Aber bist du dir sicher, dass du das durchziehen willst? Damit würdest du dich ziemlich unbeliebt bei ihnen machen.«

Natürlich war ich mir alles andere als sicher, dass ich es durchziehen wollte. Aber es war nicht gerade so, als hätten wir einen Plan B, und je länger wir untätig blieben, desto länger musste die arme Savannah meinetwegen leiden.

»Hundertprozentig sicher«, sagte ich mit mehr Überzeugung in der Stimme, als ich verspürte. »Sie haben mich ohnehin schon im Visier – viel schlimmer kann es kaum werden. Außerdem habe ich die Schnauze voll davon, immer Angst haben zu müssen, dass sie mich finden. Wir brauchen also nur noch einen Freiwilligen, der bereit ist, meinen Partner zu spielen. Glaubst du, Joshua würde es machen?«

Joshua war der zweitälteste Bruder im Russell-Clan. Er war freundlich, charmant – wenn er wollte – und flirtete gern. Außerdem kam ich gut mit ihm aus. In seiner Nähe fühlte ich mich so wohl, dass ich absolut kein Problem damit gehabt hätte, ihn für einige Stunden als meinen Partner auszugeben.

Beau schüttelte den Kopf. »Joshua ist der Falsche für den Job.«

All meine Hoffnungen lösten sich augenblicklich in Luft auf. »Warum?«

»Sie würden mit ihm um dich kämpfen. Wir brauchen jemanden, den sie sich nicht herauszufordern trauen würden.« Beau verzog den Mund zu einem verschlagenen Grinsen. »Wir werden dich mit Ramsey verkuppeln.«

In letzter Sekunde unterdrückte ich einen überraschten Aufschrei, um Bath nicht zu wecken, und musste husten. »Äh, Ramsey? Ist das dein Ernst?«, fragte ich ungläubig, als ich wieder Luft bekam.

Beau grinste mich noch immer breit an. »Das wird funktionieren. Sie würden Ramsey niemals herausfordern, sie werden viel zu viel Angst vor ihm haben.«

Natürlich würden sie Angst vor ihm haben. *Ich* hatte Angst vor ihm. Ramsey Bjorn war ein Werbär und genauso groß und muskulös, wie man sich so eine Kreatur vorstellte. »Ich weiß nicht, ob …«

»Das ist eine wirklich gute Idee, Sara«, sagte Beau begeistert, erhob sich halb von seinem Stuhl und beugte sich über das Bett, um mir die Haare zu verstrubbeln. Dann warf er einen Blick auf meine Schwester. »Bleib bei ihr. Ich werde mit Ramsey über deinen Plan sprechen. Er müsste immer noch draußen im Wartebereich sitzen. Wir sollten das also schnell geklärt haben.«

Als er sich umdrehte und zur Tür ging, schaffte ich es, ein zittriges »Warte!« herauszupressen.

Beau drehte sich zu mir um. Er wirkte ungeduldig. Ich kannte diesen Gesichtsausdruck inzwischen nur zu gut – er hatte einen Plan, und er wollte ihn durchziehen.

Alles, was ich tun musste, war, für ein paar Stunden Ramseys Partnerin zu spielen. Natürlich konnte ich das. Ich schluckte, überlegte.

»Hast du deine Meinung geändert?«

»Nein«, log ich. »Aber wenn wir das hier durchziehen, müssen wir Bath gegenüber so tun, als wäre es deine Idee gewesen. Sie würde nicht mitspielen, wenn sie wüsste, dass ich mich selbst in Gefahr bringe.«

Beau nickte. »Kein Problem. Aber du wirst nicht in Gefahr geraten, dafür werden wir sorgen.«

Keine Gefahr? Er war offensichtlich um einiges zuversichtlicher als ich.

Nachdem Beau das Zimmer verlassen hatte, dachte ich über Ramsey nach. Diesen riesigen, mürrischen Berg von einem Mann, dessen Freundin ich würde spielen müssen. Ich musste wirklich lernen, meine Klappe zu halten.

Beau kehrte ein paar Minuten später zurück, einen überdimensionalen Schatten im Schlepptau. Ramsey.

Ich sprang auf und wischte meine schweißnassen Handflächen an der Jeans ab. Verdammt, ich hatte tatsächlich vergessen, *wie* groß er war.

Die beiden quetschten sich durch die Tür, und Ramsey trat einen Schritt vor, auf mich zu.

Plötzlich hatte ich Angst. War er wütend über Beaus Vorschlag? Glaubte er, dass ich ihn für die Aufgabe vorgeschlagen hatte? Während er näher kam, hob ich herausfordernd das Kinn, fest entschlossen, mich nicht von ihm einschüchtern zu lassen. Er sollte auf keinen Fall merken, wie klein und hilflos ich mich ihm gegenüber fühlte.

Ramsey blieb dicht vor mir stehen und musterte mich von oben bis unten, bevor er den Mund verzog und feststellte: »Du bist also meine Partnerin.«

»Das bin ich«, sagte ich herausfordernd.

Mit einem unbestimmten Grunzen wandte er sich zu Beau um. »Ich bin dabei.«

Kapitel zwei

Als die Dämmerung hereinbrach, hockte ich zusammengekauert im nassen Gras und dachte an Kaninchen. Ich musste zum Wolf werden. Die Notwendigkeit der Verwandlung zerrte an meinen Muskeln, ich konnte an nichts anderes denken. Verzweifelt grub ich die Finger zwischen die taufeuchten grünen Halme und versuchte angestrengt, den endlosen Gedankenstrom in meinem Kopf zu stoppen. Heute war ein wichtiger Tag. Ein großer Tag. Ein beängstigender Tag. Und was passierte, wenn ich Angst hatte? Mein Körper wehrte sich gegen die Furcht, indem er versuchte, seine Wolfsgestalt anzunehmen. Es war wichtig, dass ich heute besonders ruhig und cool wirkte, deswegen musste ich mich jetzt verwandeln, den Wolf aus meinem Kopf bekommen, bevor mir später, wenn ich das Gefühl hatte, flüchten zu müssen, graue Haare und ein Schwanz wuchsen.

Ich kauerte mich noch dichter auf dem Boden zusammen, versuchte, meinen Kopf frei zu bekommen, und dachte wieder an Kaninchen. Meine Wolf-Seite mochte den warmen, salzigen Geschmack von Kaninchen, noch roh, blutig und frisch nach der Jagd. An den meisten anderen Tagen versuchte ich möglichst zu vermeiden, an Kaninchen zu denken. Ich hatte festgestellt, dass sie den Wolf in mir hervorriefen, und das war normalerweise das Letzte, was ich beabsichtigte. Aber heute musste ich es durchziehen, und zwar möglichst schnell.

Als würdest du ein Pflaster abreißen, ermutigte ich mich, bevor ich die Augen schloss. Ein dumpfes Pochen setzte hinter meinen Schläfen ein, doch anstatt vor dem Schmerz davonzulaufen, stellte ich mich ihm. Der Schmerz war für gewöhnlich der Vorbote der Verwandlung. Ich konzentrierte mich darauf, zwang ihn, sich in Richtung Stirn zu bewegen. Vor Anstrengung brach mir der Schweiß aus, und ich begann zu zittern. Bisher hatte ich keinen einzigen Muskel bewegt. Mein Körper fühlte sich gut an. Mein Gehirn schien dagegen jede Sekunde explodieren zu müssen.

Hinter meinen geschlossenen Lidern tanzten rote Sterne, Blitze zuckten. Ich biss mir auf die Lippe und konzentrierte mich noch stärker. Irgendwo in mir drin steckte dieser verdammte Wolf, ich wusste es. Alles, was ich tun musste, war, diesen kleinen wilden Teil meines Gehirns zu finden, der sich jedes Mal versteckte, wenn ich aktiv danach suchte.

Ich hielt inne, öffnete die Augen. Irgendetwas hatte meine Aufmerksamkeit erregt. Vorsichtig sah ich mich in dem riesigen Garten der Russells um. Er schloss sich an ein Haus an, das man eher als Studentenwohnheim denn als Anwesen bezeichnen musste. Wie in einer übernatürlichen Version der Serie The Brady Bunch diente die große renovierte Villa den Werpumas als Zuhause. Und das riesige Stück Land um das Haus herum zählte ebenfalls zu ihrem Besitz. Genug Platz für eine Familie von Gestaltwandlern.

Ich stand auf und wischte mir den Schweiß von der Stirn. Aufmerksam musterte ich meine Umgebung. Da war es wieder. Der Wind hatte sich gedreht. Ich roch etwas.

Langsam wandte ich mich der nahe gelegenen Scheune zu, aus der die Fährte gemischt mit dem Geruch nach Dreck, Benzin und Staub zu kommen schien.

»Wer ist da?«

Einige Sekunden passierte nichts. Doch gerade, als ich das Ganze als Einbildung abtun wollte, löste sich eine große Gestalt aus dem Schatten der Scheune. Ramsey. Mein Beschützer und brandneuer »Partner«.

Ein leichtes Unbehagen ließ mich frösteln, und ich richtete mich gerade auf, um mir meine Unsicherheit nicht anmerken zu lassen, als er langsam auf mich zukam. Beim Gedanken daran, dass wir ganz allein hier draußen waren, begann mein Herz in einem wilden, unregelmäßigen Rhythmus zu schlagen. Ich versuchte, tapfer zu sein, doch mein ganzer Körper zitterte vor Anspannung. Er war jederzeit bereit zu fliehen. Ich ballte die Hände zu Fäusten, biss die Zähne zusammen und zwang mich, an Ort und Stelle stehen zu bleiben, obwohl sich mir vor Widerwillen die Nackenhaare sträubten. *Ich habe keine Angst vor Ramsey. Ich habe keine Angst.* Wenn ich den Satz oft genug wiederholte, würde ich ihn irgendwann vielleicht sogar glauben.

Ramsey kam noch immer näher. Es war nicht schwer, Angst vor ihm zu haben. Die meisten Gestaltwandler sahen wie ganz normale Menschen aus. Beau war ein großer, schlanker Mann mit gestyltem, dichtem braunem Haar und einem verwegenen Grinsen. Nichts an seinem Äußeren ließ erahnen, dass er ein Werpuma war. Bis auf die Tatsache vielleicht, dass er in Anwesenheit meiner Schwester manchmal zu schnurren begann. Was ich irgendwie süß fand.

Aber Ramsey Bjorn war alles andere als ein normaler Mensch. Er war so riesig, wie der Grand Canyon riesig war – der größte Mann, dem ich in meinem ganzen Leben begegnet war. Er musste mindestens zwei Meter groß sein, mit Schultern, so breit, dass er vermutlich schon im ein oder anderen Türrahmen stecken geblieben war. Harte Muskeln spannten sich unter seiner Haut, und der Umfang seiner Oberarmmuskeln war vermutlich größer als der meiner Taille. Er hatte zerzauste dunkelblonde Haare, die ihm so wirr in die Stirn fielen, dass ich stark vermutete, dass er sie sich selbst schnitt. Er trug beinahe immer denselben mürrischen Ausdruck im Gesicht. Und um dem Klischee endgültig gerecht zu werden, hatte ich ihn noch nie in etwas anderem gesehen als in langärmligen Holzfällerhemden und Jeans.

Dicht vor mir blieb er endlich stehen. Den Mund zu einem harten Strich zusammengepresst, den Kiefer angespannt. Ich vermutete, dass dies seine Art war, Hallo zu sagen.

Mit einem übertrieben fröhlichen Lächeln rieb ich mir über die Arme, als würde ich in der frischen Morgenluft frösteln. »Morgen, Ramsey. Ziemlich kühl draußen, oder?«

»Nein.«

Ups. Natürlich. Gestaltwandler hatten ein anderes Kälteempfinden als Menschen. Die Ausrede würde mir also auch keiner mehr abnehmen, jetzt, wo jeder wusste, was ich war.

Ich starrte zu ihm hoch. Ramseys Einsilbigkeit führte dazu, dass ich umso mehr das Bedürfnis verspürte zu reden. Ich wollte die unangenehme Stille füllen.

»Also«, sagte ich mit einem strahlenden Lächeln, »ich werde langsam reingehen. Bathsheba macht wahrscheinlich gerade Frühstück, und ich sollte ihr besser helfen …«

Ramsey legte eine seiner riesigen Hände auf meine Schulter.

Ich zuckte zusammen, bevor sich mein Körper in einer Art Schockstarre versteifte.

Hastig zog er seine Hand zurück, als hätte er sich verbrannt, und starrte mit demselben mürrischen Gesichtsausdruck auf mich herab. »Ich werde dir nicht wehtun«, sagte er mit tiefer Stimme.

Schnell knipste ich wieder mein strahlendes Lächeln an. »Oh … ja, natürlich, das weiß ich. Nur eine blöde Reaktion meines Körpers. Eine Gewohnheit. Mach dir deswegen keine Gedanken.« Und als ob mir das Wort Lügnerin nicht sowieso schon breit auf der Stirn geschrieben stand, wich ich auch noch instinktiv einen Schritt zurück. Ich litt ganz eindeutig unter Vertrauensproblemen.

Ramsey verschränkte die Arme vor der Brust, als wollte er mir damit versichern, dass er mich nicht noch einmal berühren würde. »Ich wollte reden. Vorher.«

Für Ramseys Verhältnisse war das schon beinahe Small Talk. Ich hob den Kopf und sah ihm fest in die Augen. Seine massige Gestalt machte mir noch immer Angst, alles andere wäre gelogen gewesen, aber ich war im Laufe der Zeit sehr gut darin geworden, Dinge vorzutäuschen. Ich versuchte, möglichst gleichgültig zu klingen, als ich fragte: »Worüber?«

»Deinen Plan.«

»Du meinst Beaus Plan? Wir müssen so tun, als hätte *er* die Idee gehabt. Sonst macht Bath niemals mit.«

Meine Schwester hatte eine große Schwachstelle – und die hieß Sara Ward. Wenn sie Wind davon bekam, dass dieser gefährliche, vollkommen verrückte, schrecklich Furcht einflößende Plan auf meinem Mist gewachsen war, würde sie ihn sofort in der Luft zerreißen. Wenn sie davon ausging, dass Beau ihn sich überlegt hatte, wäre sie nicht ganz so abgeneigt. Sie vertraute ihm. Ich war mir nicht ganz sicher, ob ich deswegen eher verletzt oder amüsiert sein sollte.

Ramsey ignorierte meinen Einwand. »Es ist ein dummer Plan.«

Okay. Er war wirklich nicht gerade Casanova.

Ich stemmte die Hände in die Hüften. »Es ist zu spät, um ihn als ›dumm‹ zu bezeichnen. Ich wollte Joshua, aber Beau hat darauf bestanden, dass du es machst. Und du hast zugestimmt. Es ist also ein bisschen spät, um sich aus der Verantwortung zu ziehen. Abgesehen davon ist es der einzige Plan, den wir haben.«

»Ich weiß«, sagte er schroff. »Das ist schlecht für dich. Nicht für mich.«

Der Plan war tatsächlich nicht optimal, aber das Treffen fand heute statt, und uns würde nichts anderes übrig bleiben, als es durchzuziehen. Ich seufzte, bevor ich mit dem Daumen in Richtung Haus deutete. »Okay, wie du meinst. Gehen wir jetzt frühstücken?«

Doch er rührte sich keinen Zentimeter von der Stelle, starrte mich nur weiter an. »Was hast du hier draußen gemacht? So früh?«

Ich hatte keine Lust, darüber zu reden. Es war mir schon peinlich genug, wenn ich mich vor meiner Schwester verwandelte. »Ich wollte nur ein bisschen frische Luft schnappen, aber jetzt gehe ich wieder rein. Und du solltest auch mitkommen und was essen. Du brauchst die Energie, der Tag wird anstrengend.«

Ein Ausdruck, den ich nicht richtig deuten konnte, huschte über sein Gesicht, und ich trat vorsichtshalber noch einen Schritt zurück. Selbst nach all den Jahren reagierte mein Körper noch auf die kleinsten Anzeichen männlicher Reizbarkeit.

Er wandte sich um und starrte in die aufgehende Sonne. »Geh schon vor. Ich komme gleich nach.«

Das musste er mir nicht zweimal sagen. Ich nahm die Beine in die Hand und rannte in Richtung Haus.

Meine Schwester roch nach Puma.

Ich versuchte, höflich zu sein und mir nicht anmerken zu lassen, dass ich sie ertappt hatte, und schnappte mir schnell die am wenigsten knusprigen Scheiben Speck aus der Pfanne. Der Wolf in mir mochte Fleisch am liebsten halb roh.

Bath sah besorgt aus. Sie hatte die hellen Augenbrauen so eng zusammengezogen, als gäbe es ein Problem, das sie einfach nicht lösen konnte.

Ich ignorierte den erstickenden Geruch nach Katze und beugte mich vor, um ihr einen Kuss auf die Wange zu geben. »Glaub mir, es wird heute gut laufen«, sagte ich beruhigend. »Vertrau uns. Vertrau Beau.«

Sie lächelte mich an, doch ich konnte sehen, wie ihre Mundwinkel zitterten. »Ich vertraue dir. Das ist der beste Plan, um Savannah zu befreien. Ich weiß es. Es ist nur … Ich mache mir Sorgen. Das ist alles.« Sie musterte meine leuchtend blauen

Haare und den schwarzen Eyeliner, mit dem ich meine Augen umrandet hatte.

Normalerweise trug ich meine Haare zu einem kinnlangen, seidigen Bob geschnitten – hübsch, schlicht und vor allem unauffällig. Die perfekte Frisur, wenn man sich so unsichtbar wie möglich machen wollte. Doch angesichts des bevorstehenden Treffens hatte ich das Bedürfnis verspürt, mich zu bewaffnen. Und als ich in der vergangenen Nacht nicht hatte schlafen können, war ich aufgestanden, hatte meine Haare gebleicht, bis kein Braun mehr zu sehen gewesen war, und ihnen anschließend eine blaue Tönung verpasst. Die daraus hervorgegangene Haar-Katastrophe war steif, filzig und neonblau, aber ich fühlte mich besser, stärker. Erst recht in Kombination mit dem übertriebenen Make-up und der gewagten Kleidung. Wenn mich die Wölfe für tough hielten, würde ich mich selbst vielleicht auch nicht mehr wie ein kleines, verängstigtes Kaninchen fühlen.

Wölfe *fressen* Kaninchen, schoss es mir durch den Kopf, und sofort musste ich an das warme Blut denken, das mein Maul ausfüllen würde, wenn ich in das Bein eines Hasen biss, der sich mit aller Kraft gegen meine langen Reißzähne zur Wehr setzte. Ich schluckte schwer und zwang meine Gedanken in eine andere Richtung.

Sechs Russells – Brüder und Cousins von Beau – saßen um den riesigen Küchentisch und verschlangen in einem beeindruckenden Tempo alles, was Bath ihnen vorsetzte. Während ich mit meiner Schwester gesprochen hatte, war auch Ramsey wieder reingekommen und hatte sich ans gegenüberliegende Ende des Tisches gesetzt. Ich konnte spüren, wie er mich anstarrte.

»Wo ist Beau?«, fragte ich. »Und wie geht es deinen Rippen?«

»Meinen Rippen geht es gut. Und Beau zieht sich gerade um«, antwortete Bath abwesend und warf eine weitere Ladung

Speckstreifen in die Pfanne, als könnte das Essen all unsere Probleme lösen. »Sara, ich weiß einfach nicht …«

»Alles wird gut«, wiederholte ich und setzte mich zu den anderen an den Tisch. Ich nahm mir einen Teller und füllte ihn randvoll mit Essen, das ich niemals herunterbekommen würde. Mein Magen fühlte sich auf einmal wie zugeschnürt an; allein beim Gedanken an Rührei mit Speck wurde mir schlecht.

Während die Russells methodisch ihr Frühstück in sich hineinstopften, zerbröselte ich lustlos einen Frühstücksmuffin zwischen den Fingern. An diesem Morgen war niemand besonders gesprächig, und es war mir recht.

Ein paar Minuten später kam Beau herein. Ohne die anderen auch nur eines Blickes zu würdigen, ging er mit wenigen Schritten auf meine Schwester zu, zog ihren Kopf an dem langen blonden Pferdeschwanz zurück und stahl ihr einen Kuss. »Guten Morgen, meine Schöne« hörte ich ihn so leise flüstern, dass klar war, dass seine Worte nur für sie bestimmt waren.

Bath wurde rot.

Die beiden waren süß – auf eine viel zu kitschige Art und Weise. Ich freute mich für meine Schwester. Beau schien ein wirklich netter Kerl zu sein, und Bath war glücklicher, als ich sie jemals erlebt hatte. Trotz ihres Krankenhausaufenthalts und der Angst um mich schien sie vor Glück geradezu zu strahlen.

So lange waren es nur sie und ich gewesen, die mein Geheimnis geteilt hatten. Ein Team. Schwestern und beste Freundinnen in einem. Die Tatsache, dass es nun einen Mann in ihrem Leben gab … Ich war mir nicht mehr sicher, an welcher Stelle ich stand. Ich hasste mich dafür, dass ich überhaupt so dachte. Es erschien mir selbstsüchtig, aber ich wusste einfach nicht mehr weiter. Während ich verzweifelt versuchte, irgendwie mein Leben in den Griff zu bekommen, schien sich für Bath mit einem Mal wie von selbst alles zum Guten zu wenden.

Als ich zur anderen Seite des Tischs hinübersah, begegnete

ich Ramseys durchdringendem Blick. Schnell widmete ich mich wieder dem Speck auf meinem Teller.

Beau trat neben mich, zog einen Stuhl unter dem Tisch hervor und setzte sich rittlings darauf. »Bist du dir sicher, dass du die Sache durchziehen willst, Sara? Deine Schwester hat Bedenken, was meinen Plan angeht.«

Ich nickte und versuchte, dabei möglichst überzeugend zu wirken. »Ich glaube, es ist der beste Weg.«

»Gut. Denn um ehrlich zu sein, haben wir kaum eine andere Möglichkeit. Savannah ist inzwischen nicht mehr läufig. Selbst wenn sie sich nicht an ihr bedient haben … sie wird so oder so in keinem guten Zustand sein.«

»Verdammte Wölfe!«, murmelte Joshua ein paar Plätze weiter, während er sich noch einen Muffin nahm. Sein voller Mund hielt ihn jedoch nicht davon ab, weiter seine Meinung kundzutun. »Am liebsten würde ich mir jeden Einzelnen dieser miesen, dreckigen Bastarde schnappen und erschießen.« Als ich ihn anstarrte, hielt er erschrocken inne. »Sorry, Kleine.«

»Kein Problem«, murmelte ich leise.

Ich wusste, dass Joshua meine Gefühle nicht verletzen wollte. Er liebte mich wie eine kleine Schwester. Aber im Gegensatz zu ihm und den anderen konnte ich einfach nicht vergessen, dass ich selbst einer dieser miesen, dreckigen Bastarde war. Und ich konnte nichts daran ändern.

Kapitel drei

Während der ganzen Fahrt zum Treffpunkt warf mir Bath besorgte Blicke zu, während sie meine Hand fest in ihrer hielt. Ich versuchte, möglichst gelassen zu wirken, da ich wusste, dass sie nach irgendwelchen Anzeichen von Angst in meinem Gesicht suchte, um darauf bestehen zu können, dass wir die ganze Sache abbliesen.

Doch das hätte bedeutet, dass Savannah weiterhin eine Gefangene bleiben und ich die Verantwortung dafür tragen würde. Und die Wölfe würden mich trotzdem bis zum Ende meines Lebens jagen. Außerdem würde ich weiterhin das Monster verbergen, das in mir schlummerte, und mich in Parfüm baden müssen, damit andere Gestaltwandler nicht meine Fährte aufnahmen. Nach sechs Jahren auf der Flucht ermüdete es mich, in Angst leben zu müssen; immer damit rechnen zu müssen, dass die Welt um mich herum zusammenbrechen würde, wenn ich um die nächste Ecke bog; eine falsche Bewegung oder Geste zu machen, die alles ruinieren konnte, wofür wir gekämpft hatten.

Wir fuhren eine Weile über Land, bis wir auf ein verlassenes Feld abbogen, auf dem hohe Gräser und Gestrüpp wucherten. Der Stacheldrahtzaun, der das Grundstück einmal ganz umgeben haben musste, war an mehreren Stellen eingerissen.

Als ich die Autotür öffnete, stieg mir der Geruch nach Aas in die Nase; vermutlich ein Tier, das auf der Straße angefahren und dort verendet war. Dann drehte sich der Wind, und ich roch noch etwas anderes – die schwache Fährte mehrerer Wölfe. Die Haut an meinem Nacken begann zu kribbeln, und mein Mund produzierte auf einmal viel zu viel Speichel. Zwei

Anzeichen dafür, dass ich kurz davor stand, mich in einen Wolf zu verwandeln. Ich versuchte, den Gedanken daran niederzuringen, und biss mir fest von innen in die Wange, um die Kontrolle über meinen Körper zurückzugewinnen. Das hier war der denkbar schlechteste Zeitpunkt.

Als ich sah, wie sich meine Schwester mit gerunzelter Stirn umsah, wusste ich, dass sie nicht ahnte, dass sie bereits ganz in der Nähe waren. Jeder Gestaltwandler in unserer Gruppe dagegen war sich ihrer Gegenwart nur allzu bewusst. Beau wirkte auf einmal angespannt. Joshua und Austin Russell stellten sich neben mich, und über meine Schulter fiel ein mächtiger Schatten. Ich musste mich nicht umdrehen, um zu wissen, dass es Ramsey war, der mich mit seinem starken Körper schützte.

Fort Sara. Als hätte es irgendetwas genützt.

Dann trat Beau einen Schritt vor, und mein Schatten wurde von seinem muskulösen Körper geschluckt. An der Spitze unserer Gruppe wartete er darauf, dass die Wölfe sich zeigten.

Ich biss mir noch fester in die Wange.

Ein paar Minuten verstrichen, dann erschienen sie. Das struppige Gras ging in einiger Entfernung in größere Büsche über, hinter denen mehrere Bäume mit breiten Stämmen standen. Ich hatte bereits vermutet, dass sie sich dort versteckt hielten, und ich hatte recht gehabt. Was ich allerdings nicht erwartet hatte, war, dass sie in Wolfsgestalt erscheinen würden. Der Geruch, der mir im nächsten Augenblick in die Nase stieg, war durchdringend, geradezu überwältigend, und er brachte eine Flut an Erinnerungen mit sich:

Ich kauerte auf dem Boden in der Küche, die Arme schützend über den Kopf erhoben. »Nein, bitte, Roy. Ich bin auch ganz brav.«

»Du weißt, dass ich dir nur deswegen eine Lehre erteilen muss, weil ich dich liebe«, sagte Roy und ließ den Gürtel auf meine Arme peitschen.

Nur ein leises Wimmern kam mir über die Lippen, da ich wusste, dass er mich härter schlagen würde, wenn ich schrie und damit die Nachbarn alarmierte. Schreien bedeutete, Schwäche zu zeigen, und er wollte, dass ich stark war. Die Schläge seien dazu da, mich gegen den Schmerz abzuhärten, sagte er immer.

Ich machte mich noch kleiner und wartete darauf, dass es vorbei war. Doch dann traf mich der Gürtel im Gesicht, und mein Mund füllte sich mit Blut. Als ich den Kopf hob, um es auszuspucken, sah ich, dass Roy sich verwandelte. Seine Nase verlängerte sich zu einer Hundeschnauze, Fell bedeckte seine Arme …

Ein Schaudern ging durch meinen Körper, der bittere Geschmack von Galle füllte meinen Mund. Mit aller Macht schob ich die schrecklichen Erinnerungen von mir; jeder Muskel in meinem Körper zum Zerreißen gespannt.

Ein Wolf nach dem anderen trat aus dem Wald hinter dem Grundstück. Zwei … drei … sechs … sieben. Beau hatte mir erklärt, dass dem Anderson-Rudel acht Männchen und ein Weibchen angehörten, das hieß, es fehlten noch zwei. Ich stellte mich auf die Zehenspitzen, um mich nach den beiden umzusehen, als meine Schwester entsetzt aufkeuchte.

Ich folgte ihrem Blick. Die Wölfe waren stehen geblieben und hatten sich auf den Boden geduckt, um ihre menschliche Gestalt anzunehmen. Einer der Männer war bereits aufgestanden und streckte sich, als wäre er sich seiner Nacktheit überhaupt nicht bewusst. Er sah zu mir herüber und zwinkerte.

Meine Schwester senkte den Blick, aber ich sah ihn an. Neugierig suchte ich seinen Körper nach Anzeichen der Verwandlung ab. Doch seine Stirn wies keine einzige Falte mehr auf, das struppige Wolfshaar war verschwunden und hatte nur glatte Haut hinterlassen. Wie zum Teufel hatte er es geschafft, sich so schnell zu verwandeln? Der Prozess war bei mir schrecklich schmerzhaft und dauerte ewig, sodass ich danach vollkommen erschöpft und keuchend auf dem Boden lag. Dieser Mann dagegen wirkte, als wäre er gerade von einem erholsamen Mittagsschläfchen aufgewacht.

Nachdem die anderen sich ebenso schnell verwandelt hatten, stellten sie sich in einer Reihe hinter dem ersten Mann auf. Er war der Anführer des Rudels – Levi Anderson.

Levi trat einen Schritt vor und wandte sich an Beau, ließ mich dabei aber keine Sekunde aus den Augen. »Ihr habt uns das Wolfsmädchen gebracht?«

Sie konnten mich sehen, warum also die Frage? Ich verkrampfte mich. Würde ich in diesem Rudel wieder nichts anderes sein als eine namenlose Kreatur, die man benutzen konnte, wie man wollte? Roy hatte mich immer nur »Mädchen« genannt – auch kurz bevor er mich gebissen hatte. Ich spürte, wie sich die Haut an meinem Nacken in Falten legte, und biss mir erneut in die Wange, um die Kontrolle über meinen Körper zurückzugewinnen.

»Wir haben *Sara* mitgebracht, ja«, sagte Beau mit ruhiger Stimme. »Wo ist Savannah?«

Der Anführer der Werwölfe musterte mich erneut.

Ich bewegte mich keinen Zentimeter von der Stelle. Solange mir Beau oder Ramsey nicht mit einem Nicken bedeuteten vorzutreten, würde ich bleiben, wo ich war. Mir wurde schlecht, und ich musste mich geradezu zwingen, meine schweißnassen Hände zu entspannen, um Bath nicht die Finger zu zerquetschen.

Der Anführer hob eine Hand und bedeutete jemandem, mit einem Winken vorzutreten. Ich hörte das Rascheln im Unterholz, noch bevor ich die zwei Gestalten sah: ein Mann, etwa in meinem Alter, und eine junge dunkelhaarige Frau. Die Sachen, die sie anhatte, sahen aus, als wären sie geliehen, und sofort stieg mir der schwache Duft nach Puma in die Nase.

»Es ist Savannah«, murmelte jemand, sodass auch meine

Schwester sofort Bescheid wusste. Als einziger Mensch entgingen ihr all die subtilen Anzeichen, die für die Gestaltwandler um sie herum nur allzu offensichtlich waren.

Als Savannah zögerlich vortrat, stieß eines der Mitglieder des Russell-Clans ein ärgerliches Schnauben aus, das ich nicht recht einordnen konnte. Savannah warf dem Werwolf an ihrer Seite einen langen Blick zu, dann stürmte sie auf unsere Gruppe zu.

Die Mitglieder des Russell-Clans empfingen sie mit Umarmungen, klopften ihr auf den Rücken und die Schultern, doch auf ihren Gesichtern trugen sie nach wie vor denselben grimmigen Ausdruck. Beau schien an sich halten zu müssen, um sich nicht voller Wut auf die Wölfe zu stürzen. Savannah dagegen lächelte breit und wischte sich Tränen der Erleichterung aus den Augenwinkeln. Als ich den starken Wolfsgeruch an ihr wahrnahm – gepaart mit ihrem ruhigen Verhalten –, verstand ich plötzlich, warum die Russells so wütend waren. Savannah war nicht länger läufig. Was wiederum bedeutete …

»Damit gehört sie wieder ganz euch«, sagte der Rudelführer gedehnt. »Und jetzt gebt uns Sara.«

Bath sog scharf die Luft ein.

Ich kämpfte gegen das aufsteigende Gefühl der Übelkeit in meinem Magen an, drückte noch einmal sanft die Hand meiner Schwester und ließ sie dann los. Bevor ich es mir anders überlegen konnte, ging ich auf die Wölfe zu, vorbei an Beau und Ramsey, bis ich vor der Reihe nackter Männer stand. Sie alle waren groß und muskelbepackt. Der Anführer trug einen Bart, seine Miene war unnachgiebig hart. Er war älter als die anderen, trotzdem war ich die Jüngste – und Kleinste – unter ihnen. Keiner von ihnen sah aus wie Roy, wofür ich dankbar war.

Mit abschätzigem Blick studierte der Anführer der Werwölfe meinen Körper, mein Gesicht; dann blähte er die Nasenflügel, um meinen Duft einzusaugen. Ich wusste, wonach er suchte. Er beurteilte, ob ich als potenzielle Partnerin infrage kam.

Die Haut an meinem Rücken zog sich zusammen, warf Falten, und ich sog scharf die Luft ein. Der Geruch nach Wolf war überwältigend. Meine Beine begannen, sich zu strecken, krümmten sich. Verdammt. Ich biss mir wieder in die Wange, diesmal so hart, dass ich Blut schmeckte, und zwang mich zu einem möglichst gelassenen Gesichtsausdruck. Niemals würde ich einen anderen Werwolf als Partner wählen. Eher würde ich sterben.

»Hey, Püppchen. Keine Sorge, wir werden uns gut um dich kümmern«, sagte er gedehnt. Es war eindeutig, dass er spürte, wie nervös ich war. Sein Blick war merkwürdig hypnotisierend, und ich versuchte, ihm nicht in die Augen zu sehen. Ein Alpha hatte Kontrolle über die Wölfe in seinem Rudel. Ich konnte bereits den merkwürdigen inneren Zwang spüren, ihm zu folgen, obwohl ich noch nicht einmal offiziell zu ihm gehörte. Das Gefühl machte mir Angst.

Ohne es zu wagen, einen Blick zurück auf den Russell-Clan zu werfen, trat ich einen weiteren Schritt auf meine neue »Familie« zu. Mit purer Willenskraft unterdrückte ich ein Schaudern. »Es ist meine eigene freie Entscheidung, mit euch zu gehen«, sagte ich bestimmt. »Deal ist Deal.«

Der Werwolf-Alpha nickte mir zu.

Ich wandte mich zu Beau um. »Deal ist Deal, nicht wahr?«

Er nickte ebenfalls. Jeder Muskel in seinem Körper war zum Zerreißen gespannt. Hinter ihm konnte ich meine Schwester erkennen, die eine Hand vor den Mund gepresst und die Augen vor Angst weit aufgerissen hatte. Beau ließ mich nicht aus den Augen. »Ich stimme zu.«

»In Ordnung«, sagte ich. Ich hasste es, wie unsicher meine Stimme klang. »Ab sofort bin ich Mitglied dieses Wolfsrudels.«

Der Alpha sah mich an. Ein besitzergreifendes, selbstgefälliges Grinsen umspielte seine Lippen.

Wie erstarrt stand ich da und wartete darauf, dass der Plan

in die Tat umgesetzt wurde. Wartete auf Rettung. Wartete auf Ramsey, auf Beau …

Eine riesige Hand landete auf meiner Schulter und zog mich zurück – zurück gegen einen starken, festen Körper. Und dann sagte Ramsey den längsten Satz, den ich je von ihm gehört hatte: »Nach dem Gesetz des Bjorn-Clans und dem der Werbären erhebe ich Anspruch auf diese Frau als meine Partnerin.«

Ein irritierter Ausdruck huschte über das Gesicht des Rudelführers, bevor es vor Zorn wie verzerrt wirkte.

»Was zum Teufel soll das?«

Der Wolf in mir zuckte vor Furcht zurück. Normale Wut ängstigte mich, aber der Ausbruch des Alphas ließ mich um mein Leben fürchten. Ich konnte sehen, wie auch die anderen Wölfe nicht unberührt davon blieben; unruhig verlagerten sie das Gewicht von einem Fuß auf den anderen.

Ein starker Arm wurde um meine Brust geschlungen, und Ramsey zog mich noch enger an seinen massigen Körper. Er beschützte mich.

Die Wölfe runzelten die Stirn und sprachen leise miteinander, bis der Alpha die Zähne bleckte und mich und Ramsey anstarrte. Ein tiefes Knurren drang aus seiner Kehle. »Das ist ein Trick.«

Ramsey verstärkte den Griff um meine Brust, und ich quietschte auf, als er aus Versehen eine meiner kleinen Brüste mit einer Hand quetschte. Bis dahin hatte er es anscheinend selbst nicht bemerkt und schob die Hand schnell ein Stück tiefer.

»Kein Trick«, knurrte er zurück. Das Grollen, das aus seiner Kehle drang, klang noch tiefer als das des Wolfes.

Wieder schmeckte ich Galle in meinem Mund und biss mir fester in die Wange. *Oh Gott, bitte nicht jetzt.* Ich durfte mich jetzt nicht verwandeln.

Zorn blitzte in den Augen des Alphas auf, als er mich anstarrte. »Sie wirkt nicht gerade sonderlich begeistert, deine Partnerin zu sein, Bjorn. Eher ziemlich ängstlich.«

Oh, oh. Ich verzog die Lippen zu einem Lächeln und klopfte Ramsey liebevoll auf die Hand.

»Ich bin nur etwas überrascht, dass mein knuddeliger Bär hier unsere Liebe auf diese Weise öffentlich macht. Er ist sonst eher der zurückhaltende Typ.«

Jemand kicherte.

Ramsey beugte sich zu mir herab und drückte mir einen Kuss auf die Schläfe. Die Sanftheit der Berührung machte mich vollkommen fertig.

Der Rudelführer wirkte trotz allem nicht überzeugt. »Ihr zwei seid kein Paar«, verkündete er. »Das ist alles nur Bullshit.«

»Doch, das sind wir«, stieß ich verzweifelt aus. Dann drehte ich mich in Ramseys Armen herum, auch wenn sich mir bei der Vorstellung, den Wölfen den Rücken zuzukehren, die Nackenhaare sträubten. Ich sah zu Ramsey auf, der bestimmt anderthalb Köpfe größer war als ich und mindestens doppelt so viel wog. Als Nächstes umklammerte ich den Kragen seines Hemdes und zog ihn zu mir herunter. Überrascht, dass er meiner Aufforderung so bereitwillig nachkam, drückte ich meine Lippen auf seine.

Ein Zittern ging durch meinen Körper, doch ich ignorierte es und presste meinen Mund nur noch fester auf seinen. Ich musste dafür sorgen, dass dies hier so echt wie möglich wirkte, also stupste ich mit der Zunge gegen seine zusammengepressten Lippen, bis sie sich teilten, und saugte an seiner Unterlippe.

Ramsey zögerte nur einen winzigen Augenblick, dann spürte ich seine riesigen Hände auf meinem Hintern. Und während er mich enger an sich zog, begegnete er meiner Zunge mit seiner.

Ich vertiefte den Kuss, schlang die Beine um seinen Körper,

als wollte ich ihn reiten, und stieß eine Reihe zarter, leidenschaftlicher Laute aus, um unseren Zuschauern die beste Vorstellung zu bieten, die sie jemals gesehen hatten.

Ramsey sog scharf die Luft ein, bevor er seine Zunge tief in meinen Mund schob und damit an meiner entlangfuhr.

Überrascht unterbrach ich den Kuss und sah ihm in die Augen. Er begegnete meinem Blick, dann beugte er sich vor und hauchte einen weiteren sanften Kuss auf meine feuchten Lippen, als würde er sich nur widerwillig zurückziehen. Die Art, auf die er meinen Mund betrachtete, jagte mir einen kleinen Schauer nach dem anderen das Rückgrat hinab.

Ich hörte meine Schwester aufkeuchen. Damit hatte sie ganz sicher nicht gerechnet.

Nicht gewillt, meine Beine von Ramsey zu lösen, drehte ich den Oberkörper so, dass ich das Wolfsrudel ansehen konnte. Die nackten Männer starrten mich an. Einige von ihnen hatten eine Erektion.

Oh mein Gott, hatte ich die ganze Situation gerade etwa nur noch schlimmer gemacht? Was, wenn sie uns nicht glaubten und ich doch mit ihnen gehen musste? Was, wenn sie mich mitnahmen und der Reihe nach vergewaltigten? Müssten sie mich überhaupt festhalten, oder würde ich nach einem Kläffen im Befehlston des Alphas bereitwillig auf alle viere sinken? Vor Angst beschleunigte sich mein Puls, und ich spürte, wie der bekannte Kopfschmerz aufstieg. Oh nein, noch ein Anzeichen dafür, dass eine Verwandlung kurz bevorstand.

Der Rudelführer stemmte die Hände in die Hüften und starrte zuerst Ramsey, dann mich und dann den Rest des Russell-Clans einen nach dem anderen an. Er war deutlich angespannt, seine Haltung drückte äußerste Wachsamkeit aus.

»Wenn sie deine Partnerin ist«, sagte er, und das Knurren in seiner Stimme war noch immer deutlich zu hören, »warum hat sie dann so verdammt große Angst?«

Ramsey spannte die Finger um meinen Hintern an. »Du«, knurrte er.

Der Alpha sah ihn überrascht an. »Ich?«

»Sie mag keine Wölfe.« Ramseys rumpelnder Bass hallte durch die kalte Luft.

Ich warf einen Blick zu den anderen Russells hinüber, die sich vor Savannah und meine Schwester gestellt hatten. Eine Phalanx aus großen, schlanken Werpumas, die eine geschlossene Schutzmauer um die beiden Frauen bildeten. Niemand sagte ein Wort – alles hing von mir und Ramsey ab.

»Das scheint nicht immer der Fall gewesen zu sein«, sagte der Anführer der Andersons mit einem anzüglichen Grinsen. »Immerhin hat sie für einen von uns die Beine breitgemacht.«

»Ich wusste nicht, was er war …«

»Nette Geschichte. Wahrscheinlich hast du sogar darum gebettelt.«

Als er mich mit hungrigem Blick von oben bis unten musterte, gefror mir das Blut in den Adern. »Das habe ich nicht!«

»Bullshit«, wiederholte Levi. »Das ist alles eine beschissene Geschichte, die du dir ausgedacht hast – genau wie all das hier.« Er gestikulierte wild um sich. »Ihr benehmt euch wie die reinsten Idioten; versucht, uns zu überzeugen, dass das alles nicht nur irgendein verdammtes Spiel ist, mit dem ihr eine Horde Hinterwäldler-Wölfe verarschen wollt.«

Stille. Es war genau das, was wir taten. So viel zu meinem grandiosen Plan.

Levi schnaubte. »Hab ich mir gedacht. Aber wisst ihr was? Scheiß drauf – und scheiß auf euch alle. Wir nehmen sie mit.«

Ramseys Reaktion war ein tiefes Knurren, das die Gruppe der Wölfe erwiderte. Das hier wurde immer schlimmer, nicht besser. Ich musste etwas tun.

Entschlossen löste ich die Beine von Ramseys Körper und ließ mich an ihm hinabgleiten. Er schien nicht bereit zu sein, mich gehen zu lassen, ließ aber zu, dass ich die Füße auf den Boden stellte und mich zu den Wölfen umdrehte.

»Lasst uns überlegt an die Sache rangehen«, sagte ich in einem hoffentlich halbwegs vernünftigen Tonfall. »Es gibt keinen Grund, sich zu streiten …«

Der Alpha sah auf mich herab. »Komm hier rüber, Mädchen.«

Gefangen von seinem zwingenden Blick, ließ ich die Schultern nach vorn sinken, entfernte mich ein paar Schritte von Ramsey und ließ mich auf die Knie fallen. Ich konnte vor dem Rudelführer nicht stehen, ich musste ihm meine Unterwürfigkeit zeigen …

Ramsey stieß ein Brüllen aus, ein lauter, ungezähmter Laut, und ich hörte, wie der Russell-Clan geschlossen vortrat – allerdings war ich mir nicht sicher, ob sie Ramsey oder die Wölfe aufhalten wollten. Die Andersons preschten ebenfalls vor, und plötzlich war ich umgeben von einem Rudel nackter Männer, die mir den Rücken zugekehrt hatten, während mich der Rudelführer von Ramsey wegzuziehen versuchte.

»Eine Wölfin gehört zu ihrem Alpha«, knurrte Levi.

»Nein«, keuchte ich, war jedoch unfähig, mich vom Boden zu erheben. Meine Beine spannten und verbogen sich.

Einer der Andersons umklammerte mit einer Hand meinen Arm. Zu meinem Entsetzen begann sich die Haut unter seinem Griff aufzuwerfen. Überrascht ließ der Wolf mich los. Im selben Augenblick wurde ich von einem Krampf geschüttelt.

Oh Gott. Nicht hier. Nicht jetzt. Mein Rücken bog sich durch, und ein unbändiger Schmerz pulsierte durch meinen Körper. Mit einem Schrei fiel ich auf die Seite, während sich die Verwandlung vollzog.

Voller Scham ertrug ich den nicht enden wollenden Schmerz, als mein Kiefer knackte, meine Nase sich verlängerte, jeder Muskel in meinem Körper sich wand und streckte wie bei einem Gummiband, das bis zum Zerreißen gespannt wurde. Ich versuchte, nicht laut zu schreien, aber diese Verwandlung war so schnell gekommen und so schwer, dass ich vor Schmerz beinahe in Ohnmacht fiel.

Um mich herum herrschte Totenstille. Nur mein keuchender Atem, mein Winseln und das Blut, das in meinen Ohren rauschte, waren zu hören. Ich kämpfte darum, ein Mensch zu bleiben, was es noch härter machte. Als sich meine Hände in Pfoten verwandelten, spürte ich, wie sich jede einzelne Sehne und jeder einzelne Knochen qualvoll dehnten. Nach einer Minute, die ewig zu dauern schien, fielen meine zerrissenen Kleider auf den Boden. Ein langes Zittern lief durch meinen Körper, dann kam ich – gedemütigt – schwankend auf die Beine. Meine Wolfsbeine.

Beide Parteien starrten mich an – die Russells mit einer gewissen Verlegenheit im Blick, die Andersons überrascht. Ramseys Miene spiegelte Enttäuschung, und aus irgendeinem Grund machte mir das mehr zu schaffen als alles andere.

Mir wurde schlecht. Mit einem Würgen spuckte ich Blut ins Gras, nicht in der Lage, gegen die Übelkeit anzukämpfen. Ich hatte schon bei einigen der besonders schlimmen Verwandlungen Blut gespuckt – anscheinend war heute einer dieser Tage.

Der Anführer der Andersons deutete auf mich. Ein beißender Geruch nach Wolf stieg mir in die Nase. »Das«, sagte er, und seine Stimme hallte tief in meinen sensiblen Wolfsohren wieder, »war eine verdammt abartige Show.«

Ein leises Wimmern löste sich aus meiner Wolfskehle.

»Ihr lasst zu, dass sie sich umbringt«, fuhr der Alpha fort. »Wenn sie sich weiter auf diese Art verwandelt, wird es sie zerstören. Und ihr Arschlöcher helft ihr nicht?« Er spuckte Ramsey vor die Füße. »Ich dachte, du hättest gesagt, dass du ihr Partner sein willst.«

Ich hörte das Knacken von Ramseys Fingerknochen, als er die Hände zu Fäusten ballte, und sah zu ihm auf. Doch er erwiderte meinen Blick nicht.

Der Rudelführer machte einen Schritt auf mich zu. Ich zuckte zurück, aber er hielt mir nur eine Hand hin, die Finger lang ausgestreckt, und der Wolf in mir ließ nichts anderes zu, als daran zu schnuppern. Anschließend berührte er meine Ohren und strich mit einer Hand über das Fell an meinem Nacken. Ich ertrug seine Berührungen wie erstarrt – der Zwang des Wolfes, einem Alpha zu gehorchen, ließ mir keine andere Wahl.

»Es wird sie umbringen, wenn sie sich weiter auf diese Art verwandelt«, wiederholte der Anführer der Andersons. »Es sollte nicht so langsam und schmerzhaft passieren wie gerade. Sie sollte kein Blut spucken. Wenn das noch ein Jahr so weitergeht, ist sie tot.«

Meine Schwester stieß ein ersticktes Schluchzen aus. »Nein!«

Der Wolf in mir war nicht in der Lage, die Ereignisse so schnell zu begreifen. Der Schmerz pulsierte noch immer durch meinen Körper, auch wenn er langsam abebbte. Jaulend lief ich ein paar Schritte auf und ab. Hatte er recht damit, dass ich bald sterben würde? Was konnte ich tun? Ich wollte nicht mit den Wölfen mitgehen, sondern mit meiner Schwester. Ich wollte davonlaufen. Nervös zuckte ich mit dem Schwanz.

Als ob er meine Gedanken gelesen hätte, versuchte der Alpha wieder, eine Hand auf meinen Nacken zu legen, aber ich entzog mich ihm, ging einige Schritte rückwärts, als meine menschliche Angst die Wolfsinstinkte aussetzen ließ.

»Wir können ihr dabei helfen zu lernen, wie man sich richtig verwandelt«, sagte er mit ruhiger, tiefer Stimme. »Wenn ihr sie uns überlasst, können wir sie retten. Selbst Wolfsbabys sind besser darin, sich zu verwandeln, als sie. Sie bringt sich damit nicht nur selbst in Gefahr, sondern auch andere. Was, wenn sie diese Prozedur in der Öffentlichkeit durchmacht?«

Ramsey trat einen Schritt vor und blickte auf mich herab, direkt in meine Wolfsaugen. Ich war mir sicher, dass er die Angst darin lesen konnte. Dann sah er wieder den Anderson-Alpha an und baute sich drohend vor ihm auf.

Immerhin musste ich dem Rudelführer lassen, dass er nicht mal mit einer Wimper zuckte, geschweige denn vor Ramsey zurückwich.

»Sie ist meine Partnerin«, sagte Ramsey in warnendem Tonfall. »Sie bleibt bei mir. So will es das Gesetz.«

»Du hältst dich also weiter an euren tollen Plan?« Der Alpha sah erst mich an, dann wieder Ramsey. »Wenn du sie nicht mit uns gehen lässt, dann wird euch einer von uns begleiten. Ich werde nicht zulassen, dass ihr sie umbringt. Sie ist eine von uns.«

»Eigentlich«, sagte Beau und trat einen Schritt vor, »wäre das ein Arrangement, an dem wir durchaus interessiert wären. Unserer Ansicht nach ist es schon lange überfällig, dass das Wolfsrudel der Allianz beitritt.«

Eine halbe Stunde später begann sich mein Fleisch erneut aufzuwerfen. Der Schmerz war zurück, und ich rannte auf den schützenden Wald zu, während meine Schwester mit meinen Anziehsachen in der Hand hinter mir her stürzte. Einige lange, qualvolle Minuten später lag ich im Gras, nackt und keuchend, und wartete darauf, dass der Schmerz und die Taubheit in meinen Gliedern nachließen.

Meine Schwester kniete sich neben mich und reichte mir meine Sachen. »Oh Sara«, sagte sie sanft. »Warum hast du mir nichts davon erzählt?«

Ich zuckte mit den Schultern. Schnell zog ich mir das Shirt über den Kopf und zerrte mir die Jeans über die Beine. BH und Slip waren während der Verwandlung komplett zerrissen worden, das T-Shirt hing mir zerfetzt am Körper. »Ich hatte keine

Ahnung, dass es nicht wehtun sollte. Woher hätte ich das wissen sollen?«

Der Mann, der mich zum Werwolf gemacht hatte, war ein Schläger gewesen, der mich misshandelt und beleidigt hatte. Ich hatte immer geglaubt, dass sein »Geschenk«, mich zu verwandeln, nur eine weitere Erinnerung daran gewesen sein sollte, dass ich schwach war. Eine weitere Möglichkeit, mich seinem Willen zu unterwerfen.

»Wenn Beau sich verwandelt, hat er keine Schmerzen. Es ist ganz anders als bei dir. Die Geräusche, die du machst … Tut es jedes Mal so weh?«

Ich schloss die Augen. Gott, am liebsten wäre ich vor Verlegenheit stumm geworden. Ich hatte mich vor allen anderen auf abstoßende Art und Weise verwandelt. Jeder ging davon aus, dass man ganz einfach wusste, wie es funktionierte. Niemand hatte je ein Wort über bestimmte Methoden verloren – als wäre es so einfach, wie pinkeln zu gehen. »Los, komm, Bath«, sagte ich gereizt. »Ich will wissen, was sie zu sagen haben.«

Doch als wir zum Treffpunkt zurückkehrten, waren bereits alle Entscheidungen gefallen. Beau lächelte mit zusammengebissenen Zähnen, und der Anführer der Andersons wirkte besänftigt, wenn nicht sogar ziemlich zufrieden. Nur Ramsey sah nach wie vor mürrisch aus.

Vorsichtig näherte ich mich, das zerrissene T-Shirt mit einer Hand umklammert, damit es mir nicht vom Körper fiel.

»Levi und ich haben eine Lösung gefunden, die für alle Beteiligten zufriedenstellend ist«, sagte Beau. »Er sagt, dass dir die Andersons beibringen können, dich richtig zu verwandeln, Sara. Und im Gegenzug werden die Wölfe deine Entscheidung, Ramsey als deinen Partner auszuwählen, akzeptieren.« Er legte mir brüderlich die Hand auf die Schulter. »Da die Wölfe sichergehen wollen, dass du dich für einen Partner entscheiden kannst, wird Connor Anderson mit uns kommen. Er wird einen Monat bei dir bleiben, um dir beizubringen, wie du dich in einen Wolf verwandelst – und verschiedene andere Dinge.«

Oh, großartig. Ein Anstandswauwau, Hauslehrer und Freier in einem. Genau das, was ich brauchte.

Levi nickte zustimmend, dann bedeutete er einem seiner Wölfe vorzutreten.

Connor stellte sich als der junge, attraktive Werwolf heraus, der Savannah hergebracht hatte. Ich fragte mich unwillkürlich, was zwischen den beiden vor sich ging. Obwohl er inzwischen neben mir stand, ließ er Savannah, die stur auf ihre Füße starrte, nicht aus den Augen.

»Und was verlangt Levis Rudel im Gegenzug?«, fragte Bath. »Meine Schwester will nicht bei dem Rudel leben, sondern bei ihrem Partner.«

»Nichts, außer dass es allen meinen Wölfen gut geht«, entgegnete Levi mit ruhiger Stimme, doch ich hörte den gefährlichen Unterton heraus, der darin mitschwang. Er hatte die Arme vor der Brust verschränkt, die Beine geöffnet und die Füße fest in den Boden gerammt, als wollte er Beau zu einem Kampf herausfordern. »Sie hat schlechte Erfahrungen gemacht und muss lernen, dass nicht alle Wölfe so sind. Wir verwandeln Menschen nicht, um Kontrolle über sie zu gewinnen. Es ist mein Job, dafür zu sorgen, dass meinen Wölfen nichts passiert. Wenn man dem Rudel angehört, dann gehört man zu mir. Und sie *ist* eine der meinen.«

Nein, das bin ich nicht! Doch diese Worte wollten mir nicht über die Lippen kommen.

Wie wenn er meine Besorgnis gespürt hätte, wandte sich Levi an mich. Als er mir in die Augen sah, fühlte ich einmal mehr das zwingende Bedürfnis, ihm zu gehorchen. Es machte mir Angst. Wie konnte es sein, dass er eine so große Macht über mich hatte?

»Und in der Zwischenzeit«, mischte sich Beau wieder ein,

»werden wir die Möglichkeiten für das Anderson-Rudel diskutieren, der Allianz beizutreten. Ein paar der Wölfe haben Interesse am Service von Midnight Liaisons geäußert, da das Rudel auf der Suche nach neuen Partnerinnen ist, die ihrer Familie beitreten wollen.«

»Oh«, sagte meine Schwester überrascht. »Das wäre natürlich sehr gut.«

Midnight Liaisons war die Datingagentur, die Bath und mir mittlerweile gehörte und ausschließlich übernatürliche Klienten bediente. Das Wolfsrudel vermied traditionell die Nutzung unseres Services. Die Aussicht darauf, neue Kunden zu gewinnen, freute meine Schwester ganz offensichtlich. Es sah tatsächlich so aus, als würde jeder außer mir von diesem Deal profitieren. Ich warf einen verstohlenen Blick zu Ramsey hinüber, der die Lippen noch immer zu einem grimmigen Strich zusammengepresst hatte.

»Also gut«, stimmte ich unterwürfig den bereits beschlossenen Plänen zu.

Levi schlug mir so heftig auf die Schulter, dass ich befürchtete, er hätte mir den Arm ausgekugelt, und ich zuckte erschrocken zurück. »Gutes Mädchen! Sieht so aus, als könntest du doch mit deinem Knuddelbär zusammenbleiben. Außer natürlich, du entscheidest dich anders.« Der letzte Satz klang wie eine Drohung. Sein Tonfall implizierte, dass ich mir sehr gut überlegen sollte, ob ich mich nicht tatsächlich besser »anders« entscheiden sollte. Doch dann lächelte er mich strahlend an. »Warum gibst du deinem Mann nicht einen Kuss und versuchst, ihm damit den mürrischen Ausdruck aus dem Gesicht zu zaubern?«, forderte er mich auf.

Es sah nicht so aus, als wäre Ramsey gerade sehr scharf darauf, mich zu küssen, aber ich hatte zu viel Angst, den noch sehr zerbrechlichen Frieden zu zerstören, also ging ich zu Ramsey hinüber.

Als er mich in seine Arme zog, gab ich ihm einen leichten Kuss auf den Mund, aber diesmal teilten sich seine Lippen nicht unter meinen.

Kapitel vier

Die Fahrt zurück zum Anwesen des Russell-Clans war merkwürdig. Connor bestand darauf, mit mir zu fahren, weswegen Ramsey sich weigerte, von meiner Seite zu weichen. Das Resultat war, dass ich die Rückfahrt eingequetscht zwischen Ramseys massigem Körper und Connors hoch aufgeschossener Gestalt verbrachte. Ich wollte unbedingt mit meiner Schwester über das reden, was als Nächstes passieren würde, aber in dem vollgestopften Auto war das natürlich nicht möglich.

Als wir die Villa der Russells erreicht hatten, blähte Connor mit gerunzelter Stirn die Nasenflügel. »Riecht verdammt nach Katze hier«, sagte er mit sichtlichem Unbehagen und warf einen Blick hinter sich, wo gerade der zweite Van hielt, aus dem Savannah und der Rest der Russells ausstiegen. »Hier wohnt ihr? Als Paar?«

»Wir wohnen in meinem Haus«, erklärte Ramsey und wandte sich dann zu meiner Schwester. »Hol Saras Sachen.«

Bath warf mir einen kurzen Blick zu, bevor sie nickte. »Bin sofort zurück.«

Wie es aussah, hatte ich hier nicht viel zu melden. »Ich helfe ihr schnell …«

Ramsey fasste mich am Arm. »Nein.«

Ich zuckte zusammen und blieb wie angewurzelt stehen.

Roys Hand an meinem Arm, seine Krallen graben sich in meine Haut.

»Nein, Roy, bitte! Ich bin auch ganz brav. Bitte schlag mich nicht.«

Sofort ließ Ramsey mich los und suchte meinen Blick. »Bitte«, fügte er so leise hinzu, dass ich mir selbst mit meinem Wolfsgehör nicht sicher war, ob ich ihn richtig verstanden hatte.

Ich sah Connor an. »Würdest du uns ein paar Minuten geben?«

»Wenn du meinst«, sagte er mürrisch, schob aber schnell ein erzwungenes Lächeln hinterher, als wäre ihm gerade wieder eingefallen, dass es eigentlich seine Aufgabe war, mir den Hof zu machen. Dann lehnte er sich mit dem Rücken gegen den Truck und beobachtete Savannah, die sich einige Meter entfernt mit ihren Brüdern unterhielt.

Ramsey drehte sich um und ging in Richtung der Scheune davon.

Ich folgte ihm, auch wenn ich mich nicht ganz wohl bei der Sache fühlte. Was wollte er dort?

Bei dem alten Schuppen angelangt, öffnete er die Tür und trat ins Innere, wo er auf mich wartete.

Nicht zum ersten Mal wünschte ich mir, dass er nicht so unglaublich schwer zu durchschauen wäre. Es war nahezu unmöglich, in seinem ständig mürrischen Gesichtsausdruck irgendeine Gefühlsregung zu erkennen.

Nachdem ich die Scheune betreten hatte, schloss er die Tür hinter mir. Dunkelheit hüllte uns ein. Auch wenn mein Sehsinn dank des Wolfsgens viel besser als der eines normalen Menschen war, brauchten meine Augen einige Sekunden, um in dem Dämmerlicht etwas zu erkennen.

Eine von Ramseys riesigen Pranken landete auf meiner Schulter, die andere legte er an meine Taille, um zu verhindern, dass ich aufgrund der Wucht seiner Berührung rückwärts in den Stapel Feuerholz stolperte, das die Russells hier lagerten.

Ramseys Stimme war ein tiefes Grollen in der Dunkelheit. »Du zuckst jedes Mal zusammen, wenn ich dich anfasse. Wenn das hier glaubhaft rüberkommen soll, musst du aufhören, dich mir gegenüber so schreckhaft zu verhalten. Ich werde dir nicht wehtun.«

Überrascht sah ich zu ihm auf. Seine kantigen Gesichtszüge schälten sich aus dem dämmrigen Licht. »Ich habe keine Angst vor dir.« Na ja, zumindest keine große Angst. Nicht mehr als vor allen anderen Gestaltwandlern und so ziemlich jedem Mann, dem ich begegnete.

Ramseys Augen blitzten in einem intensiven Grün auf. »Warum zuckst du dann zusammen, wenn ich dich anfasse?«

»Also erstens bist du ziemlich groß, und ich bin ziemlich klein, falls du es noch nicht bemerkt haben solltest«, erklärte ich, um einen möglichst munteren Tonfall bemüht. »Deine Hände haben die Abmessungen von Baseballhandschuhen.«

Er erwiderte nichts, sah mich nur an. »Und zweitens«, fügte ich schnell hinzu, bevor mich der Mut verlassen konnte, »hatte ich einen Freund, der mich geschlagen hat. Er war derjenige, der mich zur Werwölfin gemacht hat. Ich erschrecke mich also nicht, wenn mich jemand anfasst, weil ich glaube, dass die Person irgendwie böse ist, sondern weil irgendeine Synapse in meinem Gehirn immer noch glaubt, dass *er* es ist. Nimm es also nicht persönlich. Jeder Typ, der mich so überraschend berührt, würde in etwa dieselbe Reaktion abbekommen. Und ich hasse es nicht nur, weil es den Wolf in mir weckt, sondern auch wegen der schlimmen Erinnerungen an meinen Exfreund. Also, äh … wie gesagt, kein Grund, es persönlich zu nehmen.« Er schwieg noch immer. »Mir fällt nicht mal mehr auf, dass ich so reagiere, also wirst du wohl einfach Geduld mit mir haben müssen. Wenn du mich anfasst, zucke ich zusammen. So ist es eben einfach. Dasselbe passiert mir übrigens sogar mit meiner Schwester.«

Noch immer kein Wort. Gott, ich wünschte mir wirklich, er würde etwas sagen.

»Hände«, murmelte er plötzlich.

»Entschuldigung, wie bitte?«

Er streckte einen Arm aus. »Gib mir deine Hand.«

Ich spürte Panik in mir aufsteigen, zwang mich aber, sie zu unterdrücken. Nachdem ich mich einen Moment gesammelt hatte, legte ich zögernd eine Hand in seine und versuchte, nicht darauf zu achten, wie unglaublich der Größenunterschied war. Meine Hand wurde praktisch von seiner geschluckt. Wenn er mich schlug, würde das sehr viel mehr wehtun als damals bei Roy.

»Wir werden Händchen halten«, erklärte Ramsey. »Die ganze Zeit. Solange ich dich berühre, wirst du nicht zusammenzucken, wenn ich es zusätzlich an einer anderen Stelle tue. Außerdem sehen wir so aus wie ein Paar.«

Ich blickte auf unsere Hände hinab. Meine lag noch immer flach auf seiner ausgestreckten Handfläche. »Das ist, ehrlich gesagt, gar keine so schlechte Idee.«

Er schloss seine unfassbar warmen Finger um meine. Die meisten Gestaltwandler hatten eine höhere Körpertemperatur als normale Menschen, aber Ramseys erinnerte an die eines Hochofens.

Mit ihm Händchen zu halten war seltsam beruhigend, obwohl wir dadurch sehr nahe beieinanderstehen mussten. Schwer stieg mir sein Geruch in die Nase – nicht unangenehm, zumindest für einen Gestaltwandler. Wölfe rochen immer nach nassem Hund, damit hatte er mit mir also leider den Kürzeren gezogen.

»Und denk dran, wir sind ein Paar«, sagte er schroff.

Ich schnaubte verächtlich. »Dasselbe gilt für dich. Wenn ich dich küsse, musst du den Kuss auch erwidern.«

Stille. Ich meinte förmlich zu hören, wie sein Gesichtsausdruck noch mürrischer wurde.

»Ich werd's versuchen«, knurrte er.

»Wenn du deine grimmige Miene selbst beim Küssen nicht

ablegst, sollten wir das vielleicht besser noch mal üben«, bemerkte ich fröhlich.

Er schwieg.

Okay, dem Mann fehlte es ganz offensichtlich an Sinn für Humor.

Je mehr sich das Schweigen in die Länge zog, desto merkwürdiger fühlte ich mich. Wir hielten uns noch immer an der Hand, und Ramsey stand so dicht neben mir, dass ich die Hitze spüren konnte, die sein Körper ausstrahlte. Wartete er darauf, dass ich etwas sagte? Oder sollte ich gehen?

»Ist das alles?«, fragte ich nach ein paar Minuten vorsichtig.

»Du hättest Beau sagen sollen, dass du dich nicht richtig verwandeln kannst.«

Damit hatte er mich kalt erwischt.

»Sich zu verwandeln sollte nicht schmerzhaft sein. Du solltest kein Blut dabei spucken. Der Alpha der Andersons war im Recht, sich Sorgen um dich zu machen. Damit hast du uns alle in Gefahr gebracht, und du hast dafür gesorgt, dass berechtigte Zweifel an unserer Partnerschaft aufkommen. Es hat so ausgesehen, als würde es mich nicht interessieren, dass sich meine Partnerin auf so eine schmerzhafte Art verwandelt.«

Seine belehrenden Worte berührten einen wunden Punkt in mir. »Vielen Dank auch für den Tipp«, fuhr ich ihn wütend an. »Ich werd's mir merken.«

Als ich versuchte, meine Hand aus seiner zu ziehen, hielt er sie fest. »War es das, was du heute Morgen da draußen gemacht hast? Hast du versucht, dich zu verwandeln?«

Ich zog an meiner Hand. »Das geht dich nichts an.«

»Doch, es geht mich etwas an«, sagte er ernst. »Du bist meine Partnerin.«

»Fake-Partnerin«, erwiderte ich scharf. »Das ist auch schon alles. Sobald ich rausgefunden habe, wie man sich richtig verwandelt, und ich die Wölfe losgeworden bin, bist du frei zu tun, was immer du willst. Hör also auf, mich zu stressen. Keine Sorge, du wirst mich schon noch früh genug los.« Ich zog wieder an meiner Hand, und diesmal ließ er sie los. Wütend stapfte ich in Richtung Scheunentür. »Wenn diese wunderbare Lehrstunde jetzt vorbei ist, würde ich gern reingehen, um mit meiner Schwester zu reden.«

»Nur noch eine Sache«, rief er mir hinterher.

»Was?«

»Nenn mich nicht so.«

Zuerst wusste ich nicht, was er meinte; und als es mir wieder einfiel, musste ich lachen. »Knuddelbär? Du hast ein Problem mit ›Knuddelbär‹? Das ist doch nur ein blöder Spitzname.«

Er verzog keine Miene. »Nenn mich nicht so.«

Meine Lippen zuckten, aber ich verkniff mir das Grinsen. »Alle Pärchen haben irgendwelche bescheuerten Kosenamen füreinander; meine Schwester und Beau bestimmt auch. Damit würden wir ziemlich überzeugend rüberkommen. Du wirst dich schon daran gewöhnen, mein Knuddelbär.« Und noch bevor er etwas erwidern konnte, war ich aus der Tür geschlüpft und rannte in Richtung Haus.

Bath stand mit meiner Reisetasche in der Hand vor der Villa, Beau und Connor dicht hinter sich. So viel zu meinem Plan, mich allein mit ihr unterhalten zu wollen.

Sie schenkte mir ein angestrengtes Lächeln. »Alles okay?«

»Alles super«, sagte ich fröhlich und nahm ihr die Tasche ab.

»Gut. Dann kommst du morgen also auch ganz normal zur Arbeit?« Sie sah mir tief in die Augen, als wollte sie mir etwas mitteilen, was sie vor den anderen nicht aussprechen konnte. »Ich kann unmöglich auf deine Hilfe verzichten. Nicht jetzt, wo Giselle nicht mehr da ist.«

Die Agentur hatte ursprünglich aus einem fünfköpfigen Team bestanden – zwei, die die Tagesschicht übernahmen, zwei in der Nacht und eine Agenturchefin. Aber Giselle, die Gründerin der Agentur, war von denselben Wendigos umgebracht worden, die Bathsheba entführt und verletzt hatten. Bath hatte die Führung von Midnight Liaisons übernommen, und uns fehlte die zusätzliche Arbeitskraft, seitdem wir nur noch zu viert waren. Abgesehen davon wussten wir noch nicht genau, welche Probleme dadurch auf uns zukommen würden, dass ein normaler Mensch die neue Chefin in einer Datingagentur für übernatürliche Wesen war. Allerdings war ich mir sicher, dass nichts davon der wahre Grund dafür war, aus dem Bath gesagt hatte, sie könne nicht auf meine Hilfe verzichten.

»Klar«, antwortete ich. »Ich werde da sein.«

Ein Schatten fiel über meine Schulter.

Als ich mich umdrehte, stand Ramsey vor mir. Er griff nach der Reisetasche und streckte dann seine Hand aus.

Ich ergriff sie.

Meine Schwester blinzelte ungläubig, doch dann lächelte sie. »Dann lasse ich euch zwei Turteltauben mal losfahren. Wir sehen uns morgen.«

Ramsey zog mich hinter sich her zu seinem Pick-up und öffnete mir die Tür.

Ich kletterte auf den Beifahrersitz, dicht gefolgt von Connor Anderson, der mir verschmitzt zublinzelte. »Tut einfach so, als wäre ich gar nicht da.«

Ramsey schnaubte verächtlich und knallte die Fahrertür zu.

Nach der Fahrt, die wir in unangenehmem Schweigen verbracht hatten, bog Ramsey auf eine Schotterstraße ab und kroch ab dort im Schneckentempo weiter, um nicht in einem der grabentiefen Schlaglöcher zu landen. Die Stacheldrahtzäune rechts und links des Wegs ließen darauf schließen, dass jemand auf dem Land dahinter lebte, auch wenn weit und breit kein Mensch zu sehen war. Als ich die Augen gegen die untergehende Sonne zusammenkniff, konnte ich in der Ferne ein Haus erkennen, das sich gegen den blauen Horizont abzeichnete und von mehreren Bäumen umgeben war. Ich vermutete, dass dort unser Ziel erreicht sein würde.

»Du lebst ja im Nirgendwo«, kommentierte Connor, der das Haus ebenfalls entdeckt zu haben schien. »Erinnert mich an zu Hause. Viel Platz drum herum. Sehr wolffreundlich.«

Ramsey erwiderte nichts, sondern parkte den Wagen nur. Kleine Kiesel spritzten auf, als er bremste.

Ich starrte durch die Windschutzscheibe auf die baufällige Monstrosität vor uns. Es sah aus wie ein vergessenes Plantagenhaus. Der Garten war von struppigen Pflanzen und Büschen bewachsen, von denen die Hälfte bereits tot zu sein schien. Und darüber ragte dieser Geist einer ehemaligen viktorianischen Villa auf. Die überdachte Veranda hing an mehreren Stellen durch, von der Fassade blätterte die Farbe ab, und keines der Fenster schien auch nur über eine halbwegs intakte Scheibe zu verfügen. Ein zerrissener Vorhang flatterte aus einem zersplitterten Holzrahmen im Obergeschoss. Der Vorgarten war übersät von Schutt, der vermutlich aus dem Inneren des Hauses stammte. Bei genauerem Hinsehen war ich mir sogar sicher, dass, verborgen zwischen hohem Gras, eine Couch stand.

»Wir sind da«, sagte Ramsey.

Ich stieg hinter Connor aus, ohne den Blick vom Haus abzuwenden. Vielleicht war es drinnen ja gar nicht so schlimm, wie es von außen wirkte. Wahrscheinlich renovierte er nur gerade.

Connor kratzte sich am Kinn und sah auf mich herab. »Äh, seid ihr zwei oft hier draußen?«

»Ich war noch nie hier«, gab ich zu. Als Connor fragend eine Augenbraue hob, wurde ich rot. »Die meiste Zeit sind wir bei den Russells oder bei mir.«

»Dann sollten wir vielleicht lieber zu dir fahren.« Connor schenkte mir ein freundliches Grinsen.

Ramsey starrte ihn finster an, bevor er an Connor vorbei in Richtung Haustür stapfte.

»Geht nicht«, sagte ich abwesend. »Meine Schwester und Beau leben dort, während er in der Stadt ist. Sie brauchen ihre Privatsphäre.« Und ich war alles andere als scharf darauf, ihnen noch eine weitere Nacht bei dem zuzuhören, was sie in ihrem Schlafzimmer trieben.

Wenn Bath gewusst hätte, dass ich sie durch die Wand hören konnte, wäre sie vermutlich ausgeflippt. Und bei den Russells konnten wir nicht bleiben, weil sich Connor dann bestimmt gewundert hätte, warum er uns *nicht* durch die Wände hörte. Allerdings war es mir genauso schleierhaft, wie wir das Problem in der windigen Hütte vor uns lösen sollten.

Oh nein. Ich wurde knallrot. Mir war erst in diesem Moment klar geworden, dass ich mit Ramsey in einem Bett schlafen musste. Schnell schnappte ich mir meine Tasche aus dem Fußraum und versuchte, nicht länger darüber nachzudenken.

Die Sonne, die direkt hinter dem Haus unterging, tauchte es in eine Aura aus goldenem Licht und Schatten. Ich warf mir die Tasche über die Schulter und ging mutig auf die Veranda zu, wobei ich Connor zuwinkte, dass er mir folgen sollte. Vorsichtig bahnte ich mir einen Weg durch das kniehohe Gras, wobei ich darauf achtete, einen großen Bogen um die tiefen Löcher zu machen, die besonders schlangenfreundlich aussahen. So weit draußen konnte man sich nie sicher sein, was einem als Nächstes um die Beine strich.

Die Stufen, die zur Veranda hinaufführten, waren morsch und genauso grau wie die verwitterte Fassade des Hauses. Vorsichtig stellte ich einen Fuß auf die unterste Stufe, um zu prüfen, ob sie mich trug. Zu meiner Erleichterung knarzte sie zwar, brach aber nicht unter mir zusammen.

Langsam stieg ich die Treppe hinauf, wobei ich mich aufmerksam umsah. Das Fliegengitter an der Haustür war zerrissen, die beiden Fenster rechts und links davon waren zersplittert. Ein paar kaputte Windspiele baumelten vom Dach der Veranda, die sich bedrohlich nach rechts absenkte.

»Wow, wenn das mal nicht Barbies Traumhaus ist«, bemerkte Connor sarkastisch.

Ich warf ihm einen warnenden Blick zu.

Als Ramsey neben mich auf die Verandatreppe trat, knarzte das Holz bedrohlich. Er streckte seine Hand nach mir aus. »Gibt es ein Problem?«

»Nein«, sagte ich und schob meine Hand in seine. »Kein Problem.«

»Doch, ein kleines Problem schon«, mischte sich Connor ein, verschränkte die Arme vor der Brust und sah sich um. »Ich bin mir nicht sicher, ob ich wirklich Lust darauf habe zu riskieren, im Garten dieser Hütte begraben zu werden.«

Ramsey funkelte ihn wütend an. »Was?«, fragte Connor und starrte zurück. »Das ist der Zeitpunkt, an dem du uns überzeugen solltest, dass du kein Serienkiller bist. Und dass du diesen Schandfleck von einem Haus demnächst verkaufen wirst.«

Ramsey verzog keine Miene, drückte meine Hand nur ein wenig fester.

»Connor, bitte.« Ich warf ihm einen flehenden Blick zu. »Ich bin mir sicher, dass es sich hierbei um das Anwesen von Ramseys Vorfahren handelt, oder?«

»Nein«, sagte Ramsey.

Oh nein. Oh Gott. »Nun, mein Knuddelbär, ich finde, dass es wahnsinnig charmant und romantisch ist. Ein bisschen renovierungsbedürftig vielleicht.« Ich tätschelte seinen Arm. »In welchem Zimmer übernachtet Connor?«

»In keinem«, knurrte Ramsey und deutete in Richtung des rückwärtigen Gartens. »Gästehaus.«

Connor lachte. »Es gibt ein Gästehaus? Das muss ich sehen.«

Er stieg die Verandatreppe wieder hinunter und verschwand um die Ecke des Hauses.

Sobald er außer Sicht war, stützte Ramsey beide Hände auf das umlaufende Geländer der Veranda, sodass ich zwischen ihm und den Stufen hinter mir gefangen war. Ich hätte mich vorbeugen können, so nah, dass ich seinen Atem auf meinem Gesicht gespürt hätte, oder rückwärts die Stufen hinuntergehen können, was vermutlich genau das war, was er wollte.

Ich reckte das Kinn und begegnete seinem herausfordernden Blick. Es fühlte sich im wahrsten Sinne des Wortes so an, als würde ich einen Bären in seiner eigenen Höhle herausfordern. Ich war froh, dass er mir in die Augen sah, andernfalls hätte er bemerkt, wie meine Hände zu zittern begonnen hatten.

Er beugte sich ein Stück zu mir herab, sodass ich seinen warmen Atem über meine Wange streichen spürte. »Was habe ich dir über diesen Namen gesagt?«

Seine Stimme hatte einen sinnlichen Unterton angenommen, was ihn auf einmal viel weniger einschüchternd wirken ließ als sonst. »Dass du ihn nicht magst«, sagte ich mutiger, als ich mich fühlte. »Aber darum geht es nicht. Ich habe es nur wegen ihm gesagt.«

»Entschuldige dich.«

Wie bitte? »Auf keinen Fall! Wir sind hier nicht im Kindergarten, und ich habe nichts gesagt, wofür ich mich entschuldigen müsste.«

Ohne ein Wort zu sagen, starrte er weiter auf mich herab. Wartete.

»Du kannst mich nicht einschüchtern.« Ich versuchte, ihn wegzustoßen. Doch er bewegte sich keinen Zentimeter, und plötzlich war ich mir der warmen, eisenharten Brust unter meiner Handfläche nur allzu bewusst. Es fühlte sich beinahe so an, als würde er sich gegen meine kleine Hand lehnen. Sein Gesicht war so nahe, dass sich unsere Nasen beinahe berührten. »Es ist so, Ramsey«, murmelte ich und schluckte schwer. »Du hast gesagt, dass die Leute glauben müssen, dass wir verliebt ineinander sind. Wenn du also durch die Gegend rennst und von mir verlangst, dass ich mich für so etwas bei dir entschuldige, werden die nächsten Wochen eine Katastrophe. Dieser bescheuerte Kosename ist unsere Tarnung, auch wenn es dir nicht gefällt. Wir müssen zusammenarbeiten. Eine Hand wäscht die andere.«

»Waschen«, murmelte er abwesend, als würde er dem Wort auf der Zunge nachschmecken. »Du weißt, dass Gestaltwandler ziemlich … *körperliche* Wesen sind.« Er blähte die Nasenflügel, als würde er meine Witterung aufnehmen.

»Ich weiß«, sagte ich leise. Ich wünschte nur, dass ich es vergessen könnte.

»Dann bist du hierfür bereit? So zu tun, als wären wir ein Paar? Es wird nicht einfach werden.« Er klang barsch.

»Ich komme damit klar. Jetzt ist es sowieso zu spät, um noch einen Rückzieher zu machen«, sagte ich so fest wie möglich. Alles, was ich für ein paar Wochen tun musste, war vorzugeben, mit einem ziemlich aufbrausenden Mann zusammen zu sein. Kein Problem. Ein bisschen Händchenhalten hier, ein wenig gespielte Zuneigung dort, die ein oder andere Unterrichtsstunde in Verwandlungskunde, und Connor würde zurück zu seinem Rudel gehen. Und ich konnte mein Leben weiterleben wie bisher.

Ein grollendes Geräusch schien tief aus Ramseys Kehle aufzusteigen, doch erst als sein Atem stoßweise über mein Gesicht strich, wurde mir klar, dass er lachte. »Wenn der Wolf mit uns hier lebt, müssen wir in seiner Nähe liebevoll miteinander umgehen.«

»Ich weiß.« Auch wenn ich mir das bisher ehrlicherweise noch nicht wirklich klargemacht hatte.

»Du hast gesehen, wie sich deine Schwester und Beau verhalten. Bist du bereit, zuzulassen, dass ich dich berühre? Dich küsse? Mit dir in einem Bett schlafe? Sobald wir einen Fuß in dieses Haus gesetzt haben, gibt es keinen Weg mehr zurück.«

Mein Mund wurde trocken, als ich mir all die Szenarien vorstellte, die Ramsey mir gerade so freundlich vorgebetet hatte. Beau und Bath schienen sich den ganzen Tag über zu berühren. »Versuchst du gerade, dich aus der Affäre zu ziehen …«

»Nein«, knurrte er.

»Dann will ich jetzt ein paar Grundregeln festlegen.« Ich löste die Hand von seiner Brust und streckte einen Finger in die Luft. »Erstens, kein Sex. Wenn ich jemandem im Bett etwas vorspielen wollen würde, würde ich meinen Exfreund anrufen.«

Er schenkte mir einen seltsamen Blick. »Vorspielen?«

War er beleidigt, oder fühlte er sich herausgefordert? Ich hatte kein Interesse daran, es herauszufinden.

»Zweitens«, fuhr ich fort und hob den Zeigefinger. »Ich bestimme, wo's langgeht. Sobald ich genug davon habe, dich zu küssen oder mit dir Händchen zu halten – oder was auch immer wir noch in der Öffentlichkeit tun müssen –, hören wir auf.«

Ramsey starrte mich konzentriert an. »Noch was?«

»Drittens«, ich hob den Mittelfinger, »ich bewahre deine Geheimnisse und du meine. Wenn ich sage, dass ich über irgendetwas nicht reden möchte, dann ist das auch so. Und wenn ich irgendwann mal mit einer Wolfsschnauze vor dir stehe und mich nicht zurückverwandeln kann, wirst du dich nicht lustig über mich machen oder mir das Gefühl geben, ein Freak zu sein.«

Ramsey sah mich ernst an. »Du bist kein Freak. Du bist perfekt.« Und als sich meine Wangen rosa verfärbten, fügte er hinzu: »Aber wenn ich mitbekommen sollte, dass du Probleme damit hast, dich zu verwandeln, werde ich nicht einfach nur tatenlos danebenstehen. Ich werde dir helfen.«

»Meinetwegen.« Ich wollte nicht mit einer Wolfsschnauze

herumrennen, und abgesehen davon war mir noch immer ein wenig schwindelig von dem »Perfekt-Kommentar«.

»Dann sollte zwischen uns alles klar sein.«

Ein Grinsen breitete sich langsam auf seinem markanten Gesicht aus und verwandelte seine Züge von hart und abweisend in … unglaublich sexy. Verlockend. Verführerisch.

Um mich abzulenken, räusperte ich mich und warf einen Blick auf das Haus in seinem Rücken. »Was ist, lässt du mich jetzt endlich rein? Oder übernachten wir die nächsten Wochen hier draußen auf der Veranda?«

Er verzog den Mund. »Das Haus ist ganz dein.«

Ich duckte mich und kletterte unter seinem Arm hindurch auf die Veranda. Alte Häuser hatten mich schon immer fasziniert, und dieses Gerippe hier hatte sein Ablaufdatum schon viele Jahre überschritten.

Drinnen war es noch schlimmer. Die Farbe blätterte von den Wänden, dazwischen hingen einzelne Streifen Tapete herab. Ich warf einen Blick zur geschwungenen Treppe hinüber, die ins Obergeschoss führte und auf der so ungefähr jede zweite Stufe eingebrochen war. Nahe dem Treppenabsatz im ersten Stock konnte ich ein großes Loch in der Wand erkennen und noch mehr zerrissene Tapetenstreifen, die von den Wänden hingen.

Ramsey war mir nach drinnen gefolgt und hinter mir stehen geblieben. Ohne dass er mich berührte, spürte ich seine Anwesenheit wie ein unterschwelliges Prickeln im Nacken. Ich hatte das Gefühl, irgendetwas sagen zu müssen.

»Bist du dir sicher, dass du nicht ein besonderes Faible für renovierungsbedürftige Häuser hast?«

»Nein.«

»Bist du gerade erst eingezogen?«

»Vor zwölf Jahren«, knurrte er wieder in seinem typisch barschen Tonfall.

Ich riss entsetzt die Augen auf und trat einen Schritt von der

Wand weg, die aussah, als könnte sie jeden Moment einstürzen. Dabei fiel mein Blick auf die zerrissene Tapete. Sah sie aufgrund des Alters so zerfetzt aus, oder waren das Spuren von Klauenhieben?

»Okay«, sagte ich. Ich konnte hiermit umgehen. Mit ein wenig Zeit und Aufwand könnte ich diese Bruchbude zu einer Art Zuhause umfunktionieren. Selbst die größte Ruine war allemal besser als die Aussicht, mit dem Wolfsrudel zusammenzuleben und ihr Weibchen für gewisse Stunden zu spielen.

Mutig ging ich auf die Treppe zu und legte eine Hand auf das wackelige Geländer. Dann warf ich einen Blick über die Schulter zu Ramsey zurück. »Ich gehe davon aus, dass wir aufräumen und putzen, wenn wir tatsächlich hier einziehen?«

Er stand noch immer exakt an derselben Stelle in der Eingangshalle – gefährlich nahe einem Loch im Boden und anscheinend sehr viel weniger besorgt deswegen als ich. Als er sich mit seiner breiten Schulter gegen die Wand lehnte, erwartete ich, das ganze Haus unter seinem Gewicht ächzen zu hören. »Wir?«

»Ja, wir«, bestätigte ich. »Du und ich – das wunderbare Duo. Wir sind jetzt ein Paar, und ich werde diesen Dreckstall ganz sicher nicht allein aufräumen.«

Anstatt etwas zu sagen, starrte mich Ramsey nur aus seinen dunklen, viel zu ernst wirkenden Augen an.

»Keine Frau, die einigermaßen klar im Kopf ist, würde sich freiwillig bereit erklären, in dieser Bruchbude von Haus zu leben. Das hier ist die reinste Katastrophe. Nein, warte, es ist der Ursprung aller Katastrophen. Die Original-Katastrophe sozusagen.«

Er hatte die Augen zu gefährlich schmalen Schlitzen zusammengekniffen. »Ich wohne normalerweise nicht hier.«

»Aber sicher«, rutschte es mir heraus, bevor ich mich eines Besseren besinnen konnte. Auf keinen Fall würde ich in dieser

Bruchbude bleiben, wenn er nicht bereit war, etwas an ihrem Zustand zu ändern. Aber damit würde ich mich am nächsten Morgen beschäftigen, wenn ich nicht mehr so müde war.

Ich machte mich daran, den Rest des Hauses zu erkunden, in der Hoffnung, dass es im ersten Stock besser aussehen würde, aber jedes Zimmer schien sich in einem noch katastrophaleren Zustand zu befinden als das vorhergehende. Und die ganze Zeit über folgte mir Ramsey wie ein grimmiger Geist.

Als ich stehen blieb, um einen Haufen Schutt und zerbrochenes Glas beiseitezukicken, brach er sein Schweigen. »Unser Zimmer liegt am Ende des Flurs.« Dann drehte er sich um und ging davon.

Aha. Auch gut.

Entlang des Korridors befanden sich mehrere Räume, und ich warf einen Blick in jeden hinein. Leer. Keine Möbel. Die Tür zum letzten Zimmer klemmte, wahrscheinlich waren die Scharniere verrostet. Großartig. Ich musste mich zweimal mit voller Kraft dagegenwerfen, bevor sie sich einen Spaltbreit aufschieben ließ und wieder hängen blieb – diesmal an einer aufgeworfenen Bodendiele. Vergeblich versuchte ich, sie noch weiter aufzubekommen, gab dann jedoch auf und quetschte mich durch den Spalt, um mich umzusehen.

Am anderen Ende des Zimmers stand ein Bett. Es war ordentlich bezogen, aber auf den Laken lag eine dicke Staubschicht. Laub und Schutt bedeckten den Boden, und als ich den Blick zur Decke hob, starrte ich geradewegs in ein klaffendes Loch. Ein improvisiertes Oberlicht. Hoffentlich würde es in den nächsten Wochen nicht regnen.

Ich ließ mich auf die Matratze fallen und ignorierte die Staubwolke, die um mich herum aufstieg. In der Lampe, die über dem Bett hing, fehlte die Glühbirne, aber vermutlich spielte das ohnehin keine Rolle, da es in dieser Bruchbude wahrscheinlich noch nicht einmal Strom gab. Weit und breit war kein Lichtschalter zu sehen. Wenn Ramsey sichergehen wollte, dass wir unsere Privatsphäre hatten, war dies ein guter Anfang. Ich fragte mich, ob das Gästehaus genauso runtergekommen war.

Bruchbude hin oder her, ich war fix und fertig. Erschöpft ließ ich mich zurücksinken, verschränkte die Hände hinter dem Kopf und starrte in den dunkler werdenden Himmel. Bisher waren noch keine Sterne zu sehen.

Wie lange musste ich noch einmal vorgeben, in Ramsey verliebt zu sein?

Kapitel fünf

Roy packte meinen Arm und drehte ihn mir in einem schmerzhaften Winkel auf den Rücken. »Ich dachte, ich hätte dir gesagt, dass du sofort nach Hause kommen sollst.«

Um nicht vor Schmerzen laut aufzuschreien, biss ich mir fest in die Wange. Roy hasste jedes noch so kleinste Anzeichen von Schwäche – dann wurde er nur noch gemeiner. »Das habe ich auch gemacht. Ich bin sofort nach Hause …«

»Lügnerin.« Mit dem Handrücken schlug er mir ins Gesicht. »Muss ich dich wieder bestrafen? Muss ich dir den Wolf zeigen?«

Augenblicklich verspürte ich Todesangst. Panisch versuchte ich, mich von ihm loszumachen. Der Wolf war brutal, schrecklich. Der Wolf biss auch dann noch zu, wenn ich bereits aufgegeben hatte; lange, nachdem meine Schreie zu einem heiseren Röcheln verklungen waren. »Nein, Roy. Bitte. Ich werde auch artig sein. Ich tue alles, was du von mir verlangst.«

»Bist du so spät gekommen, weil du mit einem anderen Mann zusammen gewesen bist? Ja?« Er hatte die wütende Stimme zu einem tiefen, unmenschlichen Knurren gesenkt. Seine glitzernden Augen reflektierten das dämmrige Licht der Straßenlaternen, das durch die Fenster ins dunkle Haus fiel. Er wartete immer im Dunkeln auf mich. Es gefiel ihm, mir Angst einzujagen, mich zu zwingen, zitternd ins Haus zu schleichen und darauf zu warten, dass er mich wie aus dem Nichts packen und auf den Boden werfen …

»Nein, Roy, ich …«

Seine Faust traf hart auf meinen Kiefer, und der Schmerz explodierte in meinem Kopf. Wimmernd brach ich auf dem Boden zusammen. Als ich meine Wange vorsichtig mit den Fingerspitzen betastete, wurden sie feucht. Er hatte mir mit seinen Klauen die Haut aufgerissen.

Der Wolf kam zum Vorschein.

»Du musst es lernen. Vielleicht kapierst du es, sobald ich dir ein paar Finger abgebissen habe: Du darfst keinen anderen Mann außer mir ansehen.«

»Nein, bitte«, schluchzte ich, kauerte mich auf dem Fußboden zusammen, mit dem Rücken zur Wand. »Ich habe niemanden angesehen. Ich verspreche es.«

Seine Augen leuchteten glühend rot in der Dunkelheit auf, und sein Mund schien nur noch aus Reißzähnen zu bestehen, als er sich drohend über mich beugte. »Zeit, dir eine Lektion zu erteilen, Mädchen …«

Große, warme Hände berührten meine Schultern. Ein schwerer Körper drückte sich gegen meinen. »Sara.«

Mit einem Schrei schreckte ich aus dem Schlaf hoch. Der Wolf in mir – so dicht unter der Oberfläche – stieß ein ängstliches Knurren aus, und ich begann, wild um mich zu schlagen. Jemand hielt mich fest. Ich musste mich befreien, musste flüchten …

Eine Hand strich sanft die Haare aus meiner Stirn, und der Körper neben mir bewegte sich, verlagerte das Gewicht. »Sara.«

Die tiefe Stimme riss mich aus meiner Panik, und ich hörte auf, nach ihrem Besitzer zu treten, die Klauen auszufahren, mich zu wehren. Keuchend rang ich nach Atem. »R-R-R-Roy …«

»Ramsey.« Wieder diese sanfte, tiefe Stimme. Eine zärtliche Berührung an meinem Kinn, meiner Wange. »Nicht Roy. Kein Wolf. Nimm meine Witterung auf.«

Ich sog scharf die Luft ein. Meine Sinne spielten noch immer verrückt, ich war vollkommen durcheinander. Doch der Geruch, der mir in die Nase stieg, war nicht der nach Bier und Wolf, den ich mit Roy in Verbindung brachte, sondern frisch und warm. Er erinnerte mich an Sommer und Sonnenschein und an den Wald und … an dichtes Fell. Bär. Ramsey.

»Es … es … tut mir leid«, stammelte ich mit klopfendem Herzen, während ich versuchte, die Bilder des Albtraums aus meinem Kopf zu verbannen. »Habe ich dich geweckt?«

»Du hast geschrien.« Er sah mir in die Augen, bevor er mit tiefer, beruhigender Stimme fortfuhr: »Entspann dich. Denk nur an mich und meine Stimme. Ich will, dass du deine Muskeln ganz locker lässt. Du musst loslassen, verstehst du?«

Ich blinzelte irritiert. »Ich … ich denke, es geht mir wieder gut. Wirklich, ich . . .«

»Konzentrier dich auf meine Stimme«, wiederholte er, ohne auf meinen Einwand einzugehen. Sein Körper ragte riesig über mir auf. Seine Schultern waren so breit, dass sie das Loch in der Zimmerdecke komplett verbargen. Dann beugte er sich zu mir herab, so tief, dass ich seinen Atem über meine Wangen streichen spürte. »Ich will, dass du an mich denkst. Konzentrier dich auf meine Stimme und meinen Herzschlag. Kannst du das?«

Verwirrt starrte ich ihn an. »Ich …«

»Lass sie sofort los!« Eine andere männliche Stimme hallte durch den dunklen Korridor, kurz bevor die Tür mit solcher Wucht aufgestoßen wurde, dass sie quietschend über die aufgeworfene Bodendiele schabte und gegen die Wand knallte. Mit glühenden Augen kam Connor ins Zimmer gestürzt, in der Hand hielt er einen Baseballschläger. Noch bevor ich überrascht aufschreien konnte, ließ er ihn auf Ramseys Schulter niedergehen.

Ramsey stöhnte auf, bewegte sich jedoch keinen Zentimeter von der Stelle, den Körper weiter schützend über mich gebeugt. Ich war mir sicher, dass er Connor wütend anknurren würde, aber zu meiner Überraschung hob er nicht einmal die Stimme, als er sagte: »Lass uns allein, Wolf.« Er klang, als wollte er ein wildes Tier beruhigen.

Connor warf einen Blick auf mich und wurde blass. Erschrocken trat er einen Schritt zurück. »Oh verdammt! Sara, geht es dir gut?«

»Nur ein Albtraum«, murmelte ich und hob die Hand, um abzuwinken – und stellte entsetzt fest, dass sich meine Finger zu Klauen verformt hatten. Meine Arme waren von dichtem grauem Pelz überzogen, und meine Muskeln vibrierten vor Anstrengung. Ramseys Unterarme waren von vier langen, blutenden Kratzern gezeichnet. Ich hatte ihn in meinem Wahn verletzt.

»Sara«, sagte Ramsey beschwörend und ignorierte Connor. »Hör mir zu! Denk an mich.« Er schob sich noch ein Stück weiter über mich, sodass ich nichts sehen konnte außer seinem massigen Oberkörper. »Connor wird uns jetzt allein lassen.«

Ich drehte den Kopf, um einen Blick zu Connor hinüberzuwerfen, der mich anstarrte, als hätte er noch nie etwas ähnlich Schreckliches gesehen. Nach ein paar Sekunden nickte er langsam, schwang den Baseballschläger über die Schulter und schloss die Tür mit einem gemurmelten »Wir sehen uns morgen früh« hinter sich.

Erschrocken wandte ich mich wieder Ramsey zu. »Oh mein Gott! Es tut mir so leid …«

»Sch.« Mit der Fingerspitze berührte er sanft meine Wange, strich mir die Haare zurück, als wäre er nicht gerade kurz hintereinander von mir und dann auch noch von Connor angegriffen worden. Wir mussten ihm beide wehgetan haben, aber er zeigte keinerlei Reaktion auf den Schmerz, sondern sah mir nur weiter beruhigend in die Augen. »Konzentrier dich auf meine Stimme. Auf meine Atmung. Meinen Puls. Konzentrier dich auf mich. Verstanden?«

Oh Mann, ich musste mich schlimmer aufgeführt haben, als ich es mir jemals hätte vorstellen können. Sofort musste ich an Connors entsetzten Gesichtsausdruck denken, als er mich gesehen hatte. Er schien geradezu abgestoßen von meinem Äußeren gewesen zu sein. »Mein Gesicht ist nur zur Hälfte verwandelt, oder?«

»Das ist jetzt nicht wichtig«, murmelte Ramsey, ohne aufzuhören, meine Wange zu streicheln. »Konzentrier dich auf meine Atmung und versuch, deine daran anzupassen. Atme mit mir.«

Und das tat ich. Langsam atmete ich ein, sog seinen moschusartigen Bärenduft ein. Er roch nicht nach Wolf, und das schwere Gewicht seines Körpers auf meinem fühlte sich nicht an, als wäre ich gefangen. Es fühlte sich an, als würde er mich beschützen, als wäre ich bei ihm geborgen.

Es dauerte einige Minuten, bis sich mein Herzschlag so weit beruhigt hatte, dass er sich auf einen Rhythmus mit Ramseys eingependelt hatte. Dann nickte er zufrieden und setzte sich auf. »Besser.«

Ich wagte einen Blick auf meine Hände. Sie waren wieder normal. Vorsichtig betastete ich meine Nase. Normal, nur ein wenig Nasenbluten. Gott sei Dank. Einmal hatte ich acht Stunden in diesem halb verwandelten Zustand verbracht, bis ich irgendwann geglaubt hatte, für immer so herumlaufen zu müssen. Das Nasenbluten war beunruhigend. Es erinnerte mich daran, was Levi gesagt hatte – dass es mich irgendwann umbringen würde, wenn ich mich weiter auf diese Art verwandelte. »Äh … Hast du vielleicht ein Taschentuch?«

Kommentarlos zog er sich sein Hemd über den Kopf und reichte es mir.

Ich knüllte es in der Faust zusammen und hielt es mir unter die Nase. Es roch nach Ramsey und Schweiß – eine überraschend angenehme Mischung. »Danke.«

»Wer ist Roy?«

Ich wurde rot. »Das Arschloch, das mich verwandelt hat.«

»Du hast ihn angefleht, dir nicht wehzutun.« Kein Vorwurf, sondern eine Feststellung.

Die ganze Unterhaltung war mir furchtbar peinlich. »Ich möchte nicht darüber reden. Bitte«, sagte ich leise. Halb erwartete ich, dass Ramsey nicht lockerlassen würde, doch er schwieg und beobachtete mich nur aufmerksam. Vorsichtig streckte ich eine Hand aus, um seinen Arm zu berühren. »Ist deine Schulter okay?«

»Morgen früh werde ich nichts mehr davon spüren.« Er stand auf und ging zur Tür hinüber, um sicherzustellen, dass sie geschlossen war, dann kam er zurück zum Bett.

Ich ertappte mich dabei, wie ich seine Bewegungen verfolgte. Meine Nerven waren noch immer zum Zerreißen gespannt. Das letzte Mal, als ich mit einem halb nackten Mann allein in einem Zimmer gewesen war, hatte er mich besinnungslos geprügelt und mir gesagt, dass ich es verdient hätte. Deswegen war ich mehr als vorsichtig, was intime Beziehungen anging. Hinzu kam, dass Ramsey so unglaublich groß und breit war. Die meisten Gestaltwandler waren gut in Form, dank des Tiers in ihnen, das es liebte, sich zu bewegen. Und die meisten von ihnen waren muskelbepackt. Aber Ramsey war einfach nur … riesig. Zwei Meter pure, harte Muskeln an einem ohnehin schon massiven Körperbau. Wie bei einem Boxer. Auf einmal erschien es mir ziemlich unwahrscheinlich, dass ihn der Baseballschläger ernsthaft verletzt oder ihm wehgetan haben könnte.

Als er sich wieder neben mich auf die Matratze legte, ging ein ängstliches Schaudern durch meinen Körper. Mit zitternden Fingern umklammerte ich sein Hemd und presste es mir vor die Nase.

Doch er schloss nur die Augen, als wäre ich überhaupt nicht da.

»Wegen eben«, sagte ich, noch immer mit dem Gefühl, mich für mein Verhalten entschuldigen zu müssen. »Ich hätte dich vorwarnen müssen. Das passiert häufiger, als es mir lieb ist. Es tut mir leid.«

Er öffnete die Augen und sah mich mit ernstem Gesichtsausdruck an. »Jede Nacht?«

»Das Nasenbluten nicht. Das habe ich mir speziell für heute Abend aufgehoben«, versuchte ich es mit einem lahmen Witz.

Er lachte nicht. »Wenn du Angst vor mir hast …«

»Oh nein, nein, das ist es nicht«, erklärte ich hastig und überrascht. Glaubte er wirklich, er wäre der Grund für meinen Albtraum gewesen? Ich hatte zwar immer noch Angst vor ihm, aber ganz bestimmt keine so große, dass ich deswegen in der Nacht komplett durchdrehte. »Ich habe ständig diese Träume. Es ist Roy, vor dem ich Angst habe. Du … du bist einfach nur … na ja, *groß*.« Er schnaubte. »Hey, es stimmt doch«, sagte ich herausfordernd. Vielleicht würde es helfen, die Situation zu entspannen, wenn ich es mit ein wenig Humor versuchte. »Du bist wie dieser riesenhafte Holzfäller aus der Sage, Paul Bunyan. Oder besser gesagt, da du ein Gestaltwandler bist, vielleicht eher wie sein Ochse.«

Er sah mich einen Moment lang schweigend an, bevor er sagte: »Bär.«

»Okay, dann bin ich eben Goldlöckchen, das mit dem größten Bären vorliebnehmen muss, anstatt den zu bekommen, der zu ihr passt.«

Stille. Schon wieder. Als er mir in die Augen sah, leuchteten sie in der Dunkelheit auf. »Ich bin groß, Sara. Ich bin groß, und ich rede nicht besonders viel, aber ich würde dir niemals wehtun. Hörst du?«

Verdammt. Anscheinend war ich dazu bestimmt, immer genau das Falsche zu sagen. Ich nickte. »Ich weiß. Mein Kopf weiß das, aber mein Körper braucht einfach ein wenig länger, um es auch zu kapieren.«

Er betrachtete mich für eine Weile, bevor er noch einmal sanft meine Wange berührte. »Schlaf jetzt.«

»Ich glaube, es wäre besser, wenn ich für eine Weile aufstünde«, sagte ich und betastete vorsichtig meine Nase. Gut, sie hatte aufgehört zu bluten. »Nur um sicherzugehen, dass ich mich heute Nacht nicht mehr verwandle und niemanden mehr angreife. Die nächsten ein, zwei Stunden werde ich sowieso viel zu zappelig sein, um schlafen zu können.«

Er legte beide Hände an meine Wangen und sah mir tief in die Augen. »Schlaf. Ich passe auf dich auf.«

»Okay«, murmelte ich, nicht ganz sicher, was ich davon halten sollte. Es war … süß von ihm, es anzubieten, aber vertraute ich ihm genug? Als ich jedoch seinem ernsten Blick begegnete, wurde mir klar, dass das hier nur funktionieren konnte, wenn wir im Team arbeiteten. Und dafür musste ich ihm vertrauen.

Ich drehte mich auf den Rücken und versuchte, mich zu entspannen, auch wenn ich nicht erwartete, auch nur ein Auge zutun zu können.

Ramseys Augen funkelten über mir in der Dunkelheit. Ich wusste, er würde mich beschützen. Und trotz meiner angespannten Nerven und der Tatsache, dass ich in einem fremden Bett lag, glitt ich zurück in den Schlaf. Dieses Mal waren meine Träume friedlich und angefüllt von Ramseys beruhigender, tiefer Stimme.

Am nächsten Morgen erwachte ich mit einem warmen, gemütlichen Gefühl. Blinzelnd schlug ich die Augen auf, um herauszufinden, warum ich mich so geborgen und aufgehoben fühlte. Ein bestimmter Geruch stieg mir in die Nase, doch mein verschlafenes Gehirn war nicht in der Lage, ihn zuzuordnen.

Eine Hand auf meinem Rücken. Sie wanderte tiefer und zog mich dann dichter heran. In diesem Augenblick ging mir auf, dass das Brummen in meinen Ohren ein Schnarchen war.

Ich betrachtete die sehr breite, sehr nackte Brust, gegen die ich mich kuschelte. Meine Wange wurde gegen die heiße Haut gepresst, und meine Finger waren in goldene Brusthaare getaucht. Die Beine hatte ich eng an seine geschmiegt.

Mit klopfendem Herzen beobachtete ich, wie sich sein gewaltiger Brustkorb unter tiefen Atemzügen hob und senkte, und ich überlegte fieberhaft, wie ich mich aus seinem Griff befreien könnte. Erleichtert stellte ich fest, dass ich angezogen war. Ramsey dagegen trug kein Hemd mehr, und unter den Laken war er vielleicht auch nackt. Ich betete, dass das Gegenteil der Fall war.

Er atmete noch immer tief und gleichmäßig, hatte jedoch aufgehört zu schnarchen. Vielleicht konnte ich es schaffen, mich rauszuschleichen, bevor er aufwachte …

»Ich werde dich nicht beißen«, flüsterte er mir mit tiefer Stimme ins Ohr.

Erschrocken zog ich meine Hand zurück, als mir klar wurde, dass ich noch immer seine Brust berührte. »Äh, ja. Natürlich. Das weiß ich. Ich wollte nur aufstehen, ohne dich zu wecken.«

Kaum dass er seine Hand von meinem Rücken gelöst hatte, setzte ich mich auf und kam auf die Füße. Nervös versuchte ich, meine verknitterten Sachen glatt zu streichen. Meine Haare fühlten sich steif und verknotet an und meine Augen aufgequollen, aber der Rest von mir schien ziemlich in Ordnung zu sein, wie ich zu meiner Verwunderung feststellte. Vorsichtig streckte ich mich und testete, wie meine Muskeln reagierten. Wer hätte vorausahnen können, dass ich so gut neben einem Riesen schlafen würde? Bis auf eine Sache natürlich. »Ich weiß, dass wir diese vorgetäuschte Beziehungssache richtig durchziehen wollen, aber könntest du trotzdem versuchen, mich nicht festzuhalten, wenn ich schlafe?«

Ramsey setzte sich ebenfalls auf und schwang die Beine aus dem Bett. Erleichtert stellte ich fest, dass er seine Jeans anhatte. Als er sich über die Brust strich, wurde meine Aufmerksamkeit auf seine riesige Hand und die harten Muskeln seines Oberkörpers gelenkt. Er war gewaltig. Gut aussehend, aber gewaltig.

»Das warst du.«

»Hä?«

»Du hast mich festgehalten«, erklärte er. »Du hattest einen schlechten Traum und hast im Schlaf gezittert. Dann hast du dich zu mir umgedreht, dich an mir festgeklammert und ruhig weitergeschlafen. Ich habe dich nicht weggestoßen.« Er sah mir in die Augen, als wollte er stumm hinzufügen: *Weil ich ein netter Kerl bin.*

»Oh … okay. Dann … äh … vielen Dank … denke ich.« Oh Mann, wurde ich tatsächlich rot? Die Vorstellung, dass ich mich im Schlaf an ihn geklammert hatte, war mir schrecklich peinlich. Mein Schlaf-Ich war entweder ein großer Feigling oder sehr anschmiegsam. Keins von beidem eine Option, mit der ich gut leben konnte. Verlegen strich ich mein Shirt glatt, doch es war eindeutig, dass ich mich umziehen musste. »Wo hast du meine Tasche hingestellt?«

»Zuerst unterhalten wir uns über diesen Roy.«

Ich ging in Richtung Tür. »Nein, wir werden nicht über ihn sprechen.«

So schnell, dass ich ihm kaum mit den Augen hatte folgen können, war Ramsey aufgesprungen und hatte sich zwischen mir und der Tür aufgebaut. »Wir reden jetzt darüber.«

Erinnerungen blitzten vor meinem geistigen Auge auf – der Eingang verschlossen, das Gefühl, gefangen zu sein –, und ich begann augenblicklich unkontrolliert am ganzen Körper zu zittern. »Bitte … bitte, lass mich vorbei.«

Schuldbewusst trat Ramsey beiseite und hielt mir die Tür auf. »Ich wollte dir keine Angst machen.«

»Schon okay«, sagte ich und versuchte, die schrecklichen Gedanken an die Vergangenheit abzuschütteln. »Es hat mich nur an … schlimme Dinge erinnert. Können wir später darüber reden? Ich habe Hunger.«

Er nickte, ohne ein Wort zu sagen, und ich stürzte den Flur entlang und die Treppe hinunter.

Im Foyer entdeckte ich meine Reisetasche. Nachdem ich mein pinkfarbenes Lieblingsshirt gefunden hatte, nahm ich es mit ins Badezimmer, zog es mir über den Kopf und ließ das alte auf den Boden fallen. Die Bäder schienen erfreulicherweise in einem besseren Zustand zu sein als der Rest des Hauses – zumindest dieses hier. Auch hier schälte sich die Tapete von den Wänden, und der Spiegel war zerbrochen, aber sowohl die Badewanne als auch die Toilette und das Waschbecken wirkten einigermaßen intakt.

Kritisch betrachtete ich mich in den Resten des Spiegels. Eine getrocknete Blutspur zog sich von meiner Nase über eine Gesichtshälfte bis zum Haaransatz. Dunkle Mascara-Schatten lagen unter meinen Augen, und meine Haare standen in alle Richtungen ab. Bezaubernd.

Als ich an einem der Wasserhähne drehte, schien die ganze Wand vor Schmerzen aufzustöhnen. Schnell drehte ich den Hahn wieder zu und trat vorsichtshalber einen Schritt zurück. »Gibt es hier kein fließendes Wasser?«, schrie ich die Treppe hinauf.

»Manchmal.«

»Großartig«, murmelte ich und zog eine frische Socke aus meiner Reisetasche, um mein Gesicht damit und mithilfe von ein wenig Spucke so gut es ging sauber zu reiben. Die verfilzte blaue Haarpracht band ich mit einem Schnürsenkel zusammen. Damit war ich bereit, dem Tag ins Auge zu sehen. Dem ersten Tag als Mrs Ramsey Bjorn. Das konnte ja heiter werden …

Die Küche wirkte genauso leer und kaputt wie der Rest des Hauses. Ich öffnete den Kühlschrank, nur um die Tür sofort wieder angewidert zuzuwerfen. Angeekelt wedelte ich mir mit einer Hand Luft zu, um den Geruch aus meiner Nase zu vertreiben. »Ist da drin was gestorben?«

»Nein«, antwortete Ramsey, der in diesem Augenblick in die Küche kam.

Aus dem Augenwinkel warf ich ihm einen Blick zu. Seine zerzausten blonden Haare waren nass und aus dem Gesicht gestrichen, sodass die langen Strähnen auf den dunkelblauen Kragen seines Security-T-Shirts hinabfielen. Ich erwischte mich dabei, wie ich vollkommen fasziniert auf seine starken Hände starrte, mit denen er es in den Bund seiner Hose stopfte.

»Wo hast du das Wasser her?«, fragte ich.

»Von draußen.«

Das klang ... rustikal. Ich runzelte die Stirn und gestikulierte in Richtung Kühlschrank. »Du hast keine Lebensmittel da.«

»Ich esse nicht hier.«

Fragend hob ich die Augenbrauen, auch wenn mich seine Antwort vermutlich nicht hätte überraschen dürfen – angesichts dieses Hauses, das jeden Moment über unseren Köpfen einzustürzen drohte. Trotzdem. »Aber wir sind ein Paar. Wir brauchen eine richtige Küche und einen Kühlschrank, wenn wir hier leben wollen. Wo isst du denn normalerweise?«

»Bei den Russells.«

Das war nicht gerade hilfreich. Ich warf einen weiteren verzweifelten Blick auf den antiken Kühlschrank. »Das Ding da muss schon vor Ewigkeiten den Geist aufgegeben haben. Übernachtest du überhaupt jemals hier?«

»Selten.«

»Und warum hast du dir die Bruchbude dann überhaupt zugelegt?«

Er starrte mich so wütend an, als hätte ich ihn gerade unglaublich beleidigt. »Ich brauchte ein Zuhause.«

»Wenn ich mir den Kasten hier ansehe, brauchst du immer

noch eins. Ich kann einfach nicht glauben, dass wir hier für Gott weiß wie viele Wochen wohnen sollen.«

»Deine eigene Schuld.«

Ich funkelte ihn an. »*Meine* Schuld?«

»Es war dein Plan, oder etwa nicht?«

Das war schwer abzustreiten. »Wenn ich das nächste Mal mit einem meiner brillanten Pläne um die Ecke komme, tu mir den Gefallen und sag mir, dass ich die Klappe halten soll.«

Ramsey schnaubte. Es klang wie eine Zustimmung.

KAPITEL SECHS

Das Gästehaus stellte sich als hübsches kleines Cottage heraus, das auf der anderen Seite des trüben Teichs hinter dem Haupthaus zwischen einigen Bäumen lag. Es gab eine funktionstüchtige Klimaanlage, Strom und fließendes Wasser. Und ein intaktes Dach, was allein schon ausgereicht hätte, um das eigentliche Anwesen auszustechen. Ich vermutete, dass Ramsey dort schlief, wenn er doch einmal hier war.

Ich klopfte an die Tür. Als Connor öffnete, schenkte ich ihm mein strahlendstes Lächeln. »Bist du bereit, mit mir zur Arbeit zu fahren, mein Schatten?«

Er musterte mich aufmerksam. »Geht es dir heute Morgen wieder besser?«

»Klar«, sagte ich, als wäre die peinliche Transformation der vergangenen Nacht nur ein böser Traum gewesen. »Ein blöder Unfall. Ist vorher noch nie vorgekommen.« Nicht so häufig zumindest.

Er verschränkte die Arme vor der Brust. »Willst du darüber reden?«

Das war das Letzte, was ich wollte. Es reichte mir schon, dass Ramsey deswegen nicht lockerließ. Ich würde ganz bestimmt nicht damit anfangen, Connor alle meine abstoßenden Wolfsgeheimnisse auf die Nase zu binden.

»Wenn wir nicht langsam losfahren, komme ich zu spät zur Arbeit, und Ramsey bekommt schlechte Laune«, sagte ich, drehte mich um und ging ein paar Schritte auf das Haupthaus zu, weil mir keine bessere Methode einfiel, um ihn dazu zu bringen, sich endlich zu bewegen.

»Das wollen wir natürlich nicht«, murmelte Connor leise, aber ich hatte ihn trotzdem gehört.

Wir beschlossen, uns auf dem Weg in die Stadt irgendwo etwas zum Frühstücken zu besorgen. Mir war klar gewesen, dass Connor ab sofort mein Schatten sein würde, allerdings hatte ich nicht damit gerechnet, dass Ramsey genauso wenig von meiner Seite weichen würde. Aber natürlich durfte ich mir nicht anmerken lassen, dass ich nicht wollte, dass er mich beschützte. Immerhin war das sein Job in dieser ganzen Scharade. Also gab ich mir die größte Mühe, ein fröhliches Gesicht zu machen, auch wenn ich mir nicht sicher war, dass es besonders überzeugend wirkte.

Die Fahrt in die Stadt war unangenehm. Ramsey sagte kein Wort, und Connor betrachtete mich nach wie vor mit diesem skeptischen Blick. Ich wusste, dass er noch immer über meine katastrophale Halbverwandlung in der letzten Nacht nachdachte. Um ihn abzulenken, bestürmte ich ihn mit einer Frage nach der anderen zu seiner Familie und dem Wolfsrudel. Und er beantwortete sie, auch wenn ich ihm anmerkte, dass er eigentlich lieber über etwas anderes geredet hätte.

Levi war sein Onkel und die anderen Wölfe seine Cousins. Seine Tante Maybelle, die vor einigen Jahren gestorben war, war die Mutter des Anderson-Rudels gewesen. Seine Eltern lebten in Arkansas, und nein, sie mochten Texas nicht. Nein, er vermisste sie nicht sehr, das Rudel sorgte für genug Ablenkung. Seine Cousins hießen Maynard, Owen, Wyatt, Buck und Tony. Das jüngste Mitglied des Rudels war auch das einzige Mädchen – seine Cousine Gracie. Sie sei gerade achtzehn geworden und ein wenig wild, gab er zu. Andere Rudel aus der Gegend hatten angefangen, sich für sie zu interessieren und ihr hinterherzuschnüffeln, seit sie das Erwachsenenalter erreicht hatte.

Bei all dem Gerede über Hinterherschnüffeln und andere Wolfsrudel fühlte ich mich ziemlich unwohl, und als wir in die

Warteschlange vor dem McDonald's einbogen, war mir der Appetit vergangen.

Ramsey drückte mir einen Kaffeebecher und eine Tüte in die Hand. »Iss.«

»Ich habe wirklich keinen Hunger.« Allein beim Gedanken an all die Wölfe drehte sich mir der Magen um.

»Um zu lernen, wie du eine richtige Gestaltwandlerin wirst«, sagte Connor zwischen den zwei Bissen, mit denen er sein Sandwich herunterschlang, »brauchst du Energie und einen Mentor. Der ich bin.«

Ich konnte beinahe spüren, wie Ramsey zu Connor hinüberstarrte. Auf einmal fühlte sich die Fahrerkabine des Trucks verdammt klein an. Ängstlich umklammerte ich meinen Kaffeebecher fester. »Ein kleines Sandwich werde ich schon runterbekommen, denke ich.«

Connor stieß ein zustimmendes Grunzen aus, während er einen Burger nach dem anderen verschlang. »Eins der ersten Dinge, die du kapieren musst, ist, dass der Wolf in dir nach Essen verlangt. Nach *viel* Essen. Vor allem Fleisch, je roher, desto besser. Du solltest darauf hören, was der Wolf in dir möchte, sonst kann es unangenehm werden.«

»Verstanden«, sagte ich mit mehr Selbstbewusstsein, als ich verspürte. Es war inzwischen sechs Jahre her, dass ich gebissen worden war. Ich wusste, dass ich rohes Fleisch mochte, und das war genau der Grund, aus dem ich vermied, es zu essen. Ich hatte immer geglaubt, den Wolf in mir kontrollieren zu können, wenn ich es nur schaffte, die Bedürfnisse zu unterdrücken, die er in mir hervorrief. Anscheinend hatte ich damit jedoch genau das Gegenteil erreicht. »Ich habe das Gefühl, dass da so vieles ist, was ich nicht verstehe.«

»Deswegen bin ich hier«, sagte Connor und grinste.

Ich beobachtete, wie Ramseys Fingerknöchel weiß hervortraten, als er die Hände fester ums Lenkrad klammerte.

»Du solltest deinen Wolf ermutigen, hervorzukommen, anstatt zu versuchen, ihn zu unterdrücken«, fuhr Connor fort. »Er ist ein wichtiger Teil von dir, und je besser du lernst, mit ihm umzugehen, desto leichter wird es dir fallen, dich in das Rudel einzufügen.«

Und schon war mein Appetit wieder verschwunden. Ich holte tief Luft, um gegen die aufsteigende Übelkeit anzukämpfen.

Ramsey warf Connor einen beinahe gewalttätigen Blick zu. »Scheiß auf das Rudel. Sie will sich gar nicht einfügen.«

»Ich fürchte, es geht nicht mehr darum, was sie will«, erwiderte Connor gelassen. »Die Entscheidung liegt nicht bei mir. Ich bin nur hier, um zu helfen, wo ich kann. Für alles andere ist Levi zuständig. Er ist unser Alpha, ich könnte ihm niemals widersprechen.«

Genauso wenig wie ich selbst. Beim Gedanken daran wurde mir noch schlechter.

Als wir in der schlichten Einkaufsstraße, an der die Agentur lag, hielten, fiel ich praktisch hinter Connor aus dem Wagen, so froh war ich, dass die Fahrt endlich vorbei war.

Ramsey war bereits um das Auto herumgekommen und hatte seine Hand ausgestreckt, um meine zu nehmen. Verlegen streckte ich ihm die Tüte mit Essen entgegen, dann legte ich meine Hand in seine, und wir gingen gemeinsam auf den Eingang von Midnight Liaisons zu – Connor direkt hinter uns.

»Sara, da bist du ja.« Meine Schwester winkte mir von ihrem Schreibtisch aus zu und lächelte. Sie hatte das Telefon zwischen Schulter und Ohr geklemmt und eine Hand auf den Hörer gelegt, während sie uns begrüßte. »Ich hatte schon Angst, dass du zu spät kommen würdest.«

»Nein, alles okay. Ich bin bereit loszulegen.« So einigermaßen auf jeden Fall.

»Gut.« Sie lächelte wieder, dann streckte sie Ramsey den Hörer entgegen. »Beau möchte mit dir sprechen.«

»Nicht jetzt.« Er ließ meine Hand los, ging zu meinem Schreibtisch hinüber und zog den Stuhl für mich darunter hervor.

Mit dem Kaffee in der Hand setzte ich mich langsam darauf, nicht sicher, was ich mit dem Babysitter-Werbär in meinem Rücken anfangen sollte. Connor hatte sich mir gegenüber hingesetzt und schob noch immer einen Burger nach dem anderen in sich hinein, offensichtlich vollkommen unbeeindruckt von Ramseys wütenden Blicken. Ramsey stand neben meinem Stuhl, abwartend, unnachgiebig.

Ich warf meiner Schwester einen Hilfe suchenden Blick zu.

»Sag ihm, dass das keine Bitte, sondern ein Befehl war«, erscholl Beaus lachende Stimme aus dem Hörer. Trotz der Entfernung war er für jeden Gestaltwandler im Raum klar und deutlich zu verstehen. Unser Gehör war um ein Vielfaches schärfer als das eines jeden normalen Menschen. Selbst wenn ich nicht in Wolfsgestalt war, konnte ich hören, wenn jemand am anderen Ende des Raums eine Stecknadel fallen ließ – genau wie die beiden anwesenden Männer.

»Er hat gesagt ...«

»Ich weiß«, unterbrach Ramsey meine Schwester mit einem Knurren, zog sein Handy aus der Tasche und stürmte aus der Agentur.

»Ich liebe dich, süße Bathsheba«, sagte Beau zum Abschied und legte anschließend auf, um Ramseys Anruf entgegenzunehmen.

Ich starrte durch die gläsernen Schaufenster auf die Straße.

Ramsey ging in einiger Entfernung auf dem Bürgersteig auf und ab. Zu weit entfernt, als dass ich irgendetwas von seiner Unterhaltung hätte mit anhören können. Meine Schwester hatte sich wieder ihrem Laptop zugewandt, und Connor aß.

Als mein Magen ein lautes Knurren von sich gab, schob Connor mir ein Sandwich zu. »Iss was. Du brauchst die Energie. Denk dran, du bist jetzt keine normale Frau mehr, und du hast ganz sicher nicht mehr deren Appetit.«

Vielen Dank auch für die Erinnerung. Ich zupfte an der Tüte herum und warf Connor einen flüchtigen Blick zu. »Ich bevorzuge Starbucks.«

»Iss«, wiederholte er nur. »Sonst gehe ich da raus und hole den großen Typ zurück.«

Na gut. Ich wickelte das Sandwich aus und nahm demonstrativ einen extragroßen Bissen. Wenn ich nicht aß, würden mich nicht nur die beiden Männer nerven, sondern ich hätte auch bald noch meine Schwester im Nacken sitzen – darauf konnte ich gut verzichten.

Während ich vor mich hinkaute, tippte ich mit einer Hand auf meine Tastatur, loggte mich ein und öffnete meinen Posteingang. Augenblicklich poppte eine E-Mail von meiner Schwester auf, die sie vor einer Minute abgeschickt hatte.

Kannst du Connor irgendwie loswerden? Wir müssen reden, und solange er hier ist, geht das nicht. Ryder ist mit einem neuen Klienten hinten im Büro und setzt sein Profil auf. Meinst du, wir können ihn irgendwie dazu bringen, zu ihr rüberzugehen?

Gib mir fünf Minuten, schrieb ich zurück. *Meinst du, es ist okay, wenn er sich hier in der Agentur aufhält?*

Wir haben wohl keine andere Wahl, aber ich glaube auch nicht, dass er gefährlich ist. Beau hätte sonst niemals zugelassen, dass er deinen Begleitservice spielt. Das Rudel wollte Maynard für den Job, aber Beau hat auf Connor bestanden. Er hat gesagt, dass er aus früheren Begegnungen mit den Andersons weiß, dass er der einzig Vernünftige ist.

Aber was ist mit dieser Sache mit Savannah?

Wir haben sie gefragt, ob sie Anklage gegen ihn erheben will, aber sie hat Nein gesagt. Sie meinte, er hätte sich die ganze Zeit über wie der perfekte Gentleman verhalten.

Aber sie haben miteinander geschlafen, oder?

Ja, trotzdem hatte sie nur Gutes über ihn zu sagen. Und auch, wenn sie Beau gesagt hat, dass sie ihn nicht wiedersehen will, glaube ich nicht, dass er gefährlich ist. Dann hätte sie sicherlich anders über ihn gesprochen.

Ich konnte nichts Gegenteiliges behaupten. Für einen Wolf benahm er sich ziemlich ordentlich. Er war freundlich, höflich, warf mir keine anzüglichen Blicke zu, nannte mich nicht »Zuckerpuppe« und verlangte auch nicht, dass ich mich seinem Willen unterwarf, so wie es Levi tat. In meiner Welt bedeutete das alles schon ziemlich viel, auch wenn ich zugeben musste, dass ich meine Standards, was Wölfe betraf, nicht besonders hoch gehängt hatte. Ich betrachtete Connor aus dem Augenwinkel. Er trank still seinen Kaffee, den Blick ins Leere gerichtet. Vielleicht dachte er an Savannah. Ich betrachtete ihn noch einen Augenblick, dann konzentrierte ich mich auf meine Arbeit – die Datenbank von Midnight Liaisons.

Die Datenbank war mein Baby. Sie war auf einem privaten Server eingerichtet, und die Benutzeroberfläche wurde von einer sicheren Website aus gehostet, die ich mithilfe eines Programmierers aus der Allianz erstellt hatte. Die Datenbank half uns dabei, die verschiedenen Nutzer unseres Services im Auge zu behalten und die Jobbeschreibungen, Statusmeldungen und Aktivitäten auf ihren Profilen upzudaten.

Übernatürliche waren keine einfachen Kunden, wenn es darum ging, das richtige Date für sie zu finden. Das fing schon damit an, dass sich zum Beispiel niemand mit einer Harpyie verabreden wollte. Die Männer waren vor allem auf Werfüchsinnen scharf, die offensichtlich notorisch promiskuitiv veranlagt waren. Jedes Profil wurde regelmäßig von uns kontrolliert, um sicherzustellen, dass erfolgreich verlaufene Dates festgehalten, Feedback gegeben und schlechtes Benehmen angemerkt wurde. Da es innerhalb der verschiedenen Arten übernatürlicher Wesen die unterschiedlichsten Hierarchiestrukturen und Verhaltensregeln gab, mussten wir besonders vorsichtig sein, niemandem auf die Zehen zu treten.

Sobald ich die Datenbank aufrief, füllte sich mein Bildschirm mit Meldungen der Profile, bei denen in den vergangenen vierundzwanzig Stunden eine Aktivität registriert worden war; und zu meiner Überraschung stand mein Name ganz oben auf der Liste. Ich klickte darauf, und in der nächsten Sekunde erschien das Foto von meinem Führerschein auf dem Bildschirm. Meine Haare waren darauf noch braun und etwas länger, und ich lächelte misstrauisch. Seit wann hatte ich ein Profil bei Midnight Liaisons? Bis vor fünf Tagen war die Tatsache, dass ich eine Gestaltwandlerin war, noch ein Geheimnis gewesen. Das konnte nur meine Schwester verbrochen haben. Ein dickes rotes VERGEBEN füllte das Kästchen für den Beziehungsstatus, und daneben stand Ramseys Name. Neugierig klickte ich darauf.

Sein Profil war vor einigen Wochen erstellt worden. Ich vermutete, dass er es ungefähr zum selben Zeitpunkt hatte erstellen lassen wie Beau seins. Interessant. Ich hatte nie daran gedacht, nachzusehen, ob er Mitglied bei uns war. Ich warf einen Blick auf seine Historie. Wenig überraschend stellte ich fest, dass er sich kein einziges Mal eingeloggt hatte. Umso mehr wunderte es mich deshalb, dass auch keine einzige automatisierte Anfrage verzeichnet worden war.

Unser System glich immer wieder Übereinstimmungen zwischen bestehenden und neuen Klienten ab und machte Vorschläge für passende Pärchen. Jemand in der Agentur sah sich die Vorschläge an und schickte dann zuerst eine Einladung an die Frau, da diese sehr viel seltener waren als die Männer und dementsprechend häufiger kontaktiert wurden. Wenn sie die Einladung akzeptierte, wurde ihr Kontakt auch an den männlichen Part weitergeleitet.

Nachdem Ramseys Profil erstellt worden war, war es auch dem Auto-Matching-Pool hinzugefügt worden, was wiederum bedeutete, dass er immer wieder für verschiedene Dates vorgeschlagen hätte werden müssen, selbst wenn er selbst nicht aktiv nach einer Verabredung gesucht hatte. Aber sein Account war vollkommen unberührt – null Aktivität seit der Erstellung des Profils. Entweder hatte irgendjemand vergessen, einen Haken an der richtigen Stelle zu setzen, oder es ging etwas Seltsames vor sich. Oder er interessierte sich einfach nicht für andere Übernatürliche.

Merkwürdig. Ich betrachtete sein Profilbild genauer. Er trug das Haar ein wenig zu lang und lächelte nicht, aber er war trotz allem wahnsinnig attraktiv. Nicht sehr gesprächig, aber das war eigentlich kein Problem. Er war der starke, stille Typ. Warum wollte sich also niemand mit ihm verabreden?

Ich zuckte mit den Schultern und schloss sein Profil, sodass wieder meins auf dem Bildschirm erschien.

Connor hatte aufgehört zu kauen und beugte sich neugierig vor, um einen Blick darauf zu werfen. »Warst du vor Kurzem beim Friseur?«

»Es war Zeit für ein paar Veränderungen«, sagte ich leichthin. Dann fügte ich schnell hinzu: »Bären stehen aus irgendeinem Grund auf Blau.«

Er schnaubte. »Du und Ramsey, ihr seid … einfach ein seltsames Paar.«

Ich warf ihm einen finsteren Blick zu. »Was ist so seltsam an uns?«, fragte ich beleidigt.

»Der Größenunterschied. Er ist ein Bär. Wenn er wollte, könnte er dich locker zum Frühstück verspeisen. Mit einem Wolf wärst du besser dran. Die meisten meiner Cousins sind wirklich in Ordnung. Du würdest sie mögen, wenn du sie erst mal besser kennenlernen würdest.«

Es war mir nicht entgangen, dass er »die meisten« gesagt hatte. Wenn er mich wirklich mit einem seiner Cousins verkuppeln wollte, ging er die Sache nicht gerade geschickt an. »Ich liebe Ramsey«, sagte ich und zögerte bei dem Wort *liebe* nur für eine Millisekunde. »Und wenn dir nicht daran gelegen ist, deinen Kaffee gleich im Gesicht zu haben, solltest du ab sofort die Klappe halten und nicht noch mal versuchen, mich an einen deiner tollen Cousins zu verscherbeln.«

Ein ernster Ausdruck trat auf sein hübsches Gesicht. »Ich versuche nur, dir zu helfen, Sara. Ich bin als dein Freund hier, und als solcher versuche ich, dir möglichst gute Ratschläge zu geben. Wölfe sind nicht gerade dafür bekannt, ein Nein als Antwort zu akzeptieren. Meine Cousins sind einsam. Levi weiß das, und du bist nun mal theoretisch verfügbar und in der Nähe, also wird er alles daransetzen, dich zu einem Mitglied seines Rudels zu machen. Für ihn zählt nur, was für die anderen Wölfe am besten ist – und das bist du. Und meine Cousins brauchen dringend eine Partnerin, sie werden ganz sicher nicht einfach so aufgeben. Das solltest du immer im Hinterkopf behalten.« Er zog ein weiteres Sandwich aus der Tüte und hielt es mir hin. Als ich den Kopf schüttelte, wickelte er es selbst aus dem Papier. »Mir ist klar, dass das alles ziemlich hart klingt, aber ich versuche nur, dich zu warnen. Noch tun sie so, als wäre alles in Ordnung, aber erwarte nicht, dass das für immer so bleibt.«

Ein Schauer lief mein Rückgrat hinab. »In dem Fall würde ich sagen, dass es gut ist, dass ich Ramsey habe.«

Connor sagte nichts darauf, sondern starrte wieder auf meinen Laptop.

Ich trank einen Schluck Kaffee. »Wärst du interessiert daran, ein Profil für dich erstellen zu lassen?«

»Keine Ahnung.« Er holte Luft, als wollte er noch etwas sagen, doch es kam nichts mehr.

Immerhin war das kein Nein, dachte ich triumphierend und warf einen Blick zu meiner Schwester hinüber, die uns vom anderen Ende des Raums aus beobachtete. »Wir haben kaum Werwölfe in unserer Datenbank«, erklärte ich. »Aber es gibt da zum Beispiel eine hübsche Nerzin, die, glaube ich, ziemlich gut zu dir passen würde.«

Er schien nicht sonderlich interessiert zu sein. »Vielleicht. Ist Savannah auch eine eurer Kundinnen?«

Aha. »Bis letzte Woche noch nicht, aber das könnte sich bald ändern. Beau ist sehr daran gelegen, dass seine Familienmitglieder den Service der Datenbank nutzen. Midnight Liaisons hilft dabei, Beziehungen zwischen verschiedenen Spezies zu fördern.«

»Das glaube ich sofort.« Er dachte eine Sekunde nach. »Okay, klar, warum nicht. Ich denke, ich bin dabei.«

»Ich sage Ryder Bescheid«, rief Bath von ihrem Schreibtisch aus, sprang auf und lief in den Nebenraum. »Bin sofort wieder da.«

Connor wirkte weit weniger enthusiastisch. Im Moment hatte er sehr viel mehr Ähnlichkeit mit einem jungen Mann, dessen Pläne von Grund auf vereitelt worden waren, als mit dem grausamen Wolf, als den ich ihn abgestempelt hatte.

Ich beugte mich über meinen Schreibtisch und blinzelte ihm verschwörerisch zu. »Wenn du Savannah wiedersehen willst, musst du meine Schwester glücklich machen.«

Er sah mich skeptisch an. »Einen Menschen? Ich bitte dich …«

»Sie ist Beaus Partnerin«, warnte ich ihn leise und ignorierte seine Beleidigung. »Und sie hat ziemlich großen Einfluss auf ihn. Vergiss das nicht.«

Connors Miene hellte sich trotzdem nicht auf, nicht einmal, als Ryder mit einem strahlenden Lächeln und einer Kamera in der Hand auf ihn zukam. Sie gab sich alle Mühe, mit ihm zu flirten, aber er machte keine Anstalten, ihre Avancen zu erwidern. Ich war mir nicht ganz sicher, ob es daran lag, dass sie nach Mensch roch oder dass er an Savannah dachte. Vermutlich eine Mischung aus beidem. So oder so liefen Ryders Versuche, ihn aus der Reserve zu locken, ins Leere, und irgendwann gab sie es auf. Ohne weiter auf seinen finsteren Gesichtsausdruck einzugehen, nahm sie ihn beim Arm und zerrte ihn hinter sich her in den Konferenzraum, um sein Profil anzulegen und ein kurzes Video aufzunehmen, in dem er sich vorstellen sollte. Er warf mir einen letzten mürrischen Blick über die Schulter zu, ließ sich aber dennoch anstandslos von Ryder abführen.

Sobald die beiden verschwunden waren und die Tür hinter sich geschlossen hatten, stürzte Bath zu meinem Schreibtisch herüber. Mit gerunzelter Stirn betrachtete sie meine Haare. »Du siehst aus wie die Videospielfigur Sonic the Hedgehog nach einem dreitägigen Besäufnis.«

»Sehr witzig.«

»Und, wie läuft es?« Sie sah besorgt aus.

»Alles okay«, sagte ich, ohne die Tür zum Konferenzraum aus den Augen zu lassen. »Wo ist Ramsey hin.«

»Der telefoniert immer noch draußen auf der Straße. Beau hat versprochen, ihn ein paar Minuten abzulenken. Ihm war klar, dass ich erst allein mit dir sprechen wollte, bevor wir dir unsere Idee vorstellen.«

Oh, oh. Beau und Bath hatten einen Plan ausgeheckt. Zwei Wichtigtuer allein waren niemals so Furcht einflößend, wie wenn sie zusammenarbeiteten. »Worum geht's?«

»Unser erster Plan ist ganz offensichtlich nicht aufgegangen«, erklärte sie. »Die Wölfe haben sich von eurem kleinen Schauspiel nicht abschrecken lassen. Du und Ramsey werdet weiter das glückliche Paar spielen müssen, bis Connor sich hoffentlich irgendwann langweilt und zu seinem Rudel zurückkehrt. Es tut mir so leid, Sara. Niemand von uns hat damit gerechnet, dass sie auf einem Bodyguard bestehen würden, der dich Tag und Nacht im Auge behält. Und Beau macht sich außerdem große Sorgen wegen deiner Verwandlungen. Er möchte, dass du keine Sekunde allein bist. Einer von beiden – Ramsey oder Connor – soll immer bei dir sein.«

»Dann glaubt er also auch, dass ich früher oder später sterben werde, wenn ich mich weiter so verwandle?«

Bath' Augen füllten sich mit Tränen. »Sara, wir machen uns alle wahnsinnig große Sorgen um dich. Ich glaube nicht, dass du bisher begriffen hast …«

»Ich begreife es«, sagte ich sanft. Nur weil ich deswegen nicht die ganze Zeit herumjammerte, bedeutete das noch lange nicht, dass es mir keine Todesangst einjagte. Aber jetzt war erst einmal wichtiger, dass ich meine Schwester wieder ein wenig aufheiterte. »Hey, sieh doch mal die positive Seite. Ihr könnt immer noch heiraten.«

»Nein, können wir nicht«, widersprach sie mir. »Ich werde keine Hochzeit feiern, solange dein Leben im Chaos versinkt. Ich kann mich erst entspannen, wenn wir diese Geschichte mit den Wölfen durchgestanden haben.« Sie hielt kurz inne, bevor sie hinzufügte: »Und wenn die Party vorbei ist.«

Ich sah sie irritiert an. »Party?«

Ihre Augen begannen zu leuchten. »Ja! Beau und ich haben überlegt, wie wir den Wechsel in der Agentur gut über die Bühne bringen. Nach Giselles Tod haben wir einige besorgte Anfragen von Klienten bekommen, dich sich fragen, wie es jetzt weitergeht. Außerdem haben viele Angst, weil sie nicht wissen, was mit ihren privaten Daten passiert; ob sie in die falschen Hände geraten könnten. Sie sind skeptisch, weil ich keine Übernatürliche bin. Marie und Ryder sind auch normale Menschen, und ich kann sie ja schlecht bitten, sich von einem Vampir beißen zu lassen, nur damit unsere Kunden uns wieder mehr vertrauen.« Sie stieß ein nervöses Lachen aus. »Aber ich könnte sie vielleicht fragen, ob sie eventuell Interesse hätten, sich in die Datenbank mit aufnehmen zu lassen. Das könnte helfen.«

»Was ist mit mir?«, fragte ich. Seltsamerweise fühlte ich mich ausgeschlossen, weil sie mich nicht genannt hatte. »Dann wäre diese ganze Werwolf-Sache immerhin für etwas gut.«

»Na ja …« Bath knetete nervös ihre Finger. »Auf der einen Seite ja, aber die anderen trauen den Werwölfen nicht über den Weg, da sie normalerweise keine Mitglieder der Allianz sind. Und außerdem bist du kein Werwolf von Geburt an. Wodurch du irgendwie in keine Kategorie passt. Aber …«, jetzt hatte ihre Stimme wieder den enthusiastischen Tonfall angenommen, »… wir werden Kennenlern-Partys veranstalten, um die Agentur wieder interessanter und die Klienten mit dem Gedanken vertraut zu machen, dass auch Menschen bei Midnight Liaisons arbeiten.«

»Kennenlern-Partys?«

»Ja. Und wir starten mit einer Scheunenparty! Das wird großartig. Die Klienten haben eine Chance, sich außerhalb der Datenbank kennenzulernen und zu unterhalten. Vielleicht stellen dann sogar die wählerischsten unserer Kunden fest, dass Werschlangen nur halb so schlimm sind wie ihr Ruf.«

Ich hob skeptisch eine Augenbraue, während Bath mir von den Details der geplanten Party erzählte. Sie sollte in einer echten Scheune stattfinden – sofern sie eine auftreiben konnte –, es würde Countrymusik und Strohballen geben (natürlich, welche Party wäre schon komplett ohne Stroh denkbar?), und jede Menge Alkohol, damit sich die Gäste auch ordentlich mischten.

Nach ein paar Minuten hielt Bath auf einmal inne. »Du hast noch gar nichts gesagt. Was hältst du von der Idee?«

Zurzeit fiel es mir eher schwer, Begeisterung für eine Veranstaltung aufzubringen, auf der sich mehr übernatürliche Wesen als echte Menschen aufhalten würden, aber meiner Schwester zuliebe machte ich gute Miene zum bösen Spiel. Abgesehen davon, dass es tatsächlich eine gute Idee war. »Der Plan gefällt mir. Damit machen wir den Kunden klar, dass wir unsere Aufgaben bei Midnight Liaisons ernst nehmen und uns der Agentur verpflichtet fühlen. Außerdem bekommen wir so die Gelegenheit, unsere Klienten außerhalb des Büros kennenzulernen. Ich denke, eure Idee ist brillant. Dann müssen wir jetzt nur noch schnell diese Wölfe loswerden, damit ich euch bei der Planung der nächsten Events helfen kann.«

Bathshebas Lächeln verblasste. »Und wie soll das bitte funktionieren?«

»Oh, kein Problem«, antwortete ich fröhlich. »Connor wird mir dabei helfen, dass ich mich verwandeln kann, ohne Nasenbluten zu bekommen, und damit ist die Sache dann auch schon erledigt.«

»Du hast *Nasenbluten*?«

Ups. »Nur manchmal«, versuchte ich, sie zu beruhigen. »Beau, Ramsey und Connor sind sehr erfahren, was die Verwandlungen angeht. Sie werden mir alles beibringen, was ich wissen muss. Das Nasenbluten wird aufhören, sobald ich weiß, wie es genau funktioniert. Kein Grund, sich Sorgen zu machen.«

»Beau hatte noch einen anderen Vorschlag, und ich fand ihn gut.«

Ich warf ihr einen misstrauischen Blick zu, wartete.

Ihr Lächeln war auf einmal ein wenig zu breit. »Du musst Ramsey daten.«

»Hab ich was verpasst? Über den Punkt sind wir doch schon

lange hinaus. Falls du es noch nicht mitbekommen haben solltest: Ramsey und ich sind ein *Paar*.«

»Ramsey ist ein großer, ziemlich Furcht einflößender Kerl. Er erledigt die Dinge für Beau, bei denen Muskelkraft gefragt ist. Jeder in der Allianz hat Angst vor ihm, und jeder sieht dich als …« Sie hielt inne, aber ich wusste, was sie hatte sagen wollen: *Opfer*. Das tat weh. »Ich bekomme jeden Tag Anrufe von Leuten, die sich nach Ramsey und dir erkundigen«, beeilte sie sich, fortzufahren. »Ihr müsst euch in der Öffentlichkeit sehen lassen, zusammen lachen, Händchen halten. Sonst glaubt kein Mensch, dass ihr wirklich ein Paar seid.«

Ramseys Gesicht würde vermutlich in zwei Hälften brechen, wenn er versuchen würde, breit zu lächeln. »Ihr wollt also, dass ich ihn *richtig* date? Mit ihm zusammenzuleben reicht nicht aus?«

Bath schüttelte den Kopf. »Ich glaube nicht. Und Beau sieht das ähnlich. Er hat Anrufe von anderen Clan-Führern bekommen, die alles andere als glücklich über euer ›Arrangement‹ sind. Die Anführer der Dachse und der Tiger haben sich gemeldet. Und auch ein anderer Wolfs-Alpha. Sie sind besorgt, dass du zu etwas gezwungen wirst, was du nicht willst.«

Was für eine Ironie. Die vorgetäuschte Partnerschaft mit Ramsey sollte mich ja gerade davor bewahren, in eine Beziehung mit den Wölfen gezwungen zu werden. Ich warf einen raschen Blick in Richtung Konferenzraum, um sicherzugehen, dass die Tür noch immer geschlossen war. Trotzdem senkte ich die Stimme, als ich sagte: »Da gibt es nur ein winzig-kleines Problem. Wie soll ich Ramsey daten, wenn uns Connor im Nacken sitzt, der davon ausgeht, dass wir bereits ein Paar sind?«

Sie tat meine Bedenken mit einem Schulterzucken ab. »Wir verkuppeln ihn mit jemand anderem, über die Agentur. Dann könnt ihr auf Doppeldates gehen.«

Ich stöhnte genervt auf. Und ich hatte ernsthaft geglaubt,

dass die Situation nicht noch schlimmer werden konnte. »Habe ich überhaupt eine Wahl?«

»Nicht wirklich.«

Ich seufzte ergeben. »Okay. Ich spreche mit Ramsey.«

Bath wickelte sich die Haarspitzen ihres Pferdeschwanzes um den Finger. »Das hat ihm Beau schon am Telefon erklärt. Ramsey müsste jede Sekunde zurückkommen.«

Das tat er tatsächlich, und dabei sah er aus, als wäre er bereit, jeden umzubringen, der sich ihm in den Weg stellte. Er schlug die Eingangstür hinter sich zu, ließ sich auf einen der Sessel im Wartebereich fallen und begann, wie wild auf seinem Handy herumzutippen. Fasziniert beobachtete ich, wie seine riesigen Daumen über das winzige Display flogen.

Bath drehte sich mit einem letzten vielsagenden Blick in meine Richtung um und ging wieder zu ihrem Schreibtisch hinüber.

Ich wandte mich Ramsey zu. »Es tut mir leid, dass du den ganzen Tag wegen mir hier festsitzt. Wenn du zu tun hast, kannst du ruhig gehen. Hier in der Agentur wird mir nichts passieren.«

Seine finstere Miene hellte sich ein wenig auf, als er mich ansah. »Solange der Wolf um dich rumschnüffelt, gehe ich nirgendwohin.«

Aha, auch gut. »Okay, verstanden.« Ich versuchte, einen möglichst fröhlichen Tonfall anzuschlagen. »Sieht so aus, als würden wir in den nächsten Wochen ziemlich viel Zeit miteinander verbringen. Ich hoffe, dass wenigstens Connor Videospiele mag. Von dir weiß ich ja schon, dass du nicht sonderlich darauf stehst.«

Ohne auf meine Bemerkung einzugehen, wandte er sich wieder seinem Handy zu.

Der Gesichtsausdruck meiner Schwester sprach Bände. Sie war ganz offensichtlich entsetzt, wie unhöflich Ramsey sich verhielt. Ich dagegen hätte beinahe gelächelt. Es machte mir nichts aus, dass er so schweigsam war; und es gefiel mir, dass er, wenn er den Mund aufmachte, immer ehrlich war. Das war mir allemal lieber als der scherzhafte Antagonismus der Wölfe. Ich war mir sicher, dass Ramseys Schweigsamkeit ganz einfach damit zusammenhing, dass er genau über das nachdachte, was er sagte. Ihm war bewusst, dass er andere schon allein durch seine pure Anwesenheit einschüchterte, deswegen wählte er seine Worte vorsichtig. Ich bewunderte ihn dafür. Wenn ich nervös wurde, hatte das meist eine Art verbalen Brechdurchfall zur Folge.

Eine kurze Weile später kamen auch Connor und Ryder aus dem Konferenzraum. Ryder ging schnurstracks zu ihrem Schreibtisch hinüber und begann, die Fotos hochzuladen, die sie von unserem neuesten Werwolf-Zugang gemacht hatte. Und Connor nahm wieder seinen Platz mir gegenüber ein, ohne Ramsey zu beachten, der ihn mit seinen Blicken töten zu wollen schien.

Er aß sein letztes Sandwich, dann klopfte er sich die Hände an der Hose ab. »Levi will heute Abend grillen. Das gibt dir die Gelegenheit, Zeit mit dem Rudel zu verbringen.«

Vor Grauen stellten sich mir die Nackenhaare auf. Genau das, was ich brauchte – eine Nacht in der Gesellschaft von noch mehr Wölfen. »Ich kann nicht«, sagte ich schnell. »Hab ein Date.«

»Sag es ab. Es ist wichtig, dass du Zeit mit den anderen verbringst. Dein Alpha …«

Ein riesiger Schatten fiel auf meinen Schreibtisch.

Aus dem Augenwinkel sah ich, dass Ramsey sich hinter mich gestellt hatte und Connor in Grund und Boden starrte.

Der junge Gestaltwandler gefror zur Salzsäule.

»Du sagst meiner Partnerin, dass sie nicht mit mir ausgehen kann?« Ramsey hatte so leise gesprochen, dass man ihn kaum verstand. Doch die Drohung in seiner Stimme war nicht zu überhören.

»Nein«, sagte Connor schnell. »Dann vielleicht morgen Abend. Ich werde Levi einfach sagen, dass es eine kleine Planänderung gibt und wir das Grillen verschieben müssen.«

»Wir werden sehen«, knurrte Ramsey und knackte mit den Knöcheln. »Wenn sie Lust darauf hat.«

»Schon kapiert«, sagte Connor heiser und sprang auf. »Ich muss telefonieren.«

Ich wandte mich zu Ramsey um und strahlte ihn an. »Und ich weiß auch schon ganz genau, wo wir es uns gemütlich machen, Knuddelbär. Ich reserviere uns gleich einen Tisch.«

Er trat neben mich, beugte sich hinab und drückte mir einen zärtlichen Kuss auf die Stirn. Noch während seine Lippen über meine Haut strichen, murmelte er: »Hör auf, diesen bescheuerten Namen zu benutzen.«

»Ich bin mir wirklich nicht sicher, ob das so eine gute Idee ist«, sagte ich zum gefühlt hundertsten Mal zu meiner Schwester, als sie mir ein weiteres Kleid durch die einen Spaltbreit offen stehende Tür zum Archiv reichte.

»Quatsch. Ich bin mir sicher, dass du irgendwann in deinem Leben schon mal ein Kleid getragen hast. Sag mir einfach, welches dir am besten gefällt, die anderen bringe ich zurück in die Boutique.«

»Ich meinte nicht das Kleid«, zischte ich, während ich mir den nächsten Fetzen Stoff über den Kopf zog und die Träger an die richtige Stelle rückte. Ich musste zugeben, dass es ganz süß aussah. Orangerot mit Spaghettiträgern und einer dekorativen Naht unter dem Busen, um das Fehlen desselben zu betonen.

»Beeil dich«, sagte Bath ungeduldig. »Das Restaurant liegt am anderen Ende der Stadt. Wenn ihr nicht bald loskommt, streichen die eure Reservierung. Und ich muss auch rechtzeitig da sein, damit ich alles im Auge behalten kann.«

Ich stöhnte angesichts ihres Befehlstons auf und drehte mich vor dem Spiegel hin und her, um mich anzusehen. Nicht schlecht, aber am Hintern zeichnete sich mein Slip ab. Schnell zog ich ihn aus. Keine Zeit für mehr Shopping – dann würde ich eben nackt gehen. »Ich beeil mich ja schon«, rief ich, warf einen letzten prüfenden Blick in den Spiegel und schlüpfte dann in die schwarzen Riemchen-High-Heels, die Bath ebenfalls extra für mich besorgt hatte. Ich war mir sicher, dass ich mit mindestens einem gebrochenen Knöchel nach Hause hinken würde.

Als ich aus dem Archiv trat, schenkte mir Bath ein strahlendes Lächeln. »Du siehst umwerfend aus!« Sie griff unter meine Achsel und riss mit einer schnellen Bewegung das Preisschild ab. »Ich bringe jetzt schnell die anderen Kleider zurück und fahre dann zum Restaurant. Falls noch was ist, schicke ich dir eine SMS.«

»Du weißt, dass du nicht kommen musst. Ich bin schon groß. Das Date mit Ramsey kriege ich auch allein hin.« Verdammt, immerhin hatte ich mich in der letzten Nacht an ihn gekuschelt. Ein Fake-Date war dagegen das reinste Kinderspiel.

Bath drückte beruhigend meinen Arm. »Ich weiß, aber ich *möchte* für dich da sein. Ich habe mir einen Tisch in einer dunklen Sitzecke ausgesucht, von der aus ich euch und ein paar der anderen Paare gut im Blick habe. Die Harpyie und eines der Jaguar-Mädchen haben heute Abend auch ein Date dort. Und ich will sichergehen, dass mit keiner von beiden das Temperament durchgeht.«

Hörte sich ganz danach an, als würde meine Schwester jede Menge zu tun bekommen. Keine der Spezies, der die beiden Frauen angehörten, war dafür bekannt, sich besonders besonnen zu verhalten. »Du versteckst dich also hinter einer Zimmerpflanze und spionierst uns nach. Schon kapiert.«

»Das ist mein Job«, bestätigte sie mit einem Grinsen. Meiner Ansicht nach freute sie sich fast schon ein bisschen zu sehr auf den Abend. Aber sie liebte es einfach, Dinge zu organisieren und dafür zu sorgen, dass der Laden lief. »Denk dran, dein Handy eingeschaltet zu lassen. Ich schreibe dir, wenn ich das Gefühl habe, dass ihr authentischer rüberkommen müsst. In dem Restaurant werden sich heute Abend jede Menge Gestaltwandler rumtreiben.«

Kapitel sieben

Ramsey war auf der Fahrt zum Restaurant so schweigsam wie immer. Mir war es recht, ich hatte ebenfalls keine große Lust, mich zu unterhalten.

Connor war schon vor uns mit meiner Schwester aufgebrochen. Er hatte tatsächlich ein wenig nervös und zappelig gewirkt. Bath hatte ihn regelrecht angefleht, in letzter Sekunde für ein Date einzuspringen, bei dem der männliche Klient kurzfristig abgesagt hatte. Im Restaurant wartete eine kratzbürstige Jaguar-Dame auf ihn, die alles andere als einfach im Umgang war. Connor hatte zuerst abgelehnt, aber meine Schwester hatte ihn intensiv bekniet. Er wäre doch ohnehin mit ins Restaurant gefahren, nicht wahr? Warum könnte er ihr also nicht diesen einen kleinen Gefallen tun? So könnte er Ramsey und mich aus der Entfernung im Auge behalten, und außerdem würde die Agentur für die Restaurantrechnung aufkommen. Trotzdem war Connor davor zurückgeschreckt, dem Date zuzustimmen, aber am Ende hatte er nachgegeben und den ganzen restlichen Nachmittag damit verbracht, sich auf der Website umzusehen. Ich war mir ziemlich sicher, dass er vor allem Savannahs Profil ausspioniert hatte.

Es war Connor anzusehen gewesen, dass er alles andere als begeistert war, mit einer Katze auszugehen, meine Schwester dagegen konnte ihren Enthusiasmus kaum zügeln. Den ganzen Tag lang zwinkerte sie mir verschwörerisch zu. Sie war sich sicher, mir einen Gefallen getan zu haben – der Wolf würde mit seinem eigenen Date beschäftigt sein, und ich könnte mich bei meiner Verabredung entspannen. Das Problem war nur, dass ich nach wie vor in aller Öffentlichkeit so tun musste, als wäre ich bis über beide Ohren in Ramsey verliebt. Keine Aussicht, die mich besonders locker machte.

Nachdem Ramsey den Wagen geparkt hatte, stieg ich aus und strich mein Kleid glatt. Das alles hier war nicht mein Element. Ich fühlte mich nervös und zittrig.

Ramsey erschien riesenhaft an meiner Seite. »Na los«, knurrte er und nahm meine Hand, um mich in Richtung Restauranteingang zu ziehen, sodass ich keine andere Wahl hatte, als ihm zu folgen. Zwischen zusammengebissenen Zähnen nannte er dem Maître d' seinen Nachnamen, der fast wie ein Knurren klang. »Bjorn. Zwei Personen.«

Während wir zu unseren Plätzen geführt wurden, musterte ich Ramsey aus dem Augenwinkel. Er hatte sich chic gemacht, so viel musste ich ihm lassen. Seine langen blonden Locken waren offensichtlich mit einem Kamm gezähmt worden, und sein typischer Dreitagebart war verschwunden, sodass sein wie aus Stein gemeißelter Kiefer noch besser zur Geltung kam. Die dunklen Augen blitzten lebhaft in seinem gebräunten Gesicht auf, die Brauen darüber hatte er skeptisch zusammengezogen.

Er sah sexy und wild aus. Vielleicht ein wenig *zu* wild. Nichts an seiner Haltung oder seiner Miene ließ darauf schließen, dass er sich mit der Frau auf einem Date befand, die er über alles liebte.

Der Maître d' führte uns an einen Tisch, der genau in der Mitte des Restaurants stand. Ich hatte auf einen etwas versteckteren Platz gehofft, aber eigentlich hätte ich es mir denken können. Meine Schwester hatte natürlich dafür gesorgt, dass uns jeder sehen konnte.

Connor saß ein paar Tische weiter und starrte irritiert die Frau ihm gegenüber an, die in einem viel zu engen pinkfarbenen Kleid steckte und ohne Punkt und Komma auf ihn einredete, wobei sie wild gestikulierte. Eine Sekunde lang tat er mir beinahe leid. Jayde Sommers war ganz nett, aber vor allem war sie anstrengend, rechthaberisch und dominant. Das genaue Gegenteil von Savannah. Als er aufsah, schien er mich mit seinem unglücklichen Blick um Hilfe anzuflehen. Vermutlich hätte er nichts lieber getan, als aufzustehen, um sich zu uns an den Tisch zu setzen.

Ramsey trat neben mich, um mir den Stuhl zurechtzurücken. Nachdem ich mich gesetzt hatte, beugte er sich zu mir herab und flüsterte: »Lächeln.«

Anscheinend war er nicht der einzige schlechte Schauspieler hier. Ich schenkte ihm ein strahlendes Lächeln, als er mir gegenüber Platz nahm und so lässig die Knöpfe an seinem Jackett löste, als würde er jeden Tag einen Anzug tragen.

Ich nahm die große Stoffserviette und breitete sie über meinem Schoß aus. »Ich weiß sehr zu schätzen, was du für mich tust, Ramsey.«

Er lächelte ebenfalls, allerdings sah es eher so aus, als wollte er mir seine Zähne zeigen. »Ich hatte keine Wahl. Es war Beaus Befehl.«

Damit gab es also bereits zwei Männer, die mit ihren Dates heute Abend mehr als unglücklich waren. Trotzdem gab ich mir alle Mühe, mein verzücktes Lächeln beizubehalten, und war froh, dass der Geräuschpegel um uns herum dafür sorgte, dass keiner der anderen Gestaltwandler uns hören konnte. »Dafür hast du dich aber ziemlich schnell bereit erklärt, meinen Partner zu spielen. Wenn du keine Lust auf die ganze Sache hast, hättest du sofort etwas sagen sollen.«

Ramsey sah mich mit einem seltsamen Blick an. »Das hier ist ernst, Sara.«

Ach was. Immerhin ging es hier um mein Leben, das offensichtlich auf Messers Schneide stand. Ich schluckte den scharfen Kommentar herunter, der mir auf der Zunge lag, als unser Kellner erschien, sich vorstellte und begann, die Tageskarte herunterzuleiern.

Ramsey schien ihm kaum zuzuhören. Die ganze Zeit über starrte er mich mit diesem intensiven Blick aus seinen dunklen Augen an. Immerhin schien inzwischen einer von uns etwas dazugelernt zu haben, was das Pärchen-Spielen anging.

»Ich bestelle für uns beide«, sagte er, nachdem der Kellner verstummt war.

Er wollte für mich bestellen? Mir musste bisher entgangen sein, dass *Werbär* eine Art Codewort für Neandertaler-Verhalten in der Öffentlichkeit war. Warum benahm er sich so bescheuert? Wenn das der normale Verhaltenskodex zwischen Gestaltwandler-Paaren war, konnte ich gut darauf verzichten.

Als die Handtasche auf meinem Schoß zu vibrieren begann, senkte ich den Blick und zog mein Handy heraus. Eine SMS von meiner Schwester.

Dein Lächeln sieht aus wie eine Grimasse. Versuch, dich zusammenzureißen. Die Harpyie und ihr Date sind inzwischen auch da, und die beiden haben euch schon bemerkt. Ihr müsst euch langsam mal ein bisschen Mühe geben, so zu wirken, als hättet ihr Spaß, und vor allem, als wärt ihr sehr ineinander verliebt.

Ich zwang meine Lippen, sich zu entspannen, und versuchte mir vorzustellen, in Ramsey verliebt zu sein. Er sah gut aus, das musste ich ihm lassen. Groß, muskulös und wild. Vermutlich bekamen die meisten Frauen in seiner Gegenwart ein feuchtes Höschen. Nicht dass ich eines getragen hätte.

Aus dem Augenwinkel nahm ich eine Bewegung wahr, und als ich einen Blick über meine Schulter warf, sah ich Bath, die sich mit dem Maître d' unterhielt und auf verschiedene Tische deutete. Der Mann nickte und machte sich einige Notizen auf seinem Clipboard. Eindeutig einer der Lakaien meiner Schwester, der ihr jeden Wunsch von den Augen ablas. Sie hatte sich zur Gewohnheit gemacht, immer wieder dasselbe Restaurant für die ersten Dates ihrer Klienten auszusuchen. Vermutlich, weil sie die Situation so besser unter Kontrolle hatte und beeinflussen konnte, was sie wollte. Typisch.

»Die Dame nimmt das T-Bone-Steak mit Spargel und Kartoffeln«, sagte Ramsey in diesem Moment zum Kellner, und ich richtete meine Aufmerksamkeit wieder auf ihn. »Das Steak raw, bitte. Dasselbe für mich.«

Nachdem der Kellner verschwunden war, warf ich Ramsey einen besorgten Blick zu. »Ich bin mir nicht sicher, ob das eine gute Idee ist.« Ein blutiges Steak klang gut, vielleicht *zu* gut in meinen Ohren. Der Wolf in mir schien allein beim Gedanken daran bereits zu sabbern anzufangen. Und das Letzte, was ich heute Abend wollte, war, diese Kreatur in mir zu wecken.

Ramsey warf mir einen spöttischen Blick zu. »Wolltest du lieber einen Salat?«

Ich musste lachen. Seine Reaktion war typisch für einen Gestaltwandler. »Nein, keinen Salat. Wahrscheinlich muss ich dir dankbar sein, dass du nicht so was Offensichtliches wie Hummer bestellt hast.«

Er schnaubte.

Ich nahm mein Wasserglas und trank einen Schluck. »Ach, komm schon. Erzähl mir nicht, dass Männer nicht genauso denken. Sie glauben, wenn sie einer Frau was Teures zu essen bestellen, wird sie ihnen zu Füßen liegen und sich als Nächstes die Klamotten vom Leib reißen.«

Ramsey versteifte sich und sah mich ernst an. »Hier geht es nicht darum, dass irgendwem die Klamotten vom Leib gerissen werden.«

Mit der Reaktion hatte ich nicht gerechnet, und ich lachte nervös auf, um meine Worte zu entschärfen. »Wird von uns als Paar nicht erwartet, dass wir uns gegenseitig die Klamotten vom Leib reißen?«

Er knurrte unwillig und verschränkte die Arme vor der Brust. Der intensive, suchende Ausdruck war aus seinem Gesicht verschwunden. »Nicht jeder steht auf so was.«

»Ich arbeite für eine Datingagentur«, erinnerte ich ihn. »Vertrau mir, *jeder* steht darauf.« Auf einmal verlegen, senkte ich den Blick und zupfte an der Serviette auf meinem Schoß herum.

Schweigen breitete sich zwischen uns aus, doch diesmal war nichts von der Spannung darin zu spüren, die vorher zwischen uns geherrscht hatte. Dies war ein ganz normales, peinliches Schweigen, wie es bei jedem ersten Date vorkam, bei dem zwei Leute, die sich noch nicht besonders gut kannten, überlegten, was sie als Nächstes sagen könnten. *Und das, obwohl wir doch angeblich schon lang ineinander verliebt waren.*

Wieder vibrierte das Handy in meinem Schoß.

Unterhaltet euch!

»Ich glaube, wir müssen ein bisschen mehr miteinander flirten«, flüsterte ich Ramsey über den Tisch hinweg zu.

»Okay.«

»Äh, also … Was machst du beruflich?«, platzte ich heraus. Oh Mann, langsam fühlte sich diese ganze Show verdammt nach einem *echten* peinlichen Date an.

»Ich arbeite für Beau.«

Das wusste ich auch schon, du Idiot. »Aber was genau machst du für ihn? Bist du so eine Art Bodyguard?«

Er sah mich irritiert an, als wüsste er nicht, was er darauf antworten sollte. »Ich erledige, was Beau erledigt haben muss.«

»Steht das in deinem Lebenslauf unter Berufserfahrung?« Ich grinste. »Oder ist da noch näher ausgeführt, dass du dich darauf spezialisiert hast, anderer Leute Köpfe einzuschlagen?« Ich konnte nicht widerstehen, ihn ein wenig aus der Reserve zu locken. Er sah zu niedlich aus, wenn er nervös wurde.

Ramsey beugte sich so weit über den Tisch zu mir herüber,

dass auch der letzte Gast im Raum mitbekommen musste, dass er mir gerade ein intimes Geheimnis anvertraute. »Ich arbeite für eine Spezialeinheit der Allianz. Ich beschütze andere.«

»Erzähl mir nicht, dass du der örtliche Sheriff in eurem eigenen kleinen Paradies bist«, zog ich ihn auf.

Er schüttelte den Kopf, und als ich lachte, fügte er mit ernster Miene hinzu. »Der Sheriff ist ein Tiger.«

Mein Lachen erstarb. »Wie viele Übernatürliche arbeiten eigentlich genau für diese Stadt?«

Er zuckte mit den Schultern. »Viele.«

Das erklärte zumindest, warum hier jedes ungewöhnliche Ereignis so schnell unter den Teppich gekehrt werden konnte, wenn es eigentlich auf der Titelseite jeder Zeitung hätte stehen müssen. »Du arbeitest aber selbst nicht für die Stadt?«

Es schien ihm unangenehm zu sein, dass ich das Thema nicht fallen ließ. »Ich springe ein. Ab und zu.«

»Und, macht dir der Job Spaß?«

Ramsey zuckte wieder mit den breiten Schultern. »Mir bleibt nicht viel Zeit für Spaß. Dafür bin ich zu beschäftigt, das Chaos anderer Leute zu beseitigen.«

Augenblicklich verschlechterte sich meine Laune. »So wie jetzt gerade?«

Sein glühender Blick ließ mir den Atem stocken. Wenn ich es nicht besser gewusst hätte, wäre ich mir in diesem Moment sicher gewesen, dass Ramsey ziemlich interessiert an mir war. »Nein.«

»Nein?«

»Nein«, wiederholte er, bevor er die Lippen zu einem umwerfenden Lächeln verzog.

Meine Knie wurden weich.

In diesem Moment kam der Kellner zurück, füllte unsere Wassergläser auf und stellte einen Teller mit kunstvoll in Form geschnittenen Brotscheiben auf den Tisch.

Als wir beide gleichzeitig danach griffen, berührten sich unsere Hände, und ich zuckte zurück.

Mit demselben breiten, sexy Lächeln bot Ramsey mir das Stück Brot an, dass er gerade vom Teller genommen hatte. »Gestaltwandler füttern ihre Partner.«

Nein, ich würde jetzt *nicht* rot werden. Oh Mann, diese ganze Flirt-Geschichte war ziemlich wirksam. Hastig riss ich ihm das Brot aus der Hand. »Hast du eine Vorstellung, wie viele dieser Dates wir hinter uns bringen müssen, bis wir alle überzeugt haben, dass wir tatsächlich ein Paar sind?«

»Fünf«, sagte er, bevor er einen Zettel aus der Tasche zog und ihn studierte. »Nächste Woche ist die Scheunenparty. Danach müssen wir zusammen ins Kino gehen, noch ein Abendessen und zum Schluss Minigolf.«

»Machst du Witze?« Ich streckte die Hand nach dem Zettel aus, um nachzusehen, ob er mich nur aufzog.

Er schob ihn schnell wieder zurück in seine Hosentasche. »Nein.«

»Im Ernst, die bescheuerte Scheunenparty? *Minigolf?* Ist meine Schwester jetzt komplett durchgedreht?« Aufgebracht zog ich mein Handy aus der Handtasche und begann, eine SMS zu verfassen. »Einen Moment, ich muss ihr nur kurz schreiben, dass sie den Verstand verloren hat.«

Ramsey griff über den Tisch und legte eine Hand auf das Display, sodass ich nicht weiterschreiben konnte. »Auf der Party werden jede Menge Übernatürliche sein.«

Das war schwer abzustreiten. »Und was soll das mit dem Minigolf?«

»Der Platz gehört den Michigos.«

Verdammt. Die Michigos waren die größte Werotter-Familie im Süden. Die Orte, die Bath für unsere Verabredungen ausgesucht hatte, machten offensichtlich doch Sinn. Ich stöhnte genervt auf, als mir klar wurde, dass sie uns genau da hatte, wo sie uns hatte haben wollen. »Wir werden eine Menge Zeit miteinander verbringen, oder?«

Mein Handy vibrierte. Ich musste nicht draufsehen, um zu wissen, dass die Nachricht von meiner Schwester kam.

Los, lächle.

Ich verzog die Lippen zu einem Strahlen.

»Werden wir, ja. Gestaltwandler pflegen sehr starke Besitzansprüche. Die Leute erwarten, uns zusammen zu sehen«, bestätigte Ramsey.

»Und wann wird mir Connor beibringen, wie ich mich richtig verwandle?«

»Das wird er nicht tun«, knurrte Ramsey, ein gefährliches Glitzern in den dunklen Augen.

Nicht? Ich hatte gedacht, dass dies der Sinn hinter der ganzen Anstandswauwau-Geschichte war. Wer würde mir dann dabei helfen? Als das Handy in meinem Schoß ein weiteres Mal vibrierte, verbreiterte ich mein Lächeln noch einmal und zwang mich zu einem albernen Kicheranfall, bevor ich nach meinem Wasserglas griff und den Inhalt in einem Zug herunterstürzte. »Und wie soll ich dann bitte lernen, mich richtig zu verwandeln?«, fragte ich, nachdem ich wieder zu Atem gekommen war.

Ramsey starrte mich unverwandt an. »Unkontrollierte Verwandlungen werden von Gefühlen ausgelöst. Ich will nicht, dass er irgendwelche schlimmen Erinnerungen bei dir weckt.«

»Dann willst du derjenige sein, der das tut?«

»Mit mir wird es keine schlimmen Erinnerungen geben.«

Ich schluckte schwer. War das ein Befehl gewesen oder einfach nur pure Arroganz? Der einzige Weg, auf dem sich schlimme Erinnerungen vermeiden ließen, war, positive Gefühle zu involvieren. »Äh … okay …«

Ramsey zwang sich zu einem Lächeln und streckte die Hand aus, um mir eine Haarsträhne hinters Ohr zu streichen.

Ich hielt still, tat mein Bestes, um nicht zurückzuzucken, während die Gedanken in meinem Kopf Achterbahn fuhren. Hatte er damit sagen wollen, dass ich angetörnt sein musste, um zu lernen, mich ohne Schmerzen zu verwandeln? Oh mein Gott.

»Entschuldigen Sie.« Unser Kellner war wieder da. Er warf Ramsey einen vielsagenden Blick zu. »Dürfte ich einen Moment allein mit Ihnen sprechen?«

Ramsey berührte flüchtig meine Hand auf dem Tisch, dann stand er auf und folgte dem Kellner. Sie entfernten sich ein paar Schritte und blieben dann stehen.

Ich spitzte die Ohren, um zu hören, worüber sie sprachen, aber sie unterhielten sich im Flüsterton, und der Geräuschpegel im Restaurant war zu hoch, als dass ich irgendetwas hätte verstehen können.

Mein Handy vibrierte und lenkte mich von den beiden Männern ab.

Ihr seid sooooooooo süß zusammen!

Du bist hier, um mir zu helfen, nicht um mich zu ärgern, schrieb ich zurück.

Sie antwortete prompt: *Wie es aussieht, brauchst du meine Hilfe gerade nicht. Ich würde sagen, es läuft super!!*

Ich spürte, wie meine Wangen heiß wurden. Das war gut oder? Dass wir offensichtlich so aussahen, als wären wir ineinander verliebt. Ich warf einen verstohlenen Blick zu Connor hinüber.

Armer C! Er sieht ziemlich unglücklich mit seinem Date aus. Er tut mir leid.

Pech gehabt, antwortete Bath. *Es war ein Fehler, dass sie dir einen Anstandswauwau auf den Hals gehetzt haben. Wenn du ihn so für einen Abend los bist, ist mir jedes Mittel recht.*

»Entschuldigung.« Jemand tippte mir auf die Schulter.

Ich nahm die Witterung der Jaguar-Dame auf, noch bevor

ich sie sah. Und dazu einen schwächeren Duft nach Wolf. Connor. Überrascht sah ich auf und begegnete dem eindringlichen Blick von Connors Date. »Darf ich dich etwas fragen?«

»Äh … hm …, ich glaube nicht, dass das gerade der richtige Zeitpunkt ist«, stotterte ich und warf einen Blick zu Ramsey hinüber. Der Kellner redete auf ihn ein und gestikulierte wild, um seine Aufmerksamkeit zurückzuerlangen, aber er ließ mich nicht aus den Augen.

Jayde schenkte mir ein verkniffenes Lächeln. »Wir müssen uns dringend unterhalten. Es dauert auch nicht lange.«

»Jetzt nicht«, sagte ich. »Bitte.«

Doch sie ignorierte meinen Protest und trat einen Schritt näher. »Du arbeitest für die Agentur, oder?«

Offensichtlich würde sie sich nicht so einfach abwimmeln lassen, also setzte ich mein professionelles Lächeln auf, das ich extra für Klienten reserviert hatte, und sah sie an. »Ja, das tue ich. Warum?«

Sie griff nach Ramseys Wasserglas und schüttete mir den Inhalt ins Gesicht.

Ich gab ein ersticktes Keuchen von mir. Die Haare hingen mir in nassen Strähnen in die Stirn, einige Eiswürfel waren in meinem Ausschnitt gelandet, und das Kleid klebte mir feucht am Körper. Ich spürte, wie sich meine Nippel aufstellten.

Und als ob das alles noch nicht genug gewesen wäre, beugte sich Jayde vor und schüttete mir auch noch den Inhalt meines Glases in den Schoß. »Das war dafür, dass ihr mich mit einem Mann ausgehen lasst, der in eine andere verliebt ist.«

Ich wischte mir mit einer Hand über das Gesicht. »Wie bitte? Ich …«

»Das ganze verdammte Scheißdate lang hat er von nichts anderem geredet als von ihr«, fauchte sie, offensichtlich außer sich vor Wut. »Mir ist schon klar, dass eure kleine Menschen-Crew glaubt, dass es witzig wäre, einen Hund mit einer Katze zu verkuppeln. Und ich kann darüber hinwegsehen, wenn der Typ heiß genug ist. Aber worüber ich nicht hinwegsehen kann, ist, wenn er bereits *vergeben* ist.«

»Vergeben?«, fragte ich irritiert. Ich kam auf die Beine, wobei die Eiswürfel, die auf meinem Schoß gelandet waren, auf den Boden fielen. Vorsichtig trat ich einige Schritte zurück, um so viel Sicherheitsabstand wie möglich zwischen Jayde und mich zu bringen. »Wovon redest du da?«

»Oh, Savannah Russell ist ja *so* umwerfend«, zwitscherte sie mit verstellter Stimme und fächerte sich übertrieben Luft zu. »Savannah steht auch auf Autos. Savannah ist auf dieselbe Uni wie ich in Texas gegangen. Savannah, Savannah, Savannah.« Sie hatte die Augen zu schmalen Schlitzen zusammengekniffen. »Wenn er so schrecklich in sie verliebt ist, warum geht er dann mit mir aus? Seid ihr etwa der Meinung, ich hätte es so nötig?«

»Was? Nein. Ich …«

»Glaubt ihr, ich kann kein vernünftiges Date bekommen?« Sie stach sich den Zeigefinger so heftig in die Brust, dass die Armbänder an ihrem Handgelenk klimperten. »Ihr glaubt, dass mich keiner will, weil ich an der Spitze der Nahrungskette stehe? Ihr glaubt ernsthaft, ich würde jeden Mann nehmen, den ihr *Menschlein* bereit seid, mir in den Schoß zu werfen? Ihr glaubt …« Sie verstummte abrupt und richtete den Blick auf etwas hinter meinem Rücken.

Als ich eine Hand an meiner Schulter spürte, zuckte ich zusammen, beruhigte mich jedoch gleich wieder, als mir klar wurde, dass es Ramsey war, der hinter mir stand. Als er sich schützend vor mich schob, wich Jayde eingeschüchtert zurück. Sein massiger Körper nahm mir jede Sicht, aber ich konnte mein Handy auf dem Tisch vibrieren hören. Ich war mir sicher, dass die Nachricht von Bath kam.

Connor saß nach wie vor an seinem Tisch, ohne einen Blick

in unsere Richtung zu werfen. Wenn ich hätte raten müssen, hätte ich vermutet, dass er noch deprimierter aussah als vor ein paar Minuten. Wolf-Bodyguard hin oder her – offensichtlich war er nicht bereit, mich vor seinem wild gewordenen Date in Schutz zu nehmen.

»Gibt's ein Problem?«, knurrte Ramsey mit tiefer Stimme.

»Nein«, log Jayde. Ihr Tonfall bestand aus einer Mischung aus Unbehagen und Überraschung. Doch anscheinend fing sie sich schnell wieder. Mit zuckersüßer Stimme fuhr sie fort: »Ich habe Sara nur angeboten, ihr mit dem Kleid zu helfen.«

Ein tiefes Grollen stieg aus Ramseys Kehle auf.

Jayde fuhr zusammen.

Er schlang einen Arm um mich und zog mich neben sich. Sein riesiger Körper schien meinen geradezu zu schlucken. Es war eine besitzergreifende Geste, mit der er deutlich machen wollte, dass ich zu ihm gehörte. »Warum hat meine Partnerin in meinem Drink gebadet?«

Jayde öffnete überrascht den Mund, doch sie brachte nicht mehr als ein erschrockenes Quietschen zustande. Mit weit aufgerissenen Augen sah sie schockiert zwischen Ramsey und mir hin und her. »Part…nerin?«

»*Mein* Partner«, fügte ich hinzu und kuschelte mich an Ramseys Brust, ohne darauf zu achten, dass ich von Kopf bis Fuß nass war. »Und er mag es überhaupt nicht, wenn andere Leute Drinks über mir auskippen.«

»Richtig«, bestätigte Ramsey mit gefährlich leiser Stimme. »Das mag ich überhaupt nicht.«

Jayde wurde leichenblass. »Verstehe … I-Ich … Es tut mir leid. Mir war nicht klar, dass …«

»Es wäre besser für dich, wenn du in Zukunft darauf achtest, meine Partnerin nicht noch einmal zu beleidigen«, sagte Ramsey drohend.

Sie nickte und stammelte weitere Entschuldigungen, während sie langsam zurückwich. Es war äußerst befriedigend zu sehen, wie groß ihre Angst vor Ramsey war. Vielleicht war diese ganze vorgetäuschte Date-Sache am Ende doch gar nicht so übel.

»Es tut mir sehr leid«, sagte der Kellner, der mit einer ganzen Ladung Servietten an unseren Tisch gekommen war. »Wir werden Ihnen selbstverständlich einen neuen Tisch …«

»Nein«, sagte Ramsey im selben gefährlichen Tonfall, den er schon Jayde gegenüber benutzt hatte. »Wir gehen.« Er zog sich das Jackett aus und legte es mir um die Schultern. Es war so riesig, dass ich darunter kaum noch zu sehen war, der Saum schlackerte mir um die Knie. »Sie ist klatschnass. Der Abend ist gelaufen.«

»Ich verstehe«, beeilte sich der Kellner zu versichern. »Ich werde Ihnen das Essen einpacken lassen, damit Sie es mit nach Hause nehmen können.«

»Tun Sie das.« Dann wandte sich Ramsey noch einmal zu Jayde um, die in einiger Entfernung stehen geblieben war, unsicher, was sie als Nächstes tun sollte. »Du bezahlst.«

»Natürlich«, murmelte sie, bevor sie an ihren Tisch zurückhastete.

Beeindruckend. Mit ein paar finsteren Blicken hatte Ramsey es geschafft, ein durchgedrehtes Werjaguar-Weibchen einzuschüchtern, uns ein Abendessen umsonst zu verschaffen und uns aus der unangenehmen Date-Situation zu befreien.

Schade nur, dass er es nicht getan hatte, bevor mich ein Liter Wasser im Gesicht getroffen hatte. Zitternd schob ich die viel zu langen Ärmel seines Jacketts hoch. Meine Nippel fühlten sich an wie eingefroren, und ich begann, unkontrolliert mit den Zähnen zu klappern.

»Wir warten draußen«, rief Ramsey dem Kellner zu.

Mir blieb kaum Zeit, mein Handy in die Handtasche zu stopfen, bevor er mich bei der Hand packte und hinter sich her aus dem Restaurant zog. Ich verkniff mir einen Kommentar dazu, dass er mich wie einen nassen Sack durch die Gegend zerrte. Dafür war später noch genug Zeit.

Die Leute, die draußen in einer Schlange warteten, um einen Tisch zu bekommen, starrten uns überrascht an. Offensichtlich gab ich mit den nassen blauen Haaren, die mir wirr ins Gesicht hingen, und dem riesigen Jackett eine ziemlich komische Figur ab. Kombiniert mit der Tatsache, dass ich mit einem Date an der Hand herumlief, das mindestens zwei Köpfe größer war als ich und äußerst angepisst aussah, war es kein Wunder, dass man uns vermutlich für nicht ganz zurechnungsfähig hielt.

Als wir bei Ramseys riesigem Truck ankamen, umfasste er meine Taille und setzte mich auf der Motorhaube ab, sodass wir beinahe auf Augenhöhe miteinander waren. Zu meiner Überraschung beugte er sich dicht zu mir vor. »Wie war ich?«, flüsterte er nur Zentimeter von meinem Mund entfernt, den warmen Oberkörper gegen meine Knie gedrückt.

Oh mein Gott, war es plötzlich total heiß geworden, oder lag das nur an mir? Der fast verspielte Ausdruck auf Ramseys Gesicht stellte komische Dinge mit mir an. Ich strich mir eine feuchte Locke von der Wange und grinste schief.

»Na ja, die gute Nachricht ist, dass Jayde vermutlich nie wieder einen Drink über einer anderen Frau auskippen wird.«

»Richtig.«

»Dass du mich wie ein Neandertaler durch die Gegend gezerrt hast, war dagegen eher unnötig«, fügte ich trocken hinzu.

»Alles nur Show. Die sollen sich an uns erinnern.«

Und ich war mir ziemlich sicher, dass sie das auch tun würden. Ein Blick zur Eingangstür hinüber verriet mir, dass uns der Empfangschef noch immer beobachtete. In diesem Moment kam unser Kellner heraus und ging auf den Parkplatz zu.

»Da kommt unser Essen.«

»Gut.« Er legte die Hände an meine Hüften, zog mich mit einem Ruck weiter vor und presste seinen Lippen auf meine.

Vor Überraschung vergaß ich vollkommen, mich zu wehren. Sein Mund, der normalerweise immer so hart wirkte, fühlte sich warm und weich auf meinem an. Sanft saugte er an meiner Unterlippe und schob schließlich die Zunge in meinen Mund.

Und dann war ich verloren. Er küsste wie ein Besessener, als wollte er mich verschlingen. Immer und immer wieder fuhr er mit der Zunge zwischen meine Lippen, und ich erwiderte seine Berührung. Mit einer Hand strich er meinen nassen Oberschenkel hinauf und zog mich dichter zu sich heran. Und ich schlang die Arme um seinen Hals, um ihn zu ermutigen weiterzumachen. Wenn dieser Kuss nur gespielt war, dann wagte ich mir kaum vorzustellen, wie er küsste, wenn er es ernst meinte.

Seine Hand an meinem Oberschenkel war warm, und als er abermals mit der Zunge zwischen meine Lippen tauchte, stieg ein leises Stöhnen aus meiner Kehle auf. Meine Knie waren zwischen ihm und der Motorhaube eingeklemmt, also spreizte ich die Beine und verschränkte die Füße hinter seinem breiten Rücken. Er beugte sich noch weiter vor, die Hände in meinen feuchten Haaren vergraben.

Ein verlegenes Räuspern erklang neben uns.

Ramsey leckte ein letztes Mal zärtlich über meine Lippen, dann zog er sich zurück und starrte den Kellner an, während ich, noch immer keuchend, an seinem Hals hing.

»Was?«, knurrte er.

»Sorry. Ihr Essen«, stotterte der arme Kerl, stellte die Tüte vorsichtig auf dem Boden ab und eilte davon.

Ramsey sah kurz auf die Tüte und dann wieder mich an. Seine dunklen Augen funkelten, und ich bemerkte, wie sein Blick zu meinen feuchten Lippen zuckte. Seine Hand lag noch immer an meiner Hüfte. »Wo ist dein Slip?«, fragte er mit heiserer Stimme.

Ups, das hatte ich ganz vergessen. »Überraschung!«

Ramsey war einfach zum Anbeißen, wenn er nervös war, und ich fühlte mich ausgelassen, vor allem nach diesem unglaublich umwerfenden Kuss. Wen kümmerte es schon, dass er nur gespielt gewesen war?

Ramsey wich so abrupt zurück, als hätte er sich an mir verbrannt. In letzter Sekunde konnte ich die Beine um seine Taille lösen, um nicht von der Motorhaube gerissen zu werden. Schnell zog ich mein Kleid hinunter, während Ramsey stumm die Autotür aufriss.

Wie es aussah, war ich die Einzige, die den Vibe zwischen uns gespürt hatte.

Ich schreckte aus dem Schlaf hoch. Irgendwo in der Ferne war das Heulen von Wölfen zu hören. Mit einem Keuchen setzte ich mich auf. Mein Herz hämmerte wie verrückt in meiner Brust. Ich war allein. Sanftes Mondlicht fiel durch das Loch in der Decke und die dreckigen Fenster. Wo war Ramsey? Und wo war mein Anderson-Beschützer?

Als das Wolfsgeheul anschwoll, ging ein Schaudern durch meinen gesamten Körper. Meine Nackenhaare stellten sich auf, und meine Wirbelsäule krümmte sich. Verzweifelt biss ich mir von innen in die Wange und stand auf, um die Treppe ins Erdgeschoss hinunterzuschleichen. Ein großer Teil von mir hätte sich am liebsten unter dem Bett versteckt, doch da war auch dieser kleine schreckliche Teil von mir, der dem Heulen folgen wollte. Selbst in meinem verschlafenen Zustand hatte ich beinahe das Gefühl zu verstehen, was es zu bedeuten hatte, und ich wollte mehr darüber herausfinden.

Die Arme über der Brust verschränkt, trat ich, nur in T-Shirt und Yogahose, auf die Veranda hinaus. Ein kühler Wind wehte, der dem Wolf in mir jedoch nichts hätte anhaben dürfen – anscheinend war die Sache mit der Verwandlung nicht die einzige, die ich falsch machte. Ich starrte zu den Bäumen in einiger Entfernung hinüber und horchte auf das Heulen. Ein schwacher Geruch nach Gestaltwandler lag in der Luft, doch es war vor allem Ramseys Duft, den ich herausfilterte. Er war hier gewesen, und es war noch nicht lange her. Wohin war er verschwunden?

Eine Gestalt löste sich aus den Schatten auf der Veranda rechts von mir. »Ich habe mir schon gedacht, dass du sie hören würdest«, sagte Connor leise.

Ich unterdrückte das Knurren, das in meiner Kehle aufstieg, und beherrschte mich, nicht erschrocken einen Satz zurückzumachen.

Als er merkte, wie alarmiert ich war, hob er beruhigend eine Hand. »Ich wollte dich nicht erschrecken. Als ich sie gehört habe, dachte ich mir nur, dass du neugierig sein und vermutlich rauskommen würdest. Deswegen habe ich hier auf dich gewartet.«

Als er einen Schritt zurücktrat, stieg mir sein Duft in die Nase, gemischt mit einer Note von … Werpuma? Sein Hemd war zerrissen und schief zugeknöpft, und sein Auge sah so aus, als würde es sich langsam violett verfärben. Wie es aussah, war der Empfang nicht allzu herzlich gewesen, als er bei den Russells vorbeigeschaut hatte, um eine ganz bestimmte Puma-Dame zu besuchen.

Ich wippte auf den Füßen vor und zurück und wechselte schnell das Thema, um von meiner Nervosität abzulenken. »Wo ist Ramsey?«

Connor sah in Richtung der Bäume. »Wenn mich nicht alles täuscht, hat er sich verwandelt und versucht, die Wölfe von seinem Grundstück zu vertreiben.«

»Wirklich?«

Connor zuckte mit den Schultern. »Sie sind nur hier, um nachzusehen, wie es dir geht.«

Und was wollten sie tun, wenn sie glaubten, dass er mich nicht richtig behandelte? In die Bruchbude eindringen und mich mitnehmen? Beim Gedanken daran schauderte ich. Das Wolfsrudel ließ sich einfach nicht abschütteln. Immer befanden sie sich irgendwo in der Nähe, erinnerten mich daran, dass sie mich beobachteten.

Das Heulen schwoll wieder an, diesmal klang es jedoch so, als würde es von weiter weg kommen.

Connor musterte mich. »Verstehst du sie?«

»Nein. Und du?«

Er nickte. »Die meisten Wölfe verstehen das Heulen. Vermutlich wirst du es auch lernen, je mehr du mit deiner Wolfsseite in Einklang kommst. Du siehst nicht so aus, als hättest du das Bedürfnis, dich zu verwandeln.«

Ich schüttelte den Kopf. »Aber ich spüre es normalerweise auch nicht kommen – bis es zu spät ist.«

»Weil du zu lange abwartest.«

Ich sah ihn an. »Wann wirst du es mir beibringen?«

»Das werde ich nicht«, sagte er sanft und trat einen weiteren Schritt zurück.

»Wie meinst du das? Ich dachte, der Grund dafür, dass du hier bist, ist, mir zu helfen. *Ihr* habt gesagt, dass mein Leben in Gefahr ist.«

»Ist es auch«, bestätigte er, ohne den Blick von der Baumgrenze zu lösen. »Aber du weißt genauso gut wie ich, dass er kein anderes Männchen an dich heranlassen wird, solange du so verletzlich bist.«

»Sei nicht albern«, sagte ich mit einem Lachen und wollte gerade noch etwas hinzufügen, als sich eine riesige Gestalt aus dem Schatten der Bäume löste. Ich witterte den Bären, noch bevor ich ihn richtig sah. Ramsey. Seine Augen glitzerten in der Dunkelheit, während er wartete.

Wieder spürte ich, wie ein unangenehmer Schauer nach

dem anderen mein Rückgrat hinablief. Wenn Ramsey mir in seiner Bärengestalt wehtun wollte, hätte ich keine Chance, ihm zu entkommen. Er war so riesig, und ich dagegen so unglaublich hilflos. Doch als Connor sich weiter von mir zurückzog, verstand ich, dass Ramsey gar nicht mich beobachtete, sondern den Werwolf neben mir.

»Und wie soll ich lernen, mich richtig zu verwandeln, wenn er dich nicht in meine Nähe lässt?«, fragte ich.

Connor verzog die Lippen zu einem müden Lächeln. »Ich weiß es nicht. Am besten, du redest mal mit deinem Partner darüber.«

Die ganze Situation wurde immer absurder. »Ich werde mit ihm sprechen«, sagte ich. »Der Deal zwischen dem Rudel und der Allianz muss funktionieren. Ramsey weiß das. Ich werde ihn dazu bringen …«

»Das kannst du nicht. Die Instinkte eines Partners sind stark und besitzergreifend. Wenn ein Männchen ein Weibchen will, dann krallt es sich an ihr fest und lässt sie nicht wieder los. Wenn sie in deiner Nähe ist, kannst du nicht mehr klar denken. Sobald du ihre Witterung aufnimmst, ist sie alles, woran du denken kannst.« Ein trauriger Ausdruck huschte über sein Gesicht. »Und wenn sie nicht mit dir reden will, wird die Welt um dich herum schwarz.«

Ich hatte das starke Gefühl, dass wir nicht mehr von Ramsey und mir sprachen.

Als Connor klar wurde, dass ich nichts dazu zu sagen hatte, räusperte er sich verlegen. »Was ich damit meinte: Er wird nicht zulassen, dass ein anderer Gestaltwandler auch nur in deine Nähe kommt, schon gar keiner, vor dem du Angst hast. Sein Partnerinstinkt erlaubt ihm keine andere Handlungsweise.«

Das mochte ja alles sein, aber wir waren nicht wirklich zusammen, also konnte das alles nicht zutreffen. »Ich bin mir sicher, dass ich mit ihm reden kann.«

»Und ich bin mir sicher, dass du es nicht kannst. Glaub mir.« Connor warf einen flüchtigen Blick auf meinen Hals, bevor er die Verandatreppe hinunterstieg, um zurück zum Gästehaus zu gehen. »Wir sehen uns morgen früh. Und vergiss den Grillabend nicht. Ich vermute, sie wollten dich mit ihrem Heulen daran erinnern.«

Als ob ich den vergessen könnte. »Wie lange wird es dauern, bis sie mich von ihrer Liste potenziell interessanter Weibchen streichen?«

Er betrachtete mich einige Sekunden, und sein Gesichtsausdruck wurde sanfter. Allerdings war unmöglich zu erkennen, ob aus Sympathie oder aus Mitleid. Dann richtete er den Blick nachdenklich in die Ferne. »Vermutlich wird es eine Weile dauern.«

Er log. Ich spürte es. »Werden sie mich jemals vergessen?«, fragte ich leise.

Als Connor mich diesmal ansah, war seine Miene schmerzverzerrt. »Wenn ich sie dazu bringen könnte, dich in Ruhe zu lassen, dann würde ich es tun. Diese ganze Sache beeinflusst mein Leben genauso wie deins.«

»Du meinst wegen Savannah?«

»Sie lassen nicht zu, dass ich mit ihr zusammen bin. Ich brauche sie, aber ich kann sie nicht haben … Nicht, dass sie mich haben wollen würde. Ich war nicht stark genug, als sie mich gebraucht hat.« Er ballte die Hände zu Fäusten und starrte zu den Bäumen hinüber. »Ich muss aufhören, an sie zu denken. Solange Onkel Levi unser Alpha ist, laufen die Dinge so, wie er es will. Was ich mir wünsche, spielt keine Rolle. Was *du* willst, spielt keine Rolle. Es geht nur darum, was Levi will. Und was er will, ist, dass die Wölfe im Rudel unter ihresgleichen leben, und nicht, dass sie sich mit Bären oder Katzen paaren.«

»Wenn dein Onkel wirklich so denkt, wundert es mich, dass er unserem Deal überhaupt zugestimmt hat.«

Connor verzog den Mund zu einem trockenen Lächeln. »Er wirft euch einen kleinen Brocken nach dem anderen hin.«

»Gerade groß genug, dass wir daran ersticken?«

Er nickte. »Nicht mehr und nicht weniger. So wie ich ihn kenne, geht er davon aus, dass dieses ganze Experiment fehlschlagen wird und du früher oder später sowieso zu deinem Rudel gerannt kommst. Und genau aus diesem Grund musst du Ramsey sagen, dass er dich auf keinen Fall loslassen darf. Niemand darf sich eurer Liebe in den Weg stellen.«

Bevor ich eine halbwegs sinnvolle Erwiderung zusammenstammeln konnte, hatte er sich bereits umgedreht und ging auf das Gästehaus zu.

Ich blickte ihm ein paar Sekunden nach, bevor ich mich abwandte, um Ramseys riesige Gestalt am Rand des Waldes zu betrachten. Der Geruch nach Bär war überwältigend, und bei seinem Anblick erstarrte ich vor Angst. Was, wenn er dasselbe jähzornige Temperament hatte wie Roy? Was, wenn er sich nicht unter Kontrolle hatte, wie so viele Gestaltwandler in der Gegenwart eines Weibchens? Am liebsten wäre ich zu ihm gegangen, um ihn zu zwingen, sich zurückzuverwandeln und mit mir über Connor zu sprechen, aber ich konnte mich nicht überwinden, mich dem Bären zu nähern. Hastig wandte ich mich ab, betrat das Haus und schlüpfte in unserem Zimmer unter die Laken.

Erst viele Stunden später kehrte Ramsey zurück. Ich hörte die Stufen unter seinem Gewicht ächzen, bevor er das Zimmer betrat. Ich tat so, als würde ich schlafen, und versuchte, möglichst gleichmäßig zu atmen. Als er neben dem Bett stehen blieb, begann die Haut in meinem Nacken zu prickeln. Ich wusste, dass er mich ansah.

Einen Moment später kroch er zu mir ins Bett, seine Haut heiß an meiner, und ich protestierte nicht, als er mich an sich zog, sodass mein Kopf unter seinem Kinn ruhte. Augenblicklich entspannte ich mich und kuschelte mich noch enger an seine breite Brust.

Der Mann Ramsey machte mir keine Angst. Es war die wilde Kreatur in ihm – und in mir selbst –, die mich alles infrage stellen ließ.

KAPITEL ACHT

Am nächsten Morgen lieferte mich Ramsey mit einem keuschen Kuss auf die Stirn und einem gemurmelten Kommentar, dass er mich rechtzeitig für den Grillabend bei den Andersons wieder abholen würde, bei der Arbeit ab. Es gefiel ihm nicht, mich mit Connor allein zu lassen, und mir ging es ähnlich. Aber wenn man von uns erwartete, unser Leben so normal wie möglich weiterzuleben, konnte er unmöglich die ganze Zeit in meiner Nähe bleiben. Und darüber hinaus wollte er den Andersons beweisen, dass wir uns nicht von ihren Einschüchterungsversuchen beeindrucken ließen.

Aber ich *war* eingeschüchtert. Sogar so sehr, dass ich mir nichts sehnlicher wünschte, als dass Ramsey den ganzen Tag bei mir bleiben und meinen Schatten spielen würde. Was jedoch nicht möglich war – er hatte einen Job, und außerdem bestand die Gefahr, dass Connor Verdacht schöpfte, wenn Ramsey mir nicht von der Seite wich, als müsste er etwas beweisen. Also ließ ich ihn widerwillig gehen.

Da sich Connor im Büro zu Tode zu langweilen schien, drückte ich ihm irgendwann einen Stapel Akten in die Hand und erklärte ihm, was er damit zu tun hatte, und er machte sich sofort an die Arbeit. Dennoch spürte ich, wie er mich immer wieder aufmerksam musterte, als erwartete er, dass mir jeden Moment ein Schwanz wachsen würde. Langsam begann ich mich zu fragen, wie oft sich Gestaltwandler in der Regel verwandelten. Ich hatte keine Ahnung von diesen Dingen, aber ich kam mir dumm vor, Connor danach zu fragen.

Meine Schwester betrat in einem fröhlichen gelben Pullover

und ihrer Lieblingsjeans die Agentur. Sie trug die langen Haare offen, sodass sie ihr locker über die Schultern fielen, und sie hatte ein strahlendes Lächeln aufgesetzt.

Ich erwiderte es, allerdings verging mir das Lachen, als sie sich an den Schreibtisch setzte, die Haare zurückwarf und ein riesiges Liebesmal an ihrem Hals offenbarte. Mit heißen Wangen senkte ich verlegen den Blick.

Liebesmale oder Kennzeichnungen waren eines dieser seltsamen Dinge, die für jeden Gestaltwandler offensichtlich, für das menschliche Auge jedoch nicht zu erkennen waren. Eine Mischung aus geröteter Haut und einem Duftschimmer – schwer zu beschreiben, aber für jeden Übernatürlichen mit einem Tierschwanz nicht zu übersehen. Es erklärte eine Person für eindeutig vergeben.

Nachdenklich berührte ich meinen eigenen Hals. Ich hatte Connor dabei erwischt, wie er bereits ein paarmal darauf gestarrt hatte, und ich fragte mich, ob er Levi berichten würde, dass ich bisher nicht gezeichnet worden war. Vielleicht war es an der Zeit, Ramseys und meine vorgetäuschte Beziehung auf ein ganz anderes Level zu heben. Wenn ich zur Scheunenparty ein Liebesmal von ihm trug, würde das unsere Beziehung um einiges glaubhafter machen.

Beim Gedanken daran, erschauderte ich. Ich stellte mir vor, wie Ramseys massiger Körper über mir aufragte, seine heiße Haut an meiner, sein Mund auf meinen Hals gepresst … Oh Mann! Ich fächelte mir mit einer Aktenmappe Luft zu. Wenn mich nicht alles täuschte, war die Temperatur im Raum soeben um einige Grad angestiegen. Mein Puls begann zu rasen, als ich darüber nachdachte, Ramsey am Abend von meiner Idee zu erzählen.

Entschuldige, meinst du, du könntest gleich mal ein bisschen an meinem Hals herumknabbern? Ich will nur sichergehen, dass auch wirklich jeder glaubt, dass wir ein Paar sind. Und bitte mach dir keine Gedanken, wenn ich dabei spontan einen Orgasmus bekomme. Ich tue das alles nur für unsere kleine Scharade.

Ich hatte keinen Sex mehr gehabt, seit ich siebzehn war. Nach Roy hatte ich nicht mal mehr darüber nachdenken wollen. Aber das Verlangen danach war wie eine juckende Stelle, an die man einfach nicht herankam, und seitdem ich gebissen worden war, hatte mein Sexualtrieb eindeutig zugenommen. Da mir jeder Gedanke daran, mich von einem Mann berühren zu lassen, eine Gänsehaut verschaffte, sorgte ich normalerweise selbst dafür, dass ich auf meine Kosten kam. So war Sex für mich zu einer Art Soloveranstaltung aus reiner Notwendigkeit geworden. Was, wenn ich mich verwandelte, wenn Ramsey mich biss? Und ob er jemals darüber nachdachte, wie es zwischen uns wäre?

In diesem Moment klingelte das kleine Glöckchen über dem Eingang zur Agentur, und als ob ich ihn mit meinen Gedanken herbeigerufen hätte, stand Ramsey vor der Tür. Seine breiten Schultern sperrten jegliches Sonnenlicht aus, das durch den Türrahmen hätte fallen können, und warfen einen Schatten auf meinen Schreibtisch, der dem Eingang am nächsten stand.

Überrascht und mit roten Wangen angesichts meiner erotischen Gedanken sah ich zu ihm auf. Sein Timing war schon beinahe unheimlich.

»Ist alles klar?«

Als er auf mich zutrat, sah ich, dass er etwas in der Hand hielt – einen Kaffeebecher von Starbucks und eine kleine braune Papiertüte. Er stellte beides auf meinem Tisch ab. Und meine Überraschung nahm noch zu, als er sich zu mir herabbeugte, um mir einen Kuss auf die Haare zu drücken. »Hab einen schönen Tag.« Dann drehte er sich um und verließ das Büro wieder.

Ich sah ihm nach, starrte auf seinen breiten Rücken, auf die Muskeln, die sich unter seinem Hemd bewegten. Er kniff die Augen gegen die Helligkeit zusammen, bevor er eine Sonnenbrille und eine Baseballkappe mit dem Logo von Russell Security aufsetzte und in seinen Truck stieg.

Verdattert trank ich einen Schluck Kaffee. Die nächste Starbucks-Filiale lag mindestens zehn Minuten entfernt. War er tatsächlich nur dorthin gefahren, um mir einen Gefallen zu tun? Hatte er meinen Kommentar gestern im Auto mitbekommen, oder hatte Connor ihm einen Tipp gegeben? Letzteres erschien mir mehr als unwahrscheinlich angesichts der Tatsache, dass der Anderson-Wolf hier war, um mich zu überzeugen, mich dem Rudel anzuschließen. Ich warf einen Blick zu Connor hinüber, der mit gelangweilter Miene Akten einsortierte und gar nicht mitbekommen zu haben schien, dass Ramsey gerade hier gewesen war.

Ein leises Hüsteln riss mich aus meinen Gedanken. Ich hob den Kopf und bemerkte Bath, die mir unauffällig zuwinkte und stumm auf ihren Bildschirm deutete.

Ich warf einen Blick auf meinen eigenen Laptop. Eine Chat-Nachricht von Bath blinkte auf dem Monitor auf.

Himmel, der ist wirklich ziemlich gut im Schauspielern, oder?

Ich konnte ihr nicht widersprechen. Dass er mir extra einen Kaffee vorbeigebracht hatte, war sehr aufmerksam gewesen. Und der Kuss hatte sich wie etwas angefühlt, was echte Paare taten. Allerdings war ich noch nicht bereit, meiner Schwester von meinen gar nicht mal so vorgetäuschten Gedanken in Bezug auf meinen vorgetäuschten Partner zu erzählen.

Ramsey scheint in allem, was er tut, sehr sorgfältig zu sein. Er will, dass unsere Beziehung so echt wie möglich wirkt.

Während ich tippte, spürte ich eine seltsame Enttäuschung in mir aufsteigen. War das wirklich alles? Dass er gut darin war, die ihm gestellte Aufgabe mit aller Sorgfalt zu erfüllen? Vermutlich hatte ich mehr in einen Becher Kaffee hineininterpretiert, als gut für mich war.

Ein paar Sekunden später erschien eine weitere Nachricht von Bath auf meinem Bildschirm.

Sag ihm, dass er mir nächstes Mal auch einen Kaffee mitbringen soll. Koffeinfrei, bitte!

Im Laufe des Tages wurde ich beim Gedanken an den anstehenden Grillabend bei den Andersons immer nervöser. Ich startete ein paar Anläufe, mich aus der Affäre zu ziehen, aber Connor bestand darauf, dass ich kam, und selbst meine Schwester ermunterte mich hinzugehen.

»Denk doch mal daran, wie viele Tipps sie dir geben können«, sagte sie enthusiastisch. »Außerdem kannst du die Gelegenheit nutzen, ihnen von Midnight Liaisons zu erzählen. Vielleicht bringst du ein paar der Wölfe dazu, sich bei uns zu registrieren. Stell dir vor, du wärst eine Art Botschafterin der Liebe.«

Botschafterin? Tipps? Als ginge es nur darum, ein paar Verwandlungsgeschichten bei einem gemütlichen Bier und einem Hot Dog auszutauschen. Meine Schwester hatte wirklich eine merkwürdige Vorstellung davon, was diese Einladung zu bedeuten hatte.

Das flaue Gefühl in meinem Magen wurde immer stärker, je näher der Abend rückte. »Wollt ihr, du und Beau, nicht vielleicht doch mitkommen?«

»Das geht nicht«, sagte sie und verzog das Gesicht, während sie schwer beschäftigt in die Tasten hämmerte. »Wir sind nicht willkommen. Beau behauptet, dass es ein riesiger Fauxpas wäre, sich selbst zu einer Veranstaltung einzuladen, die nichts mit der Allianz zu tun hat.«

Bei allem, was ich bisher über Gestaltwandler gelernt hatte, wusste ich, dass er richtig lag. Vermutlich wäre es nicht nur ein Fauxpas gewesen, sondern wir würden den nächsten Krieg der Spezies auslösen, wenn die beiden sich weiter einmischten. Ich seufzte. Mit dem Wissen, Bath und Beau am Abend an meiner Seite zu haben, hätte ich mich sehr viel wohler gefühlt.

Ich warf einen kurzen Blick zu Connor hinüber, der noch immer gewissenhaft Aktenmappen in die dafür vorgesehenen Schubladen einordnete, dann öffnete ich die Datenbank von Midnight Liaisons. Aus einer Laune heraus klickte ich noch einmal Ramseys Profil an. Er sah so unglaublich mürrisch aus. Groß und mürrisch. Eigentlich durfte es einen nicht wundern, dass der Mann mit niemandem ausging.

Plötzlich neugierig geworden, öffnete ich wieder den Chat mit meiner Schwester.

Wie lange kennen sich Beau und Ramsey schon?

Zwölf Jahre. Seine Familie hat Ramsey aufgenommen, nachdem er aus seinem Clan verbannt worden war.

Warum ist er verbannt worden?

Keine Ahnung. Soll ich Beau fragen?

Nein, schon okay.

Ich wollte nicht, dass Beau erfuhr, dass ich mich nach Ramsey erkundigte. Es hätte so ausgesehen, als wäre ich interessierter an ihm, als ich es hätte sein sollen.

Hat Beau jemals etwas darüber erzählt, dass Ramsey mit anderen Frauen ausgegangen ist?

Nur, dass er eigentlich nie wirklich jemanden gedated hat. Anscheinend haben die meisten Frauen Angst vor ihm.

Ich konnte ihnen keinen Vorwurf machen.

Er hat dich nicht bedroht, oder?

Nein, natürlich nicht. Ich war nur neugierig, das ist alles.

Ich betrachtete wieder sein Profil. Er war siebenundzwanzig und bereits seit zwölf Jahren Mitglied der Allianz. Dann musste er mit gerade einmal fünfzehn eingetreten sein. Ich versuchte, ihn mir als abweisenden Teenager vorzustellen, dem die Haare wirr ins Gesicht hingen, die Hände tief in den Hosentaschen vergraben. Warum war er verbannt worden? Er war noch so jung gewesen.

Ich scrollte weiter durch sein Profil auf der Suche nach

irgendwelchen Hinweisen, die ich bisher vielleicht übersehen hatte. Irgendetwas daran war merkwürdig. Das fette rote VERGEBEN leuchtete noch immer oben in der Ecke, und auf einmal verspürte ich Schuldgefühle. Ich klickte darauf, in der Erwartung, dass mein Profil erscheinen würde. Sobald eine Beziehung zwischen zwei Nutzern bestätigt war, wurden ihre Accounts miteinander verlinkt.

Die Eingangstür schwang auf, und ein Feenprinz kam mit einem breiten Lächeln und nach Blumen duftend herein. Der einzige Grund, aus dem ich Feen von regulären Menschen unterscheiden konnte, war ihr Geruch nach frischen Pflanzen. Der Mann, der in diesem Moment die Agentur betrat, sah aus wie George Clooney mit Brille. Die Verwandlungszauber der Elfen waren genauso überzeugend wie wenig originell. Normalerweise kopierten sie die Gesichter aus den gängigen Klatschmagazinen. Wie damals bei den ganzen Elvis-Sichtungen. Das waren nur ein paar Feenprinzen, die sich einen Spaß erlaubt hatten. Ich hätte meine Hand dafür ins Feuer gelegt, dass die Hälfte aller Hollywood-Tratschgeschichten auf die Verwandlungskünste eines Feenprinzen zurückzuführen waren. Sie trugen dasselbe Gesicht nur selten länger als ein paar Tage zur Schau.

Dankbar für die Ablenkung erhob ich mich von meinem Platz, um ihn zu begrüßen. »Herzlich willkommen bei Midnight Liaisons. Wie kann ich Ihnen helfen?«

Mit einem strahlenden Lächeln reichte er mir seine Mitgliedskarte bei der Allianz. »Ich war vor ein paar Tagen schon mal hier. Ich habe nächste Woche ein wichtiges Bankett und brauche eine Begleitung zum Abendessen.«

Ich bat ihn, auf dem Besuchersessel vor meinem Schreibtisch Platz zu nehmen. Eine Fee im Raum bedeutete, dass ich wenigstens für ein paar Minuten weder über Wölfe noch sonst irgendwelche Gestaltwandler nachdenken musste. Eine nette Abwechslung.

Wir besahen uns gemeinsam sein Profil und besprachen, welches Date für ihn das richtige sein könnte. Da er keine bestimmte Präferenz hatte, was das Geschlecht der Person anging, schlug ich ihm den Doppelgänger aus unserer Kartei vor. Jean hatte häufig Probleme, jemand Passenden für ein Date zu finden, aber die Fee schien für alles offen zu sein. Ich reichte ihm einen der grellorangen Flyer, die meine Schwester hatte drucken lassen, um die Scheunenparty zu bewerben.

»Ich würde einen etwas unauffälligeren Verwandlungszauber für die Party vorschlagen, wenn Sie sich unter die Gäste mischen wollen. Ein prominenter Schauspieler würde vermutlich ziemlich viel Aufsehen erregen.«

Er stieß einen dramatischen Seufzer aus. »Ich denke, ich könnte einen Blick auf meine Sammlung präraffaelitischer Porträtgemälde werfen und mir dort ein neues Gesicht aussuchen.«

»Das klingt wunderbar«, stimmte ich zu, dann speicherte ich die Änderungen an seinem Profil und schloss es.

Sobald die Fee die Agentur verlassen hatte, ließ sich Connor auf den frei gewordenen Besuchersessel mir gegenüber fallen und schenkte mir ein träges Grinsen. Dann streckte er die Hand nach dem Laptop aus und drehte ihn so, dass er draufsehen konnte. »Eine Freundin von dir?«

Verwirrt sah ich von der Akte auf, in die ich mich gerade vertieft hatte. »Was?«

Connor deutete auf den Monitor. »Eine Klientin?«

Ich hatte keine Ahnung, wovon er sprach. Ratlos starrte ich ihn an, bis mein Blick auf den Bildschirm fiel. Das Profil einer fremden Person war zu sehen – eine Frau mit langen blonden Haaren, großen Kreolenohrringen und einem bunten Schal. Mir war vollkommen schleierhaft, warum ihr Profil auf meinem Laptop prangte.

Ich drehte den Monitor wieder zu mir. »Würdest du gern mit ihr ausgehen?«

Er zuckte mit den Schultern und lehnte sich auf seinem Platz zurück, als wäre ihm das alles herzlich egal. »Nein, danke. Ich war nur neugierig, warum du dir ihr Profil angesehen hast.«

Hatte ich das denn wirklich getan? Ich versuchte, mich daran zu erinnern, womit ich beschäftigt gewesen war, bevor die Fee hereingekommen war. Auch der Profilname der Frau – Nikolina Aasen – war mir vollkommen fremd. Ich klickte auf den Zurück-Button, und zu meiner Überraschung landete ich wieder auf Ramseys Profil. Wie war ich von seinem Account auf Nikolinas gelandet?

Ein kalter, fester Knoten bildete sich in meinem Magen, und ich klickte auf das rot leuchtende VERGEBEN.

Wieder erschien Nikolinas Profil.

Hastig las ich die wichtigsten Informationen auf ihrer Seite durch: *Profil – inaktiv. Rasse – Werbär. Status – vergeben.*

Der Grund, aus dem auf Ramseys Profil keine Aktivität stattfand, war, dass mein Fake-Partner bereits eine *echte* Partnerin hatte.

Ich wusste nicht, was ich davon halten sollte. Es stand mir nicht zu, wütend zu sein. Warum hätte ich sauer sein sollen, dass er eine echte Partnerin hatte? Bei der Geschichte zwischen uns beiden ging es nicht um Gefühle, sondern um meine Sicherheit. Warum störte es mich also so, dass er sie mir gegenüber nie erwähnt hatte? Warum störte mich die Vorstellung, dass er mich mit glühendem Blick angesehen und geküsst und dabei an sie gedacht hatte? Betrog er sie mit mir? Konnte es überhaupt Betrug sein, wenn die Beziehung nichts als eine große Show war? Mir wurde schlecht. Wir waren kein echtes Paar, aber ich musste herausfinden, *was* wir waren.

Als Ramsey am Abend kam, um mich abzuholen, war meine Schwester bereits nach Hause gegangen, und Connor spielte an einem der Laptops gelangweilt eine Runde Solitär nach der anderen. Den ganzen Tag über hatte ich versucht, ihn zu ignorieren, aber sein Geruch ließ sich nicht aussperren.

Ramsey trug noch immer seine Arbeitssachen – ein T-Shirt mit dem Russell-Security-Logo auf der Brust. Die Haut an seinen Unterarmen war gebräunt von der Sonne.

Ich fragte mich, was er den ganzen Tag lang tat. Klienten folgen? Gestaltwandler vor früheren wütenden Partnern beschützen? Oder rückte er Leuten den Kopf gerade, die sich Beaus Befehlen widersetzten? War Russell Security einfach nur eine schicke Bezeichnung für die Mafia-Version der Allianz?

Wieder quetschten wir uns zu dritt in Ramseys Truck, und Connor gab ihm Anweisungen, in welche Richtung er fahren sollte, während ich versuchte, meinen hämmernden Herzschlag unter Kontrolle zu bekommen. Ich wollte den Wölfen nicht begegnen. Was, wenn es sich bei dem Barbecue um eine Falle handelte? Von Roy war ich nichts anderes gewohnt. Er hatte mir immer irgendwelche Versprechen gemacht, um mich im nächsten Moment mit etwas Furchtbarem zu überrumpeln. Die Beziehung zu ihm hatte mich gelehrt, jedem Wolf, der mir über den Weg lief, zu misstrauen – sogar mir selbst.

Ramsey bog in die Auffahrt zu einem großen Haus im Bungalowstil ein, das von mehreren Hektar Land umgeben war. Mindestens ein halbes Dutzend Trucks standen direkt vor dem Anwesen, weitere Fahrzeuge waren am Rand der runden Kiesauffahrt abgestellt worden. Wir parkten ebenfalls am Rand der Straße, und Ramsey zog die Handbremse an.

Ein starker Grillgeruch stieg mir in die Nase, gemischt mit dem überwältigenden Geruch nach Wolf, als sich der Wind drehte. Obwohl wir uns mindestens hundert Meter vom Haus entfernt befanden, konnte ich einzelne Gesprächsfetzen aufschnappen.

Meine Nerven waren zum Zerreißen gespannt, und ich musste mich beherrschen, nicht augenblicklich meinem Fluchtinstinkt nachzugeben. Ängstlich krallte ich die Finger in Ramseys Arm. »Ich will da nicht reingehen«, flüsterte ich.

Connor warf mir einen verärgerten Blick zu. Es war eindeutig, dass ihm mein Gejammer auf den Geist ging. »Du musst keine Angst haben, es wird dich schon niemand fressen.«

Ramsey schlang einen starken Arm um meine Schultern und zog mich beruhigend an sich. Ich hörte das grollende Brummen, das tief aus seiner Brust aufzusteigen schien. »Wenn Sara gehen will, werde ich sie nicht dazu zwingen hierzubleiben.«

»Onkel Levi will sie sehen, um sich selbst ein Bild davon zu machen, wie es ihr geht«, sagte Connor. »Er wird alles andere als begeistert sein, wenn sie nicht auftaucht.«

»Mir egal«, knurrte Ramsey. »Es geht ihn nichts an, wie es ihr geht.«

»Nur weil du es gern so hättest, heißt das nicht, dass es auch so ist.« Wütend knallte Connor die Autotür hinter sich zu.

Ramsey sah auf mich hinab. »Möchtest du gehen?«

Ich wusste, dass Connor recht hatte. Levi würde ausflippen, wenn ich mich nicht wenigstens kurz blicken ließ. Und die anderen Wölfe würden mich für einen Feigling halten – bevor sie Hackfleisch aus mir machten. Beim Gedanken daran, die Wölfe gegen mich aufzubringen, wurde mir noch schlechter als bei der Vorstellung, einen Abend in ihrer Gesellschaft zu verbringen. »Nein, alles okay. Wir sollten wenigstens kurz vorbeischauen.«

Als sich Ramseys mürrische Miene kein bisschen aufhellte, hatte ich plötzlich das seltsame Gefühl, ihn enttäuscht zu haben. »Wie du meinst.« Er schob sich den Autoschlüssel in die Hosentasche und hielt mir seine Hand hin.

Ich legte meine hinein und lehnte mich gegen ihn. Er war

warm und roch nach Bär und leicht nach Schweiß, als hätte er den ganzen Tag draußen in der Hitze verbracht. Ich mochte seinen Duft. Er war eine willkommene Abwechslung zu dem überwältigenden Gestank nach nassem Hundefell, der mir aus allen Richtungen entgegenzuwehen schien. Nicht einmal in hundert Jahren hätte ich mich an den Wolfsgeruch gewöhnen, geschweige denn etwas Positives damit verbinden können.

Anstatt zu klopfen, gingen wir um das Haus herum direkt in den Garten, von wo die Gespräche bis auf die Auffahrt hinausklangen. Aus einem Radio dudelte Countrymusik, und durch die Stimmen der anderen Wölfe hindurch konnte ich Levis lautes Lachen hören.

Die Tische waren in einem Halbkreis um einen riesigen Grill aufgestellt worden. Einige Männer hatten es sich auf den Stühlen bequem gemacht, andere spielten ein Stück entfernt auf dem Rasen Football. Levi stand am Grill, ein Bier in der Hand, von dem das Kondenswasser herabtropfte, und wendete die großen Fleischstücke.

Als die Wölfe unser Dreiergespann bemerkten, herrschte von einem Augenblick auf den anderen Totenstille, und alle wandten ihre Köpfe zu uns um.

Ich hob die Hand zu einem merkwürdigen halbherzigen Gruß. »Hi.«

Augenblicklich richteten sich alle Blicke auf mich, und ich spürte, wie meine Haut zu prickeln begann. Ich konnte mir kaum vorstellen, dass sie mich noch interessierter hätten anstarren können, wenn ich komplett nackt vor ihnen gestanden hätte. Ein alles verschlingender Hunger lag in ihren Augen, als sie mich von oben bis unten musterten, und ich drückte mich automatisch dichter an Ramsey. Meine Hand in seiner war schweißnass.

»Wie nett, dass du gekommen bist«, sagte einer der Wölfe gedehnt. Er ließ seinen Blick von meinen Füßen hinaufwandern, bis er an meiner flachen Brust hängen blieb. In die Brusttasche seines Hemds war sein Name eingestickt – Maynard. »Connor meinte, dass du einen Rückzieher machen würdest. Er glaubt, dass du uns nicht magst. Wer hätte das gedacht?«

Ich wurde rot. »Das habe ich nie gesagt.« Zumindest nicht zu Connor.

Maynard sah Connor an. »Hast du das gehört, Junge? Sie mag uns doch. Du wolltest wohl nur ein bisschen Unruhe stiften, was? Oder du willst die Kleine ganz für dich allein haben …«

Connor ignorierte ihn und ging auf den Hintereingang des Hauses zu. »Ich gehe Gracie Hallo sagen.«

»Mach das.« Maynard hatte seinen durchdringenden Blick wieder auf mich gerichtet.

Die anderen Männer hatten ihre Unterhaltungen inzwischen wieder aufgenommen.

Meine Haut prickelte noch immer. Sie hatten Ramsey komplett ignoriert. Als wäre er gar nicht hier. Ich wusste nicht, was ich als Nächstes tun sollte, und da Ramsey auch keine Anstalten machte, sich zu bewegen, blieb ich ebenfalls wie festgefroren stehen, klammerte mich an seine Hand und versuchte, das Zittern zu unterdrücken, das von meinem ganzen Körper Besitz zu ergreifen drohte. Ich hatte keine Ahnung, was sie von mir erwarteten. Dass ich mich unter die Wölfe mischte? Mich jedem einzeln vorstellte? Ich hatte sie nackt gesehen, erregt bei meinem Anblick und der Vorstellung, dass ich mich ihrem Rudel anschließen würde. Allein beim Gedanken daran, mich mit einem von ihnen zu unterhalten, wurde mir eiskalt. Maynards Kommentare hatten ausgereicht, um mich in Panik zu versetzen. Ich hatte den Andersons nichts zu sagen.

Levi winkte mir mit dem Grillbesteck in der Hand zu. »Komm her, Mädchen.«

Ein Schaudern ging durch meinen Körper und kitzelte den Wolf in mir wach. Augenblicklich begannen die Angst und der

Wunsch, dem Alpha zu gefallen, einen Kampf in meinem Innern auszutragen. Ein beunruhigendes, verstörendes Gefühl, an das ich mich vermutlich niemals gewöhnen würde. Ich biss mir fest von innen auf die Wange, um es zu verdrängen.

Als ich auf Levi zutrat, verstärkte Ramsey den Griff um meine Finger, doch anstatt sich vor mich zu stellen, ließ er mir den Vortritt. Dennoch wusste ich, dass er nur einen halben Schritt hinter mir war und ich Levi nicht allein gegenübertreten musste, und dafür war ich ihm unendlich dankbar.

Der Alpha schien dagegen alles andere als begeistert, dass ich mit Ramsey im Schlepptau aufgetaucht war. Als ich nervös neben dem Grill stehen blieb, warf er erst mir einen skeptischen Blick zu, bevor er Ramsey feindselig aus zusammengekniffenen Augen musterte. »Warum gehst du nicht kurz rein und holst deiner Kleinen ein Bier?«

Ich erstarrte. War das ein mehr als offensichtlicher Versuch, uns zu trennen? Wollte er uns eine Falle stellen? Vielleicht würden sie mich kidnappen, sobald Ramsey im Haus verschwand, und mich zu irgendeiner Hütte im Wald verschleppen, so wie sie es mit Savannah gemacht hatten.

Ramsey löste seine Hand aus meinem Griff und legte sie stattdessen auf meine Schulter, um mich so eng an sich zu ziehen, dass mein Gesicht an seiner breiten Brust vergraben wurde. »Ich bleibe hier.«

»Sie sieht so aus, als könnte sie ein Bier vertragen, um ihre Nerven zu beruhigen. Ihr Herz klopft so schnell wie das eines Hasen in Todesangst.«

»Es geht ihr gut.«

Ich spannte jeden Muskel in meinem Körper an und sandte ein Stoßgebet nach dem anderen zum Himmel, dass mir nicht jeden Augenblick Klauen wachsen würden.

Das war eine scheiß abartige Show, war Levis Kommentar gewesen, nachdem er meine Verwandlung beobachtet hatte.

Wenn ich mich in der Gegenwart der Wölfe noch einmal unkontrolliert verwandelte, würden sie alles dafür tun, mich für immer von Ramsey zu trennen, da war ich mir sicher.

Levi richtete seinen Blick wieder auf mich. »Mädchen, wenn wir euch beide töten wollten, hätten wir es längst getan. Wir haben euch zum Grillen eingeladen, das ist alles.«

»Wir sind hier, weil du es verlangt hast«, sagte ich. »Wenn ihr uns beide töten wolltet, würden wir jetzt nicht hier stehen.«

Er stieß ein leises Knurren aus und wandte den Blick ab, um sich für einen Moment auf das Fleisch zu konzentrieren, dann sah er wieder uns an. »Ich kann nicht mit dir reden, solange dein Mann uns beobachtet. Er sollte reingehen und euch ein Bier holen.«

Ich war alles andere als scharf darauf, mit Levi allein zu sein, doch das unkontrollierbare Bedürfnis, den Alpha zufriedenzustellen, nagte an meinem Verstand und blendete alles andere aus. Ich löste mich von Ramsey und klaubte die kümmerlichen Reste meines Muts zusammen, um Levi anzusehen. »Woher weiß ich, dass das keine Falle ist?«

»Weil du noch immer atmest.« Ohne mich anzusehen, wendete er ein Hotdog-Würstchen auf dem Grill.

Ich spürte, wie Ramsey sich neben mir versteifte, aber merkwürdigerweise fühlte ich eine gewisse Erleichterung angesichts Levis Logik. Der Alpha hatte recht. Die Wölfe hätten uns längst angreifen können, nicht zuletzt in der vergangenen Nacht, als sie nicht weit entfernt vom Haus durch den Wald gestreift waren. Oder schon während des Treffens mit den Russells. Aber sie hatten es nicht getan. Weil sie mich unverletzt und in einem Stück brauchten, aus Gründen, über die ich gar nicht so genau nachdenken wollte.

Ich wandte mich um und sah zu Ramsey auf. »Würdest du mir bitte ein Bier holen?«

Als er mich mit seinem undurchschaubaren Blick musterte,

konnte ich hören, wie das tiefe Grollen in seiner Brust wieder einsetzte. Lautlos bewegte ich die Lippen zu einem stummen *Sieh im Haus nach, ob du irgendwo Anzeichen für eine Falle entdecken kannst.* Auch wenn ich mir inzwischen ziemlich sicher war, dass die Wölfe mich nicht umbringen wollten, traute ich der vermeintlichen Gelassenheit des Alphas nicht über den Weg. Bei diesem Grillen ging es um mehr als nur ein lockeres Kennenlernen, und ich wollte wissen, um was.

Ramsey nickte langsam, berührte noch einmal sanft meine Wange mit den Fingerspitzen und wandte sich dann widerwillig ab, um ins Haus zu gehen.

Ich blieb allein mit Levi zurück. Wild entschlossen, mich ihm ohne Angst zu stellen, verschränkte ich die Hände vor der Brust und sah ihm fest in die Augen.

In aller Ruhe nahm er ein riesiges T-Bone-Steak von einem Teller und ließ es auf den Rost fallen. Ein scharfes Zischen erklang, als der Bratensaft auf die heiße Kohle traf. »Ich gehe mal davon aus, dass du dein Fleisch so gut wie roh magst.«

Beim Gedanken daran lief mir das Wasser im Mund zusammen, aber ich weigerte mich, ihm eine Antwort zu geben.

Er musterte mich aus dem Augenwinkel, den Blick auf meinen Hals gerichtet, als suche er dort nach etwas. Mit heißen Wangen wartete ich auf die unvermeidliche Frage, doch er schien es sich noch einmal anders überlegt zu haben. »Heult mein Neffe immer noch diesem Puma-Mädchen hinterher?«

Ich zögerte einen Augenblick, nicht sicher, wie ich darauf antworten sollte. »Du weißt Bescheid?«

»Ich konnte die beiden nicht voneinander fernhalten, als sie bei uns war. Er hat sich die ganze Zeit aufgeführt, als wäre es sein Job, sie zu beschützen.« Er grinste spöttisch. »Vor uns.«

Wer könnte es ihm verübeln? »Immerhin habt ihr sie entführt«, bemerkte ich herausfordernd, zuckte jedoch ängstlich zusammen, als er mir einen finsteren Blick zuwarf.

»Nur ein kleines politisches Manöver. Du wirst noch früh genug rauskriegen, wie die Dinge laufen, Mädchen. Aber vielleicht bist du auch gar nicht so naiv, wie ich dachte …« Er starrte wieder auf meinen Hals. »Connor sollte dich in dieser Woche für Maynard umwerben, dir unseren Lebensstil ein bisschen näherbringen. Aber wie es aussieht, hat er einen ziemlich erbärmlichen Job gemacht.«

»Mich *umwerben*?«

Levi musterte mich mit einem anzüglichen Grinsen. »Werwolf-Frauen gehören zu Werwolfmännern. Wir sorgen dafür, dass sie sich ordentlich benehmen, nicht aus der Reihe tanzen. Wir wissen, wie man sie ordentlich behandelt. Das Naturgesetz sieht vor, dass du mit einem von uns zusammen bist.«

Diese Unterhaltung wurde immer unangenehmer. »Ich habe einen Partner.«

Er zuckte mit den Schultern und warf einen vielsagenden Blick auf meinen Hals. »Das erzählst du uns schon die ganze Zeit. Und ich werde nicht aufhören, dir zu sagen, dass es Zeit wird, dass du die Dinge aus unserer Perspektive betrachtest, Mädchen. Gib uns ein paar Wochen, dann wirst du dem Rudel in jeder Hinsicht folgen.«

»Warum sucht ihr euch nicht einfach irgendeine andere Frau, die ihr verwandeln könnt?«

Levi warf mir einen abschätzigen Blick zu. »Ist nicht so einfach, wie du denkst. Nur weil man einmal gebissen wurde, heißt das noch nicht, dass man sich hinterher auch verwandelt. Manche sterben einfach.« Ein boshaftes Grinsen breitete sich auf seinem Gesicht aus. »Außerdem mögen dich die Jungs nun mal. Und du wirst ein Rudel brauchen – egal, ob wir dich in Ruhe lassen oder nicht.«

Er kippte den Rest seines Bier herunter. »Zu schade, dass Connor es versaut hat, indem er die ganze Zeit wegen dieser verdammten kleinen Katze rumheult. Ist ja nicht so, als hätten sie sich gegenseitig gezeichnet. So ist die Verbindung zwischen den beiden nichts wert.« Er wendete ein von Blut triefendes Steak. »Hab ich recht?«

Oh Gott, war ihm etwa bekannt, dass Ramsey schon eine Partnerin hatte? Wollte er damit andeuten, dass er wusste, dass unsere Beziehung nur gespielt war? Ich schenkte Levi ein angespanntes Lächeln. »Das bedeutet aber nicht, dass er sie nicht trotzdem mögen kann, oder?«

»Oh doch. Ich habe ihm gesagt, dass er sich verdammt noch mal von ihr fernhalten soll«, sagte Levi barsch. »Hat er dir wenigstens dabei geholfen, dich zu verwandeln?«

Ich zuckte mit den Schultern.

Doch Levi ließ sich nicht so leicht täuschen. »Wie oft hast du dich in den letzten Tagen verwandelt?«

»Ich hatte nicht das Gefühl, dass es nötig ist«, sagte ich in gezwungen fröhlichem Ton. »Es ist eine gute Woche her.«

»Kein gutes Zeichen«, knurrte Levi. »Du musst dich verwandeln, so oft wie möglich, vor allem, wenn du lernen willst, es unter Kontrolle zu bekommen. Je länger du wartest, desto heftiger wird es beim nächsten Mal. Du musst es jeden Tag tun.«

»Deswegen habt ihr Connor als Babysitter geschickt, oder etwa nicht?«

Er nahm das immer noch blutende Steak vom Rost. »Ja, und er scheint dir nicht gutzutun. Ich werde ihn hierbehalten.«

Ich blinzelte irritiert. Auch wenn ich alles andere als scharf auf einen Wolf-Bodyguard war, fürchtete ich mich vor den Konsequenzen, wenn er nicht mehr in meiner Nähe war, um mir zu helfen. »Und wer hilft mir dann, das Verwandeln zu üben?«

»Dein Liebhaber?« Er grinste boshaft. »Außer, du fühlst dich beim Gedanken daran nicht wohl. Dann könnte ich auch Gracie schicken.« Er warf das Steak auf einen Pappteller, den er mir entgegenhielt. »Hunger?«

Mein Magen knurrte, und ich nahm das Stück Fleisch entgegen, dessen Geruch nach Blut mir in die Nase stieg. Gänsehaut breitete sich auf meinen Armen aus, und ich spürte, wie sich der Wolf in mir aufbäumte. Bittere Galle stieg mir die Kehle herauf. Ich hielt Levi den Teller hin. »Keinen Hunger.«

Er warf mir ein weiteres boshaftes Grinsen zu, als er Ramsey aus dem Haus kommen sah. »Verstehe. Okay, dann lasse ich dich mal darüber schlafen, und vielleicht schicke ich dir morgen früh Gracie vorbei.«

Kapitel neun

Wir trieben uns noch eine Weile auf dem Grillfest herum, aber die ganze Situation fühlte sich mehr als seltsam an. Levi suchte immer wieder nach Anzeichen und Mitteln, mit denen er mich an meine Wolf-Seite erinnern konnte. Die anderen Anderson-Wölfe wollten mit mir reden, ergriffen bei Ramseys finsterem Blick aber meistens gleich wieder die Flucht. Und Connor war, nachdem er sich ins Haus verdrückt hatte, nicht wieder aufgetaucht. Nach einer halben Stunde behaupteten wir, müde zu sein, und verabschiedeten uns.

Levi grinste nur und lud uns für Sonntagabend zum Essen ein.

Erschöpft von der Anspannung und dem Gefühl, dass ich mich jeden Moment verwandeln könnte, ließ ich mich auf den Beifahrersitz fallen. Am Horizont schickte die Sonne die letzten glühenden Strahlen über die weite Landschaft. Nur noch wenige Minuten, dann wäre sie nicht mehr zu sehen.

Ich riss mich von dem wunderschönen Anblick los, als mein Handy in meiner Hosentasche vibrierte. Eine SMS von Bath.

Ruf mich nach dem Barbecue an. Ich mache mir Sorgen um dich.

Ich konnte es ihr nicht verübeln. Immerhin machte ich mir selbst Sorgen um mich. Man hätte mich beinahe an eine Truppe notgeiler, besitzergreifender Wölfe ausgeliefert, die einfach keine Ruhe geben wollten, und mein einziger Beschützer hatte bereits eine Freundin, um die er sich vermutlich eigentlich kümmern sollte.

Ich warf einen unauffälligen Blick auf Ramsey neben mir, bevor ich ihr zurückschrieb.

Wir sind gerade gegangen. Es war komisch, aber okay.

Haben sie dir gedroht?

Wenn ich ja sagte, würde sie sich nur noch mehr Sorgen machen, also entschied ich mich, um den heißen Brei herumzureden. *Sie haben Angst vor Ramsey – definitiv ein Vorteil.*

Er ist nicht gerade der Umgänglichste. Fühlst du dich wohl mit ihm? Wenn nicht, sag sofort Bescheid, dann komme ich dich holen.

Alles okay. Ich musterte Ramsey aus dem Augenwinkel. Sein Gesichtsausdruck war undurchschaubar, aber er wirkte nicht sonderlich angespannt. *Mein Wolf-Schatten wurde nach Hause beordert.*

Was? Warum?

Sie haben gesagt, dass er mir nicht guttut.

Und wer zeigt dir jetzt, wie du dich richtig verwandelst? Sara, ich mache mir Sorgen. Du musst die Kontrolle darüber gewinnen. Ich will nicht, dass du verletzt wirst.

Ich überlegte einen Moment, dann schrieb ich zurück: *Ich werde Ramsey um Hilfe bitten.*

Es vergingen einige Minuten, bis ihre Antwort kam. *Wenn du dir sicher bist, dass er der Richtige dafür ist …*

Ja, da bin ich mir sicher. Nur dass Ramsey noch nichts von seinem Glück ahnte.

Als wir bei Ramsey angekommen waren, hielt ich vor der Haustür einen Moment inne. Sollte ich ihn auf seine Partnerin ansprechen? Wahrscheinlich wusste Beau davon und Bath vielleicht auch, nur ich war die Einzige, die keine Ahnung hatte, was vor sich ging. Oder alle glaubten, dass ich längst Bescheid wusste. Nein, ich konnte ihn nicht darauf ansprechen.

Mit vorgehaltener Hand täuschte ich ein Gähnen vor. »Gott, bin ich müde. Ich vermute mal, dass eine Dusche vor dem Schlafengehen keine Option ist?«

»Die Dusche ist immer noch kaputt«, sagte er finster. »Ich habe die Badewanne oben für dich repariert.«

Ich schenkte ihm ein zögerliches Lächeln. »Danke.«

Das Wasser in der Wanne färbte sich blau, als ich meine Haare wusch. Zurück blieb ein verblasstes gräuliches Hellblau. Vielleicht sollte ich etwas anderes ausprobieren. Die äußere Veränderung hatte sowieso nicht den Effekt gehabt, den ich mir vorgestellt hatte – ich fühlte mich noch immer schwach, hilflos und ziemlich feige. Verwundert fiel mir auf, dass ich mich fragte, welche Haarfarbe Ramsey wohl gefallen könnte.

Ich zog mich an und ging anschließend in unser Schlafzimmer hinüber, wobei ich das wütende Knurren meines Magens, so gut es ging, ignorierte. Ramsey schien sich – zu wem auch immer – aufgemacht zu haben. Ich war allein. Vielleicht würde er heute Nacht bei jemand anderem schlafen, jetzt, wo kein Wolf mehr in der Nähe war, der uns keine Sekunde aus den Augen ließ.

Zu meiner Überraschung – und großen Freude – stellte ich fest, dass das alte durchhängende Bett durch ein neues ersetzt worden war. Es war riesig, mit einer dicken, federnden Matratze und einem schlichten hölzernen Kopfteil. Es gefiel mir. Erschöpft ließ ich mich drauffallen, stopfte mir eines der neuen weichen Kissen unter den Kopf und versuchte, weder an Wölfe noch an blutiges Grillfleisch zu denken.

Eine Stunde später schreckte ich aus dem Schlaf hoch. Ich war immer noch allein. Angestrengt horchte ich in die Dunkelheit, ob ich Ramsey irgendwo im Haus hören konnte. Doch da waren keine Geräusche außer meinen eigenen Atemzügen. Aufmerksam sah ich mich im Schlafzimmer um, was mich geweckt haben könnte.

Als mein Blick auf meine Arme fiel, sah ich, wie sich das Fleisch aufwarf. Meine Haut prickelte. Hastig zerrte ich mir die Laken von den Beinen und stellte die Füße auf den Boden. Meine Zehen waren gekrümmt, und die Nägel hatten sich zu spitzen Klauen verlängert. Verdammt, ich war dabei, mich zu verwandeln. Als sich mein Rückgrat verkrampfte, fiel ich mit einem Wimmern auf die Knie. Das hier würde eine besonders schreckliche Verwandlung werden. Ich musste raus.

Panisch stürzte ich die Treppen hinunter und sprang durch die Hintertür auf den Rasen. Mit hektischen Bewegungen riss ich mir die Kleidung vom Körper, während sich mein Mund mit dem Geschmack nach bitterer Galle füllte. Ich hatte das Gefühl, mich übergeben zu müssen, aber es kam nichts. Es fühlte sich an, als würde mir die Haut bei lebendigem Leib vom Körper geschält, während sich meine Organe neu zu arrangieren schienen. Nicht in der Lage, mich länger auf den Beinen zu halten, brach ich auf dem Rasen zusammen und starrte auf meine zitternden Finger, an denen sich die Knöchel schmerzhaft krümmten.

Okay, ich musste mich beruhigen. Ich wusste, dass ich es konnte. Bisher hatte ich es noch jedes Mal hinter mich gebracht. Egal, wie schrecklich und schmerzhaft es auch gewesen war, ich hatte es überlebt. Und dieses Mal würde es nicht anders sein.

»Fang mit den Händen an«, sagte ich laut zu mir selbst, um mir Mut zu machen. »Hände und Füße. Versuch, sie unter Kontrolle zu bringen.« Solange ich es unterdrücken konnte und meine Menschlichkeit die Oberhand behielt, würde alles gut werden. Wenn ich das Gefühl bekam, dass die Dinge außer Kontrolle gerieten, würde ich ganz einfach mit all meinem Willen dagegenarbeiten.

Ein guter Plan, entschied ich und übergab mich prompt. Als mir der Geruch meines eigenen Erbrochenen in die Nase stieg, verkrampften sich meine Muskeln, und ich kauerte mich auf der Wiese zusammen.

Mir war immer kalt, doch niemals so sehr wie in den Momenten, in denen ich mich verwandelte.

Nach ein paar Minuten, in denen sich meine Hände immer wieder schmerzhaft verbogen hatten, wanderte das Gefühl meine Oberschenkel hinauf, und ein Ruck ging durch meine Wirbelsäule. Ich keuchte auf. Okay, das hier würde nicht einfach wieder weggehen. Ich würde mich verwandeln. Levi hatte mich gewarnt, dass ich es häufiger tun musste, da die Schmerzen sonst irgendwann unerträglich werden würden.

Von einem Moment auf den anderen schien meine Haut in Flammen zu stehen, während sich das Wolfsfell einen Weg durch die Poren suchte. Als Nächstes waren die Hüftgelenke dran, die sich auf unmenschliche Weise verrenkten. Ich hörte das Blut in meinen Ohren rauschen, während das Brennen auf meine Hände übergriff, an denen sich die Nägel zu Krallen verlängerten. Verzweifelt grub ich die Finger in die Erde und biss mir in die Wange. In letzter Zeit schienen die Schmerzen mit jeder Verwandlung zuzunehmen. Würde es mich diesmal umbringen? Ein ängstliches Wimmern kam mir über die Lippen, und ich spürte eine große, warme Hand auf meinem Rücken.

»Sch«, flüsterte Ramsey, und ich bemerkte, wie er sich mit seinem großen Körper über meinen beugte. »Entspann dich, Sara.«

»Ich … bin okay«, keuchte ich. Meine Lungen zogen sich zusammen, und ich stieß ein Wimmern aus, als ein stechender Schmerz durch meine Kehle fuhr. »Ich habe es unter Kontrolle. Ich brauche nur noch … eine Minute.«

Zu meiner Überraschung begann er, mir mit den Händen über den nackten Rücken zu streicheln. »Entspann dich. Du hast Zeit.« Er sprach leise und beruhigend, begleitet von einem sanften, tröstenden Brummen, das tief aus seiner Brust aufzusteigen schien. »Wo konzentriert sich die Verwandlung, Sara?«

»In … m-m-meinen … Fi-Fingern und Zehen«, presste ich hervor, während meine Gliedmaßen zuckten und sich aufwarfen, als würden sie von größter Hitze geschmolzen. Der Schmerz war so schrecklich, dass ich kaum noch Luft bekam.

»Das ist falsch herum«, murmelte Ramsey. »Die Finger sind als Letztes dran. Kämpf nicht dagegen an. Es muss in der Mitte beginnen und sich von dort ausbreiten. Finde deinen Kern.«

Eine weitere Schmerzwelle schoss durch meine Beine, und ich kam wankend auf die Füße. »Ich habe keinen Kern, das ist ja das Problem!«

Mit warmen Händen griff er nach mir und zog mich an seinen heißen, ebenso nackten Körper. Ohne auf meine sich verrenkenden Beine zu achten, presste er mich fest an sich, bis mein verkrampfter Rücken an seinem Oberkörper lag.

Ich spürte den weichen Flaum seiner Brusthaare auf meiner Haut und an meinen Schultern. Sein schwerer Bärengeruch stieg mir in die Nase und beruhigte mich auf eine seltsam benebelnde und angenehme Weise. Ich wusste nicht, was ich tun sollte.

Im nächsten Augenblick verbogen sich meine Hüften unkontrolliert, und er presste eine warme Handfläche auf meinen Bauch. »Sch. Ruhig. Entspann dich.«

»Es tut so weh«, würgte ich heraus und war mir trotz der Schmerzen seiner Nacktheit seltsam bewusst. »Wie mache ich, dass es aufhört?«

Ich hätte schwören können, dass ich ihn leise kichern hörte. »Entspann dich.« Er hielt mich noch immer eng an sich gedrückt, während die Wärme seiner Haut langsam auf meine überging.

»Aber wenn ich mich entspanne, übernimmt der Wolf die Kontrolle.«

»Ich weiß. Lass ihn.« Er ließ seine Hand ein Stück weiter wandern, bis sie unter meinem Bauchnabel lag. »Finde deine Mitte. Verwandle dich von dort aus.«

Ich schloss verzweifelt die Augen. Der Gedanke, mich verwandeln zu müssen, bereitete mir Übelkeit. Ich wollte keine wilde Bestie sein, erst recht nicht, wenn Ramsey mir dabei zusah, wie ich ihre Gestalt annahm. Doch als das nächste schmerzhafte Zucken durch meinen Körper ging, wurden alle meine Gedanken ausgeblendet, und ich hing hilflos wimmernd in seinen Armen.

Sanft strich er meinen Arm hinauf und hinab, bis sich das Prickeln nicht mehr ganz so schlimm anfühlte. »Lass deinen Wolf die Kontrolle übernehmen«, wiederholte er immer wieder leise.

Und dann tat ich es. Ich entspannte mich. Hörte auf, dagegen anzukämpfen. Wartete darauf, dass das Schlimmste eintrat.

Merkwürdigerweise ließ das Zucken in meinen Oberschenkeln schon nach wenigen Sekunden nach. Und während sich mein Körper mehr und mehr entspannte, geradezu träge wurde, hielt Ramsey mich weiter fest an sich gedrückt. Ich wurde mir wieder seines nackten Körpers in meinem Rücken bewusst, seiner Hand, die noch immer auf meinem Bauch lag, des Gefühls seiner warmen Haut an meiner. Mit federleichten Berührungen beschrieben seine Daumen kleine Kreise auf meiner Haut. Sein Duft füllte die Luft um uns herum, verdrängte alles andere. Und als er sich leicht hinter mir bewegte, durchzuckte mich ein Anflug von Verlangen.

Er ist vergeben, erinnerte ich mich. Du kannst ihn nicht haben. Und trotzdem wollte ich ihn. Nach all der Zeit war es seltsam und ein wenig alarmierend, auf diese Art an einen Mann zu denken. Nachdem Roy mich so viele Jahre brutal misshandelt hatte, hatte ich kein Interesse daran gehabt, irgendjemandem körperlich nahezukommen. Da waren zu viele Geheimnisse, zu viele Dinge, um dich ich mir Gedanken hätte machen müssen. Aber bei Ramsey musste ich mich weder verstellen noch Lügen erfinden. Er konnte mit meinen Geheimnissen umgehen, und er würde mich beschützen.

Das Verlangen kehrte zurück, und als ich diesmal leise aufstöhnte, war es nicht nur aus Schmerz. Ich fühlte, wie sich

Ramsey hinter mir versteifte und die Finger auf meinem Bauch anspannte, als könnte er spüren, was in mir vorging. Oh nein, wahrscheinlich hatte er gemerkt, dass ich erregt war, und überlegte, wie er mich am besten ganz schnell loswerden konnte.

Ich öffnete den Mund, um eine Entschuldigung zu murmeln – und krümmte mich vor Schmerzen, als die Verwandlung endgültig vollzogen wurde.

Ich rannte für ein oder zwei Stunden durch den Wald, bis der Wolf in mir so müde war, dass ich kaum noch einen klaren Gedanken fassen konnte. Ich hatte ein Eichhörnchen gefangen und gefressen und mich in der Hinterlassenschaft irgendeines Tiers gewälzt – der menschliche Instinkt war stark, aber oft genug übernahm die Bestie in mir die Kontrolle, ohne dass ich etwas dagegen hätte tun können.

Ramsey folgte mir die ganze Zeit über in einiger Entfernung, hielt aber genügend Abstand, um mich nicht zu stören. Geduldig wartete er am Rande meines Territoriums ab, kaum nahe genug, als dass ich ihn noch hätte wittern können. Als wollte er mir alle Freiheit lassen und mich gleichzeitig wissen lassen, dass ich nicht allein war.

Als sich mein Körper erneut zu verrenken begann, wehrte ich mich nicht dagegen. Ich beendete meine Laufrunde vor Ramseys Haus und verwandelte mich in seinem Garten zurück. Die Transformation verlief langsamer und ruhiger als sonst. Vermutlich, da mein Körper vollkommen erschöpft war.

Zurück in meiner menschlichen Gestalt konnte ich mich vor Müdigkeit kaum auf den Beinen halten. Meine Kleidung gegen die Brust gepresst, kroch ich zurück ins Haus. Ich roch nach Schweiß und anderen, sehr viel ekligeren Dingen, und ich brauchte dringend noch ein Bad.

Als ich im ersten Stock ankam, stellte ich überrascht fest, dass die Wanne bereits gefüllt war. Heißer Dampf stieg aus dem warmen Wasser auf. Dankbar warf ich meine Kleidung in eine Ecke und ließ mich mit einem angenehmen Schaudern ins Wasser gleiten.

Langsam kehrten meine Lebensgeister zurück, und ich konnte meine Gedanken ein wenig ordnen. Vielleicht wäre Ramsey bereit, das Verwandeln häufiger mit mir zu üben. Mit ihm an meiner Seite hatte es noch immer lange gedauert, aber es war nicht mehr halb so schmerzhaft gewesen. Ich fragte mich, wie oft er sich verwandelte. Vielleicht könnten wir das nächste Mal sogar zusammen durch den Wald laufen.

Ich trocknete mich ab, stieg in das T-Shirt und die Yogahose, die ich schon vorher zum Schlafen getragen hatte, und schlich auf Zehenspitzen zurück ins Schlafzimmer.

Ramsey lag im Bett, die Hände hinter dem Kopf verschränkt, und starrte durch das Loch in der Decke in den Himmel. Sein Oberkörper war noch immer nackt, das Laken war bis zur Hüfte hinuntergeschoben. Er sah … beeindruckend aus.

Meine Finger zuckten, so sehr wünschte ich mir, sie wieder gegen seine breite Brust pressen und die Spitzen im weichen Flaum seiner Brusthaare vergraben zu können.

»Hey«, sagte ich leise.

Er löste den Blick vom Himmel, um mich anzusehen. »Fühlst du dich besser?«

Ich nickte verlegen.

»Es wird einfacher, wenn du übst.« Er ließ den Blick über meinen Körper wandern, dann sah er schnell wieder in Richtung Decke.

»Das meinen alle«, sagte ich, um einen fröhlichen Tonfall bemüht. Dann ging ich auf das Bett zu, kletterte auf die Matratze und schlüpfte nach kurzem Zögern zu ihm unter das Laken. Das neue Bett war so groß, dass wir uns trotzdem nicht berührten.

Reglos verharrte ich einige Minuten, unschlüssig, ob ich das

Thema weiter vorantreiben sollte. Oder war jetzt die Zeit gekommen, um über Nikolina zu sprechen? Ich wusste, dass er noch nicht schlief. Dafür ging sein Atem viel zu schnell und flach. Sein Duft füllte noch immer meine Nase, warm, verlockend und tröstend, und nach einer weiteren Minute, die ich allein seinen Geruch eingeatmet hatte, drehte ich mich schließlich zu ihm um.

Er hatte die Augen geschlossen, sein Körper wirkte angespannt.

»Ramsey«, flüsterte ich.

»Was?« Er sah mich nicht an.

»Wann hattest du vor, mir von deiner Partnerin zu erzählen?«

Er öffnete die Augen und runzelte die Stirn. »Meine … Partnerin?« Er zog das Wort in die Länge, als würde er es zum ersten Mal hören.

Ich drehte mich auf den Bauch und stützte das Kinn in eine Hand. »Nikolina Aasen. Bei der Arbeit bin ich auf dein Profil gestoßen. Ihres ist mit deinem verlinkt. Wie üblich bei Partnern.«

Er stieß ein tiefes Seufzen aus.

Mein Herz setzte einen Schlag aus. »Dann stimmt es also?« *Verdammt.* »Wird sie wegen dieser ganzen Sache, die du für mich tust, nicht wütend werden?« Ich setzte mich auf und rückte ein Stück von ihm ab. »Wir sollten wirklich nicht in einem Bett schlafen, wenn …«

Er starrte mich finster an. »Leg dich wieder hin, dann erkläre ich es dir.«

Ich entspannte mich ein wenig, ließ ihn jedoch nicht aus den Augen.

Ramsey dagegen wandte den Blick ab, als würde es ihm schwerfallen, das Folgende mit jemandem zu teilen. »Um meine Beziehung zu Nikolina zu verstehen, musst du verstehen, wo ich herkomme. Ich stamme aus einem Bären-Clan, der Familie der Bjorns von Ozark. Werbären bleiben normalerweise unter sich, sie mischen sich nicht mit anderen Gestaltwandlern, die die Bären wiederum in Ruhe lassen. Sie existieren weitestgehend außerhalb aller anderen Gesellschaften, da niemand das Risiko eingehen will, einen Bären gegen sich aufzubringen. Die Bären-Clans halten sich an bereits seit Jahrhunderten existierende Regeln und Verhaltensweisen, und sie stellen sicher, dass ihre Stammbäume stets gestärkt werden und ihr Clan geschützt ist.«

»Was für Regeln sind das?« Ich erinnerte mich an den Satz, mit dem er mich beim Treffen mit den Wölfen als seine Partnerin für sich beansprucht hatte. *Nach dem Gesetz des Bjorn-Clans und dem der Werbären …*

»Du sollst mit niemandem außerhalb deines Clans sprechen. Du sollst mit niemandem außerhalb deines Clans befreundet sein. Du sollst dich mit niemandem außerhalb des Clans paaren. Und der Clan der Bären steht *immer* an erster Stelle.« Ein bitterer Ton schwang in seiner Stimme mit. »Die Kinder eines Clans werden einander schon in sehr jungen Jahren versprochen, damit sie sich an den Gedanken gewöhnen können. Nikolina wurde mir bei ihrer Geburt versprochen, ich war damals zwei Jahre alt. Wir sollten heiraten und Kinder bekommen, sobald wir das passende Alter erreicht hatten.«

Mir stockte der Atem. »Dann seid ihr seit eurer Kindheit verlobt?«

Er sah mich mit ernstem Blick an. »Seit dem Tag, an dem ich ins Exil geschickt wurde, habe ich sie nicht mehr gesehen.«

Die Erleichterung, die mich durchflutete, wurde durch seine Worte und die tiefen Furchen, die sich auf seiner Stirn gebildet hatten, gedämpft. »Bist du wegen ihr verbannt worden?«

Er antwortete nicht. Erst als ich ihn sanft am Arm berührte, stieß er ein Seufzen aus und fuhr fort. »Vor zwölf Jahren hat

Beaus Vater vom Clan der Bären verlangt, sich mit den Pumas zu treffen, um über einen Zusammenschluss im Sinne der Allianz zu sprechen, die er gegründet hatte. Mein Vater war nicht daran interessiert, und es dauerte viele Tage, in denen sie stritten und diskutierten. Unabhängig vom Kampf zwischen unseren Vätern wurden Beau und ich in dieser Zeit Freunde. Ich bin jünger als Beau, und er hatte es sich zur Aufgabe gemacht, sich um mich zu kümmern und mich zu beschützen, als wäre ich sein jüngerer Bruder. Die Situation war neu für mich. Ich wusste nicht so recht, was ich damit anfangen sollte. Als wir an einem Abend länger aus waren als erlaubt, erwischte uns einer meiner Cousins. Er griff Beau an, und als ich ihn verteidigte, stürzte er sich auch auf mich.« Er sah mir ernst in die Augen und fügte hinzu: »Bären haben einen sehr ausgeprägten Territorialanspruch, und wir befanden uns damals an einem Ort, den mein Cousin als Hoheitsgebiet der Bären betrachtete.«

Ich leckte mir über die trockenen Lippen. »Ich verstehe.«

»Als mein Vater herausfand, dass ich meinen Cousin zusammengeschlagen hatte, um einen Freund zu verteidigen, der nicht zu einem Bären-Clan gehörte, wurde ich verbannt.«

Ich keuchte erschrocken auf. Und ohne auch nur eine Sekunde darüber nachzudenken, was ich da gerade tat, streichelte ich ihm über den Arm. »Einfach so? Ohne ein weiteres Wort?«

»Ich habe die Regeln gebrochen«, sagte er mit einem Schulterzucken. »Solange ich keinen Antrag stelle, wieder aufgenommen zu werden, bleibe ich verbannt. Dafür müsste ich allerdings die Allianz verlassen und mein Leben wieder ganz dem Bären-Clan verschreiben.«

Und er hatte mir bereits erklärt, was das bedeutete. Kein Kontakt zu Außenstehenden. Keine Partnerin, die der Allianz angehörte. Mein Magen verkrampfte sich allein beim Gedanken daran. »Und wann wirst du zu ihnen zurückkehren?«

»Wenn ich so weit bin.«

Ein Statement, das schlichter nicht hätte sein können und trotzdem unendlich viel bedeutete. Kein Wunder, dass sein Haus eine Ruine war. Warum sollte er es renovieren, wenn er es vielleicht bald schon wieder verlassen würde? Er ging mit niemandem aus. Er blieb für sich, von seinem Kontakt zu Beau und dessen Familie einmal abgesehen. Die Rolle, die er in der Allianz übernommen hatte, war die des Beschützers. Distanziert, Furcht einflößend und unnahbar. Auf einmal fragte ich mich, ob er sich einsam fühlte – und ob er jemals über Nikolina nachdachte.

»Was, glaubst du, ist mit Nikolina passiert?«

Er warf mir einen seltsamen Blick zu. »Ich bin verbannt worden, nicht gestorben.«

»Dann seid ihr immer noch verlobt, und sie wartet darauf, dass du irgendwann zurückkehrst?«

»Das sind die Regeln des Bären-Clans. Wenn sie sich einem anderen Mann nähern würde, brächte sie damit Schande über ihre Familie. Abgesehen davon gibt es keine ungebundenen Männer in meinem Alter.«

Ich spürte Mitleid für Nikolina in mir aufsteigen. Ohne eigene Schuld war sie zur Außenseiterin geworden. Verdammt zur Jungfernschaft, nur weil der ihr Versprochene sich dafür entschieden hatte, einen anderen Weg einzuschlagen.

Er betrachtete mich aufmerksam. »Was denkst du?«

»Ich denke, dass ihr ziemlich bescheuerte Regeln habt.«

Er knurrte zustimmend. »Die Bären-Clans sind nicht gerade für ihr fortschrittliches Denken bekannt.«

Und warum willst du dann trotzdem zu ihnen zurückkehren?

Ich legte mich auf den Rücken und starrte an die Decke. Bären paarten sich nur mit Bären, um ihre Stammbäume zu stärken und ihr Blut rein zu halten. Das klang unglaublich archaisch, doch von einem anderen Standpunkt aus betrachtet fast schon vernünftig. Die Bären waren vermutlich von Natur aus alle groß, stark und robust. Es ergab Sinn, dass Ramsey eine Partnerin haben sollte, die auch in körperlicher Hinsicht zu ihm passte und bei der er keine Angst haben musste, sie zu zerquetschen, wenn er sich nachts im Bett herumrollte, so wie es bei mir der Fall war.

Ich starrte noch einen Moment länger an die Decke und dachte über Stammbäume und Babys nach, bevor ich wieder Ramsey ansah. »Wenn Savannah mit Connor zusammen sein könnte und er sie beißen würde, würde sie sich dann in einen Wolf verwandeln?«

»Nein.«

»Warum nicht?«

»So funktioniert das nicht.«

»Und wie dann?« Ich kam mir dumm vor, überhaupt danach fragen zu müssen, aber meine Neugier war größer als meine Angst, mich zu blamieren.

»Man kann nur einer Art von Gestaltwandlern angehören. Es verändert dein Innerstes – für immer.«

Das war gut zu wissen, zumindest der erste Teil. »Bist du dir sicher? Wenn wir zusammen Kinder bekommen würden, würden sie also keine Werwolfbären mit dickem braunem Fell und einer Vorliebe fürs Stöckchenfangen?«

Er warf mir einen verärgerten Blick zu. »Nein.« Der Mann hatte einfach keinen Sinn für Humor.

Nachdenklich zupfte ich an dem weißen Laken. »Was würden Savannahs und Connors Kinder dann werden – Katze oder Hund?«

»Hängt vom Blut ab. Wenn sie läufig wird, beeinflusst das nur die Männer ihrer eigenen Art. So versucht die Natur, die Stammbäume rein zu halten.« Er betrachtete mich ernst. »Warum fragst du?«

Ich hoffte sehr, dass es noch lange dauern würde, bis ich das erste Mal läufig wurde. »Kein bestimmter Grund.«

Doch er ließ nicht locker. »Warum?«

Ich seufzte. »Weil ich denke, dass du mich beißen solltest.«

Er stützte sich auf die Ellbogen und sah mich aus zusammengekniffenen Augen an.

Ich versuchte, das Schaudern zu unterdrücken, das meinen Körper erfasste, als seine große Gestalt über mir aufragte. Es war nicht so, dass ich Angst vor ihm hatte, aber die Art, auf die er mich ansah, sagte mir, dass wir die Sicherheitszone in unserer Beziehung verlassen hatten.

»Warum?«

»Ich brauche ein Liebesmal am Hals. So wie Bathsheba. Jeder sucht danach. Du musst gesehen haben, wie mich Connor und Levi angestarrt haben. Sie *erwarten*, eine Zeichnung an meinem Hals zu sehen. Niemand wird uns abnehmen, dass wir wirklich ein Paar sind, wenn ich nicht als die Deine gezeichnet bin.«

»Du hast keine Ahnung, worum du da bittest. Es kann Monate, manchmal sogar Jahre dauern, bis so ein Mal wieder verschwindet.«

»Und?«

»Vielleicht findest du bald jemanden, den du magst. Glaub mir, kein Gestaltwandler würde dich anfassen, solange du noch das Mal eines anderen trägst.«

Ich stieß ein trockenes Lachen aus. »Ich hatte seit sechs Jahren keinen Sex mehr. Es sollte also kein Problem sein, noch ein oder zwei weitere damit zu warten.« Ich berührte leicht seinen Arm. »Und ich bin außerdem nicht die einzige Person, die ihr Liebesleben für unser kleines Experiment hier aufgeben musste. Das betrifft dich genauso.«

Dabei war sein Liebesleben schon kompliziert genug. Nikolina ging mir einfach nicht aus dem Kopf. Die ganze Zeit musste ich daran denken, wie sie geduldig darauf wartete, dass Ramsey zu seinem Clan zurückkehrte. Ob sie in ihn verliebt gewesen war, als er vor zwölf Jahren verbannt worden war? Und war er in die Erinnerung an sie beide als Teenager verliebt?

Wenn ich noch länger darüber nachdachte, würde ich verrückt werden. Ich wandte mich halb zu Ramsey um. »Wie auch immer, ich wollte dir nur sagen, dass ich sehr zu schätzen weiß, was du für mich tust. Aber wenn du dich nicht wohl bei dem Gedanken fühlst, mich zu zeichnen, weil du die ganze Zeit an eine andere denken musst, verstehe ich das.« Ich drehte mich auf die andere Seite und zog mir das Laken über die Schultern.

»Ich werde dich beißen«, sagte er mit so tiefer Stimme, dass seine Worte beinahe klangen wie das echte Brummen eines Bären. »Wenn du es so willst.«

Oh nein, er klang alles andere als enthusiastisch. Ich drehte mich wieder zu ihm um und sah ihm in die Augen. »Es ist nicht so, dass ich es unbedingt *will*. Ich denke nur, dass es in unserer Situation Sinn ergeben würde.«

Ramsey nickte langsam. »Okay.«

»Bist du dir auch wirklich sicher? Ich möchte nicht, dass du das Gefühl hast, in dieser Fake-Beziehung mit mir gefangen zu sein.« Auch wenn er das natürlich war.

Er runzelte irritiert die Stirn. »Wenn *du* dir sicher bist.«

»Ich denke, ich komme damit klar.« Ich legte mich auf den Rücken und zog den Ausschnitt meines T-Shirts ein Stück herunter, wobei ich versuchte, das Hämmern meines Herzens zu ignorieren, dass das Blut viel zu schnell durch meine Adern zu pumpen schien. »Wenn du es richtig machst, wird niemand mehr infrage stellen, dass wir tatsächlich zusammen sind.« Unsicher berührte ich meine Kehle mit den Fingerspitzen. »Das ist alles ziemlich neu für mich. Wie viel Haut brauchst du?«

Als er sich über mich beugte, versperrte sein breiter Rücken den Blick auf das Loch in der Decke. Seine dunklen Augen glitzerten im Mondlicht. Zögerlich hob er eine Hand, um sie an meinen Hals zu legen.

Bei seiner Berührung durchzuckte mich ein seltsames Verlangen, aber ich schob es beiseite und sah konzentriert zu Ramsey auf. Er schien beinahe ein wenig nervös zu sein. Ich hoffte nur, dass er nicht gerade darüber nachdachte, die ganze Sache doch lieber zu lassen. Doch dann beugte er sich zu mir herab. Seine Brust an meiner, sein Gesicht so dicht an meinem Hals, das alles fühlte sich unglaublich intim an. Ich zog noch immer mit einer Hand am Ausschnitt meines T-Shirts, die andere lag neben mir auf dem Kissen, da ich nicht wusste, was ich sonst damit anfangen sollte. Sollte ich Ramsey berühren oder lieber nicht?

Er hielt einen Moment inne, den Blick fest auf meinen Hals gerichtet, bevor er zu mir aufsah. »Der Mann, der dich verwandelt hat …«

»Er hat mich nie gezeichnet. Seiner Meinung nach waren Menschen es nicht wert, zum Partner eines Gestaltwandlers gemacht zu werden. Er wollte nicht, dass für alle ersichtlich war, dass ich zu ihm gehörte.«

»Es gibt viele unter uns, die so denken«, sagte Ramsey nach einer Minute des Schweigens und begann, zärtlich meinen Hals zu streicheln. »Ein Liebesmal ist ein deutliches Signal an alle anderen, aber es ist gleichzeitig auch eine sehr … *persönliche* Sache.«

Ich erschauderte. In seinen Worten war eine unglaubliche Intensität mitgeschwungen.

Er erstarrte.

»Ich habe keine Angst«, erklärte ich hastig. »Ich bin nur ein bisschen … nervös. Das ist alles.« Ich hatte da so eine Ahnung, dass er die Flucht ergreifen würde, wenn ich ihm die Wahrheit sagte: dass seine Berührung dafür sorgte, dass mein Puls immer heftiger und schneller schlug. Wer weiß, vielleicht fand er Menschen – oder solche Gestaltwandler, die einmal welche gewesen waren – genauso abstoßend wie Roy.

Er verlagerte sein Gewicht ein wenig und schob dabei vorsichtig ein Knie zwischen meine Beine. Als er die Lippen auf meine Kehle senkte, spürte ich seinen warmen Atem über meine Haut streichen.

Auf der Stelle wurden meine Nippel hart. Ich versuchte, es zu ignorieren, und hoffte, dass es ihm nicht auffallen würde. Er tat mir gerade einen riesigen Gefallen; es wäre nicht sehr hilfreich, wenn ich ihm jetzt auch noch offenbarte, dass ich erregt war.

»Ich … ich muss dich zuerst berühren«, sagte er leise. »Deine Haut. Dort, wo ich das Mal setzen werde.«

»Es ist okay«, flüsterte ich und zerrte mein Shirt noch ein bisschen tiefer. »Du kannst mich anfassen. Es macht mir nichts aus.«

Mit einer federleichten Berührung fuhr er mit den Lippen über meine Kehle, und mein Puls wurde noch flattriger, als wollte er Ramsey auffordern, nicht aufzuhören. Langsam glitt er mit dem Mund an meinem Hals entlang, als versuchte er, den besten Punkt für seine Zeichnung zu finden. Es kitzelte und war gleichzeitig wunderschön. Mein Hals war definitiv eine hocherogene Zone.

Er wanderte mit den Lippen bis zu meinem Schlüsselbein, und ich spürte, wie er tastend mit der Zunge dagegenstupste, mich kostete.

»Oh …« Ich stieß ein wohliges Seufzen aus.

»Sorry«, murmelte er schroff. »Das gehört dazu. Ich hätte wahrscheinlich zuerst über deine Haut lecken sollen.«

»Ist schon okay.« Meine Atmung hatte sich beschleunigt, und ich hatte das Gefühl, dass es ihm ähnlich ging. »Du kannst mich lecken.«

Als er mit der Zunge über meine Haut fuhr, spürte ich ein Zucken unterhalb meiner Hüften. Oh Mann! Das hier war … sehr viel erotischer, als ich es mir vorgestellt hatte. Gott sei Dank waren meine Hüften unter seinem Unterkörper eingeklemmt, sonst hätte ich sie ihm vermutlich auch noch entgegengehoben.

Als er sein Bein ein wenig bewegte, um eine bequemere Position zu finden, wurde mir auf einmal klar, dass er so gut wie nackt war. Er trug nichts weiter als eine Boxershorts. Das war nur fair, immerhin hatte ich selbst nur ein T-Shirt und eine dünne Yogahose an.

Wieder fuhr er mit der Zunge über meine Haut, und ich spürte die Berührung bis in mein Innerstes. Meine Nippel stellten sich auf. Um mich daran zu hindern, laut aufzustöhnen, biss ich mir auf die Lippe.

»Immer noch okay?«

»Immer noch okay«, presste ich heraus.

»Deine Hände sind ganz verkrampft«, murmelte er. »Leg sie auf meinen Rücken, wenn du nicht weißt, wohin mit ihnen. Entspann dich.«

Vorsichtig schlang ich die Arme um seine Schultern. Es fühlte sich merkwürdig intim an, wie zwei Liebende, die in inniger Umarmung auf dem Bett lagen. Bei der Vorstellung lief mir ein weiterer wohliger Schauer den Rücken hinab.

Wieder presste er die Lippen auf diesen einen bestimmten Punkt an meinem Hals, und dann biss er zu.

Mir entfuhr ein unkontrolliertes Keuchen, und ich krallte die Finger in seinen Rücken. Oh mein Gott. Das hatte sich beinahe genauso befriedigend angefühlt wie ein Orgasmus.

Sein warmer Atem strich über die empfindliche Stelle, die er gerade mit seinen Zähnen gezeichnet hatte. »Immer noch … okay?« Er atmete genauso hektisch wie ich.

»Ziemlich gut sogar. Du solltest es noch mal tun«, sagte ich sanft. »Nur damit … du weißt schon, damit es auch wirklich überzeugend wirkt.«

Ich hatte geglaubt, dass ich ihn dazu würde überreden müssen, aber zu meiner Überraschung vergrub er seine Zähne, ohne zu zögern, abermals in meinem Hals; nur ein kleines bisschen tiefer als beim ersten Mal. Ein weiteres Keuchen kam mir über die Lippen. Als er ein drittes Mal zubiss, tat er es mit mehr Intensität, und die köstliche Empfindung hielt länger an als bei den beiden Malen zuvor.

Oh mein Gott, ich wollte, dass er mich berührte, meine Brüste, meine feuchte Mitte. »Bitte …«

Schockiert hielt er inne. Noch bevor ich irgendeine Art Entschuldigung herausbringen konnte, stieß er einen unterdrückten Fluch aus und flüchtete aus dem Bett. Sprachlos sah ich ihm nach, wie er aus dem Zimmer stürzte und die Tür so heftig hinter sich zuschlug, dass das ganze Haus zu erzittern schien. Putz bröckelte von den maroden Wänden, dann herrschte Stille.

Verdammte Scheiße.

Ich setzte mich auf und versuchte, das Gefühl der Demütigung beiseitezuschieben, dass mich unter sich zu begraben drohte. Er hatte gemerkt, dass ich erregt gewesen war, und es hatte ihn abgestoßen. Mit einem Seufzen ließ ich mich auf die Matratze zurücksinken und schob eine Hand unter mein Shirt. Dann musste ich heute Nacht wohl selbst dafür sorgen, dass ich auf meine Kosten kam, und mir dabei vorstellen, wie er sich mit seinem mächtigen Körper über mich beugte, um mich zu beißen …

Ich ließ meine Hand tiefer wandern, hielt dann jedoch abrupt inne. Meine Fingerspitzen hatten etwas Warmes, Klebriges, Feuchtes berührt, und im nächsten Augenblick stieg mir der Geruch von Sperma in die Nase.

Ramsey war *gekommen*?

Ich konnte es nicht fassen. Hastig setzte ich mich wieder auf und streifte mir das Shirt über den Kopf. Anscheinend hatte er einen Orgasmus gehabt, während er mich gebissen hatte. Und ich war selbst viel zu angetörnt gewesen, um irgendetwas davon mitzubekommen. Verwirrt starrte ich auf das Shirt in meiner Hand und dann auf die Tür. Er hatte einen unterdrückten Fluch ausgestoßen und war, wie von der Tarantel gestochen, aus dem Zimmer geflüchtet. Ich hatte gar nicht gemerkt, dass seine Atmung sich so stark beschleunigt oder dass sein Körper gezuckt hatte, so sehr war ich damit beschäftigt gewesen, mein eigenes Verlangen niederzuringen.

Ich stand auf und nahm ein frisches T-Shirt aus meiner Tasche, bevor ich mich wieder hinlegte und nachdachte. Ramsey war gerade mal fünfzehn gewesen, als er der Allianz beigetreten war. Er war nie mit jemandem zusammen gewesen und hatte sich auch nie mit irgendwelchen Frauen verabredet, weil er ihnen Angst einjagte. Er stammte aus einem Clan, in dem es verpönt war, sich mit Außenstehenden abzugeben, und er war seit seiner Geburt einer Frau versprochen. Er war auf mir gekommen, unfähig, sich zurückzuhalten. Und er war so plötzlich aufgesprungen und aus dem Zimmer gestürzt, als wäre er wütend gewesen. Oder gedemütigt.

Verdammte Scheiße, war Ramsey etwa noch Jungfrau?

KAPITEL ZEHN

In dieser Nacht kehrte er nicht ins Schlafzimmer zurück.

Nach einiger Zeit fiel ich erschöpft in den Schlaf und wachte erst auf, als mich die Sonne durch das Loch in der Decke im Gesicht kitzelte. Schnell zog ich mich an, kämmte mir die in alle Richtungen abstehenden Haare und ging ins Erdgeschoss hinunter.

Überrascht stellte ich fest, dass die Küche von oben bis unten geputzt worden war. Die Arbeitsplatten waren immer noch verkratzt und abgestoßen, und an den Schränken fehlten nach wie vor einzelne Türen, aber alles war sorgfältig sauber gemacht worden, und in den Regalen standen Lebensmittel. Der alte, heruntergekommene Kühlschrank war durch ein neues glänzendes Modell ersetzt worden. Da wir noch keinen Strom hatten, hatte Ramsey die verschiedenen Getränke zwischen Tüten mit Eis gestopft. Auf der Küchenanrichte lagen Brot und eine Packung mit Zimtschnecken. Ich schnappte mir eines der süßen Teilchen und eine Dose Cola und ging damit hinaus, um Ramsey zu suchen. Wir mussten dringend reden.

Es dauerte nicht lange, bis ich ihn – oder zumindest seine Füße – gefunden hatte. Sie lugten unterhalb der umlaufenden Veranda hervor. Nach der Werkzeugkiste zu urteilen, die danebenstand, schien er gerade irgendetwas zu reparieren.

»Hey, Ramsey«, rief ich fröhlich. »Danke fürs Frühstück.«

Keine Antwort. »Kannst du mich da unten hören?«

»Ja.« Eine lange Pause folgte. »Ich bin beschäftigt.«

Aha, so würde das also laufen. »Fährst du in die Stadt? Ich muss um acht in der Agentur sein.«

»Ich habe heute frei«, sagte er knapp, dann schob er eine Hand hervor. »Zange, bitte.«

Ich stopfte mir den Rest der Zimtschnecke in den Mund und sprang die Verandatreppe hinunter, um ihm das gewünschte Werkzeug zu reichen. Dann wischte ich mir die Hände an der Jeans ab und hockte mich neben seine Füße, um zu sehen, was genau er da trieb.

»Was machst du?«

»Die Stromleitung reparieren.«

Ich grinste. »Super. Und was ist mit der Wasserleitung?«

»Ich bin kein Klempner.«

»Können wir nicht einfach einen Handwerker anrufen? Ich wette, wir haben einen in unserer Datenbank bei Midnight Liaisons.«

»Wie du meinst.«

Hervorragend. »Und wie komme ich heute zur Arbeit?«

»Austin kommt vorbei, um dich abzuholen.«

So viel zu seinem Beschützerinstinkt. »Dann sehen wir uns also später …«

Doch er sagte nichts mehr, und ich stand auf, um allein ins Haus zurückzugehen.

Oh Mann, das würde nicht einfach werden. Da ergoss sich der Typ einfach so auf seiner Fake-Freundin und weigerte sich am nächsten Tag auch noch, darüber zu sprechen.

»Du siehst aus, als hättest du schlechte Laune«, begrüßte mich meine Schwester in der Agentur. »Sind die Flitterwochen schon vorbei?«

Ich streckte ihr die Zunge raus.

Sie grinste. »Der Weg zur wahren Liebe ist voller Tücken und Schlaglöcher.«

Ohne auf ihren Kommentar einzugehen, setzte ich mich an meinen Schreibtisch. In einem Büro, das ausschließlich übernatürliche Wesen als Kunden hatte, konnte man nie wissen, wer nebenan noch so zuhörte.

»Vielleicht kann ich ja helfen?«

Ich warf ihr einen skeptischen Blick zu. »In dem Fall wohl eher nicht.«

»Komm schon. Dafür sind große Schwestern doch da.«

In Bezug auf Männer war ich um einige Erfahrungen reicher als Bath. Aber im Umgang mit erwachsenen Riesenjungfrauen fehlte vermutlich uns beiden das Know-how.

Während mein Laptop hochfuhr, drehte ich abwesend einen Kugelschreiber zwischen den Fingern. »Was weißt du über Ramsey? Ich meine, was hat dir Beau über ihn erzählt?«, fragte ich Bath schließlich, ohne sie anzusehen.

»Na ja, da gibt es ein paar Sachen, bei denen Beau mich darum gebeten hat, nicht darüber zu sprechen.«

Verletzt hob ich den Blick von der Schreibtischplatte. Meine Schwester hatte Geheimnisse vor mir? Bis sie Beau kennengelernt hatte, hatten wir uns alles erzählt. Und auch wenn ich ihr Glück nicht trüben wollte, gab es da einen kleinen Teil in mir, der sich seltsam verloren fühlte, seit die beiden ein Paar waren. Vielleicht hatte sie sogar über Ramseys Partnerin Bescheid gewusst und sich bewusst dafür entschieden, mir nichts zu sagen.

»Und, gibt es *irgendetwas*, das du mir erzählen darfst?«

Sie zuckte mit den Schultern. »Er ist einer von den Guten. Beau würde ihm sein Leben anvertrauen. Er ist ziemlich ruhig. Geht selten vor die Tür und unterhält sich nur mit wenigen Leuten.«

»Ist er jemals mit Frauen ausgegangen?«, fragte ich in möglichst neutralem Ton. Ich wollte ihr nicht gleich erzählen, dass ich wusste, dass er in Wirklichkeit bereits vergeben war. »Ich bin mir sicher, dass es da die ein oder andere Exfreundin geben muss – so gut, wie diese ganzen Gestaltwandler aussehen.«

Sie rieb sich verlegen den Hals, genau über die Stelle, an der ihr Liebesmal saß. Sofort verspürte ich das Bedürfnis, meine eigene Zeichnung zu berühren.

»Um ehrlich zu sein, habe ich nie etwas davon gehört, dass er sich mit einer Frau verabredet hat. Warum fragst du?«

»Pure Neugierde.«

Dann stimmte es also, Ramsey war tatsächlich noch Jungfrau. Kein Wunder, dass er sich mir gegenüber so merkwürdig verhielt. Ich fragte mich, ob er mir jemals wieder in die Augen würde sehen können. Die Vorstellung gefiel mir überhaupt nicht. Und dann dachte ich wieder daran, wie er sich über mich gebeugt und seine Lippen auf meinen Hals gepresst hatte, und meine Wangen wurden heiß.

Die kleine Glocke schlug an, und die Eingangstür wurde aufgestoßen.

Ich sah auf, und augenblicklich stieg mir der Geruch nach Wolf in die Nase. Nach Anderson-Wolf.

»Willkommen bei Midnight Liaisons«, begrüßte Bath die junge Frau, die hereingeschlendert kam. »Wie können wir Ihnen behilflich sein?«

Anstatt zu antworten, grinste die Frau nur und ließ sich mir gegenüber auf den Besuchersessel fallen. Ihre Haare waren lang, dunkel und fielen ihr in wilden Locken über die Schultern. Es sah nicht so aus, als würden sie besonders häufig mit einem Kamm Bekanntschaft machen. Ihre hellblauen Augen hoben sich markant von ihrem gebräunten Gesicht ab. Sie trug ein sommerliches Jeanskleid mit Spaghettiträgern, das so eng an ihrem schlanken Körper anlag, dass es absolut nichts der Fantasie überließ. Ihre Beine und Füße waren nackt.

Für einen langen Augenblick ruhte ihr Blick auf meinem Hals und auf der Zeichnung, bis sie abrupt eine Hand zum High-Five hob. »Nicht schlecht, Mädchen!«

Oh Mann. »Du musst Gracie sein.«

Sie zwinkerte mir zu und wackelte auffordernd mit den Fingern.

Mit einem Seufzen hob ich die Hand und schlug halbherzig ein. Als ich den fragenden Blick meiner Schwester bemerkte, erklärte ich: »Darf ich vorstellen, meine neue Wolf-Begleitung. Connor hat seinen Job offensichtlich nicht richtig erledigt, deswegen hat Levi mir jemand anderen vorbeigeschickt.«

Mit einer selbstgefälligen Geste warf Gracie die Locken über die Schultern zurück, bevor sie die Beine hob, um die Füße auf meinen Tisch zu legen. »Gib mir eine Sekunde. Ich muss nur schnell Daddy schreiben.« Ihr Blick zuckte noch einmal zu meinem Hals, bevor sie ihn auf das Display ihres Handys richtete und in atemberaubender Geschwindigkeit eine Nachricht tippte.

Augenblicklich lief ich rot an.

Bath sah noch immer fragend zu mir herüber, doch ich schüttelte nur leicht den Kopf. Ich würde ihr später alles erzählen. Oder zumindest so viel, wie sie wissen *musste*.

»Alsoooo«, sagte Gracie gedehnt, während sie ihr Handy zurück in die Handtasche gleiten ließ und die Füße von meinem Schreibtisch nahm. Allerdings ersetzte sie sie sofort durch ihre Ellbogen, die sie flach darauflegte, um sich neugierig zu mir vorzubeugen. »Daddy will, dass ich dir beibringe, wie du dich richtig verwandelst. Hast du ein paar Beckenbodenübungen drauf?«

Ich hörte, wie Bath prustend ihren Kaffee ausspuckte.

»Äh …«

Gracie grinste mich an. »Was kein Kerl dir jemals erklären könnte, ist, dass eine Verwandlung und Beckenbodenübungen ziemlich viel gemeinsam haben. Es gibt da diesen einen Muskel tief in deiner Mitte, der jede Menge Übung braucht, damit er eine gute Performance abliefern kann.« Ihr ungezähmter, wilder Gesichtsausdruck sollte vermutlich witzig sein, aber mir erschien er eher wie eine Drohung. »Na los, probier's aus.«

»Meinen … äh … meinen Beckenboden?«

»Sara, kann ich kurz mit dir reden?« Bath warf mir einen bedeutsamen Blick zu und ging zur Kaffeemaschine hinüber.

Gracie verdrehte genervt die Augen, bevor sie wieder ihr Handy hervorzog und begann, wie wild zu tippen.

Ich fragte mich, ob sie alles, was wir hier besprachen, sofort an Levi weiterleitete. Bei dem Thema wunderte es mich allerdings nicht mehr, dass er die einzige Frau aus dem Rudel geschickt hatte, um mit mir zu trainieren.

Ich stand auf und ging zu Bath hinüber, die bereits ungeduldig auf mich wartete.

»Kannst du sie loswerden, zumindest für eine Stunde? Um neun habe ich einen Termin mit einem ziemlich schüchternen Werlöwen, und ich habe keine Ahnung, wie er auf sie reagieren würde.«

Aus dem Augenwinkel sah ich, dass Gracie immer noch damit beschäftigt war, eine SMS nach der nächsten zu schreiben. Ich nickte. »Klar, ich kümmere mich darum.«

Als ich zu meinem Schreibtisch zurückkam, zwinkerte mir Gracie verschmitzt zu und sagte: »Ich werde mich von meiner besten Seite zeigen, keine Sorge.«

Aus irgendeinem Grund bezweifelte ich stark, dass die beste Seite eines Werwolfs auch nur im Geringsten ausreichte, um angemessene Verhaltensstandards zu erfüllen, aber ich nickte nur. »Danke.«

Bath warf mir einen ernsten Blick zu. »Ich hätte gern, dass wir mit den Kunden, mit denen wir heute Termine haben, so weit fertig werden, dass sie morgen nicht noch mal reinkommen müssen.« Ein strahlendes Lächeln breitete sich auf ihrem Gesicht aus. »Damit wir morgen zusammen Hochzeitskleider anprobieren können. Und du als Trauzeugin musst auch noch ein Kleid für dich kaufen.«

Oh nein, nicht gerade das, was ich mir unter Vergnügen

vorstellte. Ich stand weit mehr auf Computer-Shopping als auf Klamotten.

»Kann ich dein Blumenmädchen sein?«, fragte Gracie. »Wir haben Margeriten im Garten.«

Meine Schwester erstarrte. »Äh … also … Ich weiß nicht, ob …«

Gracie kicherte. »War nur ein Spaß.« Sie drehte sich wieder zu mir um. »Also, zurück zum Beckenboden …«

Doch sie konnte den Satz nicht zu Ende bringen, denn in diesem Moment wurde wieder die Tür aufgestoßen und ein Mann kam herein. Er war groß, schlank – beinahe schon dünn – mit hohen Wangenknochen und goldblonden Haaren. Sein Blick zuckte sofort zu Gracie.

Die junge Werwölfin richtete sich auf, zupfte am Saum ihres zu kurzen Kleides und schenkte ihm ein zuckersüßes Lächeln.

»Toby«, begrüßte Bathsheba unseren Klienten mit einem breiten Lächeln. »Setzen Sie sich. Möchten Sie vielleicht einen Kaffee?«

Toby durchquerte den Raum, ohne den Blick von Gracie zu wenden, die ihr Tausendwattlächeln kein bisschen gedimmt hatte.

»Was kann ich für Sie tun?«, fragte meine Schwester in festem, aber freundlichem Ton, um seine Aufmerksamkeit wieder auf sich zu lenken.

Er betrachtete Gracie noch einen Moment lang besorgt, bevor er sich Bath zuwandte und sichtlich angestrengt schluckte. »Elma und ich … Es hat nicht besonders gut funktioniert. Wir sind zu verschieden. Ich würde mich gern mit jemand anderem verabreden.«

Das war keine Überraschung. Elma war eine Harpyie, und sie schaffte es, weit mehr Männer abzuschrecken als für sich zu gewinnen. Meine Schwester musste ziemlich verzweifelt gewesen sein, wenn sie ein Date zwischen einer Katze und einem Vogel arrangiert hatte. Die beiden Arten passten schon von Natur aus nicht gut zusammen. Und der armen Elma blieb anscheinend nichts anderes übrig, als mit allem vorliebzunehmen, was man ihr anbot.

»Ich verstehe.« Bath warf einen Blick auf ihren Laptop und begann zu tippen. »Und wonach genau suchen Sie? Sollen wir vielleicht ein Update an Ihrem Profil vornehmen?«

»Ich mache es«, rief Gracie dazwischen.

Wir starrten sie alle an.

Sie schenkte uns ein geziertes, verspieltes Lächeln. »Ich habe noch nie einen Löwen gedated, aber ich würde gern mal einen ausprobieren, um zu sehen, was sie in der Hose haben.«

Toby lief augenblicklich knallrot an. Und meiner Schwester schien die ganze Sache ähnlich peinlich zu sein.

Ich verdrehte die Augen. »Und was, glaubst du, wird dein Vater davon halten, Gracie?«

»Daddy hat gesagt, dass ich dich den nächsten Monat lang keine Sekunde aus den Augen lassen darf.« Sie warf einen koketten Blick über die Schulter und zwinkerte Toby verführerisch zu. »Wenn wir also schon den ganzen Tag zusammen in einer Datingagentur abhängen müssen, sehe ich nicht ein, warum ich euren Service nicht auch mal ausprobieren sollte.«

»Du hast doch noch nicht mal ein Profil bei uns«, merkte ich an und zog eine Augenbraue hoch. »Und ich bin mir auch nicht sicher, ob Toby mit jemandem ausgehen möchte, über den er nichts weiß …«

»Doch«, krächzte Toby heiser. »Hast du Lust auf einen gemeinsamen Lunch? Im Chilis?«

Autsch, nicht gerade die geschickteste Wahl für ein erstes Date.

Aber Gracie schien begeistert zu sein. »Das klingt wunderbar!« Dann drehte sie sich wieder zu mir um und zwinkerte mir verschwörerisch zu. »Sieht so aus, als solltest du mir besser gleich mal ein Profil erstellen, damit wir unser Date offiziell machen können. Oder was meinst du?«

»Sieht so aus«, murmelte ich. »Und welche Präferenzen soll ich angeben?«

»Alle«, antwortete sie, ohne auch nur eine Sekunde zu überlegen.

»Alle?«

»Auch Vampire, oder was du sonst noch an verrückten Wesen in deiner Datenbank hast.« Ihre blauen Augen funkelten. »Ich bin offen für alles, solange es Spaß macht.«

Na großartig. »Eine Reservierung bei Chilis. Wird gleich erledigt.«

Gracie ging mit Toby um, als wären die beiden zusammen aufgewachsen. Sie lachte und flirtete das ganze Mittagessen über, als wäre er der erste Mann, mit dem sie jemals ausgegangen war. Ich selbst saß an einem Tisch in einer Ecke, um ein Auge auf die beiden zu haben.

Die junge Werwölfin wusste vermutlich noch nicht einmal, was das Wort »schüchtern« bedeutete. Und darüber hinaus schien sie die unglaubliche Gabe zu besitzen, alles, was aus ihrem Mund kam, als übermäßig faszinierend darzustellen. Toby hing an ihren Lippen, selbst als es nur darum ging, dass sie neues Geschirr einkaufen gegangen war, da ihre wilden Cousins und Brüder jeden Teller in ihrem Haus kaputtgemacht hatten. Und die ganze Zeit über wackelte sie mit den nackten Zehen unter dem Tisch, als hätte sie die großartigste Zeit ihres Lebens.

Da die beiden offensichtlich sehr gut allein klarkamen, zog ich meinen BlackBerry aus der Tasche, um ein paar Dinge zu organisieren. Ich fand einen Handwerker in unserer Datenbank und schrieb ihm sofort eine Nachricht, ob er am nächsten Tag zu Ramsey rausfahren könnte, um ihm ein Angebot für die nötigen Klempnerarbeiten zu machen. Er war ein Wolf, was ich allerdings als unproblematisch betrachtete, solange Ramsey und Gracie in meiner Nähe waren. Und mit dem Mal an meinem Hals fühlte ich mich in der Rolle von Ramseys Freundin außerdem um einiges sicherer als zuvor.

Als der Kellner an meinen Tisch kam, um mein Wasserglas aufzufüllen, und mir einen seltsamen Blick zuwarf, berührte ich sofort unbewusst die Stelle an meiner Kehle. Doch als mir sein menschlicher Geruch in die Nase stieg, runzelte ich irritiert die Stirn. Worauf hatte er da gerade gestarrt? Ich hob mein auf Hochglanz poliertes Messer und warf einen prüfenden Blick auf mein Spiegelbild. Augenblicklich zuckte ich zusammen. Meine Haare waren die reinste Katastrophe. Dank der Färbeaktion waren sie trocken und verfilzt und bauschten sich wie ein gräulich-blauer Wischmopp um meinen Kopf. Es grenzte schon beinahe an ein Wunder, dass Ramsey mich in diesem Zustand überhaupt angefasst, geschweige denn gebissen hatte.

Sobald er mir in den Sinn gekommen war, konnte ich an nichts anderes mehr denken, und ich entschied mich, ihm eine SMS zu schicken.

Hey, ich färbe mir die Haare in einer anderen Farbe. Hast du eine Präferenz?

Nach einer Minute schrieb er zurück. *Du siehst gut aus.*

Vielen Dank für das Kompliment, aber ich werde sie mir trotzdem färben.

Mir hat es gefallen, als es braun war.

Der Mann war wirklich niedlich – so niedlich, dass ich ihn am liebsten in die Wangen gekniffen hätte. Und wenn ich an letzte Nacht dachte, hätte ich gern noch sehr viel schmutzigere Dinge mit ihm angestellt. Wie würde er reagieren, wenn ich ihn noch einmal küssen würde? Wenn ich mich einfach auf seinen breiten, muskulösen Körper rollen würde, um ihm deutlich zu machen, dass ich gern bereit war, sein Jungfrauenproblem in die Hand zu nehmen – und das im wahrsten Sinne des Wortes.

Ein Schauer der Erregung ging bei dem Gedanken durch meinen Körper, und ich tippte schnell: *Wie wäre es mit Rot?*

Ich mag Rot.

Und damit war die Sache entschieden.

Um siebzehn Uhr war ich mehr als bereit, endlich nach Hause zu fahren.

Nachdem Gracie und ich nach ihrem Date mit Toby in die Agentur zurückgekehrt waren – und nachdem sie sich seine Nummer hatte geben lassen –, hatte sie darauf bestanden, einige Änderungen an ihrem Profil vorzunehmen. Und wo wir gerade dabei gewesen waren, hatte sie sich hinterher noch ewig durch die Datenbank geklickt, um eine endlos lange Liste an Kandidaten zusammenzustellen, an denen sie interessiert war. Und zu guter Letzt hatte sie begonnen, die Fragen auseinanderzunehmen, die alle Klienten auf ihrem Profil beantworten mussten.

»Augenfarbe?«, hatte sie mit einem verächtlichen Schnauben gesagt. »Wen interessiert denn bitte die Augenfarbe? Alles, was ich wissen will, ist, ob er noch beide hat.«

Als sie dann noch angefangen hatte, die Website nach passenden Dates für ihre Brüder und Cousins zu durchforsten, hatte ich ihr den Laptop überlassen und war an Maries Schreibtisch übergesiedelt. Wenn Gracie die anderen Werwölfe verkuppeln wollte, war das ihre Sache. Ich würde mich da ganz bestimmt nicht einmischen.

Ich war noch nie so froh gewesen, Austin zu sehen, wie in dem Augenblick, als er vor der Agentur parkte, um uns abzuholen. Gracie war anstrengend. Sie sprudelte vor neuen Ideen nur so über – wobei sich die meisten darum drehten, wie sie neue Männer kennenlernen und sie dazu bringen konnte, mit ihr auszugehen.

Als Austin die Agentur betrat, warf sie ihm einen heißblütigen Blick zu, den er mit einem irritierten Stirnrunzeln quittierte. Was ihr Interesse allerdings nur noch mehr anzuheizen schien. Als würde es sich bei ihm um eine geheimnisvolle Kreatur handeln, deren tiefstes Inneres sie sich zu erforschen zum Ziel gemacht hatte.

Ich bat Austin, kurz beim Supermarkt zu halten, damit ich ein paar Dinge besorgen konnte. Als Gracie anbot, mit ihm im Wagen zu warten, warf er mir einen panischen Blick zu. Also erklärte ich ihr, dass ich ihre Hilfe beim Tragen bräuchte. Austins erleichterter Gesichtsausdruck entging mir nicht. Damit schuldete er mir einen verdammt großen Gefallen.

Kaum dass wir den Laden betreten hatten, schlenderte Gracie allein los, und ich hatte absolut nichts dagegen. Meinetwegen hätte sie für immer zwischen den Regalen umherwandern können, wenn ich sie dadurch los gewesen wäre.

Ich schnappte mir einen Einkaufswagen und schob ihn an den Reihen mit Getränken vorbei bis zu den großen Kühlschränken, in denen das Bier bereits vorgekühlt wurde. Das war genau, was ich heute Abend brauchte. Ich zog die Tür auf und nahm zwei Flaschen heraus. Dann zögerte ich. Vielleicht wollte mein »Partner« auch eins. Es war noch immer komisch, auf diese Weise an ihn zu denken. Entschlossen zog ich einen Kasten heraus.

Die Tür des Kühlschranks fiel zu und blies mir einen Hauch eiskalte Luft ins Gesicht – gemischt mit dem Geruch nach Wolf. Ich erstarrte, für einen Moment irritiert. Konnte das Gracie sein? Oder roch ich mich plötzlich selbst? Aber die Witterung, die ich aufgenommen hatte, erinnerte mich an keinen von uns beiden.

Wachsam sah ich mich um. Der Supermarkt war voller Gerüche nach den vielen Menschen, die ihre quietschenden Einkaufswagen durch die Gänge schoben und sich unterhielten.

Hielt sich außer Gracie und mir ein weiterer Wolf hier auf? Ich warf einen prüfenden Blick den Gang hinunter, in dem ich mich befand. Er war leer. Dann drehte ich mich um und bog in den nächsten ein.

Genau in dem Moment, in dem ich um die Ecke ging, verschwand am anderen Ende der hohen Regale ein Mann aus meinem Blickfeld, und wieder stieg mir der Geruch nach Wolf in die Nase. Ein nervöses Prickeln in meinem Nacken versetzte mich in Alarmbereitschaft. Ich zwang mich, ruhig zu bleiben, lief den nächsten Gang hinunter, schnappte mir eine Packung rotes Haarfärbemittel und lief weiter.

Als ich frisches, blutiges Fleisch roch, schlug ich automatisch die Richtung ein, in der ich es vermutete. Wir könnten uns zum Abendessen ein Steak braten. Das würde gut zum Bier passen. Ich starrte auf die Reihen rohen Fleischs und nahm eine Packung aus der Kühlung, um sie in den Einkaufswagen zu werfen. Der Blutgeruch schien jede Pore in meiner Nase auszufüllen. Vielleicht lieber zwei Steaks. Es duftete so verlockend, dass ich der Versuchung widerstehen musste, einfach die Plastikverpackung aufzureißen und das Steak an Ort und Stelle zu verschlingen.

Doch dann witterte ich wieder den Wolf, und ich drehte mich langsam um.

Gracie kam mit einer Weinflasche in der Hand auf mich zugeschlendert. »Gibst du mir einen aus?«

Erleichtert nahm ich ihr die Flasche aus der Hand und ignorierte die pikierten Blicke einiger Kunden, die Gracies nackte Füße bemerkt hatten. »Ich bin mir ziemlich sicher, dass du noch nicht alt genug bist, um zu trinken.«

»Klar bin ich alt genug«, sagte sie mit einem charmanten Grinsen. »Aber ich habe blöderweise meinen Ausweis zu Hause vergessen.«

Natürlich, was auch sonst. Aber da ich keine Lust hatte,

noch länger mit ihr zu diskutieren, legte ich die Flasche zu den anderen Sachen in den Einkaufswagen.

Noch immer nicht wirklich beruhigt, blickte ich mich ein weiteres Mal vorsichtig um. »Ist einer von den anderen hier?«

Gracie zog verständnislos die Nase kraus. »Von welchen anderen?«

»Du weißt schon«, sagte ich und zog übertrieben die Augenbrauen hoch, als eine ältere Frau in unserer Nähe stehen blieb, um die Fleischauslage zu betrachten. »*Andere* eben.«

»Andere … Einkäufer?«, fragte Gracie in unschuldigem Ton.

Ich knirschte mit den Zähnen. Ihre Art ging mir jetzt schon tierisch auf die Nerven. Ich hatte keine Ahnung, wie ich es die nächsten Wochen mit ihr aushalten sollte, ohne ihr an die Gurgel zu gehen. Mit einem boshaften Lächeln nahm ich die Flasche Wein aus dem Einkaufswagen und reichte sie ihr. »Am besten, du bezahlst die selbst.«

»Natürlich ist keiner der anderen hier. Du bist ziemlich paranoid, ist dir das eigentlich klar?«

Vielleicht war ich das tatsächlich. Zumindest glaubte ich nicht, dass sie mir zwingend die Wahrheit sagen würde. Gracie war niemand, der einem in dieser Hinsicht besonders vertrauenswürdig erschien »Na gut«, sagte ich und steuerte die Kassen an. »Dann lass uns bezahlen. Austin wartet schon lange genug auf uns.«

Als wir vor Ramseys Haus hielten, sah ich ein schwaches Licht durch eine der zerbrochenen Fensterscheiben leuchten. Der Anblick freute mich so sehr, dass es schon beinahe peinlich war. »Hey, wir haben Strom!«

Gracie zog angewidert die Nase kraus. »Ich bekomme das Gästehaus, oder?«

»Ja, ja. Es liegt am Ende des Gartens. Ich zeig's dir.«

Kaum dass wir Connors ehemalige Unterkunft betreten hatten, warf Gracie ihre Tasche aufs Bett und sah mich erwartungsvoll an. »Na, was ist, wollen wir deine Haare jetzt sofort färben? Dann kannst du deinen Mann damit überraschen.«

Ein freudiges Kribbeln, mit dem ich nicht gerechnet hatte, breitete sich bei der Vorstellung, wie Ramsey darauf reagieren würde, in meinem Magen aus, und ich stimmte begeistert zu.

Wir stopften die Steaks in den winzigen Kühlschrank, damit sie bei der Wärme nicht schlecht wurden, dann zog ich mir mein Shirt über den Kopf, um ein altes von Gracie überzustreifen, das ihrer Meinung nach ruhig dreckig werden konnte. Dreißig Minuten später leuchteten meine Haare in einem lebhaften Kastanienrot.

»Wow, die Farbe knallt«, bemerkte Gracie mit einem Grinsen. »Ich hab ein gelbes Kleid, das echt super dazu passen würde. Du solltest es anprobieren. Na los, beeindrucke deinen Mann mal so richtig. Der Ausschnitt würde die Liebesmale toll zur Geltung bringen.«

»Ich glaube nicht, dass es mir passt. Obenrum habe ich nicht gerade viel, um es auszufüllen.«

Doch Gracie war bereits dabei, ihren Koffer zu durchwühlen. »Das ist kein Problem, ich kaufe sie normalerweise immer eine Nummer kleiner.«

Ergeben schlüpfte ich aus Gracies T-Shirt und meiner Jeans und zog mir das sonnengelbe Kleid über den Kopf. Es saß um die Brust ziemlich locker, doch nachdem Gracie die Bänder, die wie bei einer Korsage vorn und hinten angebracht waren, festgeschnürt hatte, betonte es meine schlanke Figur und sorgte so dafür, dass meine nicht vorhandenen Kurven trotzdem zur Geltung kamen.

Mir entging nicht, wie Gracie mich musterte, während ich mich umzog. Ob sie mich für ihr Rudel abcheckte? Bei der Vorstellung stellten sich mir die Nackenhaare auf. Doch als sie ganz zum Schluss einen der Spaghettiträger fast schon liebevoll zurechtrückte und mir ein aufmunterndes Lächeln schenkte, verdrängte ich den Gedanken schnell wieder.

»Sieht super aus. Es betont die Liebesmale, wie ich gesagt habe.«

Ich atmete erleichtert aus. Vielleicht war ich tatsächlich paranoid. Gracie war ein bisschen verrückt, und sie zeigte beim Lächeln für meinen Geschmack eindeutig zu viele Zähne, aber sie schien weder hinterhältig noch bösartig zu sein. Nicht wie einige der anderen Wölfe.

Ich sammelte meine Sachen ein und schenkte ihr ein verhaltenes Lächeln. »Danke.«

Sie legte die Hände auf meine Schultern und sah mir tief in die Augen. »Und jetzt wegen heute Nacht.«

»Heute Nacht?«

»Du musst dich verwandeln. Daddy hat gesagt, dass wir es jeden Abend üben sollen. Willst du es mit deinem Partner zusammen tun?«

Oh Mann, das klang alles wirklich mehr als merkwürdig. »Äh … Ich denke schon.«

»Okay. Erinnere dich daran, was ich gesagt habe. Beckenboden. Finde den Muskel und spanne ihn an.«

»Verstanden«, murmelte ich leise. »Beckenboden.«

»Braves Mädchen. Und jetzt los, schnapp ihn dir!« Mit einem Klaps auf den Hintern scheuchte sie mich aus der Tür.

Während ich mit meinen Sachen und den Steaks in der Hand auf das Haupthaus zuging, fragte ich mich, ob Ramsey meine neue Haarfarbe gefallen würde. Vielleicht würde sie ihn sogar anmachen? Oder würde er angesichts meines Aufzugs einfach nur mürrisch das Gesicht verziehen? Oder, noch schlimmer, mich einfach ignorieren, wie er es schon am Morgen getan hatte?

Langsam stieg ich die Treppe zur Veranda hinauf und blieb zögernd auf der letzten Stufe stehen, um meinen ganzen Mut zusammenzukratzen. Ich musste diese Sache auf die richtige Art und Weise angehen. Eine falsche Geste oder ein falsches Wort, und er würde entsetzt die Flucht ergreifen.

Eine schwere Hand berührte mich an der Schulter.

»Hey, Miss.« Eine schleppende Stimme. Der Geruch nach männlichem Wolf füllte meine Nase.

Roy packte mich bei den Schultern und drückte mich gegen die Wand. »Du musst mir erst noch beweisen, dass du stark genug bist, meine Partnerin zu sein, Mädchen. Alles, was ich hier vor mir sehe, ist ein lächerlicher Feigling. Wie es aussieht, muss ich dir die Stärke einprügeln, oder was meinst du?«

Ich stieß einen spitzen Schrei aus.

KAPITEL ELF

Ein tiefes Brüllen drang durch das laute Rauschen, mit dem ich das Blut durch meine Adern fließen hörte. Ich stand auf – ich hatte keine Ahnung, wie ich auf dem Boden gelandet war – und starrte wie benommen in den Garten. Der Gestank nach Wolf füllte schwer die warme Luft.

Ramsey hatte sich auf einen Mann geworfen und drückte ihn auf den Boden. Ich konnte sein Knurren bis auf die Veranda hören, wo ich mich zitternd ans Geländer klammerte, um nicht sofort wieder umzukippen. Dichtes braunes Fell bedeckte seine Oberschenkel. Er war kurz davor, sich zu verwandeln.

Der Mann unter ihm wand sich verzweifelt. »Ich habe ihr nicht wehgetan«, würgte er atemlos heraus.

Als von der Auffahrt her ein lautes Hupen herüberdröhnte, fuhr ich herum. Der Schriftzug auf dem weißen Van verriet, wer unser neuer Gast war – *Jackson Wilder, Handwerker- und Klempnerarbeiten*. Auf dem Fahrersitz saß ein Junge im Teenageralter und hieb sichtlich verängstigt auf die Hupe ein.

Oh verdammt. Ich hatte geglaubt, dass einer der Anderson-Wölfe gekommen war, um mich zu entführen, dabei war es nur der Handwerker gewesen, den ich selbst herbestellt hatte. Ich holte zitternd Luft, um seinen Geruch herauszufiltern, doch es war nicht derselbe, den ich im Supermarkt wahrgenommen hatte. Dieser Mann war mir vollkommen fremd. Sein Duft war mir noch nie untergekommen.

»Ramsey!« Ich stürzte die Treppe in den Vorgarten hinunter. »Lass ihn los. Das ist alles nur ein Missverständnis.«

Augenblicklich rollte er sich von dem Mann herunter und

kroch unbeholfen auf seinen bereits verwandelten Hinterbeinen ein Stück beiseite.

Der Wolf sprang auf und sprintete zu seinem Van.

Ich beobachtete, wie Ramseys Beine zitterten, bis die Nähte an seiner Hose zu platzen begannen. Den Mund hatte er zu einem tiefen Knurren geöffnet. Und nach ein paar Minuten war alles vorbei. Er schüttelte sich noch einmal und kam dann auf seine – menschlichen – Beine. Vorsichtig, als hätte er Angst, mich zu erschrecken, streckte er die Hand aus.

Erst als ich meine hineinlegte, merkte ich, dass ich noch immer am ganzen Körper bebte.

In diesem Moment kam Gracie um die Ecke gerannt. »Hey«, rief sie schon von Weitem, »was ist hier los?«

»Ein Missverständnis«, sagte Ramsey, ohne mich aus den Augen zu lassen. Dann zog er mich sanft zu sich heran.

Ich hatte Mühe, meinen Kiefer unter Kontrolle zu bringen, der wie der Rest meines Körpers noch immer unkontrolliert zitterte, aber schließlich schaffte ich es trotzdem, mich für die Aufregung, die ich verursacht hatte, zu entschuldigen.

Beruhigend legte Ramsey eine Hand an meine Wange und zog mich an seine muskulöse Brust. Ich spürte, wie er mir einen Kuss auf die Haare drückte.

Hinter mir hörte ich den Handwerker wieder näher kommen. »Es ist alles okay«, sagte er in leisem, beinahe schon hypnotisierendem Ton. »Keine Angst. Ich wollte dich nicht erschrecken.«

»Meine Partnerin hat schlechte Erfahrungen gemacht. Fass sie auf keinen Fall wieder an. Und du solltest dich auch nicht noch mal so von hinten an sie ranschleichen.« Ramsey hatte leise gesprochen, doch ich konnte das Knurren hören, das tief in seiner Kehle lauerte.

Beruhigend legte ich ihm eine Hand auf die Brust. Meine Finger hatten, Gott sei Dank, aufgehört zu zittern, aber ich hatte absolut kein Verlangen danach, mich aus Ramseys tröstender Umarmung zu befreien.

»Es tut mir leid«, sagte der Mann gelassen. Die ganze Situation schien ihm nicht das Geringste auszumachen.

Ich hatte keine Ahnung, ob er nur versuchte, mich damit zu beruhigen, oder ob das sein normales Verhalten war, aber es funktionierte. Inzwischen hatte ich mich wieder unter Kontrolle und entspannte mich langsam.

»Eigentlich hätte ich ja erst morgen vorbeikommen sollen, aber da wir gerade sowieso in der Nähe waren, dachte ich, wir schauen kurz vorbei, um uns ein Bild von dem Haus zu machen.«

»Ich habe über die Agentur einen Handwerker gesucht«, erklärte ich Ramsey.

Der Mann fuhr sich mit einer Hand durch die krausen Locken. »Wir kommen morgen früh wieder, das ist kein Problem.« Er lächelte entschuldigend. »Es tut mir wirklich leid, ich wollte dir keine Angst machen.«

»Willst du mit zu mir kommen, um die Kratzer in deinem Gesicht auszuwaschen? Ich wohne hinten im Garten, im Gästehaus«, fragte Gracie den Mann.

Erst jetzt fiel mir auf, dass Ramsey ihm tatsächlich ein paar Schrammen zugefügt hatte.

Der Handwerker schüttelte den Kopf. »Schon okay. Aber danke für das Angebot.« Er stülpte sich die Baseballkappe auf den Kopf, tippte sich zum Abschied an den Schirm und stieg anschließend wieder in seinen Van.

Gracie warf uns einen merkwürdigen Blick zu, dann wandte sie sich ab, um zurück zum Gästehaus zu gehen. Ich beobachtete, wie sie noch auf dem Weg dahin ihr Handy aus der Hosentasche zog. Vermutlich, um ihrem Vater zu schreiben, wie kaputt ich in Wirklichkeit war.

Ramsey rieb mir über die nackten Arme. »Geht es dir gut?«

»Noch ein bisschen wackelig auf den Beinen«, gab ich zu und holte noch einmal tief Luft, um mich zu versichern, dass kein Wolfsgeruch mehr in der Luft lag.

Die Fährte des Handwerkers war eine andere gewesen als die im Supermarkt. Hatte ich mir das alles nur eingebildet? War ich einfach nur paranoid, wie Gracie behauptete? Ich fröstelte. »Lass uns einfach reingehen und die ganze Sache vergessen, okay?«

Ramsey nickte, und dann hob er mich hoch, sodass ich an seine Brust gekuschelt in seinen Armen lag, und trug mich ins Haus. Im Wohnzimmer setzte er mich vorsichtig ab und legte seine Hände auf meine Schultern, um mir in die Augen zu sehen. »Geht es dir wirklich gut?«

Ich nickte. »Ich habe mich nur erschreckt. Böse Erinnerungen.«

»Erzähl mir davon.«

»Nein.« Für heute Abend reichte es mir. Ich wollte nicht länger daran denken.

Er ließ eine Hand hinunter zu meinem Schlüsselbein wandern, und ich sah, wie er mit glühendem Blick auf das Mal an meinem Hals starrte.

»Ich habe Steaks mitgebracht«, platzte ich heraus. »Zum Abendessen. Sie müssten noch draußen liegen.«

Als er fragend eine Augenbraue hob, hatte ich für den Bruchteil einer Sekunde das Gefühl, dass er tatsächlich lachen würde. Doch sein Gesichtsausdruck blieb ernst.

»Ich hole das Fleisch«, sagte er. »Bleib du hier und entspann dich.«

Ich ließ mich auf das alte Sofa fallen und strich das geliehene Kleid über den Oberschenkeln glatt. Ich fühlte mich wie die letzte Idiotin. Es hätte nicht viel gefehlt, und Ramsey hätte den armen Handwerker umgebracht – meinetwegen. Ich hatte mich für einen Mann aufgetakelt, vor dem ich vor wenigen Tagen am liebsten noch weggelaufen wäre. Und ich hatte jedem um mich herum bewiesen, dass ich nach wie vor die schwache, zerbrechliche Puppe war, für die mich alle hielten.

Ich hörte, wie Ramsey die Steaks in den Kühlschrank packte, bevor er mit schweren Schritten zurück ins Wohnzimmer kam.

Verlegen zupfte ich die Träger an meinem Kleid zurecht und sah zu ihm auf. »Ich muss mich heute Nacht verwandeln«, sagte ich. »Ab sofort soll ich das jeden Abend tun. Um zu üben.«

Er nickte.

»Wirst du mir dabei helfen?«

»Ja.«

Es fühlte sich merkwürdig an, nackt neben Ramsey zu stehen und darauf zu warten, dass ich mich verwandelte. Die ganze Zeit musste ich an die vergangene Nacht denken, und ich vermutete, dass es ihm ähnlich ging, da er sich weigerte, auch nur einen Blick auf meinen nackten Körper zu werfen. Was mir wiederum die Möglichkeit gab, seinen ausführlich zu mustern.

Seine Brust war von weichen Locken bedeckt. Die Muskeln an seinen Armen schimmerten beeindruckend, und seine Taille war lang gestreckt und schmal. Eine Linie dichter dunkler Haare verlief von seinem Nabel abwärts bis zur eindrucksvollsten männlichen Ausstattung, die mir jemals untergekommen war. Ich schluckte schwer. Mir war klar gewesen, dass er groß sein musste, aber das hier hatte ich nicht erwartet. Ich konnte kaum an etwas anderes denken, vor allem dann nicht mehr, als Ramsey mich eng an sich zog und seine Hände auf meine Schultern legte.

»Entspann dich«, flüsterte er mir immer wieder mit dieser tiefen, brummenden Stimme ins Ohr, die meine Muskeln zum Vibrieren brachte. »Du musst nach diesem einen bestimmten Ort in deinem Verstand suchen. Die Verwandlung beginnt in deinem Kopf, nicht in deinem Körper. Wenn dein Verstand sich darauf einlässt, dann kannst du es steuern und vorantreiben. Es tut nur dann weh, wenn du nicht damit rechnest. Wenn du dich gedanklich nicht darauf vorbereitest.«

Ich spürte die Wärme, die von seinem Körper ausging, das beruhigende Klopfen seines Herzens. Vorsichtig streckte ich den Arm aus, um zu beobachten, wie mir langsam ein Fell wuchs. Zu meiner Überraschung legte Ramsey eine Hand auf meine und hielt sie fest. Als wollte er mir damit etwas sagen. Dass er immer da sein würde, um mich aufzufangen und festzuhalten.

Die Verwandlung in dieser Nacht dauerte lange, aber sie war nicht halb so schmerzhaft wie alle, die ich bis dahin erlebt hatte. Das machte mir Mut.

Sobald ich meine Wolfsgestalt angenommen hatte, verwandelte sich Ramsey in einen Bären. Augenblicklich veränderte sich der Geruch, der von ihm ausging, und alle meine Sinne waren alarmiert. Als Wolf war mir nur allzu bewusst, wenn sich ein weiteres Raubtier in meiner Nähe befand; besonders dann, wenn es sehr viel größer war als ich selbst.

Doch Ramsey kam auf allen vieren langsam auf mich zu und leckte zärtlich an meinem Ohr, und von einer Sekunde auf die andere erkannte ich seinen Duft wieder. Unter all dem Fell war er noch immer Ramsey, und ich wusste, dass er eher sterben würde, als zuzulassen, dass mir irgendetwas passierte.

Sofort entspannte ich mich und lief ein paar Schritte auf den Wald zu. Als ich die Fährte eines Hasen aufnahm, hielt mich nichts mehr. Mit einem Satz sprintete ich los. Ramsey blieb in einiger Entfernung hinter mir. Ihm war klar, dass er mir meine Freiheit lassen musste, dennoch ließ er mich wissen, dass er nahe genug bei mir war, um mich zu beschützen.

Die Witterung des Hasen in der Nase rannte ich durchs Unterholz, als von einer Sekunde auf die andere mein ganzer Körper erzitterte und sich meine Beine in die Länge zogen. Mit einem Jaulen krümmte ich mich auf dem Boden zusammen.

Ich verwandelte mich zurück. Das war mir noch nie passiert, nicht auf diese Art und Weise, nicht so plötzlich. Ich spürte keine Schmerzen, aber die Verwandlung war nicht mehr aufzuhalten. Also versuchte ich, mich zu entspannen und es einfach geschehen zu lassen.

Nachdem ich wieder meine Menschengestalt angenommen hatte, ließ ich mich erschöpft auf den Rücken sinken und starrte, nackt, wie ich war, keuchend in den Nachthimmel hinauf.

Als sich ein riesiger nackter Körper neben mir auf den Boden fallen ließ und ich einen Blick zu ihm hinüberwarf, bemerkte ich, dass Ramsey, genau wie ich zuvor, in den Himmel schaute.

»Das ist mir noch nie passiert«, sagte ich. »Dass ich mich so schnell zurückverwandelt habe.«

»Deine Verwandlung funktioniert wie ein Muskel. Wenn du ihn jeden Tag benutzt, wird er irgendwann müde. Aber du steigerst damit auch seine Ausdauer. Bis du ihn irgendwann genau so einsetzen kannst, wie du es möchtest. Dann hast du die volle Kontrolle über ihn. Kein Grund also, sich Sorgen zu machen.«

Genau wie beim Beckenboden.

Mit roten Wangen sah ich Ramsey an, doch er hatte den Blick nach wie vor in den Sternenhimmel gerichtet. Weil er mich nicht ansehen wollte, oder weil er an Nikolina dachte? Würde er lieber mit ihr durch den Wald rennen?

»Können wir über letzte Nacht reden?«, wagte ich einen vorsichtigen Vorstoß.

»Nein.«

Ich rollte mich auf die Seite und stützte mich auf einen Ellenbogen. »Lass mich das noch mal anders formulieren: Ich muss mit dir über letzte Nacht reden.«

Als er Anstalten machte aufzustehen, legte ich sanft eine Hand auf seine Schulter.

Endlich sah er mich an. Doch als er realisierte, dass ich genauso nackt war wie er, wandte er den Blick schnell wieder ab.

Ich zog meine Hand nicht zurück. Er war so warm und fühlte sich so unglaublich lebendig an. Ich liebte es, ihn zu berühren. »Ich wollte dir sagen, dass … dass es mir sehr gefallen hat, als du mich gebissen hast. Dabei habe ich Dinge gefühlt, von denen ich geglaubt habe, sie in meinem ganzen Leben vielleicht nie wieder fühlen zu können. Und ich habe mich gefragt …« Ich fuhr mit einem Finger seinen massiven Bizeps entlang. »Ich habe mich gefragt, ob du vielleicht damit weitermachen …«

»Nein.« Das Laub raschelte, als er sich abrupt aufsetzte.

Bevor er eine Chance hatte, davonzulaufen, hielt ich ihn am Arm zurück. »Ramsey, ich weiß, dass du noch Jungfrau bist.« Sein Blick war so voller Wut, dass ich hastig weiterredete, bevor mich der Mut endgültig verließ. »Und das ist genau der Grund, weshalb ich glaube, dass dies hier für uns beide gut ist. Du brauchst jemanden, der dir etwas beibringt, und ich brauche jemanden, der mir zeigt, dass ich keine Angst vor dem Sex haben muss.«

Er beugte sich so dicht zu mir herunter, dass seine Nase beinahe meine berührte. »Du musst kein Mitleid mit mir haben …«

»Kein bisschen Mitleid«, sagte ich und fuhr mit der Zunge über seine Lippen. »Ich will dich.« Sein Gesichtsausdruck war noch immer wie versteinert. Er schien nicht überzeugt.

»Es stimmt«, flüsterte ich. Immerhin machte er keine Anstalten mehr wegzulaufen, was ich als Pluspunkt verbuchte. »Möchtest du fühlen, wie feucht du mich machst? Allein dadurch, dass du nackt neben mir sitzt?«

In seine Augen trat ein hungriger Ausdruck.

Meine Gliedmaßen begannen, vor Verlangen zu zittern. Ich kam auf alle viere und kniete mich vor ihn. »Berühr mich, Ramsey.«

Und endlich betrachtete er mich, ließ seinen glühenden

Blick über meinen nackten Körper wandern. Er erschauderte. »Ich kann nicht … Ich bin nicht …«

»Ich weiß«, sagte ich sanft, dann nahm ich seine große Hand in meine. »Es ist in Ordnung.«

»Du bist so klein und zerbrechlich, und ich bin …«

»Groß«, stieß ich keuchend aus. »Ich weiß. Aber ich weiß auch, dass du mir nicht weh tun wirst. Ich vertraue dir.«

Als er immer noch zögerte, legte ich seine Hand auf meinen Venushügel.

Er knurrte vor Verlangen, und ich spürte, wie er mit den Fingern das heiße Fleisch berührte. Ein einzelner Finger glitt zwischen die nassen Falten, um deren Wärme zu erkunden.

»So feucht«, stöhnte er.

»Feucht für dich«, ermutigte ich ihn und stieß die Hüften leicht vor. »Berühr mich!«

Er tauchte mit dem Finger tiefer zwischen meine Schamlippen, streichelte, erst sanft, dann immer fester. Als ich vor Lust aufstöhnte, packte er meine Hüften und zog mich auf seinen Schoß, sodass ich die Beine um seinen breiten Rücken schlingen konnte. Das Gefühl seines riesigen, harten Schwanzes an meinem flachen Bauch war überwältigend. Vor Verlangen ging ein Zittern durch meinen ganzen Körper.

Er erwiderte meinen Kuss, doch etwas schien ihn noch immer zurückzuhalten.

»Wir lassen uns Zeit«, flüsterte ich. »Heute Nacht küssen wir uns nur.«

»Und wenn ich …« Der Rest des Satzes ging in einem Stöhnen unter, als ich meine Hüften gegen ihn drückte.

»Dann lernen wir zusammen, was Ausdauer bedeutet.« Als er nicht einmal lächelte, beugte ich mich vor, um ihn zärtlich in die Lippe zu beißen. »Aber wenn du kommst, dann darf ich auch.«

Wir hatten noch eine Weile eng umschlungen dagesessen und uns geküsst, doch von einer Sekunde auf die andere hatte mich die Erschöpfung überwältigt. Ramsey hatte mich in seine Arme genommen und zum Haus zurückgetragen. Dabei hatte er mir erklärt, dass die Müdigkeit nachlassen würde, je besser ich lernte, den Wolf in mir zu kontrollieren.

Ich wachte auf, als das Licht des späten Morgens durch die Fenster auf unser Bett fiel. Die Laken hatten sich um meinen Körper gewickelt, ich war noch immer nackt. Und allein. Anscheinend hatte ich die Nacht durchgeschlafen, ohne noch einmal Ramseys wundervollen Körper an meinem zu spüren. Wie enttäuschend.

Ich nahm ein schnelles Bad, schlüpfte anschließend in ein T-Shirt und Jeans und stieg dann die Treppe ins Erdgeschoss hinunter. Ramsey war auch nicht in der Küche, aber zu meiner Freude fand ich frischen Toast und Marmelade. Ich hatte Hunger.

Nur dass es leider keinen Toaster gab. Andererseits war das vermutlich besser so. In diesem Haus ein elektrisches Gerät anzuschließen, ohne Ahnung davon zu haben, grenzte vermutlich an Selbstmord. Ich fand ein angelaufenes Silbermesser in einer der Schubladen und verteilte die Marmelade großzügig auf den weichen Brotscheiben. Ich hatte das Gefühl, jeden Moment verhungern zu müssen.

Als ich meine vierte Scheibe im Stehen herunterschlang, hörte ich, wie Ramsey das Haus betrat. Sein Körper war von Schweiß bedeckt, das dunkle Hemd klebte an seinem Oberkörper, und er hatte die Baseballkappe tief in die Stirn gezogen. Dreckschlieren zogen sich über seine Unterarme, und seine Jeans war an den Knien schlammverkrustet.

»Du hättest mich nicht so lange schlafen lassen sollen«, sagte ich mit vollem Mund, bevor ich den Bissen herunterschluckte. »Ich fühle mich wahnsinnig faul.«

Ohne ein Wort zu sagen, kam er auf mich zu, packte mich bei den Hüften und hob mich auf die Arbeitsplatte.

Mein überraschter Aufschrei wurde von seinem Mund geschluckt, als er ihn für einen sanften Kuss auf meinen presste. Der Kuss fühlte sich an wie eine Begrüßung und gleichzeitig wie eine stumme Einladung, und ich schmolz unter ihm dahin. Es interessierte mich nicht, dass er schweißüberströmt und dreckig war, für mich war er eine einzige Verlockung. Voller Verlangen krallte ich die Finger in sein Hemd und zog ihn enger an mich, um mit der Zunge tief in seinen Mund einzutauchen.

Er stöhnte auf und packte meinen Hintern derart fest, dass ich beinahe von der Arbeitsplatte gerutscht wäre. Ein Schaudern ging durch meinen Körper, kurz bevor er mit der Zunge besitzergreifend meinen Mund eroberte.

Mit einem Keuchen lehnte ich mich zurück. Noch immer vibrierte das Echo unseres intensiven Kusses durch meinen Körper.

»Wow …«

»Hi«, sagte er und drückte mir einen weiteren harten, ungestümen Kuss auf den Mund.

»Was hast du da draußen gemacht, dass du um die Uhrzeit schon vor Dreck starrst?«, fragte ich und ließ meine Fingerspitzen über seine Brust tanzen. Der Duft nach sexy schweißnasser Haut vermischt mit Ramseys herbem Bärengeruch erfüllte meine Nase. Es war nicht fair, dass ein Mann so gut riechen konnte.

»Ich hab die Verandatreppe repariert. Wie fühlst du dich heute Morgen?«

Ich ließ meine Hand tiefer wandern. »Angetörnt?«

Seine dunklen Augen glitzerten vor Verlangen. »Müde? Hast du Muskelkater?«

Ich schüttelte den Kopf.

Er beugte sich vor und drückte mir einen zärtlichen Kuss

auf die Nasenspitze. »Gut.« Dann trat er einen Schritt zurück, um mich aufmerksam zu mustern, bevor er die Stirn runzelte. »Hast du es dir anders überlegt?«

»Gott, nein, auf keinen Fall«, sagte ich, während ich mit der Fingerspitze seinen harten Nippel durch das feuchte Hemd streichelte. »Ich war mir nur nicht sicher, ob jetzt der richtige Zeitpunkt ist …«

»Scheiß auf den richtigen Zeitpunkt«, knurrte er und beugte sich vor, um mich zu küssen. Doch kurz bevor seine Lippen meine berührten, hielt er inne und drehte eine Strähne meines roten Haars zwischen zwei Fingern. »Die Farbe ist hübsch.«

War das etwa ein Versuch gewesen, mit mir zu flirten? Ich grinste, vollkommen hingerissen von Ramseys neuer Seite, die ich soeben entdeckt hatte. »Du hast gesagt, dass du Rot magst.«

»Ich mag *dich*.« Er sah mir ernst in die Augen. »Ich weiß nur nicht, wie …«

Oh nein, hatte er es sich etwa anders überlegt? Ich schlang die Beine um seine Taille, um ihn näher an mich heranzuziehen, doch als ein scharfes Klopfen an der Haustür ertönte, fuhren wir erschrocken auseinander.

Ein tiefes, ärgerliches Brummen stieg aus Ramseys Kehle auf, und aus irgendeinem Grund hatte ich auf einmal das Gefühl, ein Kichern unterdrücken zu müssen. Der Mann hatte ganz eindeutig was gegen Unterbrechungen – und das gefiel mir.

Beruhigend klopfte ich ihm auf die Schulter. »Das ist wahrscheinlich der Handwerker.«

Ramsey hielt mir eine Hand hin, damit ich von der Anrichte rutschen konnte. So aufmerksam hatte sich schon lange kein Mann mehr mir gegenüber verhalten.

Dankbar ergriff ich seine warme Hand, und gemeinsam gingen wir zur Haustür.

Auf der Veranda stand Gracie und kaute Kaugummi. »Habt

ihr was zum Frühstücken da? Das Regal vom großen bösen Wolf ist leer.«

Ich ließ sie herein. »Nur Toast. Ich sollte heute besser mal einkaufen fahren.«

»Das erledige ich«, unterbrach mich Ramsey. »Du bleibst hier. Ruh dich aus.«

Gracie zog genervt die Nase kraus, sagte aber nichts, sondern ging schnurstracks in die Küche, um sich einen Toast mit Marmelade zu machen.

»Ich bin nicht krank«, erwiderte ich, ein wenig verärgert.

Ramsey starrte mich finster an. »Du musst dich ausruhen.«

»Es geht mir gut.« Ich stemmte die Hände in die Hüften und starrte zurück. »Ich habe die letzten acht Stunden nichts anderes getan, als mich auszuruhen.« Wieder klopfte es an der Tür. »Das wird wirklich der Handwerker sein«, sagte ich.

»Ich sehe zu, dass ich ihn loswerde.«

»Das wirst du auf keinen Fall tun. In unserem Schlafzimmer befindet sich ein Loch von der Größe einer Kanonenkugel in der Decke. Ich habe keine Lust, klitschnass zu werden, nur, weil es vielleicht irgendwann mal regnet.«

Ramsey starrte noch immer finster auf mich herab, ohne ein Wort zu sagen.

Verführerisch strich ich mit den Fingern über seine Brust. »Bitte!«

Ohne seinen Gesichtsausdruck zu verändern, zog er mich an sich und hob mich hoch, um mir einen harten Kuss auf die Lippen zu drücken. Dann stellte er mich wieder auf die Füße, um die Tür zu öffnen.

Als der Handwerker Ramseys mürrische Miene sah, hob er fragend die Augenbrauen. »Soll ich später wiederkommen?«

»Nein.« Ramsey winkte ihn unwirsch herein.

Der Handwerker lächelte, als er mich sah, und streckte zur Begrüßung die Hand aus.

Sofort verspürte ich den Drang, sie zu ergreifen, aber nicht auf eine unangenehme Weise. Ich mochte diesen Mann. Ich vertraute ihm. Noch ein wenig schüchtern erwiderte ich sein Lächeln und legte meine Hand in seine.

»Ich heiße Jackson«, sagte er. »Dann zeigt mir mal, was alles gemacht werden muss, damit ich euch ein Angebot schreiben kann.«

»Lass sie los!«, knurrte Ramsey drohend.

Jackson ließ zwar meine Hand los, wirkte aber nicht im Geringsten eingeschüchtert. »Keine Sorge, ich werde nicht versuchen, dir deine Freundin zu stehlen, alter Junge. Ich wollte einfach nur wissen, was mein Job hier ist.«

Irritiert stellte ich fest, dass ich das absurde Bedürfnis verspürte, Jackson zu gefallen. Und dann traf mich die Erkenntnis wie ein Schlag ins Gesicht. Der Handwerker war nicht nur ein Wolf, sondern ein Alpha. Trotzdem wunderte ich mich, warum er einen so großen Einfluss auf mich hatte. Fragend sah ich zu Gracie, die ganz offensichtlich versuchte, ihm möglichst nicht in die Augen zu sehen. Mit Ramsey an meiner Seite hatte ich jedoch keine Angst vor ihm. Außerdem wirkte Jackson ganz anders als die Wölfe aus dem Anderson-Clan – entspannt und freundlich anstatt hinterhältig und boshaft.

»Hier gibt es einiges zu tun. Ich zeige dir die dringendsten Stellen, dann kann Ramsey übernehmen.«

»Sollten wir nicht gleich in die Stadt fahren?«, mischte Gracie sich ein. »Deine Schwester wollte doch Hochzeitskleider mit dir anprobieren gehen.«

Verdammt, das hatte ich ganz vergessen. Die arme Bath. Hastig schnappte ich mir meine Handtasche von der Kücheninsel. »Kann ich deinen Truck nehmen, Ramsey?«

»Kannst du. Fahr nur vorsichtig und ruf an, wenn es später wird.« Dann beugte er sich vor und drückte mir einen Kuss auf den Mund, der mich rot anlaufen ließ. Es war, als könnte er jetzt, da er die Erlaubnis erhalten hatte, mich zu küssen, gar nicht mehr damit aufhören.

»Zeig ihm die Dusche und das Loch in der Decke und …«

»Ab mit dir«, knurrte er und berührte zärtlich mein Kinn. Dann beugte er sich tiefer zu mir herab, um mir ins Ohr zu flüstern: »Und *bitte*, nimm Gracie mit!«

»Schon verstanden«, sagte ich und wandte mich der Tür zu, die junge Wölfin im Schlepptau. Bath würde alles andere als begeistert sein, aber solange Gracie nicht noch einmal versuchte, sich selbst zur Hochzeit einzuladen, würde sie es überleben.

Als wir im Auto saßen, warf ich Gracie einen Blick zu. »Bist du dir sicher, dass du nicht hierbleiben willst? Hochzeitskleider-Shopping ist nicht gerade das, was ich unter Spaß verstehe. Und außerdem ist Jackson ziemlich attraktiv, findest du nicht?«

Sie verdrehte die Augen. »Das Letzte, was ich in meinem Leben brauche, ist noch ein Alpha-Wolf. Mir ist da eher nach etwas Abwechslung.« Grinsend wickelte sie sich eine dunkle Locke um den Finger. »Und das ist genau der Grund, aus dem mir eure Datingagentur ziemlich gut gefällt.«

Einige Stunden später parkten Gracie und ich wieder vor Ramseys Haus. Jacksons Van stand immer noch in der Auffahrt, und nachdem wir ausgestiegen waren, konnte ich entferntes Hämmern hören.

Gracie schlug die Wagentür hinter sich zu und zog sofort ihr Handy aus der Tasche. »Wir sehen uns später.« Dann wandte sie sich dem Garten zu, um zum Gästehaus zu gehen.

»Ähm, sollten wir nicht … ähm … Wolf-Zeit miteinander verbringen?«, rief ich ihr nach.

Ungeduldig winkte sie ab, ohne den Blick vom Display ihres Telefons zu lösen. Es war unfassbar, wie viele SMS die Frau am Tag erhielt und verschickte. Vermutlich von Dutzenden von

Verehrern, mit denen sie über die Agentur Kontakt aufgenommen hatte. »Denk einfach nur an deinen Beckenboden.«

»Aha, sehr hilfreich«, murmelte ich, schnappte mir meine Einkaufstüte und stieg die Treppe zur Veranda hinauf.

Mit einem Gähnen öffnete ich die Haustür. Es war ein langer Shopping-Nachmittag gewesen, und ich war fix und fertig. Bath hatte darauf bestanden, in jeden Laden in der Innenstadt zu gehen, der auch nur im Entferntesten etwas mit Hochzeit zu tun hatte, und Gracie hatte nichts Besseres zu tun gehabt, als sie mit einem bescheuerten Spruch nach dem anderen deswegen aufzuziehen. Dazu kam, dass, egal wo wir uns gerade befunden hatten, der Geruch nach Wolf in der Luft gelegen hatte. Gracie hatte die ganze Zeit behauptet, nichts zu riechen, und die menschliche Nase meiner Schwester war bei Weitem nicht so empfindlich wie meine. Also war ich die Einzige gewesen, die sich ständig aufmerksam umgesehen und hinter jeder Ecke einen Verfolger vermutet hatte.

Selbst jetzt, in Ramseys Haus, lag der Gestank nach Wolf und Schweiß schwer in der Luft und sorgte dafür, dass sich mir die Nackenhaare sträubten. Da Jackson noch immer da war, hatte ich nichts anderes erwartet, und trotzdem fühlte ich mich unwohl.

»Ramsey?«, rief ich leise. »Bist du da?«

Als aus einem der Zimmer den Flur hinunter ein lauter Knall zu hören war, lief ich den Korridor hinunter und riss die Tür auf.

Ein großer, schlaksiger Teenager starrte mich erschrocken an. Er hatte einen Werkzeuggürtel um die Hüften geschnallt und trug eine Baseballkappe mit dem Logo von Jacksons Handwerkerfirma. In der rechten Hand hielt er einen Hammer. Er roch nach Wolf, aber es war nicht der Geruch der Andersons, der mir inzwischen schon ziemlich vertraut war.

Der Junge erwachte aus seiner Starre und senkte schnell den

Blick, als wollte er vermeiden, dass ich Angst vor ihm bekam. »Mr Bjorn hat gesagt, dass ich dich nicht erschrecken darf«, sagte er. »Soll ich ihn holen?«

»Nein, alles okay.« Ich grinste schief und trat vorsichtig einen Schritt zurück, ohne ihn aus den Augen zu lassen. Roy hatte sich besonders gern überraschend auf mich gestürzt, wenn ich ihm den Rücken zugewandt hatte.

»Sara.« Ramseys tiefe, beruhigende Stimme ertönte hinter mir. »Komm zu mir.«

Ich drehte mich um und sah ihn am anderen Ende des Flurs stehen. Sein besorgter Gesichtsausdruck verriet, dass er Angst hatte, dass ich mal wieder in Panik ausbrechen könnte. Um ihm zu zeigen, dass er sich keine Gedanken machen musste – und auch ein wenig deswegen, weil ich auf seine Reaktion gespannt war –, ging ich zu ihm, legte meine Hand in seine und hob den Kopf für einen Kuss.

Ramsey beugte sich zu mir herab und berührte mit den Lippen zärtlich meine Stirn. Ein wenig enttäuschend, aber besser als nichts.

»Wir arbeiten noch am Dach«, erklärte er. »Hältst du es mit den Wilders im Haus aus?«

Ich nickte und musste schon wieder gähnen.

»Müde? Du solltest schlafen.« Als er besorgt die Stirn runzelte und einen Schritt näher an mich herantrat, wusste ich, dass er mich am liebsten auf den Arm genommen hätte, um mich die Treppe hinauf und ins Schlafzimmer zu tragen, damit ich mich ausruhte.

»Nur ein bisschen kaputt. Bath hat mindestens hundert Hochzeitskleider anprobiert, bis sie eins gefunden hat, das ihr gefiel.«

»Wann ist die Hochzeit?«

»Ich weiß es nicht. Sie haben den Termin verschoben wegen … dir und mir. Bath hat gesagt, dass sie nicht heiraten will, bevor die Sache mit den Anderson-Wölfen ausgestanden ist, und Beau sieht das offensichtlich genauso.« Ich wählte meine Worte vorsichtig, um Ramsey nicht noch mehr zu beunruhigen. Und damit der Junge im Zimmer nebenan mich nicht hören konnte, stellte ich mich auf die Zehenspitzen, um ihm ins Ohr zu flüstern: »Jackson … Er ist ein Alpha.«

Ramsey streichelte mir über die Wange. »Ich weiß.«

Ich biss mir auf die Lippe, nicht sicher, wie ich den nächsten Satz am besten formulieren sollte. »Er … er ist aber nicht auf der Suche nach einer Partnerin, so wie die Andersons, oder?«

Ramsey beugte sich noch tiefer zu mir herab, sodass sich unsere Lippen beinahe berührten. »Er weiß, dass du mein bist und dass ich ihm die Kehle herausreißen werde, wenn er es wagt, dich anzufassen.«

Na ja, das erklärte zumindest, warum mich der Junge mit dem Hammer so erschrocken angestarrt hatte, als ich ins Zimmer gestürzt war. Mit einem Grinsen drückte ich Ramsey einen kleinen Kuss auf den Mund. »Gut zu wissen.«

Er warf einen Blick auf die Einkaufstüte, die ich noch immer in der Hand hielt. »Was ist das?«

»Nichts«, sagte ich mit einem verschmitzten Lächeln und versteckte die kleine pinkfarbene Tüte hinter meinem Rücken.

Nachdem Bath sich endlich für ein Hochzeitskleid entschieden hatte, waren wir noch in eine Boutique für Dessous gegangen, und ich hatte nicht widerstehen können, auch eine kleine Unanständigkeit für mich selbst zu kaufen. Allein beim Gedanken daran, Ramsey seine Jungfräulichkeit zu nehmen, wurde mir jedes Mal ganz schwindelig vor Aufregung, und ich hatte viel zu viel Geld für viel zu wenig Stoff ausgegeben. Aber das war mir die Sache wert.

Als Ramsey mich dabei erwischte, wie ich hinter vorgehaltener Hand schon wieder gähnte, machte er ein noch finstereres Gesicht als sonst. »Du bist erschöpft. Geh nach oben und leg dich hin. Das Verwandeln zu üben kostet viel Energie. Energie, die du für heute Abend brauchen wirst.« Sein Gesicht nahm eine knallrote Färbung an, und schnell fügte er erklärend hinzu: »Damit du dich wieder verwandeln kannst.«

Da ich die Augen inzwischen tatsächlich kaum noch offen halten konnte, gab ich mich geschlagen. »Okay«, murmelte ich und löste meine Hand aus seiner. »Aber du weckst mich später, ja?«

»Versprochen«, sagte er mit seiner tiefen, brummenden Stimme, die mir jedes Mal aufs Neue einen Schauer den Rücken hinablaufen ließ.

Kapitel zwölf

Als ich aufwachte, war es draußen bereits dunkel. Etwas neben mir schien eine unglaubliche Hitze auszustrahlen. Als ich mich auf die Seite rollte, sah ich Ramseys muskulösen Körper neben mir. Sein Oberkörper war nackt.

Ich schenkte ihm ein verschlafenes Lächeln. »Hey, habe ich irgendwas Aufregendes verpasst?«

Er deutete in Richtung Decke.

Blinzelnd folgte ich seinem Blick. »Oh, mein Dachfenster ist weg. Wie konnte ich bitte schlafen, während ihr das repariert habt?«

»Wir haben nur eine provisorische Abdeckung davorgeschraubt«, sagte Ramsey. »Ich dachte, du willst kein Loch in der Decke? Es soll morgen regnen.«

Ich lächelte gerührt. »Danke.«

Doch er betrachtete mich nur, ohne etwas zu erwidern.

Plötzlich befürchtete ich, dass die ganze Sache zwischen uns ziemlich merkwürdig werden würde. Erwartete er, dass ich den ersten Schritt machte? Nervös zupfte ich an meinem Laken. Erst jetzt fiel mir auf, dass ich anscheinend in Jeans und T-Shirt geschlafen hatte. »Und ich hatte schon die Befürchtung, dass ich aufwachen würde und du schon mal angefangen hast«, versuchte ich es mit einem Scherz.

Anstatt zu lachen, versteifte sich Ramsey merklich, und der Anflug des Lächelns, das seine Mundwinkel eben noch umspielt hatte, verflog. »Ich würde dich niemals ohne deine Einwilligung anfassen.«

»So habe ich es auch nicht gemeint«, erklärte ich hastig. Mir wäre niemals eingefallen, Ramsey mit Roy zu vergleichen. Ich hoffte nur, dass er das auch wusste.

Als er weiter stumm in die Dunkelheit starrte, rückte ich dichter an ihn heran und legte eine Hand auf seine nackte Brust. Ich konnte seine Stärke und Wärme unter den Fingerspitzen spüren. »Ich weiß, dass du so etwas niemals tun würdest. Es ist nur so, dass ich auf irgendeine … Reaktion von dir gehofft habe. Du weißt schon, nach unserem Gespräch von heute.«

Er sah mich mit ernstem Blick an. »Sara …« Meinen Namen aus seinem Mund zu hören jagte mir jedes Mal einen Schauer der Erregung durch den Körper. »Wenn du deine Hand nur noch ein bisschen weiter runterschiebst, wirst du wissen, was meine Reaktion ist.«

Ein erfreutes Grinsen zerrte an meinen Mundwinkeln, und ich tat genau das, was er vorgeschlagen hatte.

Er zuckte überrascht zusammen, bevor er scharf Luft holte.

Ich hatte seine Ausstattung schon einmal in Augenschein genommen, aber seine ganze Länge in meiner kleinen Hand zu spüren hob den Größenunterschied zwischen uns beiden auf ein ganz anderes Level.

»Da bin ich aber froh, dass ich nicht die Einzige bin, die Interesse zeigt«, sagte ich scherzhaft, obwohl ich vor Aufregung ein Zittern unterdrücken musste. Jetzt, wo der Moment endlich gekommen war, verspürte ich auf einmal eine seltsame Nervosität. Wollte er mich, oder ging es ihm nur um den Sex? Oder war mein erschüttertes Selbstbewusstsein einfach nicht mehr in der Lage zu erkennen, wenn ein Mann echtes Interesse an mir hatte?

Er hatte noch immer nichts gesagt.

Ich holte tief Luft und setzte mich auf. »Ich weiß, dass du nicht gerade der … sagen wir mal gesprächigste Typ auf Erden bist, Ramsey. Aber ich muss zugeben, dass ich gerade ziemlich nervös bin, und ich wüsste wirklich gern, was du gerade denkst.« Ich versuchte, seinen Blick aufzufangen. »Bitte?«

Er richtete sich ebenfalls auf und rückte ein Stück näher an mich heran. »Ich will dich berühren, Sara.«

»Ein guter Anfang«, flüsterte ich, unfähig, den Blick von seinen Lippen zu lösen. »Und weiter?«

»Ich … ich muss die ganze Zeit daran denken, wie sich dein Mund auf meinem anfühlt. Den ganzen Tag lang ist mir nichts anderes durch den Kopf gegangen.« Seine Atmung wurde schneller, sein vertrauter Moschusduft stärker. »Und ich frage mich, wie sich deine Lippen auf meinem Körper anfühlen würden. Ob es dir gefallen würde, wenn ich deine … Brüste anfasse. Und ich habe mich gefragt, wie du nackt aussiehst.«

Mir stockte der Atem. Eine sengende Hitze schien meinen Körper zu verzehren. »Aber du hast mich schon nackt gesehen.«

»Nein, nicht so. Nicht, während du unter mir liegst.«

Ein Schauer der Erregung lief mir die Wirbelsäule hinab, und ich spürte, wie ich augenblicklich feucht wurde. »Das klingt wahnsinnig sexy, Ramsey.«

Als er ein tiefes Knurren ausstieß, begannen meine Schenkel erwartungsvoll zu zittern.

Ich schlug das Laken beiseite und legte eine Hand auf seine Wange. Er hatte sie glatt rasiert – nur für mich. Langsam beugte ich mich vor, um ihn zu küssen.

Sein Mund traf feucht und verlockend auf meinen. Als er mit seiner Zunge zwischen meine Lippen fuhr, konnte ich das Stöhnen, das mir schon die ganze Zeit in der Kehle steckte, nicht mehr zurückhalten. Ramseys Küsse waren überwältigend. Er konnte Dinge mit seiner Zunge anstellen, die ich mir in meinen wildesten Träumen nicht besser hätte ausmalen können. Sanft und gleichzeitig fordernd eroberte er meinen Mund, und ich erwiderte seine Streicheleinheiten.

Nachdem wir uns atemlos voneinander getrennt hatten, lehnte er seine Stirn gegen meine. »Sag mir … bitte sag mir, was ich tun kann, um dich zu befriedigen.«

Ich legte eine Hand auf seine nackte Brust und ließ sie über seinen Oberkörper hinabwandern, bis ich mit den Fingern seinen dicken, langen Schwanz umschloss.

Er stieß ein scharfes Zischen aus und zog meine Hand weg. »Ich will *dich* berühren. Deinen Körper erkunden.«

»Und deswegen darf ich dich nicht berühren?«, protestierte ich, während ich meine Hand abermals verführerisch über seine muskulöse Brust gleiten ließ.

»Dann komme ich«, knurrte er.

»Darum geht es ja auch«, sagte ich sanft und mit einem Lächeln in der Stimme, bevor ich mich vorbeugte, um federleicht mit den Lippen über seine zu streichen.

»Aber ich will, dass du zuerst kommst«, presste er zwischen zusammengebissenen Zähnen hervor. »Ich will dafür sorgen, dass du kommst.«

Bei seinen Worten packte mich ein solches Verlangen, dass ich automatisch die Hüfte vorstieß und scharf die Luft einsog. Er wollte meinen Körper erkunden, bevor wir uns den richtig guten Dingen widmen würden? Das war nichts, wogegen ich etwas einzuwenden hatte.

Ich legte mich auf den Rücken, die Hände rechts und links von mir auf den Kissen. »Ich gehöre ganz dir. Spiel mit mir, so viel du willst.«

Eine ganze Minute starrte er wie festgefroren auf mich herab, bevor er langsam eine Hand ausstreckte und sie über meinem Bauch in der Luft schweben ließ.

Ich wackelte verführerisch mit den Hüften, um ihn zu ermutigen. »Es ist okay. Du kannst mir nicht wehtun, indem du mich einfach nur anfasst.«

Beinahe ehrfürchtig ließ er die Hand auf meine Schulter

hinabsinken und strich leicht über den Stoff meines T-Shirts. »Wo wirst du gern berührt?«

»Überall.«

Sein finsterer Blick schien zu sagen, dass er meinen Kommentar als wenig hilfreich empfand.

»Wirklich, überall«, sagte ich noch einmal. »Egal, wo du mich küsst, egal, wo du mich mit den Fingern oder deinem Mund berührst, es wird mir gefallen. Ich verspreche es dir.«

Er ließ die Finger einige Zentimeter meinen Arm hinabwandern, bevor er wieder innehielt, um mir abermals in die Augen zu sehen. Ohne Ermutigung von meiner Seite würde er niemals bis zu den *richtigen* Stellen vordringen.

Entschlossen packte ich den Saum meines T-Shirts, zog es mir über den Kopf und warf es auf den Boden. Dasselbe tat ich mit meiner Jeans, bis ich nur noch im Slip auf dem Bett lag. Mein Busen war so klein, dass ich nur selten einen BH trug, und meine Nippel waren bereits so hart, dass sie wie zwei kleine rosafarbene Perlen in Richtung Decke deuteten.

Ramsey erstarrte. Ich konnte hören, wie er scharf den Atem einsog und dann die Luft anhielt. Langsam ließ er den Blick zu meinen Brüsten wandern, doch er bewegte sich noch immer nicht.

»Bitte«, flüsterte ich und nahm seine große Hand in meine, um sie auf meine Brust zu legen. »Berühr mich, Ramsey!«

»Du bist so klein.«

»Nicht gerade der Satz, den ein Mädchen hören will, wenn du gerade ihre Brüste anfasst«, bemerkte ich trocken.

Erschrocken sah er mir in die Augen. »Nein. Ich meinte *dich*. *Du* bist so wahnsinnig klein.« Er ließ die Hand zu meiner Taille hinabgleiten und legte die andere daneben, sodass sich seine Daumen genau über meinem Bauchnabel trafen. »Ich könnte dich ohne Probleme mit bloßen Händen zerquetschen.«

»Ist das etwa deine Vorstellung von sexy Bettgeflüster?«,

fragte ich skeptisch. »Ich will, dass du mich vor Lust erzittern lässt und nicht aus Angst davor, dass du mir wehtun könntest.«

Ein Gedanke schoss mir durch den Kopf, und ich setzte mich so abrupt auf, dass ich mit der Stirn beinahe gegen seine geknallt wäre. Vielleicht empfand er meinen zierlichen, schlanken Körper als nicht weiblich genug. Vielleicht fand er meinen Geruch nach Wolf abstoßend. Immerhin hasste ich ihn selbst.

»Liegt es an mir? Bin ich unattraktiv?«

Ein dunkler Ausdruck trat in seine Augen, und er legte beide Hände auf meine Schultern, um mich zurück auf die Matratze zu drücken. »Sei nicht dumm.«

»Aber irgendetwas muss es doch sein«, fauchte ich und versuchte, ihn wegzustoßen. »Ich habe gerade deine Hand auf meine Brüste gelegt, und du siehst aus, als befändest du dich auf einer Beerdigung. Wie soll ich da bitte ernsthaft glauben, dass es nicht an mir liegt?«

Er presste mir einen harten Kuss auf die Lippen, bevor er sich von mir löste und mir fest in die Augen sah. »Du bist perfekt. Alles an dir ist perfekt.« Er ließ die Hand sinken, um sie auf mein Brustbein zu legen. Nur mit den Fingerspitzen streichelte er zärtlich über die empfindliche blasse Haut.

Ein leiser, leidenschaftlicher Laut kam mir über die Lippen, und ich drückte den Rücken durch, um ihm zu zeigen, wie sehr mir seine Berührung gefiel. »Dann zeig es mir.«

»Perfekt«, murmelte er und strich mit einer Fingerspitze über einen meiner harten Nippel.

Ich stöhnte leise und auffordernd, um ihn zu ermutigen weiterzumachen.

Er fuhr mit der Hand um die sanfte Rundung meiner Brust, bevor er mit dem Daumen über die erregte Spitze strich. Fragend sah er mir in die Augen.

»Oh Gott«, keuchte ich und drückte wieder den Rücken durch.

Er erstarrte.

»Nein, nicht … nicht aufhören«, ich zog ihn zu mir herab, um ihn auffordernd zu küssen. »Das ist gut, Ramsey. Ich werde alles Mögliche von mir geben, wenn du mich berührst.«

Er nickte und widmete sich wieder meinen Brüsten. Mit den Fingerspitzen kniff er leicht in eine der harten Spitzen.

Vor Erregung vertiefte ich unseren Kuss und biss ihm in die Unterlippe, bevor ich mit der Zunge darüberleckte. Als ein tiefes Knurren aus seiner Kehle aufstieg, hatte ich das seltsame Bedürfnis, es zu erwidern. Es war sechs Jahre her, dass mich ein Mann berührt hatte, und noch viel länger, dass ich es auch gewollt hatte. Ich war hungrig vor Verlangen.

»Bitte … bitte hör nicht auf, mich zu berühren«, flüsterte ich. »Benutz deine Finger, deinen Mund … alles!« Er löste die Lippen von meinen, während er weiter mit dem Daumen über meinen Nippel fuhr. Als ich sah, wie sein Blick zu meiner anderen Brust wanderte, stöhnte ich leidenschaftlich auf. »Ja«, keuchte ich atemlos. »Küss sie!«

Er rutschte ein Stück tiefer, bevor er mit dem Mund dicht über meiner Brust schwebte, die vor Lust schmerzte. Für einen Moment zögerte er noch, doch dann beobachtete ich, wie er die Zunge vorschob, um damit über die feste Spitze zu lecken.

Erregt schrie ich auf.

Sofort versteifte er sich wieder, und ich vergrub die Finger in seinem Haar und zog ihn wieder dicht zu mir heran, um ihm zu versichern, dass es mir gut ging.

Und Gott sei Dank brauchte er nicht viel mehr als das. Wieder legte er den Mund auf meine Brust und begann, langsame, verführerische Kreise um meinen bedürftigen Nippel zu beschreiben. Jedes Mal, wenn er seine Zunge bewegte, ging ein erregter Schauer durch meinen Körper, und ich ließ ihn mit meinen lustvollen Seufzern und leise gemurmelten Worten wissen, wie sehr mir gefiel, was er da tat. Sein Mund fühlte sich unglaublich auf meiner Haut an, und es dauerte nicht lange, bis meine Hüften unkontrolliert zu zucken begannen.

»Sara«, knurrte er und hob den Kopf, um mir in die Augen zu sehen.

»Was?«, keuchte ich, die Hände in seinen Haaren vergraben. Oh mein Gott, er rollte noch immer meine harten Knospen zwischen den Fingerspitzen. Ich war so erregt, dass ich kaum einen klaren Gedanken fassen konnte.

»Ich kann dein Verlangen riechen.« Er ließ eine Hand zu meinem Slip hinabgleiten, und wieder stieg dieses tiefe, lustvolle Knurren aus seiner Kehle auf. »Es riecht … unglaublich«, raunte er heiser, bevor er das Höschen mit einem Ruck zerriss. »Ich muss dich probieren.«

Ramsey rutschte vom Bett, packte mich bei den Hüften und zog mich so weit vor, dass meine Beine über die Kante hingen. Als er sich zwischen meinen Schenkeln auf den Boden kniete, gaben die alten Holzdielen ein lautes Knarzen von sich.

»Dein Duft ist … überwältigend«, brummte er mit tiefer Stimme an meinem Bauch. Sein Atem strich warm über meine Haut.

»Ich … oh …«, stammelte ich und ließ mich kraftlos auf den Rücken sinken.

Seine großen Hände hielten meine Hüften, sodass ich mich kaum bewegen konnte, meine Beine waren weit gespreizt. Und dann spürte ich seine Zunge, wie er sie zwischen die samtenen Falten tauchte und mit ihr durch die feuchten Spalten glitt, um mich zu schmecken.

Ein unkontrolliertes Zittern erfasste meinen Körper. »Oh … das ist … das ist so gut …«, stöhnte ich, während er gierig an meiner Nässe saugte. Seine Zunge war so wunderbar groß, und er benutzte sie auf eine Art und Weise, die mich vor Leidenschaft beinahe den Verstand verlieren ließ. »Oh … oh, Ramsey. Das ist wirklich … gut.«

Er erkundete jede einzelne Falte, jede Vertiefung, leckte genussvoll darüber. Und dann fand er meine Mitte. Als er tief mit seiner Zunge in mich eindrang, wäre ich beinahe vom Bett hochgefahren, so unglaublich waren die Empfindungen, die in diesem Moment durch meinen Unterleib zuckten.

Ich grub die Finger in seine Haare, um ihn noch dichter an mich heranzuziehen, ihn daran zu hindern, seinen Mund jemals wieder von mir zu lösen. »Das ist *wirklich* gut«, keuchte ich, als er seine Zunge herauszog, um mit ihrer ganzen Länge über meine heiße Mitte zu lecken. »Wirklich, wirklich gut. Oh … oh … oh, ja!«

Er stieß die Zunge wieder in mein feuchtes Loch, zog sie hervor, nur, um sie erneut darin zu versenken.

Als er meine Klitoris fand, schrie ich vor Verlangen auf und hob die Hüften vom Bett, um den Druck zu verstärken. Und als diesmal das tiefe Knurren aus seiner Brust aufstieg, spürte ich das Vibrieren an meinem empfindlichsten Punkt.

Die Wellen der Lust rollten in immer kürzeren Abständen über mich hinweg, schwollen an, bäumten sich auf, und ich zog noch fester an seinen Haaren, um seinen Mund an Ort und Stelle zu halten.

»Oh ja, genau da«, bettelte ich, als er mit der Zunge über den kleinen Lustknopf leckte. »Das fühlt sich so unglaublich an. Oh ja … oh … bitte, hör nicht auf. Lass deine Zunge genau, wo sie ist. Oh … Ramsey.«

Je lauter ich stöhnte und bettelte, desto schneller ließ er seine Zunge arbeiten. Mit kurzen, leichten Schlägen ließ er sie über meine Klitoris schnalzen, bevor er sie umkreiste, um sie anschließend in meiner feuchten Mitte zu versenken.

Die Worte erstarben mir auf den Lippen. Da war nur noch das Zucken meiner Hüften, mit dem ich ihm zeigte, dass ich mehr brauchte. Dass ich *ihn* brauchte. Dass ich wollte, dass er schneller leckte, fester …

Ein weiteres Knurren, ein weiterer Zungenschlag gegen meine heiße Perle, ein weiteres raues Lecken durch meine Spalte, und die Woge der Lust brach, stürzte über mir zusammen. Ein unglaublicher Orgasmus erschütterte meinen Körper. Jeder Muskel in meinem Körper spannte sich an, vibrierte, doch er hörte nicht auf, mich weiter zu lecken, den Höhepunkt aus mir herauszusaugen. Das Gefühl schien Minuten anzuhalten. Meine Gliedmaßen zitterten, und ich keuchte atemlos, unfähig, auch nur ein Wort herauszubringen.

Erst als sich meine Muskeln langsam entspannten, realisierte ich, dass ich noch immer die Beine um Ramseys Schultern geklammert hatte und meine Finger in seinen Haaren verwoben waren, um seinen Mund an meiner Mitte gefangen zu halten.

Er leckte mich noch immer mit langsamen, beinahe trägen Zungenschlägen, als könnte er nicht genug von meinem Geschmack bekommen. Als wäre ich das Beste, was er je gekostet hatte.

»Oh … oh, Ramsey«, keuchte ich atemlos. »Du hast einen wundervollen Mund. Wirklich, wirklich wundervoll. Vor allem für eine Jungfrau.«

Er drückte einen Kuss auf die Innenseite meines Schenkels. »Ich bin gekommen«, sagte er mit heiserer Stimme.

»Oh, gut«, erwiderte ich verträumt.

»Dreimal.«

Ich musste kichern.

Sofort versteifte er sich.

Schnell schlang ich die Beine wieder um seine Schultern und begann mit sanften Bewegungen, seine Kopfhaut zu massieren. »Das war einfach nur umwerfend. Ich bin ab sofort süchtig nach deiner Zunge.«

Ich spürte, wie er sich wieder entspannte, dann drückte er einen weiteren zärtlichen Kuss auf die Innenseite meines Oberschenkels. »Zuerst unter die Dusche«, sagte er. »Dann musst du dich verwandeln.«

Ich stöhnte auf. »Meine Beine fühlen sich an, als wären sie aus Wackelpudding. Ich glaube nicht, dass sie mich bis in die Dusche tragen – geschweige denn durch den Wald.«

»Dann werde ich Gracie bitten müssen, mir den Rücken zu waschen.« Er packte meine Beine und wand sich darunter hervor.

Fasziniert starrte ich auf das angedeutete Lächeln, das seine Mundwinkel umspielte. »Hast du etwa gerade einen Witz gemacht?«

Anstatt mir zu antworten, biss er mich auffordernd in den Schenkel und stand dann auf.

Wow. Ein Orgasmus – oder auch drei –, und der Mann wurde plötzlich locker. Ich konnte kaum abwarten herauszufinden, wie er drauf war, nachdem wir miteinander geschlafen hatten.

Nach unserer Runde im Wald war ich so müde, dass ich im Stehen hätte einschlafen können. Ich erinnerte mich vage daran, wie ich mich neben Ramsey ins Bett gekuschelt hatte, aber als ich am nächsten Morgen aufwachte, war das Bett neben mir leer. Das dumpfe Hämmern, das aus dem Erdgeschoss heraufdrang, verriet mir, dass er bereits aufgestanden war und sich an die Arbeit gemacht hatte.

Ich verbrachte den Tag damit, bei den Renovierungsarbeiten am Haus zu helfen. Während Ramsey und Jackson weiter das Dach ausbesserten, sollte Dan – der junge Teenager-Wolf – die Außenfassade streichen. Während er die Spraypistole bediente, strich ich mit einer Farbrolle die Stellen nach, die er nicht erwischt hatte. Dabei unterhielten wir uns.

Wie sich herausstellte, waren Jackson und er auf sich gestellt. Bis auf sie beide waren alle Wölfe ihres Rudels in einem Feuer umgekommen. Als ich sah, wie Dan die Tränen in die Augen traten, drang ich nicht tiefer in ihn, obwohl ich neugierig war. Ich spürte, wie mir der Junge immer mehr ans Herz wuchs, und Ramsey schien sich inzwischen auch ganz gut mit Jackson zu verstehen. Ich hörte die beiden sogar ein paarmal zusammen auf dem Dach lachen.

Irgendwann kam Gracie aus dem Gästehaus, den Blick wie immer fest auf ihr Handy gerichtet. Als ich ihr erklärte, dass ich den Tag mit Renovierungsarbeiten verbringen würde, schüttelte sie nur den Kopf und ging schnurstracks ins Haus. Sie rief mir allerdings noch über die Schulter zu, dass ich ihrer Meinung nach mit dem Quatsch meine Kräfte vergeudete.

Als die Sonne langsam am Horizont versank, hatten Dan und ich die Außenwand des Erdgeschosses gestrichen, das Dach war geflickt und meine Nase knallrot von einem Sonnenbrand.

»Nicht schlecht«, sagte Dan schüchtern und schob seine Baseballkappe hoch, um sich den Schweiß von der Stirn zu wischen. »Der Kasten hier sieht bald wieder wie ein richtiges Haus aus. Dann könnt ihr, du und Ramsey, eine Familie gründen.«

Ich war froh, dass meine Wangen von der anstrengenden Arbeit ohnehin schon erhitzt waren. Andernfalls hätte Dan sich vermutlich ziemlich gewundert, warum ich bei seinen Worten rot wurde. »Ich bin mir immer noch nicht ganz sicher, ob es wirklich eine so gute Idee ist, wenn wir beide Kinder zusammen bekommen«, versuchte ich, seinen Kommentar mit einem Scherz abzutun. »Unsere Nachkommen wären vermutlich ziemlich groß und brummig, mit einer Schwäche für Honig.«

In diesem Moment drehte sich der Wind, und Ramseys Geruch stieg mir in die Nase. Fast zeitgleich spürte ich, wie sein riesiger Schatten über meine Schultern fiel. »Er steht direkt hinter mir, oder?«

Dan nickte grinsend.

Als Ramsey diesmal einen Arm um meine Taille schlang,

zuckte ich ausnahmsweise nicht vor Schreck zusammen. Zärtlich legte ich meine Hand auf seine und streichelte darüber.

Er zog mich eng an sich und beugte sich zu mir herab, um mir ins Ohr zu murmeln: »Ich bin mir ziemlich sicher, dass du schlecht im Stöckchenholen bist – ein weiterer Minuspunkt für unsere Kinder.«

»Wirf einen und warte ab, was passiert«, neckte ich ihn und quietschte, als er mir einen feuchten Kuss in den Nacken drückte. »Du bist ganz verschwitzt.«

»Genau wie du.«

In diesem Moment kam Jackson um die Ecke des Hauses gebogen, eine Wasserflasche an den Lippen, die er innerhalb von drei Sekunden austrank. »Wir sollten langsam los, Dan.«

Als ich merkte, wie er sich absichtlich so weit wie möglich von mir entfernt hielt, bekam ich ein schlechtes Gewissen. »Wollt ihr vielleicht noch ein bisschen bleiben? Die Dusche ist repariert, und wir könnten Pizza bestellen.«

Jackson lächelte mich dankbar an, schüttelte jedoch den Kopf. »Vielen Dank, aber wir haben ein Hotelzimmer in der Nähe, das uns vollkommen ausreicht. Ihr zwei braucht sicherlich auch mal ein wenig Zeit für euch.«

Ich wurde schon wieder rot. Ganz unrecht hatte er damit nicht. Ich konnte es kaum erwarten, Ramsey ganz für mich zu haben. Es fühlte sich gut an, so von ihm gehalten zu werden, seinen starken, verschwitzten Körper an meinem Rücken zu spüren.

Nachdem Dan und Jackson ihre Sachen zusammengepackt und alles im Truck verstaut hatten und der Van knirschend die Auffahrt hinabfuhr, beugte sich Ramsey zu mir herunter, um zärtlich an meinem Ohr zu knabbern. »Dusche?«

»Nur wenn du mir versprichst, mich hinterher mit extra viel Aufmerksamkeit abzutrocknen.« Als ich zu ihm aufsah, leuchteten seine Augen.

Gemeinsam gingen wir ins Haus und stellten uns zusammen unter die frisch reparierte Dusche, wo wir uns gegenseitig mit einem weichen Schwamm verwöhnten.

Als Ramsey mit seinen großen Händen von hinten meine Brüste umfasste, wusste ich, dass die Badezeit vorbei war. Ich drehte mich zu ihm um. Nicht zum ersten Mal wünschte ich mir, dass der Größenunterschied zwischen uns nicht ganz so enorm wäre. Ich musste den Kopf beinahe komplett in den Nacken legen, um ihm in die Augen sehen zu können. Ich befand mich gerade mal auf Höhe seines Brustbeins, und seine enorme Erektion drückte fordernd gegen meinen Bauch. Nicht dass ich ein Problem damit gehabt hätte, aber in diesem Moment wollte ich nichts lieber tun, als ihn zu küssen – was unmöglich war, solange ich mich nicht auf die Zehenspitzen stellte.

Ramsey griff um mich herum, um die Dusche abzustellen, bevor er die Hände unter meinen Po legte und mich hochhob, als würde ich nichts wiegen. Es hatte durchaus auch Vorteile, einen beinahe schon absurd großen und starken Mann zu daten, entschied ich und hob den Kopf, um ihn zu küssen.

Er antwortete mir, indem er verführerisch an meiner Unterlippe saugte, sodass ein leises Stöhnen aus meiner Kehle aufstieg. Ohne die Lippen von seinen zu lösen, verschränkte ich die Beine hinter seinem Rücken, und Ramsey trug mich aus dem Badezimmer. Im Schlafzimmer warf er mich, nass, wie ich war, auf das Bett und schob seinen heißen, feuchten Körper über meinen. Erregt wand ich mich unter ihm, um seine Haut an meiner zu spüren.

»Ich will dich noch einmal lecken«, raunte er heiser zwischen zwei Küssen. »Ich will es immer und immer wieder tun. Ich liebe deinen Geruch. Und deinen Geschmack auf meiner Zunge liebe ich noch mehr.«

Allein beim Gedanken daran spürte ich ein erwartungsvolles Ziehen im Bauch, und ich küsste ihn fordernder. Als er eine

Hand zwischen uns schob und mit den Fingern meine nasse Mitte berührte, bäumten sich meine Hüften unkontrolliert auf.

Ich hatte den ganzen Tag darauf gewartet. Hatte davon geträumt, wie er mit seiner gewaltigen Länge in mich eindrang, um endlich die Sehnsucht zu stillen, die mit jedem Mal, bei dem ich an die vergangene Nacht gedacht hatte, größer geworden war.

Irgendwo draußen vor dem Haus ertönte eine Hupe.

Ramsey hob den Kopf.

»Ignorier es einfach«, flüsterte ich, vergrub die Finger in seinen Haaren und zog seinen Kopf wieder zu mir herunter. Auffordernd hob ich die Hüften, um mich an seiner Hand zu reiben. Ich wünschte mir nichts mehr, als dass er endlich wieder auf Entdeckungsreise ging. »Ich brauche dich.«

Der dunkle Ausdruck des Verlangens trat wieder in seine Augen, und er senkte seinen Mund auf meine Brüste, um an einem meiner feuchten Nippel zu knabbern.

Mit einem Keuchen bog ich den Rücken durch, um ihn zu ermutigen, genau dort weiterzumachen.

Wieder ertönte das Hupen. Dreimal in kurzen Abständen hintereinander. Dann war gedämpftes, heiseres Lachen zu hören.

Mit einem Fluch auf den Lippen stand Ramsey auf. »Zieh dich an«, befahl er, und eine Sekunde später war er bereits, nur mit einer Jeans bekleidet, aus dem Schlafzimmer gestürzt.

Frustriert stützte ich mich auf die Ellenbogen und starrte finster die Schlafzimmertür an. Was für ein beschissenes Timing.

»Sara!«, brüllte eine Stimme aus dem Erdgeschoss in den ersten Stock hinauf. »Wo bist du? Wir haben dir ein Geschenk mitgebracht.«

Als ich die Stimmer erkannte, machte mein Herz einen erfreuten Satz. »Joshua?« Wie von der Tarantel gestochen sprang ich aus dem Bett und wühlte in meiner Reisetasche nach Unterwäsche und einer Hose. Auf die Schnelle fand ich nichts anderes als das Unterteil meines Pyjamas, aber das würde ausreichen müssen. Darüber zog ich eines von Ramseys Hemden, bevor ich die Treppe ins Erdgeschoss hinunterrannte.

Beim Anblick des Russell-Clans, der sich in unserem Wohnzimmer versammelt hatte, stieß ich ein begeistertes Quietschen aus. Joshua, Jeremiah, Everett, Ellis und Austin grinsten mich an, nur Beau schien nicht mitgekommen zu sein. Everett hielt einen Kasten Bier in der Hand, und Austin und Joshua waren gerade dabei, einen riesigen Flatscreen-Fernseher zu installieren.

Ellis hielt die Xbox hoch, die er mitgebracht hatte. »Samstagnacht ist Videospielnacht, erinnerst du dich?«

Mit einem freudigen Hüpfen fiel ich ihm um den Hals. »Ihr Jungs seid die Besten«, quietschte ich glücklich. »Das hätte ich wirklich beinahe ganz vergessen.«

»Gott sei Dank haben wir gar nichts vergessen«, erwiderte Everett mit einem Grinsen und stellte den Bierkasten ab, damit er mich ebenfalls umarmen konnte.

»Wir dachten, heute wäre eine gute Gelegenheit, mal nach dir zu sehen«, sagte Jeremiah.

»Es geht uns super«, rief ich enthusiastisch, wobei ich den finsteren Blick, den ich in meinem Nacken spürte, ignorierte. »Es ist wirklich süß von euch, mich besuchen zu kommen.«

Die Jungs öffneten ein paar Bierflaschen und begannen dann, die Xbox anzuschließen. Und nebenbei war immer einer bereit, mich in den Arm zu nehmen, mich zu kitzeln oder mich wegen meines Aussehens aufzuziehen. Beinahe hatte ich das Gefühl, dass wir uns wieder im Haus der Russells befanden und es ein ganz normaler Samstagabend war, an dem wir gemeinsam zockten. Damals hatten wir nächtelang vor dem Fernseher gesessen, Bier getrunken und uns über allen möglichen Blödsinn unterhalten. Ich war eine Schwester unter lauter liebevollen

Brüdern gewesen, und ich hatte jeden Augenblick in ihrer Gegenwart genossen.

Lächelnd blickte ich mich in der Runde um. »Wo ist Ramsey hin?«

»Er wollte irgendwas holen«, antwortete Ellis. Dann ließ er sich auf den Boden fallen und schnappte sich ein zweites Bier. »Ich kann einfach nicht glauben, dass es hier draußen kein Internet gibt. Das ist doch fast schon ein Verbrechen. Weißt du überhaupt noch, in welchem Jahr wir uns befinden?«

»Sorry.« Ich zuckte entschuldigend mit den Schultern und ließ mich mit einem breiten Grinsen im Gesicht zwischen Joshua und Everett aufs Sofa fallen. »Ramsey renoviert gerade. Vielleicht haben wir nächstes Wochenende auch endlich Internet. Diese Woche mussten wir uns zuerst um die Elektrik kümmern. Wo ist eigentlich Savannah?«

»Sie bleibt heute Abend zu Hause.« Jeremiah, der Zurückhaltendste und Einfühlsamste unter den Werpumas, warf mir einen fragenden Blick zu. »Stören wir euch?«

»Kein bisschen«, antwortete ich mit einem Grinsen und schnappte mir einen der Controller. Dann fiel mir Ramsey wieder ein. »Was genau wollte Ramsey denn holen?«

Ellis zuckte mit den Schultern und boxte mir spielerisch gegen den Arm. »Spielst du jetzt, oder nicht?«

Ich starrte auf den Controller in meinen Händen. Die Russell-Jungs konnten ziemlich wild und ausgelassen sein, und mich störte es auch nicht, wenn sie mich mit irgendetwas aufzogen, aber vielleicht war es Ramsey zu viel gewesen, und er hatte sich ausgeschlossen gefühlt. Selbst als wir noch zusammen auf dem Anwesen der Russells gewohnt hatten, hatte er so gut wie nie bei den Spieleabenden mitgemacht. »Ich will, dass Ramsey dabei ist.«

Austin reichte mir ein Bier und grinste. »Ich fürchte, ich habe ihm ein bisschen Angst eingejagt. Ich habe ihm gedroht, dass ich ihn häuten und die Haut als Kaminvorleger benutzen würde, wenn er dir wehtut.«

Ich verdrehte die Augen. »Ich glaube nicht, dass du ihm Angst gemacht hast, Austin. Wenn er wollte, könnte er dich zum Lunch verspeisen, und das weißt du auch.«

»Klar weiß ich das. Aber ich konnte einfach nicht widerstehen, meinen Bärenfell-Kaminvorleger-Witz an den Mann zu bringen.«

Ich reichte Joshua meinen Controller. »Ich sehe nach ihm. Bin gleich zurück.«

Auf dem Flur blieb ich stehen und hob witternd die Nase. Sein Duft war für mich, trotz des überwältigenden Geruchs nach Puma, der das Haus bis in die hinterste Ecke auszufüllen schien, noch deutlich zu erkennen. Entschlossen wandte ich mich um, um seiner Fährte zu folgen.

Ich fand ihn auf der Veranda hinter dem Haus. Er saß auf der obersten Stufe und starrte zum Wald hinüber. Ich ließ mich neben ihm auf den ausgetretenen Holzdielen nieder, zog meine nackten Füße dicht zu mir heran und hakte mich bei ihm ein, um meinen Kopf an seinen riesigen Bizeps zu lehnen.

»Was ist los?«

Er schüttelte den Kopf, ohne mich anzusehen.

Ich nahm seine Hand und verschränkte meine Finger mit seinen. Als eine leichte Brise aufkam, brachte sie den Geruch nach Farbe mit sich – und Gracies Wolfsduft. Ich hörte, wie sie im Haus mit den Jungs lachte, und freute mich, dass sie sich entschlossen hatte, mitzuspielen. Das Einzige, was meine Freude trübte, war Ramseys offensichtliches Unwohlsein.

»Es geht nicht um das, was Austin gesagt hat, oder?«

Er stieß ein verächtliches Schnauben aus. »Nicht wirklich.«

Wie ich es mir bereits gedacht hatte. »Um was dann? Rede mit mir! Ich würde es wirklich gern wissen.«

Er warf mir einen flüchtigen Blick zu, bevor er wieder auf

die Stufen zu unseren Füßen starrte. »Du gehst so … unkompliziert mit ihnen um.«

Und mit ihm nicht? Ging es darum? Ich legte eine Hand auf seinen muskulösen Unterarm. Es gefiel mir, ihn zu berühren, und ich hatte den leisen Verdacht, dass es ihm mit mir genauso ging. »Ich gehe so unkompliziert mit ihnen um, weil sie unkompliziert *sind*. Es fühlt sich an, als hätte ich eine ganze Horde älterer Brüder.«

»Bin ich für dich auch wie ein Bruder?« Er hob den Kopf und musterte mich aus seinen dunklen Augen.

»Kein bisschen«, sagte ich und drückte seine Hand.

»Wenn sie dich berühren, zuckst du nicht zusammen«, bemerkte er. »Bei mir tust du das manchmal immer noch.«

Darum ging es also. »Ich bin nun mal ziemlich schreckhaft«, erklärte ich sanft. »Aber ich habe mich jeden Tag ein bisschen besser unter Kontrolle. Und wenn ich jetzt noch zusammenzucke, weil du mich berührst, dann nur aus dem Grund, dass ich sofort daran denken muss, wo du mich noch überall berühren könntest.« Ein dunkler Ausdruck des Verlangens trat in seine Augen, als er meinem Blick begegnete. »Und ich würde niemals auf die Idee kommen, auf diese Art an die Jungs da drin zu denken.«

Er schien etwas sagen zu wollen, doch die Worte kamen ihm nur schwer über die Lippen. »Ich … ich will für dich … jemand anderes sein als sie.«

»Das bist du«, versicherte ich ihm und lehnte mich an ihn, um ihm einen Kuss zu geben. »Ich habe letzte Nacht ganz bestimmt nicht in einer brüderlichen Weise an dich gedacht, das kannst du mir glauben.«

»Gut.« Er erwiderte meinen Kuss, fordernd, besitzergreifend.

»Wollt ihr zwei die ganze Nacht miteinander rummachen?«, ertönte eine Stimme aus dem Wohnzimmer.

»Sag ja«, flüsterte Ramsey an meinen Lippen.

Ich lachte. »Wir sollten besser reingehen, bevor die das ganze Bier allein austrinken.« Ich zog ihn am Arm. »Kommst du mit? Das Ganze würde noch mehr Spaß machen, wenn du mitspielst.«

Davon schien er weniger überzeugt zu sein, aber er ließ dennoch zu, dass ich ihn hinter mir her ins Haus zog. Ich wusste, dass es auch daran lag, dass er so ungern unter vielen Leuten war. Er brauchte eine gewisse Nähe, aber nicht zu viel davon. Ich hatte mich mit den Russell-Jungs in den wenigen Wochen, die ich sie kannte, enger angefreundet als Ramsey in den letzten zwölf Jahren. Er blieb stets für sich. Vielleicht hatte es etwas damit zu tun, wie er aufgewachsen war.

Als wir ins Wohnzimmer zurückkamen, fiel mein Blick als Erstes auf Gracie, die es sich auf dem Sofa bequem gemacht hatte und sich mit Ellis unterhielt, der sie anschmachtete. Selbst jetzt hatte sie ihr Handy gezückt und schrieb irgendwelche Nachrichten, und ich fragte mich, wie viele Männer sie eigentlich noch um ihren kleinen Finger wickeln wollte.

Die anderen saßen auf dem Boden, und ich zog Ramsey weiter hinter mir her, bis wir direkt vor dem riesigen Fernseher standen. »Lasst Ramsey mal ran«, sagte ich. »Er macht mit.«

Einer der Pumas reichte ihm einen Controller, den er unsicher umklammerte. Das Gerät wirkte absurd klein in seinen großen Händen, und in dem Blick, den er mir zuwarf, lag ein schmerzhaftes Flehen.

»Es ist wirklich nicht so schwer«, erklärte ich entschieden und zog ihn am Arm, damit er sich mit mir auf den Boden setzte. »Hier, ich zeig dir, wie man sich bewaffnet und schießt.«

Ergeben ließ er sich in einen Schneidersitz neben mich fallen. Seine Schultern waren so breit, dass die Jungs, die hinter ihm saßen, vermutlich nichts mehr vom Bildschirm sahen. Seine Größe erstaunte mich immer wieder aufs Neue, und sie machte mich auf eine seltsame, besitzergreifende Weise stolz. Es gefiel mir, dass er der stärkste Mann im Raum war.

Als er an der Reihe war, warf er mir einen hilflosen Blick zu, bevor er genau auf den falschen Knopf drückte.

»Du musst auf A drücken«, sagte ich und deutete auf den entsprechenden Button an seinem Controller. »Du darfst den Knopf hier nicht loslassen, und dann musst du sofort zu A wechseln.«

Mit einer einzigen schnellen Bewegung zog er mich auf seinen Schoß. »Setz dich hierhin.«

Ich wurde rot und war mir sicher, dass uns mindestens einer der Jungs aufziehen würde, aber anscheinend war Ramsey eine Art aufziehfreie Zone. Als er mir den Controller reichte, nahm ich ihn in beide Hände und begann zu spielen, während er über meine Arme streichelte.

Die anderen nahmen ihre Unterhaltungen wieder auf, und ich spielte, bis Everett dran war. Ich reichte ihm den Controller. »Und wo sind dein Bruder und meine Schwester heute Abend?«

»In Beaus Hütte«, antwortete Everett mit einem anzüglichen Grinsen, und die anderen Jungs begannen augenblicklich damit, alberne Kussgeräusche zu machen. »Jemand bekommt es heute Abend so richtig besorgt …«

Ich schnaubte. »Ihr seid wirklich unfassbar kindisch.«

»Ich glaube, Bath hat inzwischen rausgekriegt, wie gut wir tatsächlich hören«, sagte Ellis lachend. »Die Woche muss sich für Beau ganz schön gezogen haben – keine Liebe für ihn. Heute Morgen hat er ihr mindestens fünf Dutzend Rosen geschenkt, und im nächsten Moment waren sie auch schon aus der Tür, um das Wochenende in der Einsamkeit zu verbringen.«

»Das ist wirklich süß von ihm.« Ich freute mich aufrichtig für meine Schwester. »Ihr solltet den beiden öfter mal ein bisschen Privatsphäre gönnen.«

»Das tun wir ja ständig, aber manche Leute sind eben besonders laut im Bett«, bemerkte Joshua.

»Oh, Jungs! Es gibt da ein paar Dinge, die ich über meine Schwester wirklich nicht wissen muss.«

»Geht mir genauso«, sagte Joshua und grinste mich verschmitzt an.

Kapitel dreizehn

Am Sonntag verbrachten wir einen wunderbar faulen Tag. Ramsey hatte mich am frühen Morgen geweckt, damit ich mich verwandelte, um meine Muskeln zu trainieren. Mit seiner ruhigen Art und Hilfe wurden die Transformationen immer weniger schmerzvoll, wenn sie sich auch noch nicht viel schneller vollzogen. Aber Fortschritt war Fortschritt, und ich hatte beschlossen, die Dinge so zu nehmen, wie sie kamen.

Da Ramsey noch einen Job zu erledigen und ich nichts Besseres zu tun hatte, begleitete ich ihn zu einem kleinen Haus in einem Vorort.

Ich wartete im Auto, während er zur Haustür ging und klopfte. Eine Frau mittleren Alters, die ein Kind auf der Hüfte sitzen hatte, öffnete ihm. Die beiden unterhielten sich eine Weile, allerdings konnte ich nicht hören, um was es ging, dafür war ich zu weit entfernt. Aber an Ramseys Gesichtsausdruck konnte ich ablesen, dass es anscheinend etwas Ernstes war. Er legte der Frau kurz beruhigend eine Hand auf den Arm, dann ging er an der Front des Hauses entlang und prüfte die Schlösser an den Fensterläden. Als Nächstes testete er die Einstellungen der Alarmanlage, bevor er die Sicherheitsriegel an Haustür und Fenstern untersuchte. Anscheinend hielten sie seiner strengen Prüfung nicht stand, denn er kam zum Truck zurück und holte eine Bohrmaschine von der Ladefläche, mit der er die Schrauben an den Eisenriegeln nachzog. Nachdem er alles erledigt hatte, wechselte er noch einmal ein paar Worte mit der Frau und machte sich Notizen auf einem Clipboard. Schließlich nickte er ihr zum Abschied zu, und die Frau verschwand im Haus.

Als Ramsey wieder im Wagen saß, schnappte ich mir das Clipboard und überflog die oberste Seite. »Keine Sichtung in den letzten sieben Tagen. Keine Einbruchsversuche. Was soll das alles heißen?«

Er startete den Motor und legte den Rückwärtsgang ein. »Mrs Pierce wird gestalkt. Ich fahre regelmäßig bei ihr vorbei, um die Sicherheitsvorkehrungen zu überprüfen.«

»Gestalkt? Von wem?«

Ramsey warf mir einen raschen Blick zu, bevor er wieder auf die Straße sah. »Von einem rivalisierenden Clan. Ihr Mann ist letztes Jahr gestorben, und seitdem versucht sich hier ein neuer Luchs-Clan breitzumachen. Sie wollen, dass sie ihnen ihr Territorium abtritt, aber sie ist noch nicht bereit dazu. Und so lange behalten wir sie im Auge und sorgen für ihre Sicherheit.«

»Die arme Frau«, sagte ich traurig. »Das ist also dein Job, Leute wie sie zu beschützen?«

»Neben anderen Sachen, ja. Ich diene der Allianz, und sie ist ein Mitglied der Allianz. Ich würde jede unschuldige Person beschützen, die von anderen verfolgt und bedroht wird.«

So wie er mich beschützte. War ich vielleicht doch nur ein weiterer Job für ihn, einer, bei dem er nur noch ein wenig mehr herausschlagen konnte? Der Gedanke gefiel mir gar nicht.

Den Rest der Fahrt verbrachten wir schweigend. Als wir vor dem Haus hielten, sprang Ramsey aus dem Auto, um mir die Tür aufzumachen und mir seine Hand hinzuhalten.

Ohne ein Wort zu sagen, legte ich meine hinein.

Nachdem ich aus dem Auto geklettert war, zog er mich eng an sich. »Ich würde niemals zulassen, dass dir etwas zustößt, Sara. Du musst keine Angst haben.«

»Das weiß ich.«

Es war schön, den Rest des Nachmittags zu zweit zu Hause zu verbringen und nichts zu tun. Die Anspannung, die ich verspürt hatte, nachdem Ramsey mir von der alleinstehenden Frau erzählt hatte, ließ langsam nach. Als wir uns aufs Sofa setzten, um ein wenig Fernsehen zu schauen, machte ich es mir mit einer Zeitschrift in einer Ecke gemütlich und legte meine Beine über seine.

Später briet Ramsey uns Steaks, von denen ich immer einen riesigen Vorrat im Kühlschrank aufbewahrte. Und obwohl er nicht dasselbe Verlangen wie ich nach dem möglichst noch fast rohen, blutigen Fleisch verspürte, wusste ich, dass er mich verstand. Und als ich mich über meinen eigenen seltsamen Wolfsgeschmack beschwerte und die Tatsache, dass er als Bär offensichtlich nicht unter solchen Verwirrungen litt, beugte er sich zu mir und drückte mir einen zärtlichen Kuss auf die Stirn. »Wir Bären probieren eben gern von allem etwas.«

Als ich das anzügliche Glitzern in seinen dunklen Augen bemerkte, wurde ich rot.

Ramseys verspielte Seite war verschüttet, aber sie war noch immer da. Ich war mir ziemlich sicher, dass er sie nur sehr wenigen Menschen zeigte, und umso mehr freute ich mich, dass ich sie bereits erlebt hatte.

Nachdem wir genug vom Fernsehprogramm hatten, spielten wir Karten. Ich kannte die Pokerregeln nicht, also entschieden wir uns stattdessen für Black Jack.

Ich verlor jede Runde.

»Das liegt nur daran, dass du diese riesigen Godzilla-Hände hast«, brummelte ich beleidigt, während ich die Karten neu mischte. »Wir müssen was anderes spielen, damit ich auch mal eine Chance habe zu gewinnen.«

Er schenkte mir ein träges, zärtliches Lächeln, bei dem mein Herz einen Schlag aussetzte. »Dann such du dir was aus.«

Ich entschied mich für Hearts, aber auch diesmal hatte ich kein Glück. Den Rest des Nachmittags probierten wir ein Kartenspiel nach dem nächsten aus, ärgerten und stritten uns scherzhaft und brachen dann wieder in Gelächter aus. Und die ganze Zeit über berührte er mich immer wieder, streichelte meine Hände oder meine Wange, als könnte er gar nicht anders. Und ich genoss jede einzelne Berührung, jeden Kuss, jede Streicheleinheit. Früher hatte ich es gehasst, angefasst zu werden, jetzt hungerte ich geradezu danach.

Am Abend forderte Ramsey, dass ich mich noch einmal verwandelte, und auch wenn ich keine große Lust darauf hatte, tat ich es. Gracie kam ebenfalls dazu, um mir Tipps zu geben, verlor aber schnell das Interesse und widmete sich wieder ihrem Handy. Den Blick fest auf das Display geheftet, schlenderte sie zurück zum Gästehaus. Offensichtlich war sie der Ansicht, dass ich auch gut ohne sie klarkam, und ich hatte nichts dagegen einzuwenden. Nachdem ich meine Wolfsgestalt angenommen hatte, verwandelte sich auch Ramsey, und gemeinsam streiften wir durch den Wald.

Als ich mich wieder zurückverwandelt hatte, brach ich keuchend im Vorgarten zusammen und wälzte mich erschöpft im Gras. »Hab Erbarmen mit mir. Ich kann das heute auf keinen Fall noch ein drittes Mal durchmachen.« Mit einer dramatischen Geste legte ich mir eine Hand auf die Stirn, als müsste ich jeden Moment in Ohnmacht fallen.

Ramsey kam zu mir herüber, kniete sich neben meinen nackten Körper und musterte mich kritisch. »Du schwitzt weniger als sonst. Hat es wehgetan?«

»Es tut *immer* weh«, sagte ich gereizt, nahm aber trotzdem seine ausgestreckte Hand, um mir von ihm auf die Beine helfen zu lassen. »Aber diesmal war es nicht ganz so schlimm wie sonst.«

»Du wirst besser«, stellte Ramsey fest. »Das ist gut.«

Ich hasste es immer noch, mich zu verwandeln, aber mit Ramsey an meiner Seite fühlte es sich nicht mehr nach einer ganz so schrecklichen Strafe an. »Ich vermute mal, das soll heißen, dass ich doch nicht ganz so früh sterben muss, wie mir die anderen ständig prophezeien.«

Mit einer heftigen Bewegung drehte mich Ramsey zu sich

herum und sah mir fest in die Augen. Sein Gesichtsausdruck wirkte beinahe wütend. »Du wirst nicht sterben, hörst du? Das werde ich nicht zulassen.« Dann zog er mich in seine Arme, und im nächsten Moment spürte ich seine Lippen hart und fordernd auf meinen.

Ich schlang die Beine um seine Taille und schmiegte mich so eng an ihn, wie es mir nur möglich war. Anstelle der Erschöpfung war auf einmal pures Verlangen getreten.

Ramsey drängte seine Zunge tief in meinen Mund, streichelte die Innenseite meiner Wange, und ich antwortete ihm mit einem Stöhnen.

Er trug mich die Stufen zur Veranda hinauf, durch die Haustür und die Treppe hoch in unser Schlafzimmer. Und selbst als er die Tür aufriss und hinter uns ins Schloss warf, löste er seine Lippen kein einziges Mal von meinen.

Bevor ich auch nur einen klaren Gedanken fassen konnte, lagen wir auf dem Bett und küssten uns mit unstillbarer Begierde. Ungeduldig zerrte ich an dem Hemd, das er sich im Garten wieder übergestreift hatte. Ich wollte seine heiße Haut auf meiner spüren, seinen Körper tief in meinem. Mit verzweifeltem Verlangen hob ich mein Becken und rieb mich an ihm. »Bitte, Ramsey … Ich brauche dich.«

Ein zärtliches Knabbern an meinen Lippen, dann wanderte er mit der Zunge tiefer, zu meinem Hals, über meine nackten Brüste bis hinunter zu meinem flachen Bauch. Ich zitterte vor sehnsuchtsvoller Erwartung, als er meinen Bauchnabel kostete, dann spreizte ich flehend die Schenkel.

»Ramsey«, keuchte ich, als er mit zwei Fingern meine Falten teilte, um meine intimste Stelle zu betrachten. »Du musst nicht …«

Er hob den Kopf, um mir einen so ernsten Blick zuzuwerfen, dass mir die Worte auf den Lippen erstarben. »Ich will dich noch einmal schmecken.«

»Ich glaube nicht, dass ich etwas dagegen einzuwenden habe«, murmelte ich heiser.

Mehr Aufforderung brauchte er nicht. Mit einem leisen Knurren senkte er den Mund auf meine feuchte Mitte und begann, wie verrückt daran zu saugen.

»Oh … oh Gott. Oh, Ramsey«, stöhnte ich. Diesmal hatte er keinen Umweg genommen, sondern sich gleich der winzigen, sensiblen Perle gewidmet, die um seine Aufmerksamkeit bettelte.

Ich krallte die Hände ins Laken und drängte mein Becken gegen seine wundervollen Lippen. Eine endlose Abfolge gestammelter, leidenschaftlicher Worte ergoss sich aus meinem Mund, während Ramsey an meinem feuchten Fleisch leckte und saugte. Und als abermals das tiefe Brummen aus seiner Kehle aufstieg, wusste ich, dass er es mindestens genauso genoss wie ich selbst.

Als die erste Welle des Orgasmus über mich hinwegspülte, entlud sich meine Lust in einem spitzen Schrei, und meine Hüften begannen, unkontrolliert zu zucken. Ich brauchte ihn in mir.

Im nächsten Moment spürte ich etwas Festes an meinem Eingang, und während er weiter an meiner Klitoris leckte und saugte und knabberte, stieß er einen Finger in mich hinein. Als er ihn langsam wieder herauszog, nur um sofort ein zweites Mal zuzustoßen, spürte ich, wie sich der zweite Orgasmus in mir aufbaute. Die Empfindung war so überwältigend, dass mein Körper wie wild zu zucken begann und ich bettelnd das Becken hob, um ihn tiefer in mich hineinzudrängen.

Zitternd und keuchend brach ich zusammen, unfähig, mich zu bewegen.

Ramsey hob den Kopf, drückte mir einen letzten zärtlichen Kuss aufs Bein und strich mit den Fingern über die Innenseiten meiner Oberschenkel.

Mit Mühe streckte ich die Arme nach ihm aus. Ich wollte, dass er sich mit seinem großen, schweren Körper auf mich legte, mich unter sich begrub, in mich eindrang. Sehnsüchtig wartete ich darauf, dass er die Kontrolle übernahm, die Kontrolle über uns, über mich.

Doch er drückte mir nur einen weiteren flüchtigen Kuss auf den Bauch, bevor er aufstand. »Danke, Sara.«

Ich setzte mich auf, zog an seinem Arm, um ihn dazu zu bringen, sich wieder zu mir ins Bett zu legen. Verdammt, er war sogar noch angezogen. »Sag nicht Danke, bevor du nicht tief in mir bist.«

Er schüttelte den Kopf und beugte sich zu mir herab, um mir einen Kuss zu geben. Seine Lippen schmeckten nach … na ja, nach mir. »Nicht heute Nacht«, sagte er zärtlich. »Du bist müde.«

»So müde auch wieder nicht«, bemerkte ich, doch er schüttelte nur noch einmal den Kopf.

»Ruh dich aus. Ich werde nicht lange weg sein.« Dann drehte er sich um und verließ das Zimmer.

Wütend warf ich ein Kissen gegen die geschlossene Tür. Ich war verwirrt und verletzt. Ramsey liebte es, mich zu küssen, mich zu berühren, mich zu lecken, doch jedes Mal, wenn es darum ging, mit mir zu schlafen, ergriff er die Flucht. War es seine Loyalität gegenüber Nikolina, die ihn zurückhielt? Ich wusste es nicht.

Am nächsten Morgen fuhr uns Ramsey zur Arbeit. Vor der Agentur verabschiedete er mich mit einem Kuss und Gracie mit einem finsteren Blick. »Ich würde gern bei dir bleiben, aber ich muss heute bei ein paar Leuten vorbeifahren. Ich hole dich um fünf wieder ab.«

»Alles okay. Mach dir keine Sorgen um mich«, sagte ich sanft und winkte ihm nach, als er den Motor startete und Gas gab.

Sobald wir die Agentur betraten, ließ sich Gracie auf den nächstbesten Stuhl fallen und begann, wie verrückt auf ihr Handy einzuhacken. Ich verdrehte genervt die Augen.

Meine Schwester saß hinter ihrem Schreibtisch und summte vergessen vor sich hin. Sie trug einen weißen Pullover und einen leuchtend pinkfarbenen Schal um den Hals. Ich ahnte, was sie versuchte, darunter zu verstecken.

»Schöner Schal«, zog ich sie auf. »Hattest du ein nettes Wochenende?«

Bath nickte, ohne den Blick vom Bildschirm zu lösen. »Sehr erfrischend. Ich fühle mich mehr als bereit, diese Woche in Angriff zu nehmen. Es gibt viel zu tun.«

Ich wusste, dass sie damit vor allem die letzten Vorbereitungen für die Scheunenparty meinte. Wenn die Veranstaltung gut besucht war, würde das die Agentur ein ganzes Stück voranbringen. Ich hoffte sehr, dass sie ein voller Erfolg werden würde. Bath wäre am Boden zerstört, wenn niemand kam, weil die Agentur inzwischen von einem Menschen geleitet wurde und nicht mehr von einer Übernatürlichen.

»Ihr solltet mich einstellen«, mischte sich Gracie ein, ohne von ihrem Handy aufzusehen. Ihre Daumen schienen nahezu in Schallgeschwindigkeit über das Display zu fliegen.

Bath warf mir einen entsetzten Blick zu. »Es ist wirklich nett von dir, deine Hilfe anzubieten, Gracie. Aber ich denke, wir haben genug Personal.«

»Was ich damit sagen wollte …«, erwiderte Gracie, die ein Bein über die Armlehne des Besuchersessels geschwungen hatte, sodass ihr ohnehin schon verboten kurzes Kleid beinahe bis zur Taille hochgerutscht war, »ich würde keinem Vegetarier vertrauen, der mir das angeblich beste Stück Steak anbietet. Wenn du verstehst, was ich meine.«

Bath biss verärgert die Zähne zusammen, um sich eine wütende Antwort zu verkneifen.

Ich schnappte mir den Stapel Post, der auf meinem Schreibtisch lag, und warf Gracie ein zuckersüßes Lächeln zu. »Und, mit wem gehst du heute Abend aus?« Besser ich lenkte sie ab, bevor Bath sie aus der Agentur jagte.

Sie zuckte gelangweilt mit den Schultern. »Mit irgendwem, kann mich gerade nicht erinnern. Könntest du irgendwo einen Tisch reservieren?«

Oh Mann, wenn ich gewusst hätte, was für ein Spaß diese ganze Wolf-Escort-Geschichte werden würde, hätte ich es mir vielleicht noch mal anders überlegt. Vielleicht sollte ich sie auch besser als Spionin bezeichnen. Immerhin schien sie den ganzen Tag nichts anderes zu tun, als mich zu beobachten und ihrem Alpha zu schreiben, was ich so trieb.

»Ah, ja klar, jetzt fällt es mir wieder ein«, sagte Gracie mit einem Blick auf ihr Handy. »Um drei treffe ich mich mit einem Kojoten und um acht mit einem Vampir. Mach dich darauf gefasst, dass heute Abend die Post abgeht. Wir gehen ins Kino, und im Dunkeln ist ja bekanntlich gut munkeln, wenn du verstehst …« Sie zwinkerte mir übertrieben zu und grinste.

»Ich glaube nicht, dass dein Vater damit einverstanden wäre.«

»Stimmt. Und deswegen werde ich niemandem erzählen, wie du letzte Nacht das ganze Haus zusammengestöhnt hast, wenn du ihm nicht verrätst, mit wem ich so ausgehe. Denk beim nächsten Mal besser dran, dass du nicht die einzige Person mit einem übernatürlichen Gehör bist …«

Ich starrte sie eine Sekunde entsetzt an, bevor ich mich selbst beruhigte. So wie ich Gracie bisher kennengelernt hatte, wollte sie mich nur ärgern. »Sag dem Vampir ab. Ich werde heute Abend ganz bestimmt nicht extra lange ausgehen, damit du mit irgendeinem Untoten rummachen kannst.«

Gracie zog eine beleidigte Schnute. »Na gut. Dann treffe ich mich stattdessen eben mit dem Satyr um halb fünf.«

Ich stöhnte genervt auf, öffnete dann aber trotzdem die Datenbank, um die Reservierungen für Gracie vorzunehmen. Solange der Vampir aus dem Spiel blieb, war mir alles recht.

Nachdem die Tische gebucht waren, ließ ich die Finger zögernd über den Tasten schweben. Ach, was sollte es, eine kleine Recherche konnte nicht schaden. Ich öffnete den Browser und gab als Suchtext »Wie verhindere ich, dass ein Mann zu früh kommt?« in die Maske ein. Ich war mir ziemlich sicher, dass es nur wenige Frauen gab, die Erfahrungen mit riesigen siebenundzwanzigjährigen Werbären-Jungfrauen hatten, aber heutzutage fand man im Internet schließlich auf alles eine Antwort – man musste nur lange genug danach suchen. Zuerst klickte ich eine Seite an, auf der verschiedene Techniken erklärt wurden, und ich machte mir im Geist ein paar Notizen. Nur zur Sicherheit …

Als ich den Kopf hob, grinste Gracie mich an. »Übrigens kann ich dir schon mal verraten, dass es meinen Brüdern gefallen wird, dass du laut im Bett bist.«

Und schon war meine gute Laune wieder dahin.

»Wow, ich bin noch nie mit einem Satyr ausgegangen«, sagte Gracie mit verführerischer Stimme und stützte das Kinn in die Hand, während sie den Mann aus großen, unschuldigen Augen ansah. »Wie fühlt es sich an, du zu sein?«

Ich verdrehte genervt die Augen und breitete die Serviette über meinem Schoß aus. »Sorry, dass wir herkommen mussten«, sagte ich zu Bath, die mir gegenübersaß. »Aber ich glaube, es ist besser, wenn wir Gracie nicht mit ihren Dates allein lassen.«

»Du hättest sie vor dem Satyr warnen sollen. Du weißt, dass die nur das Eine wollen.«

»Oh ja, das weiß ich.« Ich sprach absichtlich im Flüsterton, damit Gracie nicht aus Versehen etwas von dem aufschnappte, worüber Bath und ich sprachen. »Aber wenn man versucht, ihr etwas auszureden, will sie es nur noch mehr.«

»Stimmt auch wieder.« Bath warf einen flüchtigen Blick zu den beiden Turteltauben hinüber, dann wandte sie sich wieder mir zu. »Und, wie läuft es bei dir?«

Unschlüssig drehte ich die Gabel neben meinem Teller zwischen den Fingern. Am liebsten hätte ich ihr alles erzählt. *Die Wölfe lassen mich nicht in Ruhe. Gracie ist vollkommen durchgedreht. Ramsey hat eine Verlobte, die ihm von Geburt an versprochen ist, und auch wenn er sie seit Jahren nicht gesehen hat, will er zu ihr zurückkehren, sobald er seinen Job hier erledigt hat. Dabei glaube ich, dass ich gerade dabei bin, mich in ihn zu verlieben, und das ist so ziemlich das Schlimmste, was mir passieren konnte, weil in meinem Leben gerade nichts sicher ist. Und es macht mir Angst. Ich weiß einfach nicht mehr, was ich tun soll.* Aber ich konnte unmöglich all meine Probleme bei ihr abladen. Dann würde sie sich nicht mehr davon abhalten lassen, all ihr eigenen Sorgen und Aufgaben beiseitezuschieben, um sich um mich zu kümmern. So wie sie es immer tat. Doch es war an der Zeit, dass ich mich um mich selbst kümmerte.

Ich beobachtete Bathsheba dabei, wie sie sich mit dem Kellner unterhielt. Als sie bei ihrer Bestellung den Kopf hob, um ihn anzusehen, konnte ich einen Blick auf die Liebesmale an ihrem Hals erhaschen. Sie wirkte so unglaublich lebhaft. Als der Kellner mit ihr zu flirten begann, überzog eine leichte Röte ihre Wangen, aber sie wehrte seine Annäherungsversuche mit einem freundlichen Grinsen und einem scherzhaften Kommentar ab. Meine Schwester war glücklich. Wirklich und wahrhaftig glücklich. Und das war vor allem Beau zu verdanken. Ich hatte Bath in einem der schlimmsten Momente ihres Daseins erlebt, wie sie im strömenden Regen irgendwo im Nirgendwo gestanden hatte, um die Leiche des Mannes zu vergraben, den sie getötet hatte, um mich zu retten. Ich hatte Bath in ihren stressigsten Zeiten erlebt, während sie versucht hatte, ihren Job, mein Leben und ihre Beziehung zusammenzuhalten. Nur selten hatte ich sie so zufrieden und glücklich gesehen wie jetzt. Ich konnte ihr das nicht kaputtmachen. Ich konnte es einfach nicht.

Bath schnipste mit zwei Fingern vor meinem Gesicht herum. »Erde an Sara, bitte kommen!«

»Sorry«, rief ich erschrocken und versuchte, mich wieder auf die Gegenwart zu konzentrieren. »Burger. So roh, dass er beinahe noch Muh macht. Danke.« Ich hielt dem Kellner die Karte hin. Nachdem er im hinteren Teil des Diners verschwunden war, sah Bath mich aufmerksam an. »Was war das denn?«

Ich überlegte fieberhaft, wie ich unsere Unterhaltung auf ein anderes Thema lenken könnte, als Gracies ausgelassenes Lachen zu uns herüberscholl. Als Bath irritiert zu ihrem Tisch sah, kam mir der erlösende Einfall.

»Was würdest du davon halten, Gracie einzustellen?«

Bath hob fragend die blassen Augenbrauen. »Gar nichts. Warum?«

Ich hielt ebenfalls wenig von der Idee, aber mir war auf die Schnelle nichts Besseres eingefallen. Nervös fummelte ich mit meinem Besteck herum. »Ich dachte nur, dass es vielleicht eine gute Idee wäre, eine weitere Übernatürliche im Team zu haben.«

Bath senkte die Stimme zu einem Flüstern. »Sie ist unausstehlich.«

»Ich weiß, aber ich bin mir sicher, dass unsere Klienten weniger skeptisch wären, wenn zumindest eine echte Gestaltwandlerin bei uns arbeiten würde, meinst du nicht? Genau, wie sie heute Vormittag gesagt hat, die Leute werden eher bereit sein, unserem Service zu vertrauen, wenn sie nicht ausschließlich von Menschen betreut werden.«

»*Du* bist kein Mensch, schon vergessen?«

»Wie könnte ich … Aber das ist nicht dasselbe, das hast du höchstpersönlich gesagt.«

Bath kaute nachdenklich auf ihrer Unterlippe, während sie

zu Gracie hinübersah. »Ich weiß nicht … Ich glaube einfach nicht, dass wir ihr wirklich vertrauen können.«

»Wahrscheinlich hast du recht«, sagte ich und machte eine wegwerfende Handbewegung, um das Thema für beendet zu erklären. »Und jetzt erzähl mal, welche Farbe hast du dir für die Kleider deiner Brautjungfern ausgesucht?«

Ihre Miene hellte sich augenblicklich auf, und sie zog mit leuchtenden Augen ein Hochzeitsmagazin aus der Handtasche. »Ich habe an ein Pfauengrün gedacht. Allerdings musst du mir versprechen, dass deine Haare nicht die gleiche Farbe haben werden.«

Ich grinste. »Mal sehen …«

»Ach ja, da fällt mir ein, dass ich dich noch an etwas erinnern wollte«, rief Bath und schnipste mit den Fingern. »Du und Ramsey.«

»Ich und Ramsey … ja??«

»Ihr solltet langsam euer zweites Date in Angriff nehmen. Seid ihr schon im Kino gewesen?«

Ich stöhnte genervt auf.

»Hey, das ist alles nur zu deinem Besten«, sagte meine Schwester fröhlich. »Du weißt, dass es nötig ist, also stell dich nicht so an. Ihr müsst auf jeden Fall irgendwo hingehen, wo man euch sieht. Am besten in dieses Kino.« Sie kritzelte einen Namen und eine Adresse auf einen Zettel und reichte ihn mir. »Der Besitzer ist Wertieren gegenüber freundlich gesinnt, und es arbeiten jede Menge übernatürliche Teenies dort.«

»Juhu, ich kann's kaum erwarten. Ich bin mir sicher, dass Ramsey begeistert sein wird. Dir ist aber schon klar, dass ich Gracie mitnehmen muss, oder?«

»Dann seht ihr euch besser keine Romanze an, sondern irgendwas mit vielen Knarren.«

»Und so was soll ich mir zwei Stunden lang angucken?«

»Ja, sollst du. Aber du hast ja einen gut aussehenden Mann

an deiner Seite, mit dem du zum Zeitvertreib rumknutschen kannst. Wofür geht man denn bitte sonst ins Kino? Und das mit dem Knutschen meine ich wirklich ernst. Ihr müsst der Öffentlichkeit schon ein bisschen mehr bieten als Händchenhalten. Meinst du, das kriegst du hin?«

Bei ihren Worten war ich knallrot angelaufen. Dabei sah Bath vollkommen unschuldig drein. Hatte ihr einer der Russell-Jungs gesteckt, dass Ramsey und ich uns geküsst hatten? Oder hatte Ramsey Beau davon erzählt?

»Na?« Bath sah mich auffordernd an.

»Ich werde mir die größte Mühe geben«, murmelte ich.

Ich rief Ramsey an, um ihm zu sagen, dass es am Abend später werden würde. Gracies zweites Date hatte länger gedauert als erwartet, und in der Agentur gab es eine kleinere Katastrophe zu bewältigen – wir mussten die Einladungen zur Scheunenparty neu entwerfen.

Bath hielt das Motto, das sich Ryder ausgedacht hatte – *Für alle, die noch auf der Suche nach dem richtigen Schwanz sind* –, plötzlich doch für etwas sehr anzüglich, und wir verbrachten zwei Stunden damit, über das neue Layout der Digitalversion der Einladung zu diskutieren, die nun nur noch der simple Schriftzug *Scheunenparty* zierte.

»Ihr treibt mich in den Wahnsinn«, beschwerte sich Ryder, als wir sie zum hundertsten Mal baten, die Fondfarbe zu ändern. »Im Ernst, wenn ihr mit mir fertig seid, bin ich reif für die Klapse.« Mit einem Stöhnen massierte sie sich den Nacken.

»Stell dich nicht so an«, sagte Bath. »Immerhin bezahle ich dir die Überstunden. Du hast selbst gemeint, dass du das Geld gut gebrauchen könntest.«

»Aber nicht um den Preis, dass ihr beide mir halb auf dem Schoß hängt, während ich hier versuche zu arbeiten.« Wenn sich irgendjemand traute, meiner Schwester Paroli zu bieten, wenn sie mal wieder den Boss raushängen ließ, dann war das Ryder. »Habt ihr nicht beide Männer zu Hause, die nur darauf warten, dass ihr zu ihnen ins Bett krabbelt?«

Meine Schwester wurde rot, ich verdrehte nur genervt die Augen.

Ryder wedelte ungeduldig mit der Hand, um uns von ihrem Schreibtisch zu verscheuchen. »Ich meine es ernst, haut endlich ab! Ihr habt die Einladung morgen früh fertig designt auf dem Schreibtisch – ohne irgendeinen reißerischen Titel. Versprochen!«

Gracie hatte sich auf meinen Schreibtischstuhl gesetzt und die dreckigen Füße auf die Tastatur gelegt. Eklig! Als ich auf sie zukam, gähnte sie mit weit aufgerissenem Mund. »Können wir jetzt endlich gehen? Es wird langsam spät, und ich muss noch den glücklichen Typ auswählen, der mich morgen ausführen darf.«

Ich schnappte mir meine Handtasche und machte mir im Geist eine Notiz, dass ich morgen früh zuallererst eine halbe Flasche Desinfektionsspray über meiner Tastatur auskippen musste. »Warum nimmst du nicht einfach den Attraktivsten?«

Gracie lachte schallend. »Ich stamme aus einem Wolfsrudel, und ich kenne jeden einzelnen Alpha unserer benachbarten Rudel. Das ist ungefähr so, als würde man in einer arrangierten Ehe leben.« Ihre Augen leuchteten auf, als sie meinen Blick auffing. »Hier habe ich plötzlich die Wahl, und das gefällt mir. Für mich sind sie *alle* attraktiv.«

Bei ihren Worten zuckte ich erschrocken zusammen. Arrangierte Ehe? Sofort musste ich an Ramsey und Nikolina denken. Es bestand kein Zweifel, dass wir die Flirtebene inzwischen verlassen hatten, aber mehr als heftiges heißes Petting war bisher nicht gelaufen. Hob er sich für sie auf?

Plötzlich spürte ich Schuldgefühle in mir aufsteigen. War es falsch von mir, Ramsey zu wollen? Ich war nur ein Mischling, keine reinrassige Gestaltwandlerin. Was hatte ich ihm schon zu bieten – außer einer vermutlich niemals endenden Fehde mit einem Rudel und dem ein oder anderen Wolf-Stalker, der einfach nicht kapieren wollte, dass ich kein Interesse hatte? Allein der Gedanke daran deprimierte mich.

Ramsey holte uns ab. Nachdem wir zu Hause angekommen waren und Gracie ins Gästehaus verschwunden war, sah er mich besorgt an. »Was ist los?«

Ich schwieg, nicht in der Lage, ihm zu sagen, dass ich eifersüchtig auf eine Frau war, die ich noch nie im Leben getroffen hatte. Ich bezweifelte, dass er es verstehen würde. Immerhin verstand ich mich ja noch nicht einmal selbst. »Ein langer Tag im Büro, das ist alles.«

Sofort hob Ramsey mich hoch und ging in Richtung Treppe, damit ich mich oben hinlegen konnte.

»Warte«, sagte ich und zappelte in seinen Armen, damit er mich runterließ. »Meine Schwester besteht darauf, dass wir ins Kino gehen.«

Ein tiefes Knurren stieg aus seiner Brust auf. »Das kann warten. Du bist müde.«

»Nein, schon okay, es geht mir gut.« Endlich gab er mich frei, und ich stand wieder mit beiden Füßen auf dem Boden. Als er immer noch skeptisch auf mich herabsah, lächelte ich so breit wie möglich. »Wirklich, es geht mir gut. Und jetzt lass uns diesen bescheuerten Kinobesuch hinter uns bringen, damit uns Bath endlich in Ruhe lässt.«

»Ein Film«, murmelte Ramsey.

»Ja, so wie es auf deiner Liste steht. Auf was stehst du so?«

»Auf Filme, in denen das Monster am Ende alle auffrisst.«

Nicht gerade das, was ich mir vorgestellt hatte. Ich grinste und legte eine Hand auf seine Brust, um über das weiche Flanellhemd zu streichen. »Wie wär's, wenn ich den Film aussuche? Ich verspreche auch, dass er langweilig genug sein wird, damit wir ganz viel Zeit haben, miteinander rumzumachen.«

Mit einem tiefen, zustimmenden Brummen schlang er die Arme um meine Taille und zog mich dicht an sich heran.

Ich entschied mich, das als Zustimmung zu interpretieren. »Super. Gib mir fünf Minuten, dann sage ich noch schnell Gracie Bescheid.

Sein mürrischer Gesichtsausdruck war zurückgekehrt.

Das Kino war gut besucht. Solange wir einen der beliebteren Filme auswählten, würden uns genug Leute zu sehen bekommen – genau, wie Bath es prophezeit hatte. Der Geruch, der in der Luft lag, war eine schwere Mischung aus Parfum, Popcorn und Schweiß, und ich meinte sogar, einen Hauch Gestaltwandler herauszufiltern.

Während wir die Tickets kauften, schlenderte Gracie zur Theke mit den Getränken und Süßigkeiten hinüber, um mit dem Verkäufer zu flirten. Wahrscheinlich hoffte sie, so an den ein oder anderen Drink und eine Tüte Popcorn umsonst heranzukommen. Ramsey hielt meine Hand, während wir in der Schlange vor dem Ticketschalter warteten, und ich bemerkte, wie die Leute einen möglichst großen Bogen um ihn schlugen, als hätten sie Angst, seinen Zorn auf sich zu ziehen. Zugegeben fand ich es ziemlich witzig, vor allem vor dem Hintergrund, dass ich wusste, dass dies hier sein *gut* gelaunter Gesichtsausdruck war.

Als wir dran waren, warf ich einen Blick auf den Monitor über dem Verkaufstresen, um zu sehen, was heute Abend gespielt wurde. In über der Hälfte der Säle lief anscheinend ein wahnsinnig beliebter Teenie-Streifen, von dem ich ahnte, dass Ramsey ihn hassen würde. Ich kaufte die Tickets trotzdem und schenkte ihm ein unschuldiges Lächeln, als er mich mit gerunzelter Stirn anstarrte. »Den wollte ich schon die ganze Zeit sehen.«

Er machte ein leidendes Gesicht, sagte aber nichts, sondern nahm nur wieder meine Hand, und zusammen stellten wir uns in der Schlange vor dem Saal an.

Augenblicklich stieg mir ein überwältigender Gestank in die Nase – nach Wolf, gebuttertem Popcorn und Nachos mit Käse. Das laute Stimmengewirr zusammen mit dem schweren Geruch ließ mich einen Moment schwindelig werden. Aufmerksam sah ich mich um, während ich Ramseys Hand fester umklammerte. »Riechst du das auch?«

»Ich rieche Teenager.«

In diesem Moment kam Gracie mit einem riesigen Eimer Popcorn unter jedem Arm auf uns zugeschlendert. »Ich bin so weit. Wie sieht's bei euch aus?«

Überrascht, dass sie tatsächlich daran gedacht hatte, für uns alle Snacks zu besorgen, streckte ich die Hand nach einem der Eimer aus.

Sie zog ihn zurück und schüttelte den Kopf. »Hol dir dein eigenes Popcorn. Für das hier musste ich mich beim Flirten ganz schön anstrengen.«

»Du willst das alles allein essen?«

»Nein«, sagte sie und wackelte mit den Hüften. »Den einen Eimer esse ich, und das Popcorn aus dem anderen werfe ich auf die Leute, die vor uns sitzen.«

»Gracie!« Ich sah sie streng an. »Wenn du hier rausfliegst, werden wir deswegen nicht früher fahren. Dann musst du draußen warten, bis der Film vorbei ist.«

»Dein Wort in Gottes Ohren«, flüsterte mir Ramsey zu, und ich musste lachen. Dann ließ er meine Hand los. »Ich gehe schnell noch mal raus, um uns was zu essen zu holen.«

»Für mich nur was zu trinken«, rief ich ihm hinterher und reichte Gracie ihr Ticket, während wir darauf warteten, dass Ramsey zurückkam.

Gracie kicherte, als sie den Titel des Films las. »Ist das etwa der, in dem sich der Teenie-Werwolf in das Vampirmädchen verliebt?«

»Jep.«

»Ooooh Mann«, quietschte sie, »das wird super!«

Ich zuckte mit den Schultern.

Neugierig musterte sie mich. »Zwischen euch beiden geht es inzwischen ganz schön heiß her, was?«

Ich konnte nicht fassen, wie direkt sie war. »Ich glaube nicht, dass dich das was angeht.«

»Klar geht mich das was an. Du gehörst zu meinem Rudel. Was auch immer du tust, es geht mich *immer* etwas an.«

Ich gehöre nicht zu deinem Rudel. Doch ich schluckte den Satz herunter und wiederholte stattdessen nur: »Geht dich nichts an.«

Sie grinste und beugte sich so weit zu mir vor, dass sich unsere Nasenspitzen beinahe berührten. »Kann er gut küssen?«

»Geht dich nichts an.«

Gracie zuckte mit den schmalen Schultern. »Ich bin nur neugierig. Es wirkt so, als würde er eher der zurückhaltenden Sorte angehören. Es würde mich nicht wundern, wenn er vor Schreck davonläuft, sobald jemand seinen Schwanz anfasst.«

Sie hatte ja keine Ahnung, wie nah sie der Wahrheit damit kam. Und da sie mich noch immer so scharf musterte, als wäre sie der Falke und ich die kleine Maus, die sie gern zum Frühstück verspeisen würde, sagte ich schnell: »Ramsey mag keine Wölfe. Angeblich wegen des komischen Geräuschs, das ihr Nacken macht, wenn man ihnen das Genick bricht.«

Gracie starrte mich sprachlos an. Dann stieß sie ein kleines nervöses Lachen aus. »Hör auf, mich zu verarschen.«

Ohne weiter Notiz von ihr zu nehmen, studierte ich gelangweilt meine Fingernägel.

Sie schnaubte und wandte sich ab. »Wie du meinst. Ich geh schon mal rein und such mir einen Platz.«

Kaum dass sie mir den Rücken zugedreht hatte, konnte ich mir das boshafte Grinsen nicht mehr verkneifen. Es fühlte sich gut an, endlich mal die Oberhand zu haben.

Als Ramsey zurückkam, nahm ich die Cola, die er mir mitgebracht hatte, mit einem Lächeln entgegen. »Komm, wir gehen rein.«

Wir suchten uns einen Platz in der hintersten Reihe. Gracie stieg gerade die Treppe auf der anderen Seite des Saals hinauf. Ich konnte das Klatschen ihrer Flip-Flops auf dem glatten Boden hören. Sie rutschte in die vorletzte Reihe und legte die nackten Füße auf die Rückenlehne des Platzes vor sich.

Ramsey klappte die Armstütze zwischen unseren Sitzen nach oben und zog mich an sich. Und ich hatte absolut nichts dagegen, mich an seinen muskulösen Körper zu kuscheln. Das hier war nett. Fast sogar schon ein bisschen romantisch, trotz Gracies Anwesenheit. Ich lehnte den Kopf an Ramseys Bizeps, und wir sahen uns die Trailer an, die auf der Leinwand liefen, während weitere Kinobesucher in den Saal strömten. Es gefiel mir, dass wir schweigend nebeneinandersitzen konnten, ohne dass es unangenehm war. Wir mussten nicht ständig reden, um uns zu verständigen. Eine Eigenschaft, die ich an Ramsey besonders zu schätzen wusste.

Nach einer Weile wurden die gedimmten Lampen ganz ausgeschaltet, und der Hauptfilm begann. Als ein Teenager mit nacktem Oberkörper auf der Leinwand erschien, hörte ich die vielen jungen Mädchen unter den Zuschauern begeistert nach Luft schnappen.

Ramsey stieß ein verächtliches Schnauben aus.

Als ich aus dem Augenwinkel zu ihm hinüberspähte, musste ich mir ein Kichern verkneifen. In seiner Miene spiegelte sich eine Mischung aus Fassungslosigkeit und Abscheu, als sich der Junge in einen Werwolf verwandelte, um anschließend durch den Wald zu rennen.

Ich stupste ihn sanft gegen den Arm. »Alles okay?«, fragte ich unschuldig.

Er warf mir einen seltsamen Blick zu, bevor er sich zu mir herunterbeugte und flüsterte: »Warum wolltest du diesen Film noch mal sehen?«

Als mich Ramseys warmer Atem am Ohr kitzelte, konnte ich das Kichern nicht länger zurückhalten. Was mir sofort einen Haufen ärgerlicher Blicke von den Mädels vor uns in der Reihe eintrug, da sich auf der Leinwand gerade eine besonders dramatische Szene zwischen dem jungen Werwolf und seiner Vampirfreundin abspielte. »Ich dachte, ich kann mir vielleicht noch ein paar Tricks abschauen«, wisperte ich zurück.

»Er hat sich innerhalb von zwei Sekunden verwandelt. Das ist nicht normal.«

Nein, das war es tatsächlich nicht. Aber ich tat so, als wäre ich überrascht. »Wirklich nicht?«

Er nickte ernst. »Außerdem hat sich seine Hose einfach so in Luft aufgelöst. Was für ein Schwachsinn!«

Ich grinste breit, als Ramsey sich empört der Leinwand zuwandte.

Die Story nahm ihren Lauf. Als Nächstes wurde der arme kleine Werwolf von einer Horde böser Vampire gejagt, obwohl seine Freundin sie anflehte, ihn in Ruhe zu lassen. Als der Wolf von einer Klippe sprang und in den Fluten eines reißenden Flusses verschwand, drehte sich Ramsey zu mir und hob beide Daumen, als wäre er mit dem vorzeitigen Tod des Helden durchaus einverstanden.

Ich lachte und legte meine Hand auf seinen Oberschenkel. Dann sah ich wieder auf die Leinwand und spannte die Finger um seinen Muskel an.

In der nächsten Szene stieg der Held selbstverständlich unverletzt aus den Fluten, damit auch jeder weibliche Fan im Kino noch einmal die Chance hatte, seinen durchtrainierten Körper zu bewundern. Seine gebräunte Haut glitzerte in der Sonne, als er sich ans Ufer schleppte. Die Mädchen im Saal seufzten verzückt, als er die Muskeln spielen ließ, um sich zurück in einen Wolf zu verwandeln.

Als ich einen Blick zu Ramsey hinüberwarf, sah ich, wie er genervt die Augen verdrehte. Der Abend war schon jetzt sehr viel lustiger, als ich jemals erwartet hatte.

Die nächste Einstellung zeigte wieder das Vampirmädchen. Ich lehnte mich gemütlich zurück und sah auf die Leinwand, als mir plötzlich wieder der Geruch nach Wolf in die Nase stieg. Anscheinend war ich so auf den Film und auf Ramsey konzentriert gewesen, dass mir der Gestank bisher nicht aufgefallen war. Sofort versteifte ich mich.

Ramsey bemerkte meine Unruhe und legte einen Arm um mich, um mich an sich zu ziehen. »Sch.«

»Riechst du …«

»Ja.« Er hatte so leise gesprochen, dass ich ihn über die Geräusche im Kino hinweg kaum gehört hatte. »In der Nähe von Gracie.«

Ich sah mich vorsichtig nach Gracies Lockenkopf um. Einer ihrer Brüder saß neben ihr, die Hand in einem der beiden riesigen Popcorneimer vergraben. Langsam drehte er sich zu mir um und grinste, bevor er sich wieder der Leinwand zuwandte.

Mir wurde vor Angst eiskalt.

Ramsey streichelte beruhigend meinen Arm. »Ich bin da.«

»Warum folgen sie mir?«, flüsterte ich. »Sie haben Gracie als Aufpasser abgestellt. Was wollen sie denn noch?«

»Sie wollen dich daran erinnern, dass du zu ihnen gehörst«, antwortete Ramsey leise.

Nur für den Fall, dass ich es vergessen haben sollte. Plötzlich spürte ich Wut in mir aufsteigen. Ging es die ganze Zeit schon nur darum? Verfolgten sie mich nur, um mich daran zu erinnern, dass ich dem Rudel niemals entkommen konnte? Ich hasste den Gedanken, und ich hasste sie. Unter die Wut mischte sich Trotz. Sie wollten mich erinnern, wo ich angeblich hingehörte? Dann würde *ich* sie daran erinnern, dass ich mich für jemand anderen entschieden hatte.

»Wenn sie hier sind, um uns zu beobachten«, sagte ich wütend, »dann geben wir ihnen jetzt was zum Beobachten.« Ich zupfte an Ramseys Hemd. Und als er sich zu mir herunterbeugte, küsste ich ihn.

Ein überraschtes Kieksen kam mir über die Lippen, als er meine Taille umfasste, um mich auf seinen Schoß zu ziehen. Die Leute um uns herum kicherten hinter vorgehaltener Hand, aber das war mir egal. Ich verschränkte die Finger in seinem Nacken, sodass sein langes blondes Haar über meine Arme strich. Und als ich meine Lippen auf seine presste und er mit der Zunge in meinen Mund eindrang, musste ich mein Entzücken nicht spielen.

Sein Kuss war leidenschaftlich und besitzergreifend. Als ich versuchte, einen Blick zu den beiden Wölfen hinüberzuwerfen, hinderte er mich daran, indem er meinen Kopf sofort wieder an sich heranzog, um einmal mehr meinen Mund zu erobern. Diesmal mit einem zärtlichen, sanften Kuss, der mein Herz zum Schmelzen brachte und mich gleichzeitig vor Erregung erzittern ließ. Er legte die Hände auf meinen Po, um mich noch enger an sich zu ziehen, streichelte mir über den Rücken – halb tröstend, halb verlangend. Selbst wenn er den anderen mit einem leidenschaftlichen Kuss zeigen wollte, dass ich zu ihm gehörte, gab er seine Rolle als fürsorglicher Beschützer nicht auf.

Und ich ließ mir seine Zärtlichkeiten nur allzu gern gefallen.

Es schien eine Ewigkeit vergangen zu sein, bis Ramsey seine Lippen von meinen löste. »Er ist weg«, flüsterte er und strich federleicht mit dem Mund über meinen, sodass mir ein Schauer nach dem nächsten den Rücken hinablief.

»Mhmmmm«, murmelte ich. Ich fühlte mich noch immer wie benommen.

Er gab mir einen weiteren Kuss, bevor er sich zu meinem Hals vorarbeitete. »Versuch, seine Witterung aufzunehmen. Sag mir, ob du irgendetwas riechst.«

Ich atmete tief ein, aber alles, was ich roch, war Ramseys betäubender Moschusduft. »Nichts.« Nichts außer ihm.

Ich spürte seine riesige warme Hand auf meinem unteren Rücken. Dann leckte er zärtlich über die empfindliche Haut an meinem Hals. »Möchtest du dann jetzt gern von meinem Schoß runter?«

Ich wollte nirgendwo anders hin.

Als ich nichts sagte, begann er zu kichern. Eine Vibration, die tief aus seiner Brust aufstieg und mir eine Gänsehaut verschaffte.

»Wenn du hier sitzen bleibst, bekommst du den Rest des Films nicht mehr mit.«

»Das wäre natürlich schade«, murmelte ich und wanderte mit einem Finger über seine Brust nach unten.

»Denk doch mal an die ganzen Verwandlungstricks, die du verpassen wirst.« Mit einem festen Ruck packte er meine Pobacken und zog mich an sich. »Schließlich hast du den Film extra deswegen ausgesucht.«

»Welchen Film?«, fragte ich unschuldig, und bevor er noch etwas sagen konnte, küsste ich ihn.

Als sich unsere Lippen berührten, vergaß ich alles um uns herum – die Wölfe, den Film, die anderen Zuschauer. Da waren nur Ramsey und sein muskulöser Körper, an den ich mich glücklich schmiegte.

Als wir den Saal verließen, wartete Gracie schon vor der Tür auf uns. Sie war allein und tat so, als wäre nichts passiert. »Was für ein schlechter Film, oder? Mann, ich war total für die Wölfe.«

Ich zuckte mit den Schultern. Vom Rest des Films hatte ich nichts mitbekommen.

Ramsey hatte besitzergreifend einen Arm um mich gelegt. Während wir den Parkplatz überquerten, um zu seinem Truck zu gelangen, sah er sich die ganze Zeit aufmerksam um. Ich wusste, dass er sichergehen wollte, dass wir keine böse Überraschung erlebten – aller Wahrscheinlichkeit nach eine, die nach Wolf stank. Doch mit seinem großen, muskulösen Körper neben mir und seinem Arm um meine Schultern machte ich mir keine Sorgen um die Andersons. Sollten sie mir doch folgen. Ich würde ihnen zeigen, dass ich zu Ramsey gehörte. *Tust du das denn wirklich*, flüsterte eine kleine, nervige Stimme in meinem Kopf. *Was ist mit Nikolina?*

Auf der Fahrt nach Hause schwiegen wir. Na ja, zumindest Ramsey und ich. Gracie hörte nicht auf, über den Film zu reden. Anscheinend hatte er ihr sehr viel besser gefallen, als sie eigentlich zugeben wollte. Ich ließ sie plappern und hing meinen eigenen Gedanken nach.

Nachdem wir vor dem Haus geparkt hatten und die Verandastufen hinaufgestiegen waren, wandte Ramsey sich zu mir um und berührte zärtlich meine Wange. »Ich möchte, dass du sofort ins Bett gehst. Ich kümmere mich darum, dass alle Türen und Fenster verschlossen sind.«

Plötzlich war die Aussicht auf ein weiches, kuscheliges Bett unglaublich verlockend. Ich gähnte. »Soll ich mich heute gar nicht mehr verwandeln?«

»Das kann bis morgen warten.« Er beugte sich zu mir herunter und drückte mir einen Kuss auf die Stirn, bevor er die Tür aufschloss und mir mit einem Kopfnicken bedeutete, ins Haus zu gehen. »Na los, rein mit dir.«

Ich war erleichtert, dass mir die Verwandlung an diesem Abend erspart blieb. Ich war so müde, dass ich mich vermutlich schon nach einer Minute in Wolfsgestalt wieder zurückverwandelt und einfach im Vorgarten zusammengerollt hätte, um dort zu schlafen.

Erschöpft tapste ich die Treppe hinauf und in unser Schlafzimmer, wo ich mir die Schuhe von den Füßen streifte und die Jeans auszog, um anschließend mit bereits halb geschlossenen Augen ins Bett zu fallen. Ein sauberer Geruch stieg mir in die Nase – Ramsey hatte anscheinend frische Laken aufgezogen. Ich kuschelte mich unter die Decke und fiel augenblicklich in einen tiefen, traumlosen Schlaf.

Von einer sanften Berührung an meinem Bauch erwachte ich. Ein riesiger Mann hatte sich über mich gebeugt und strich mit den Händen über meine Hüften, wobei er Reihen kleiner Küsse um meinen Nabel verteilte. Für den Bruchteil einer Sekunde erstarrte ich entsetzt, als ich an Roy denken musste, doch dann stieg mir ein schwerer Moschusduft in die Nase und vertrieb die grausamen Erinnerungen.

»Ramsey?«, keuchte ich.

Er hob den Kopf. Ein leidenschaftliches Glitzern lag in seinen dunklen Augen. Dann beugte er sich wieder über meinen Bauch, um mit dem weiterzumachen, wobei ich ihn gerade unterbrochen hatte. »Entschuldige, dass ich dich geweckt habe«, murmelte er, doch sein heiser-erregter Tonfall verriet mir, dass er es nicht im Geringsten bereute. »Ich wollte dich nur ein kleines bisschen berühren.«

»Oh …« Ein zartes Seufzen kam über meine Lippen, und ich bog den Rücken durch, als er mit einer Fingerspitze eine sensible Stelle an meinem Knie berührte. Doch dann fiel mir wieder Nikolina ein, und augenblicklich war meine Erregung verpufft. »Vielleicht sollten wir lieber nicht …«

Er hielt inne, dann setzte er sich auf, um mich anzusehen. »Zwinge ich dich zu irgendetwas? Willst du die ganze Sache lieber lassen?«

»*Was* lassen? Unsere Fake-Beziehung?« Ich lachte bitter auf.

Mein Herz schlug so schnell, dass ich das Gefühl hatte, ein Kolibri wäre in meiner Brust gefangen.

Mein Lachen schien ihn verletzt zu haben. Seine Miene war wie versteinert.

Erschrocken berührte ich ihn am Arm. »Ich frage mich, ob *du* es nicht besser lassen solltest. Du hast eine echte Partnerin. Und ich will nicht die Frau sein, die dich ihr wegnimmt.«

»Sie ist nicht meine Partnerin«, murmelte er und schob gedankenverloren mein T-Shirt hoch, um meine Brüste zu entblößen.

»Sie ist sehr hübsch«, flüsterte ich, als ich an das Bild der großen Werbärin in unserer Datenbank dachte. »Und sie riecht bestimmt nicht nach nassem Hund.«

»Du riechst auch nicht nach nassem Hund.« Er hatte sich wieder über mich gebeugt, um die blasse Haut an meinem Bauch zu küssen.

»Und wie rieche ich dann?«

»Als würdest du zu mir gehören.«

Mir stockte der Atem, als er zu mir aufsah. Der Ausdruck in seinen Augen war wild, besitzergreifend. »Und, tue ich das? Gehöre ich zu dir?«

»Nur, wenn du willst.«

»Ramsey Bjorn«, sagte ich zärtlich und ein wenig scherzhaft, um ihn aufzuziehen. »Das ist wirklich mal eine ziemlich feige Antwort.«

»Ich werde dich niemals zu irgendetwas zwingen, Sara. Dein Leben gehört dir und nicht irgendeinem Wolfsrudel oder Partner. Nur dir.«

Er war wirklich süß. Dankbar strich ich mit einem Finger über seine Lippen. »Ich trage dein Mal. Ich sehne mich mit jeder Faser meines Körpers und meines Verstandes danach, zu dir zu gehören. Das hier ist für mich kein Spiel mehr.« Ich legte beide Hände flach auf seine Brust. »Ich will dich.«

Als seine Augen im Dämmerlicht aufleuchteten, erfasste mich ein lustvolles Zittern. »Ich will, dass du mich als den deinen zeichnest«, raunte er heiser.

»Was? Aber … ist das denn erlaubt? Können wir das einfach so machen?«

»Es ist mir egal, was wir dürfen und was nicht«, knurrte er mit tiefer Stimme. »Ich will, dass jeder sieht, dass ich dein Liebesmal trage.«

Ein aufgeregter Schauer lief mir den Rücken hinab, und ich hob die Hand, um eine Stelle an seinem Hals zu berühren. Jeder würde sehen, dass ich ihn als den meinen gezeichnet hatte. Und die Wölfe würden durchdrehen vor Wut.

Die Idee gefiel mir immer besser.

Ich leckte mir über die Lippen. Plötzlich konnte ich es kaum noch erwarten, meine Zähne in seine Haut zu graben und ihn zu schmecken. »Bist du dir sicher, dass du es willst?«, versicherte ich mich ein letztes Mal.

»Mehr als alles andere.«

Ich krallte meine Hände in sein Hemd und zerrte daran. Er rollte sich auf den Rücken, und ich setzte mich auf ihn, die Knie rechts und links von seiner Brust in die Matratze gestemmt. »Darf ich dich überall berühren?«

»Wenn du willst …« Seine Stimme hatte einen noch heiseren Ton angenommen.

»Oh ja, und ob ich das will«, sagte ich grinsend.

Langsam schob ich die Hände unter sein Hemd, um es hochzuschieben, doch er konnte es nicht abwarten, griff nach dem Saum und riss es sich vom Körper. Bei dem Anblick, der sich mir bot, entwich mir ein entzücktes Seufzen. Über seinen stahlharten Muskeln spannte sich die olivenfarbene Haut, die von einem goldenen Flaum überzogen war. Mit einem glücklichen Lächeln ließ ich mich auf seine Oberschenkel sinken und fuhr mit den Fingerspitzen über seine Brust, bis seine Muskeln unter der Berührung zu zucken begannen. Auf einmal wollte ich nichts mehr, als seine goldenen Locken an meiner nackten Haut zu spüren. Ungeduldig riss ich mir das T-Shirt über den Kopf, sodass meine kleinen Brüste wippten.

Die Bewegung war ihm ganz offensichtlich nicht entgangen, denn im selben Moment stöhnte er auf und streckte seine große Hand aus, um mit dem Daumen über eine der harten Spitzen zu fahren.

Ich bog mich seiner Berührung entgegen und beugte mich dann hinab, um mit meinen festen Knospen über seine Brust zu streichen. Die Empfindung war so unglaublich, dass ich am ganzen Körper erzitterte, während Ramsey unter mir scharf den Atem einsog.

Wieder griff er nach mir, doch diesmal fing ich seine Hand ab und legte sie an meine Hüfte. »Diesmal möchte ich *dich* anfassen«, flüsterte ich, bevor ich mich wieder hinunterbeugte, um über eine seiner harten, flachen Brustwarzen zu lecken.

Er knurrte, diesmal lauter, dann umfasste er meinen Po mit beiden Händen und knetete das feste Fleisch.

Ich wackelte mit den Hüften, um ihm zu zeigen, wie sehr ich seine Berührung genoss, und ließ meine Zunge immer schneller um seine Brustwarze kreisen, bevor ich leicht hineinbiss. Ein tiefes Brummen stieg aus seiner Kehle auf, als ich die andere mit einer Fingerspitze reizte.

Ich spürte, wie er mit der Handfläche über meinen Schritt streichelte. Doch ich trug noch immer meine Jeans. »Das ist nicht fair«, keuchte ich atemlos.

»Fang mir bloß nicht mit fair an«, raunte er heiser. »Wenn du so weitermachst, komme ich in meiner Hose.«

»Dagegen lässt sich was unternehmen.« Ich rutschte von ihm runter, um nach seinem Gürtel zu greifen.

Doch er war schneller. Innerhalb von Sekunden hatte er seine Jeans und die Boxershorts bis zu den Knöcheln hinuntergeschoben und kickte sich beides von den Füßen. Dabei löste er keinen Augenblick den Blick von mir. Es war ein unbeschreiblich erregendes Gefühl, dass ich diesen großen nackten Mann mit ein paar leichten Berührungen ganz unter meine Kontrolle bringen konnte.

Ich ließ eine Hand über sein Brustbein nach unten gleiten, doch auf Höhe seines Nabels hielt ich inne. Ich hatte seinen Schwanz schon viele Male zuvor gesehen, doch heute hatte ich die Chance, ihn in aller Ruhe zu entdecken und zu berühren. Und was ich da sah, ließ meinen Mund ein wenig trocken und meine Mitte dafür umso feuchter werden. Sanft schlang ich die Finger um den Schaft.

Seine Antwort war ein tiefes Stöhnen, und ich beobachtete, wie ein weiterer Lusttropfen aus seiner bereits feuchten Spitze trat. »Sara … bitte Ich werde …«

»Sch.« Schnell schloss ich die Handfläche um die Spitze, ein Trick, den ich im Internet gelesen hatte. Entweder es würde richtig gut funktionieren, oder er würde sofort kommen.

Ein Schaudern ging durch seinen massigen Körper. Ich drückte den Kopf seines Schwanzes zwischen den Fingern zusammen und hielt den Druck. Er wand sich unter mir, zuckte mit den Hüften, doch er kam nicht. Scharf stieß er die angehaltene Luft aus. Ich drückte noch ein wenig fester zu, wartete ein paar Sekunden ab und gab ihn dann frei.

Keuchend und schockiert starrte er mich an.

»Hat es dir die Sprache verschlagen?« Ich hoffte wirklich, dass ich ihm nicht wehgetan hatte.

Er schüttelte den Kopf. »Wo hast du das gelernt?«

»Im Internet«, sagte ich stolz, bevor ich mir seine feuchte Lust von der Handfläche leckte. Es schmeckte salzig und nach Ramsey, und es sorgte dafür, dass sich meine Mitte vor Verlangen nach ihm zusammenzog.

Ein weiteres lustvolles Stöhnen kam über seine Lippen, als er beobachtete, wie ich mit geschlossenen Augen an meiner Hand leckte. Wieder versuchte er, nach mir zu greifen, aber ich entzog mich ihm und kniete mich über seine Beine.

»Leg dich hin«, befahl ich ihm mit verführerischer Stimme. »Ich will spielen, und dabei möchte ich nicht von dir gestört werden.«

Er ließ sich zurück auf die Kissen sinken, während sein Schwanz erwartungsvoll gegen meine Hand zuckte.

»Sag mir, wenn du kurz davor bist zu kommen, dann drücke ich wieder zu.«

»Ich bin mir nicht sicher, ob ich das will«, knurrte er.

»Du würdest es wagen, mir zu verbieten, dich anzufassen?«, fragte ich leichthin, während ich mit den Fingerspitzen durch die dichten, drahtigen Locken um seinen Schaft fuhr. »Du grausamer Mann.«

»Sara …«

Sein gepresster Tonfall ließ mich schnell wieder die Hand auf seine Spitze legen, und ich drückte zu. »Wenn du es nicht ein paar Minuten länger aushältst, komme ich nie dazu, dich zu erkunden«, zog ich ihn auf. »Entspann dich und denk an Mathegleichungen.«

Während ich weiter meine Hand auf den Kopf seines Schwanzes drückte, glitt ich mit der anderen zu seinem schweren Sack. Als ich die samtene Haut berührte, gab Ramsey einen erstickten Laut von sich, und sein Becken zuckte, während ich mit der Fingerspitze an seinem Saum entlangfuhr. Dann beugte ich mich hinab, um ihn mit meiner Zunge zu kosten.

»Sara!« Ein tiefes, beinahe fauchendes Knurren stieg aus seiner Brust auf, und ich spürte, wie er seine Hand auf meine legte und mich zwang, sie an seinem dicken Schaft auf und ab zu bewegen.

»Nein.« Entschlossen drückte ich seine Spitze zusammen.

»Ich. Will. Kommen.«

»Ich weiß«, sagte ich sanft. »Aber vorher will ich dich beißen, und ich bin noch nicht mit dem Spielen fertig …«

Doch noch bevor ich meinen Satz beenden konnte, hatte er mich gepackt und an seinen Hals gezogen. Mit einer Hand griff er nach meiner Jeans und riss an den Knöpfen, sodass sie mit einem Ploppen absprangen und klimpernd über die Holzbohlen kullerten.

Ich bog mich ihm entgegen und wünschte mir auf einmal nichts sehnlicher, als seine große, warme Hand in meinem Höschen zu spüren. Gierig beugte ich mich vor und leckte über seinen Hals, um ihn zu ermutigen weiterzumachen. »Genau so«, stöhnte ich, den Mund gegen seine heiße Haut gepresst, als er mit den Fingern in meinen Slip glitt und meine vor Verlangen nassen Falten teilte.

Er atmete heiser, keuchend, während er tief in meine heiße, feuchte Spalte eintauchte und über meine Klitoris strich, bevor er sich weiter nach unten vorarbeitete.

Ein leidenschaftlicher Schrei löste sich aus meiner Kehle, und ich hob die Hüften, als er mit einem Finger in mir versank. Schwindelig vor Verlangen grub ich die Nägel in seine Schultern.

»Beiß mich«, knurrte er. »Zeichne mich, Sara!« Und wie um seinen Worten Nachdruck zu verleihen, zog er den Finger aus mir heraus, nur um ihn im nächsten Moment umso tiefer in meine nasse Hitze hineinzustoßen.

Mit kreisenden Bewegungen ließ ich die Zunge über seinen Hals gleiten, kostete die samtene, warme Haut, und dann biss ich zu. Mit einem wohligen Schauer grub ich die Zähne in sein Fleisch.

Ich spürte, wie Ramsey sich unter mir aufbäumte, während er mit fordernden Stößen seinen Finger in mich hineinrammte, sodass ich wimmernd die Hüften vorschob, um mich an ihm zu reiben. Sein Körper versteifte sich, und er rieb ein letztes Mal hart über meine Klitoris, bevor er einen zweiten köstlich dicken Finger in mir versenkte. Ich biss ein weiteres Mal zu und noch ein drittes Mal, als er seine Finger in mir bewegte und in immer schnellerem Rhythmus zustieß.

Als mich der Höhepunkt erschütterte, hatte ich das Gefühl, in tausend Stücke zu zerbrechen. Mit einem ekstatischen Schrei brach ich auf ihm zusammen, vergrub die Zähne in seiner Haut, stieß immer und immer wieder mit dem Becken vor und rieb mich an seiner Hand.

Als sich mein Körper nach einer schier endlosen Welle an Orgasmen, die über mich hinweggespült war, langsam beruhigte, blieb ich regungslos auf ihm liegen, den Mund an seinem Hals vergraben. Entschuldigend leckte ich ihm über die Haut. »Es tut mir leid. Ich glaube, ich habe dich viel zu fest gebissen.«

»Auf keinen Fall«, sagte er zärtlich und zog seine Hand aus meinem Höschen, um mich zu umarmen.

Ich musste nicht nachsehen, um zu wissen, dass er gekommen war. Ich konnte die Nässe zwischen unseren Körpern fühlen.

Er seufzte und drehte den Kopf, sodass ich ihn küssen konnte.

»Das war schön.«

»Oh ja«, brummte er, und ich hätte wetten können, dass er in der Dunkelheit rot anlief.

Ich rutschte von ihm herunter und kuschelte mich an seine Seite. Mit den Fingerspitzen wanderte ich über seine nackte Brust. »Aber noch lange nicht so schön wie richtiger Sex.«

»Nein, wahrscheinlich nicht«, stimmte er mir nach einem Moment des Zögerns zu.

Und warum wollte er dann nicht mit mir schlafen? Ich hob den Kopf und versuchte, seinen Blick aufzufangen. Wartete darauf, dass er mehr sagen würde, doch er blieb stumm. »Ramsey?«

»Hm?« Er zog mich dicht an sich heran und drückte mir einen Kuss auf die Haare.

Ich musste ihn fragen, warum wir nie weitergingen, aber auf einmal hatte ich Angst vor seiner Antwort. Was, wenn er sich wegen seines Clans zurückhielt? War ich wirklich bereit, das zu hören? Was, wenn es das Ende unserer Beziehung bedeutete, wenn er laut aussprach, was ihn beschäftigte? Was auch immer das für eine Beziehung war …

Ich schmiegte meine Wange an seine Brust. »Nichts.«

Kapitel vierzehn

Am nächsten Morgen fuhr uns Ramsey wieder zur Arbeit. Sobald der Truck hielt, sprang Gracie heraus, doch als ich ihr folgen wollte, hielt Ramsey meine Hand fest. Er zog mich eng an sich und küsste mich zärtlich auf die Stirn. »Bleib heute den ganzen Tag in der Agentur. Wenn irgendetwas vorfällt, ruf mich sofort an. Ich werde so schnell es geht herkommen. Verstanden?«

Ich nickte. Er schien angespannt und nervös. Aus irgendeinem Grund ließ er mich heute besonders ungern allein. »Es wird nichts passieren«, beruhigte ich ihn. »Bisher war doch auch alles okay. Warum machst du dir solche Sorgen?«

»Gerüchte«, murmelte Ramsey. »Ich und zwei von den Russells gehen der Sache heute auf den Grund.«

Wenn es wirklich nur um Gerüchte ging, warum zitterte er dann beinahe vor Anspannung? Ich drückte seine Hand. »Sei vorsichtig.«

Er zog mich noch einmal an sich und küsste mich, diesmal hart, auf den Mund.

Ich war überrascht, erwiderte seinen Kuss aber mit derselben Leidenschaft.

»Du musst heute bitte vorsichtig sein«, flüsterte er an meinen Lippen, bevor er mir einen letzten federleichten Kuss daraufhauchte und mich freigab.

Atemlos und mit wackeligen Knien stieg ich aus dem Truck. Wie sollte ich mich nach solchen Küssen bitte noch auf die Arbeit konzentrieren?

Bathsheba begrüßte mich an der Tür. »Oh, gut. Ich dachte

schon, dass du überhaupt nicht mehr kommst«, sagte sie. Es wirkte, als hätte sie es eilig.

Ich warf einen Blick auf die Uhr. Wenn sie nicht falsch ging, war ich sogar zehn Minuten zu früh dran.

»Ich muss los«, sagte Bath und drückte mir den Schlüssel zur Agentur in die Hand. »Das Gemeindezentrum hat die Reservierung für die Location heute Abend zweimal vergeben. Jetzt muss ich ganz schnell da hin, um klarzustellen, dass wir die Scheune dringender brauchen als die Pfadfindergruppe. Ryder ist schon da. Ich habe gerade mit ihr telefoniert, und sie meinte, der Typ mit den Strohballen sei schon auf dem Weg.«

»Heute Abend?«

Sie starrte mich entsetzt an. »Jetzt sag nicht, dass du es vergessen hast.«

»Nein. Ich dachte nur, die Party findet erst nächste Woche statt.« Anscheinend war ich ein wenig abgelenkt. »Okay, dann ab mit dir. Ich melde mich, wenn ich dich brauche.«

Sie nickte abwesend, das Handy ans Ohr gepresst und bereits halb abgewandt.

Ich sah Gracie an. »Wie's aussieht, sind wir zwei heute allein.«

»Oh, super!« Sie klatschte in die Hände und betrat die Agentur, wo sie es sich auf Bath' Schreibtischstuhl bequem machte. Sie legte die nackten Füße auf die Kante der Tischplatte, zog ihr Telefon aus der Tasche und begann zu schreiben. »Worum geht's bei dieser Scheunen-Sache genau?«, fragte sie, ohne vom Display aufzusehen.

»Eine Party für die Mitglieder der Allianz, die von unserer Agentur organisiert wird.«

»Kann ich auch kommen?«

Ich setzte mich an meinen Schreibtisch. »Ich bin mir nicht sicher. Gehörst du der Allianz an?«

»Nö«, sagte sie grinsend. »Aber Daddy hat gesagt, ich soll dich überallhin begleiten.«

Ich überging ihren Kommentar. Gracies Verständnis von »überallhin begleiten« war, dass sie es immer nur dann tat, wenn es ihr in den Kram passte. Sie schaffte es tatsächlich, noch desinteressierter an ihrer Aufgabe zu wirken als Connor.

»Außerdem sind eure Klienten doch auch nicht alle in der Allianz, oder? Ich wette, die ganzen Vampire und Feen und einige von den anderen Wölfen halten sich aus eurem kleinen Klub lieber raus.«

»Stimmt, nicht alle unsere Kunden sind Mitglieder der Allianz«, gab ich zu. Aber ich wusste, dass Beau sich große Mühe gab, sie dazu zu bewegen, sich ihr anzuschließen. »Aber die Party wird nun mal von der Allianz veranstaltet. Und wer eingeladen wird, entscheide nicht ich.«

»Schade.« Sie funkelte mich an. »Wölfe sind ziemlich gute Tänzer. Wie's aussieht, musst du dann wohl unser Rudel auf der Tanzfläche repräsentieren.«

Als hätte ich irgendein Interesse daran gehabt, das Rudel auf irgendeine Art und Weise zu repräsentieren. Ich wollte ja noch nicht mal mit den Andersons in Verbindung gebracht werden.

Gracie wandte sich wieder ihrem Handy zu, und ich ging meinen E-Mail-Posteingang durch. Es war still im Büro, und ich hoffte, dass Bath im Gemeindezentrum Erfolg hatte. Ich hatte gerade nach dem Telefonhörer gegriffen, um sie anzurufen und nachzufragen, ob ich ihr irgendwie helfen konnte, als die Türglocke klingelte.

Ich sah auf, und augenblicklich gefror mir das Blut in den Adern.

Drei Männer kamen herein. Einer von ihnen wischte seine Hände gerade an einem öligen Lappen ab. Alle drei trugen dreckige Jeans, verschlissene Baseballkappen und fleckige Uniform-Shirts. Als mir ihr stechender, schweißiger Wolfsgestank in die Nase stieg, zuckte ich automatisch zurück.

Das Anderson-Rudel war hier. Und ich war allein mit Gracie.

Sie schwang die Füße vom Tisch und stand auf. Mit vor der Brust verschränkten Armen starrte sie die Männer wütend an. »Wurde auch Zeit, dass ihr auftaucht.«

Hatte sie die Wölfe hierher eingeladen? Ich warf ihr einen beunruhigten Blick zu. Hatte sie nur darauf gewartet, dass meine Schwester die Agentur verließ, um mich dem Rudel auszuliefern?

»Hey, wir mussten von der Arbeit erst noch hier rüberfahren«, sagte der Typ, der sich noch immer die Hände an dem vor Schmutz starrenden Lappen abwischte. Er warf mir einen Blick zu und zwinkerte. »Hey, Püppchen.«

»Ich heiße Sara«, sagte ich steif, ohne die drei aus den Augen zu lassen. Der mit dem Lappen war Maynard, erinnerte ich mich. Die eingestickten Namensschilder auf den Shirts der anderen verrieten mir, dass sie Buck und Wyatt hießen. Die beiden musterten mich für meinen Geschmack mit viel zu viel Interesse. Augenblicklich stellten sich mir die Nackenhaare auf, und meine Haut begann zu prickeln. »Was wollt ihr hier?«

Buck ließ sich auf den Besuchersessel mir gegenüber fallen und grinste mich verschlagen an. Die Zähne standen ihm krumm und schief im Mund, und sein Atem stank widerwärtig. »Wir wollen ein Profil bei euch. Sieh zu, dass du uns ein paar Frauen beschaffst. Gracie hat gesagt, dass sie ein Date nach dem anderen hat.«

Ich warf ihr einen überraschten Blick zu.

»Na, was sagst du? Ich habe euch ein paar neue Kunden verschafft«, meinte sie mit einem strahlenden Lächeln. Sie ging zu Wyatt hinüber und schlang einen Arm um seinen Nacken, um ihn in eine Art Wrestlinggriff zu nehmen, obwohl er doppelt so groß wie sie zu sein schien. »Diese Idioten hier kommen nie richtig zum Zug. Dafür gibt's viel zu wenig Wölfinnen in der Gegend.«

»Es gibt ein paar im Savage-Rudel in Ost-Texas«, warf Buck ein. »Aber Dylan ist inzwischen mit ihnen durch.«

Die armen Frauen.

»Wir dachten uns, wenn wir mal wieder eine abbekommen wollen, dann kannst du uns sicher weiterhelfen«, sagte Maynard mit einem anzüglichen Grinsen. »Ich würde so ziemlich alles daten.«

»Ich bin mir nicht sicher, ob …«

»Gerade ist eine gute Gelegenheit, die Profile zu erstellen«, unterbrach mich Gracie. »Wir sind unter uns. Keine Menschen, nur Wölfe.«

»Ich habe nichts gegen Menschen«, bemerkte Maynard, »zumindest nicht, solange sie einen hübschen Arsch haben.«

Igitt. Ich zögerte. Alles in mir sträubte sich gegen die Idee, aber hatte ich überhaupt eine Wahl? Ich saß mit vier Wölfen allein in der Agentur fest, und das Letzte, was ich wollte, war, sie gegen mich aufzubringen. Jeder von ihnen war stärker als ich. Und außerdem wusste ich, dass Beau und Bath sehr daran gelegen war, dass sich die Wölfe der Allianz anschlossen. Beau war der festen Überzeugung, dass die Belästigungen von Außenseitern aufhören würden, sobald er alle Übernatürlichen unter dem Schirm der Allianz vereint hatte.

Ich riss mich zusammen und lächelte höflich, bevor ich mich meinem Laptop zuwandte, um ein leeres Profil-Dokument zu öffnen. »Okay, mit wem fangen wir an?«

»Mit mir«, sagte Maynard. »Das ist nur fair.«

»Und warum?«

»Weil du eigentlich *meine* Partnerin hättest werden sollen. Ich bin der Älteste. Über mir steht nur unser Alpha.« Seine Augen funkelten. »Und glaub bloß nicht, dass du uns so einfach davonkommst.«

Ich schluckte schwer, gab mir aber Mühe, meine fröhliche Miene beizubehalten. »Wie dumm, dass ich schon vergeben bin. Dann lass uns mal mit deinem Profil anfangen. Name?«

»Maynard Anderson.« Er wackelte anzüglich mit den Augenbrauen. »Das solltest du eigentlich wissen.«

»Nur eine Formalität«, erwiderte ich steif.

»Wo wir gerade beim Thema sind, Namen interessieren mich. Zum Beispiel der des Typen, der dich verwandelt hat. Ich frage mich, warum er nicht bei dir ist. Wölfe sind ziemlich besitzergreifend, was ihre Frauen angeht.«

Ich erstarrte. Wussten sie etwas?

Gracie verdrehte genervt die Augen. Sie schien meine Reaktion Gott sei Dank nicht bemerkt zu haben. »Sie lassen nur die nicht aus den Augen, von denen sie Angst haben, dass sie ihnen weglaufen.«

»Stimmt auch wieder.« Maynards Grinsen schickte mir einen eiskalten Schauer den Rücken hinab, aber ich durfte mir meine Angst auf keinen Fall anmerken lassen.

Ich räusperte mich. »Ihr seid nicht hergekommen, um über mich zu reden, oder? Ihr wolltet ein Profil erstellen lassen, und genau das werden wir jetzt tun. Andernfalls muss ich euch bitten, die Agentur jetzt zu verlassen. Ich bin bei Weitem zu beschäftigt, um meine Zeit mit irgendwelchen Spielchen zu vergeuden. Haben wir uns verstanden?« Ich sah Maynard fest in die Augen. »Alter?«

Maynard funkelte mich an. »Sechsunddreißig.«

Ich tippte und stellte ihm währenddessen weitere Fragen. Und tatsächlich konnten wir den Rest des Fragebogens wie zivilisierte Menschen hinter uns bringen.

»Okay«, sagte ich schließlich. »Im nächsten Teil geht es darum, welche Art von Partnerin du dir wünschst, wonach du suchst. Lass uns mit der Spezies anfangen. Was sind deine Präferenzen?«

»Wolf.« Sein anzügliches Grinsen war zurück.

Das Prickeln in meinem Nacken nahm wieder zu. Ich schmeckte bittere Galle. »Verstehe«, sagte ich, um einen möglichst neutralen Ton bemüht. »Ist dir klar, dass wir nicht besonders viele weibliche Wölfe in unserer Datenbank haben? Ich fürchte, damit würdest du deine Trefferquote ziemlich einschränken. Wir haben sehr viele hübsche Frauen verschiedener Spezies, die ...«

»Na gut.« Er funkelte mich an. »Schreib rein, was du willst.«

Ich setzte ein Häkchen bei *keine Präferenz.* »Irgendwelche körperlichen Merkmale, die du bevorzugst?«

Er musterte mich von oben bis unten mit trägem Blick, bevor er sagte: »Zierlich. Und kleine Brüste sind auch kein Problem.«

Ich verdrängte das Gefühl der Panik, das in mir aufstieg, und machte weiter, als hätte ich seine Andeutung gar nicht bemerkt. Ich würde das hier mit so viel Professionalität wie nötig hinter mich bringen, kostete es, was es wollte. »Irgendwelche sonstigen Präferenzen?«

»Rote Haare.« Er konnte es anscheinend einfach nicht lassen. »*Kurze* rote Haare«, präzisierte er. »Ich mag sie gern ein bisschen wild.«

»Ich steh auch auf rote Haare«, mischte sich Wyatt ein. Sein Grinsen war mindestens genauso anzüglich und widerlich wie das seines Bruders.

»Ich tendiere eher zu blau.« Buck sah mich an. »Ein schönes, schlampiges Blau, das gut zu ihren großen braunen Augen passt.«

Meine Haut begann wie verrückt zu prickeln. Ihr Plan war ebenso wirksam wie leicht zu durchschauen – sie waren hergekommen, um mir zu zeigen, dass sie nicht einfach aufgeben würde. Solange ich mich weigerte, mich ihrem Rudel anzuschließen, würden sie mich verfolgen und belästigen.

Ich ignorierte ihre durchdringenden Blicke und machte mit den Fragen weiter, wobei ich die zur Persönlichkeit übersprang. Sie nahmen für gewöhnlich sehr viel Zeit ein, und ich wollte die drei so bald wie möglich loswerden. Schnell füllte ich den Rest des Formulars aus, sicherte es und druckte eine Bestätigung aus, die ich Maynard hinhielt. »Das war's. Es sind noch ein paar Fragen offen, die du aber von zu Hause aus beantworten kannst. Trag sie einfach in dein Profil ein. Sobald das erledigt ist, kannst du über die Website in Kontakt mit anderen treten.«

Maynard nahm den Ausdruck entgegen, jedoch nicht, ohne mir noch einmal süffisant zuzugrinsen. »Wo ist eigentlich dein Kerl? Scheint Besseres zu tun zu haben, als auf dich aufzupassen.«

»Er ist den ganzen Tag unterwegs. Irgendein Job«, sagte Gracie hilfreich, wofür ich ihr am liebsten in den Hintern getreten hätte. »Die Menschen-Frau auch. Heute Abend steigt 'ne große Scheunenparty. Organisiert von der Allianz.«

»Ach.« Maynard sah mich interessiert an. Ohne einen Blick auf sein Profil zu werfen, faltete er den Ausdruck zusammen und schob ihn in seine hintere Hosentasche. »Du bist auch in der Allianz? Das wird Levi aber gar nicht gefallen.«

»Ich kann mich nicht erinnern, ihn um Erlaubnis gebeten zu haben«, sagte ich steif und wandte mich Buck zu. »Sollen wir mit deinem Profil weitermachen?«

Die drei Männer standen auf, und Gracie legte wieder die Füße auf Bath' Schreibtisch.

»Nicht nötig«, sagte Buck.

»Hast du deine Meinung geändert?«, fragte ich, auch wenn ich nicht behaupten konnte, dass ich deswegen besonders traurig war. Die Datenbank würde hervorragend ohne die Wölfe auskommen.

»Das habe ich nicht gesagt.« Er deutete mit dem Daumen

auf Maynard. »Solange er im System ist, brauchen Wyatt und ich kein Profil. Jeder weiß, dass Maynard gern mit seinen Brüdern und Cousins teilt.« Er sah mich mit einem durchdringenden Blick an, bevor er die Lippen zu einem boshaften Grinsen verzog. »Ich kann's kaum abwarten, bis du Maynards Frau bist.«

Maynard zwinkerte mir zu, dann wandten sie sich zur Tür und waren eine Sekunde später verschwunden.

Ich war mir sicher, mich auf der Stelle übergeben zu müssen. Mit weichen Knien stand ich auf und schnappte mir eine Aktenmappe von meinem Schreibtisch. »Ich gehe ins Archiv. Ablage machen«, sagte ich knapp. Die Muskeln in meinen Waden zogen sich schmerzhaft zusammen.

»Wie du meinst«, erwiderte Gracie träge und nahm ihr Handy, um die tausendste SMS des Tages zu verschicken.

Auf wackeligen Beinen stakste ich ins Archiv und schloss die Tür hinter mir, bevor ich zitternd auf dem Boden zusammensackte. Das Bedürfnis, mich zu verwandeln, war stark, und ich brauchte einige Minuten, bevor ich meinen Körper wieder so weit unter Kontrolle hatte, dass ich einigermaßen normal atmen konnte.

Sie waren mit der Absicht in die Agentur gekommen, mich einzuschüchtern, vielleicht sogar, mir zu drohen. Ich fragte mich, wann sie endlich genug hatten. Oder würden sie vielleicht nie damit aufhören?

Der Nachmittag schien sich endlos in die Länge zu ziehen.

»Hast du für heute ein Date vereinbart?«, fragte ich Gracie.

»Nö. Ich gehöre ganz dir.«

Was konnte ich mich doch glücklich schätzen.

Gelangweilt widmete ich mich wieder einigen Aufgaben, die schon seit Längerem darauf warteten, endlich erledigt zu werden, bis Marie auftauchte, um die Abendschicht zu übernehmen. Sie war heute extra schon etwas früher reingekommen, da wir anderen alle bei den letzten Vorbereitungen für die Party am Abend helfen sollten.

Marie sah müde und abgespannt aus. Die wunderschönen dunklen Haare, die ihr normalerweise in wilden Locken auf die Schultern fielen, hatte sie zu einem strengen Dutt zurückgebunden. Sie trug kein Make-up, und unter ihren Augen bemerkte ich violette Schatten.

»Alles okay?«, fragte ich, als sie sich schwer auf ihren Schreibtischstuhl fallen ließ. »Du siehst aus, als würde es dir nicht gut gehen.«

»Ich schlafe im Moment nicht besonders gut«, antwortete sie mit einem schwachen Lächeln. »Mach dir keine Gedanken. Sobald ich meinen Kaffee hatte, bin ich wieder wie neu.« Doch statt zur Kaffeemaschine hinüberzugehen, blieb sie erschöpft sitzen und starrte ins Leere.

»Willst du vielleicht lieber wieder nach Hause gehen?«, fragte ich besorgt.

»Nein. Alles okay«, sagte sie, und ich meinte, beinahe schon einen ärgerlichen Unterton herauszuhören. »Ich habe in letzter Zeit nur viel mehr Überstunden geschoben als sonst. Es geht mir gut.« Als ich sie weiter besorgt musterte, fing sie an zu lachen. »Wenn du dich dann besser fühlst, verspreche ich dir, mich später hinzulegen, wenn weniger los ist. Okay?«

Ich fühlte mich schuldig. Seit Bathsheba und ich die Agentur übernommen hatten, waren Marie und Ryder sehr viel mehr gefordert gewesen als üblich. Mir war nicht klar, wie das an den Energiereserven der beiden gezehrt hatte. »Als stellvertretende Managerin sollte ich eigentlich Nein sagen. Aber du siehst wirklich so aus, als könntest du ein bisschen Schlaf vertragen. Arbeite einfach nicht zu viel und ruf mich an, wenn es nicht mehr geht und du nach Hause willst.«

»Mache ich«, versprach sie.

»Okay, dann bin ich jetzt weg«, sagte ich und schnappte mir

meine Handtasche. Die Party würde erst in ein paar Stunden beginnen, und meine Schicht in der Agentur war noch nicht vorbei, aber es war nicht viel los, und meine Nerven lagen seit dem Überraschungsbesuch der Wölfe blank. »Ich habe eben mit Jeremiah telefoniert. Er kommt vorbei, um Gracie und mich abzuholen.«

»Viel Spaß auf der Party. Wenn jemand betrunken ist und peinliche Dinge macht, will ich später Fotos sehen.« Sie hielt kurz inne, bevor sie schnell hinterherschob: »Speziell, wenn es Joshua Russell ist.«

Ich lachte und hielt Gracie die Tür auf, die im Schneckentempo auf mich zugeschlichen kam. »Wir liefern dich zu Hause ab, bevor …«

Gracie sah mich irritiert an. »Wie meinst du das? Ich komme mit auf die Party.«

»Wölfe müssen draußen bleiben«, erklärte ich. Und erst recht alle Andersons, fügte ich im Stillen hinzu. »Es ist eine Party für Allianz-Mitglieder.«

»Aber du gehst auch hin«, bemerkte sie spitz.

»Ich gehöre der Allianz an.«

»Warum darf ich Männer daten, die zur Allianz gehören, aber nicht auf eine Party gehen, auf der sie alle abhängen?«

Leider hatte sie mit ihrer Logik nicht ganz unrecht. Aber ich beschloss, es auszusitzen.

»Das ist so unfair«, sagte sie und zog eine beleidigte Schnute, als ich nicht auf ihr Argument reagierte. Demonstrativ zog sie ihr Handy aus der Hosentasche und begann zu schreiben. »Wie dumm, dass ich meinem Vater jetzt Bescheid sagen muss, dass du heute Abend ausgehst und ich dich nicht begleiten kann.«

Ich riss ihr das Telefon aus der Hand und funkelte sie wütend an. »Okay, du hast gewonnen«, zischte ich und stopfte das Handy in meine Handtasche. »Du kannst mitkommen, aber nur, wenn du dich an ein paar Regeln hältst.«

Gracie verschränkte die Arme vor der Brust und sah mich herausfordernd an.

»Erstens.« Ich hob einen Finger. »Du wirst weder deinem Vater noch einem deiner Brüder oder Cousins noch sonst irgendjemandem davon erzählen, dass du auf die Party gehst. Verstanden?«

Sie nickte.

»Und zweitens: Benimm dich! Diese Party ist sowohl für die Allianz als auch für unsere Kunden und die Agentur sehr wichtig.«

Sie sah tatsächlich verletzt aus. »Vertraust du mir etwa nicht?«

Gracie konnte zwar nervtötend sein, aber ich glaubte nicht wirklich, dass sie etwas Böses im Schilde führte. Ihrer Familie dagegen traute ich keine zwei Meter über den Weg. »Ich meinte das nur ganz allgemein«, fügte ich erklärend hinzu. »Und drittens, zieh verdammt noch mal endlich Schuhe an.«

Gracie grinste mich fröhlich an. »Kein Problem. Wenn wir auf dem Weg an einer Tankstelle halten, kaufe ich mir einfach schnell ein Paar Flip-Flops.«

Als wir vor der Scheune hielten, warf ich einen beeindruckten Blick aus dem Wagenfenster. Neben dem Eingang waren Strohballen aufgeschichtet worden. Ryder und Ellis Russell standen darauf und befestigten ein Banner über dem Tor, auf dem in Großbuchstaben SCHEUNENPARTY stand. Ryder hatte sich sogar extra in ein Paar Cowboystiefel und ein rotes Karohemd geschmissen.

Ich trug noch immer meine übliche Arbeitskluft – Jeans und ein T-Shirt, auf dem stand: *Vorsicht, ich beiße*. Zugegeben, manchmal war mein Humor ein wenig schräg.

Nachdem wir aus Jeremiahs Wagen gestiegen waren, schirmte Gracie ihre Augen mit der Hand gegen die tief stehende Sonne ab und blinzelte zu dem Banner hoch.

»Sieht super aus«, rief sie. Dann fügte sie grinsend hinzu: »Du *und* das Banner.«

Als Ellis Russell überrascht zu ihr hinunterblickte, hätte ich schwören können, dass er ein wenig rot wurde. »Hey, Sara«, sagte er schnell, um seine Verlegenheit zu überspielen. »Bath ist drin, falls du sie suchst.«

Ich winkte ihm zu, bevor ich Gracie unterhakte und sie hinter mir her in den Partyraum schleifte.

Sie grinste amüsiert. »Wenn ich gewusst hätte, dass es einen Dresscode gibt, hätte ich mir was Hübscheres angezogen.«

»Etwa eins deiner niedlichen Strandkleidchen?«, frotzelte ich. Ihre Garderobe schien aus nichts anderem zu bestehen. Und je kürzer das Kleid, umso besser.

»Wie kommst du darauf?«

»Nur so eine Idee«, erwiderte ich trocken.

Drinnen schoben ein paar Männer Strohballen als Sitzgelegenheiten in die Ecken. An einer Seite waren mehrere Tapeziertische nebeneinander aufgestellt worden, auf denen die Getränke drapiert werden würden. Ein schwerer Duftmix aus Stroh und Werpuma lag in der Luft. Bath hatte offenbar die gesamte Russell-Familie zum Dekorieren abgestellt.

Als Joshua uns bemerkte, ließ er den Strohballen fallen, den er gerade quer durch den Raum getragen hatte, und kam auf uns zu. Mit einer Hand schob er seine Baseballkappe hoch, um sich den Schweiß von der Stirn zu wischen. Es entging mir nicht, dass sein Blick automatisch auf den Saum von Gracies verboten kurzem Kleidchen fiel, unter dem ihre langen, schlanken, gebräunten Beine hervorblitzten. »Ihr seid früh dran.«

»In der Agentur war kaum etwas los«, sagte ich mit einem Schulterzucken. »Also haben wir beschlossen herzukommen, um zu fragen, ob wir noch mit irgendwas helfen können.«

Er legte den Kopf schief und grinste Gracie an. Ohne sie aus den Augen zu lassen, sagte er zu mir: »Deine Schwester ist in der Küche. Sie lässt sich nicht davon abbringen, alles selbst zu machen.«

»Ich gehe rüber und sehe, wie ich ihr helfen kann.« Ich warf Gracie einen auffordernden Blick zu. »Kommst du?«

»Ich glaube, ich bleibe hier und … passe auf, dass die Jungs das Stroh an die richtige Stelle räumen«, sagte sie mit einem aufreizenden Augenaufschlag in Richtung Joshua.

Joshua grinste sie an und schob sich lässig die Daumen in den Gürtel, bevor er ihr zuzwinkerte. »Wenn Sie mir bitte folgen wollen, Miss Gracie? Ich werde Ihnen Ihren ganz persönlichen Strohsitz zurechtbasteln.«

Er flirtete mit ihr, damit ich sie los war. Joshua war wirklich ein Schatz. Schnell durchquerte ich den Raum, wobei ich den Russells im Vorbeigehen zuwinkte.

Bath war allein in der Küche und gerade damit beschäftigt, mit Zahnstochern gespickte Sandwiches in kleine Dreiecke zu schneiden. Sie sah nur kurz auf, um mir ein Lächeln zur Begrüßung zu schenken, bevor sie sich wieder dem Essen widmete. »Du bist aber früh dran. Ist was passiert?« Es war nicht zu überhören, dass sie gestresst war. Bath setzte viele Hoffnungen in diese Party.

Ich schnappte mir eine Scheibe Speck von einem hölzernen Schneidebrett und stopfte sie mir in den Mund. »Willst du zuerst die gute oder die schlechte Nachricht hören?«, fragte ich kauend.

Sie ließ das Messer sinken und sah mich an. »Die gute?«

Ich legte den Kopf schief und grinste sie an. »Ich bin zwei Stunden eher hergekommen.«

Sie hob eine Augenbraue. »Und die schlechte Nachricht?«

»Ich habe Gracie mitgebracht.«

»Oh, Sara, nein«, rief sie entsetzt. »Hättest du sie nicht irgendwie loswerden können? Sie geht doch so gern auf Dates. Du hättest ihr noch eins mit einem Satyr vereinbaren sollen, der hätte sie schon beschäftigt.«

»Ich dachte, es wäre eine gute Idee, sie nicht allzu lange aus den Augen zu lassen«, argumentierte ich. »Sie kommt auf ganz schön bescheuerte Ideen. Heute Morgen waren ihre Brüder in der Agentur, um sich ein Profil anlegen zu lassen.«

Bath stieß einen kleinen Schrei aus. Sie hatte sich vor Schreck in den Daumen geschnitten. Mit weit aufgerissenen Augen starrte sie mich an.

Ich nahm mir ein frisches Messer, schob sie ein Stück zur Seite und schnitt weiter Sandwiches, während sie an ihrem verletzten Daumen nuckelte. Dann berichtete ich ihr von dem Besuch der Andersons.

»Was willst du jetzt machen?«, fragte Bath, inzwischen wieder ruhiger.

Mit mehr Gelassenheit, als ich verspürte, zuckte ich mit den Schultern. »Was kann ich denn schon groß machen?«

Bath runzelte die Stirn, während sie aus einer Gewohnheit heraus nach ihrem Pferdeschwanz griff, um ihn sich um die Finger zu wickeln. Doch sie griff ins Leere, da sie die Haare heute zu einem Dutt gesteckt trug. »Ich bin mir nicht mehr so sicher, ob es so klug ist, die Wölfe in die Datenbank aufzunehmen und zuzulassen, dass sie sich mit Mitgliedern der Allianz verabreden.«

»Wahrscheinlich nicht. Ich vertraue ihnen genauso wenig wie du. Aber was sollen wir dagegen tun? Wenn wir sie ablehnen, werden sie ein Riesending daraus machen. Und du weißt, dass Beau will, dass sich die Wölfe der Allianz anschließen. Falls er die Andersons dazu bringt, werden die anderen Rudel folgen. Wenn wir auch nur einen von denen wütend machen, können wir den Plan vergessen. Alles, was wir tun können, ist, brav ein Profil für sie anzulegen und zu hoffen, dass sich niemand für sie interessiert.« Ich beschloss, meiner Schwester den widerlichen Dreier-Deal zu verschweigen, den die Brüder erwähnt hatten. Es war einfach besser, wenn sie manches erst gar nicht erfuhr.

Allerdings hatte ich vor, Ramsey später davon zu erzählen, wenn ich in seine Arme gekuschelt mit ihm im Bett lag.

Ich stellte eine Platte mit fertigen Sandwich-Happen beiseite. »Hast du Ramsey heute schon gesehen?«

Bath ging zu einem der Küchenschränke hinüber, um mehrere Kartons mit Plastikweingläsern herauszunehmen, bei denen man den Stil und den Kelch noch zusammenbauen musste. Bath öffnete die Kartons und begann, die Gläser ineinanderzustecken. »Nein. Er ist mit Beau unterwegs. Irgendein Job, den sie heute noch erledigen müssen. Außerdem war ich selbst den ganzen Tag unterwegs, um Wein zu besorgen. Ich bin mir ziemlich sicher, dass ich jede einzelne Flasche in der Umgebung aufgekauft habe. Ich habe verschiedene genommen, weil ich mir nicht sicher war, was die unterschiedlichen Spezies am liebsten trinken. Meinst du, die hier sind okay?« Sie deutete auf die Batterie von Flaschen, die auf der Kücheninsel aufgereiht standen.

Ich starrte geistesabwesend darauf, während ich mich fragte, was für ein Job das war, den Beau und Ramsey so dringend erledigen mussten. Doch ich wollte Bath nicht genauer dazu befragen; sie würde sich nur sofort wieder Sorgen machen. Also riss ich mich zusammen und studierte die Etiketten der verschiedenen Weine. »Solange die Drinks umsonst sind, wird sich schon keiner beschweren.«

»Wahrscheinlich hast du recht«, murmelte sie und kaute auf ihrer Unterlippe. »Ich will einfach nur, dass der Abend perfekt wird. Beau soll wissen, dass ich die richtige Frau für ihn bin. Eine, die auch ohne Fell und Tierschwanz in der Lage ist, ein Unternehmen der Allianz zu führen.«

Oh Mann, Bath war *wirklich* nervös. Ich klatschte in die Hände, um sie abzulenken, und sah mich neugierig um. »Also, was steht heute Abend noch auf der Speisekarte?«

»Pfirsichkuchen. Und das Fleisch wird eine halbe Stunde vor Beginn der Party geliefert. Austin ist gerade unterwegs, um Bier zu besorgen. Ich habe mir gedacht, dass einige Gäste vielleicht lieber Bier als Wein trinken.«

»Gute Idee«, versicherte ich ihr. »Und jetzt sag mir, was noch erledigt werden muss.«

Erschöpft lehnte sich Bath gegen die Arbeitsplatte und atmete einmal tief durch. »Alles.«

Ich lächelte sie aufmunternd an. »Dann ist es ja gut, dass ich so früh gekommen bin.«

Den ganzen Nachmittag lang arbeiteten wir zusammen in der Küche, während die Russells mit Gracie den Partyraum vorbereiteten. Neben den Sandwiches würde es Cookies, Cupcakes und verschiedene kleine Häppchen geben. Als Bath zu guter Letzt auch noch die Zutaten für ein Chili zusammensuchte, stoppte ich sie. Wir hatten ohnehin schon viel zu viel zu essen. Genug, um eine kleine Armee zu ernähren.

Irgendwann kam Austin mit mehreren Kästen Bier und Beuteln mit Eis zurück. Im Schlepptau hatte er seine Cousine Savannah. Austin zerzauste mir zur Begrüßung die Haare, während mir Savannah ein schwaches Lächeln schenkte.

»Hey, Savannah«, sagte ich fröhlich. »Wie schön, dass du mitgekommen bist.«

Sie lief rot an, nickte mir kurz zu und verschwand dann schnell in der Küche.

Bath bat Joshua und Gracie, einige der Holzfässer mit Eis zu füllen, um das Bier darin zu kühlen.

Ich ging zu Austin hinüber und deutete in Richtung Küche. »Meinst du, es geht ihr gut?«

Austin nickte. »Ab und zu hat sie diesen traurigen Gesichtsausdruck, aber abgesehen davon scheint sie okay zu sein. Wir lassen sie im Moment allerdings möglichst nicht aus den Augen. Wie es aussieht, kapiert dieser Wolf-Typ einfach nicht, dass er unerwünscht ist.«

Ich nickte geistesabwesend, während ich über Connors verzweifelte Sehnsucht nach Savannah nachdachte. Meine Aufmerksamkeit richtete sich jedoch augenblicklich wieder auf die Gegenwart, als ich spürte, wie sich Austin neben mir versteifte. Ein bekannter Geruch stieg mir in die Nase. Nicht Gracies, aber er war ihrem nicht ganz unähnlich. Wie merkwürdig, dass es ausgerechnet dann nach Wolf zu riechen begann, wenn wir gerade über sie redeten.

Im nächsten Moment fuhr ich vor Schreck zusammen. Connor war Savannah offensichtlich gefolgt. Das konnte nur Ärger bedeuten.

Die drei Russells, die noch immer mit dem Aufbau der Deko beschäftigt gewesen waren, ließen wie auf Kommando ihr Werkzeug fallen und richteten sich zu ihrer vollen Größe auf. Ich konnte sehen, wie ihre Muskeln vor Anspannung zitterten.

In diesem Moment wurde die Tür zur Küche aufgestoßen. »Savannah?« war eine männliche Stimme zu hören.

Oh, verdammt.

Joshua, Jeremiah und Ellis sprinteten an mir vorbei, Austin nur ein paar Schritte hinter ihnen. Die Tür war noch nicht wieder ins Schloss gefallen, als sich die drei bereits auf ihn gestürzt und ihn zu Boden gerungen hatten. Unter die wütenden menschlichen Rufe mischte sich tierisches Knurren. Ich sah, wie sich Ellis' Rücken krümmte – ein deutliches Zeichen dafür, dass er kurz davorstand, sich zu verwandeln.

»Savannah«, rief Connor noch einmal laut, bevor ihn eine Faust ins Gesicht traf. »Ich will dich sehen!«

»Schafft Savannah hier raus!«, schrie Joshua, der Connor auf den Boden gedrückt hielt.

Ich konnte sehen, wie Savannah innehielt, überlegte, ob sie den Rückzug durch den Hinterausgang in der Küche antreten sollte, doch sie blieb an Ort und Stelle stehen. Ihre Miene war vor Kummer verzerrt.

Ein Schmerzensschrei löste sich aus Connors Brust, und das Knurren wurde lauter.

Ich hielt es nicht länger aus, nur danebenzustehen und zuzusehen. Mit einem Aufschrei stürzte ich mich auf den Haufen aus tretenden Beinen und gekrümmten Rücken.

»Hört auf!«, rief ich, während ich versuchte, mir einen Weg durch die zu einem Knäuel verwirrten Arme und Beine der vier Männer zu kämpfen. »Joshua! Jeremiah! Ellis! Hört sofort damit auf!«

Sie ignorierten mich. Austin versuchte, mich hochzuheben, doch ich krallte mich so fest in Ellis' T-Shirt, dass er keine Chance hatte. Ich würde nicht aufgeben, solange die drei nicht zur Vernunft kamen.

Connor schlug wild um sich, um sich von den anderen zu befreien, und ich konnte sehen, wie sein Gesicht immer mehr wölfische Züge anzunehmen begann. »Ich will doch nur mit ihr reden.«

»Wölfe sind hier nicht willkommen«, presste Ellis zwischen wütend zusammengebissenen Zähnen hervor, sodass es schon beinahe wie ein Fauchen klang. »Euch dreckiges Pack will hier keiner haben.«

Erbost biss ich mit aller Kraft in den nächsten Arm, den ich zu packen bekam.

»Autsch!«, keuchte Joshua auf und starrte mich wütend an. »Was zum Teufel soll das, Sara?«

Ich gab seinen Arm mit einem Knurren frei.

Connors Mund war von den Fäusten, die ihn im Gesicht getroffen hatten, blutverschmiert, doch er sah noch immer so kämpferisch aus, als würde er es sofort wieder mit den Russells aufnehmen, wenn er dann nur endlich mit Savannah sprechen könnte. In seinen Augen stand ein herausforderndes Glitzern, und seine Nase hatte sich zu einer Wolfsschnauze verlängert. Plötzlich wurde mir klar, dass es für ihn keine Rolle spielte, ob er diesen Kampf gewann oder verlor. Savannah zu sehen war eine Notwendigkeit für ihn, andernfalls würde er den Verstand verlieren.

»Lasst ihn los«, sagte ich, diesmal ruhiger. »Er will doch nur mit ihr reden.«

Austin rappelte sich auf und schob sich zwischen Connor und mich. Beschwichtigend hob er eine Hand. »Sara, bitte halt dich da raus. Wir haben die Sache im Griff ...«

Ein leichter weiblicher Wolfsgeruch stieg mir in die Nase. Gracie war neben mich getreten. Ich wusste, wie sie sich fühlte. Garantiert war sie wütend und empört. Als ich die drei Russells dabei beobachtet hatte, wie sie sich auf Connor stürzten, war es mir ähnlich ergangen.

»Ihr habt die Sache im Griff? Das heißt, ihr wollt ihn zu Brei schlagen, nur weil er ein Wolf ist? Ich bin auch einer, falls ihr das schon vergessen haben solltet.«

Jeremiah schüttelte den Kopf. »Aber kein Wolf wie dieser hier.«

»Sie ist eine von uns«, fauchte Gracie. »Das ist doch genau der Grund, aus dem Maynard und Daddy sie unbedingt in unserem Rudel wollen, du Idiot.«

»Connor ist nicht wie die anderen«, sagte ich ruhig. »Ich kenne ihn.« Ich schob mich zwischen Austin und Connor und stemmte die Hände in die Hüften, um meinen Worten mehr Nachdruck zu verleihen. »Connor ist ein Mitglied der Allianz geworden. Er ist hier genauso willkommen wie alle anderen Russells.«

»Und wie ich.« Gracies normalerweise so fröhlicher, lustiger Tonfall war einem kalten, unfreundlichen gewichen.

Joshuas Gesichtsausdruck verfinsterte sich. »Ist das wahr?«

»Ich will einfach nur mit Savannah reden«, keuchte Connor atemlos, »dann bin ich sofort wieder weg.«

Wir alle sahen zu Savannah hinüber, die von der Küche in

den Partyraum geschlichen war, um sich in der gegenüberliegenden Ecke zu verkriechen. Ängstlich und mit blassem Gesicht starrte sie zu uns herüber.

»Willst du mit diesem dreckigen Wolf reden?«, spie Joshua aus, und ich hätte ihn dafür am liebsten in die Eier getreten.

Savannah zögerte. Nach einem langen Moment schüttelte sie schließlich den Kopf. »Nein.« Dann senkte sie den Blick und huschte quer durch den Raum zurück in die Küche.

Ich sah Connor an. Sein schönes Gesicht war zu einer schmerzverzerrten Maske erstarrt. Nachdem Ellis ihn losgelassen hatte, stand er auf und marschierte auf die Tür zu.

Als Joshua Austin grinsend den Ellbogen in die Rippen stieß, schubste ich die beiden wütend beiseite und stürzte hinter Connor her.

»Connor! Warte!«, rief ich, als ich ihm über den Parkplatz hinterherrannte. Er drehte sich nicht zu mir um, doch nach ein paar Sekunden hatte ich ihn eingeholt und berührte ihn sanft am Arm. »Alles okay?«

Er starrte mich aus seinen dunklen, vor Zorn sprühenden Augen an. »Sehe ich etwa so aus? Ich *liebe* sie. Ich kann an niemand anderen denken als an sie. Es ist mir scheißegal, dass sie kein Werwolf ist. Ich will sie einfach nur an meiner Seite wissen, um sie beschützen zu können. Und sie will nicht mal mit mir sprechen.«

»Ich werde mit ihr reden«, sagte ich hilflos angesichts der Qualen, die er litt. »Vielleicht finde ich heraus, was sie beschäftigt.«

»Nicht nötig. Ich weiß, was sie beschäftigt«, schleuderte er mir entgegen. »Ich habe sie gefickt. Sie hat mich angefleht, dass wir sie gehen lassen, als wir herausgefunden haben, dass sie läufig ist. Aber mein Vater hat sich geweigert. Also haben wir miteinander geschlafen. Und jetzt hasst sie mich dafür, weil es nicht ihre Entscheidung war.«

Savannah hatte jedes Recht, wütend zu sein. Was konnte ich mehr dazu sagen?

»Ich möchte einfach … Ich möchte einfach nur mit ihr reden, sie in den Arm nehmen und ihr zeigen, dass ich für sie da bin. Sie muss wissen, dass sie die Eine für mich ist, dass ich sie liebe. Sie und unser Kind.«

Kind? Oh nein! Andererseits, was hatte ich mir denn gedacht? Natürlich war sie schwanger. Immerhin war sie läufig gewesen, und so funktionierte die Natur nun mal. Meine menschliche Gehirnhälfte hatte einfach nur nicht schnell genug zwei und zwei zusammengezählt. »Ich werde trotzdem mit ihr reden, um herauszufinden, wie es ihr geht. Ich rufe dich morgen früh an, okay?«

Als ich hinter mir das Scheunentor mit einem lauten Knall ins Schloss fallen hörte, drehte ich mich um. Gracie kam mit wehenden Locken über den Parkplatz auf uns zugestürmt. Ihre Flip-Flops klatschten mit jedem Schritt rhythmisch auf den Asphalt. Sogar aus der Entfernung war zu sehen, wie wütend sie war.

»Los, Connor, wir hauen ab«, fauchte sie, jedoch nicht, ohne mich dabei aus dem Augenwinkel zornig anzufunkeln. »Wir werden Daddy ganz genau erzählen, was die Allianz von uns Wölfen hält. Ich bin sehr gespannt, was er dazu zu sagen hat.«

»Gracie«, sagte ich alarmiert.

Sie fuhr zu mir herum, die Zähne fest zusammengebissen. »Du hast sie gehört. Wölfe sind in ihren Augen dreckig und nichtsnutzig. Dabei sind sie das genauso wenig wie alle Katzen Arschlöcher, nehme ich an. Du bist besser dran, wenn du dich an deine eigene Art hältst, glaub mir. Je früher du das kapierst, desto besser. Für sie wirst du immer Abschaum sein, nur weil dir ein anderes Fell wächst als ihnen. Vergiss das niemals!« Und damit stieg sie in Connors Wagen, ohne mich auch nur noch eines Blickes zu würdigen.

Connor ließ die Schultern hängen, warf noch einen letzten Blick zur Scheune hinüber und stieg dann ebenfalls ein.

Mit vor der Brust verschränkten Armen starrte ich ihnen nach.

Ich hatte keine Ahnung, was ich tun sollte. Ich mochte Connor. Und ich mochte Jackson und Dan, unsere Handwerker. Auf eine gewisse Art und Weise mochte ich sogar Gracie. Aber den Rest der Wölfe hasste ich. Und der Vorfall von gerade eben alarmierte mich. Die Wölfe waren Feinde der Allianz. Sie hatten so lange andere tyrannisiert, dass sie es nicht mehr gewohnt waren, in der Unterzahl zu sein. Und es war deutlich zu erkennen, dass es ihnen nicht gefiel. Ich fragte mich, ob dies bedeutete, dass der Krieg zwischen unseren Spezies niemals beigelegt werden würde. Und dann war da noch Savannah. Wenn Connor die Wahrheit gesagt hatte, war sie mit seinem Baby schwanger. Einem Puma-Wolf-Menschen.

In diesem Moment hätte ich nichts lieber getan, als Ramsey alles zu erzählen, meine Verwirrung mit ihm zu teilen, während er mir beruhigend über den Rücken streichelte und mir sagte, dass alles gut werden würde. Um mich zu erinnern, dass die anderen *mich* in ihren Reihen willkommen geheißen hatten und nicht den Feind.

Ich sah auf die Uhr. Er musste jeden Augenblick da sein. Ich würde drinnen auf ihn warten. Fröstelnd ging ich über den Parkplatz zurück zur Scheune.

Die drei Russells hatten neben einem der mit Bier gefüllten Fässer Aufstellung genommen, jeder mit einer Flasche in der Hand, die sie wahlweise gegen ihren Kiefer oder die Wangen pressten – je nachdem, wo Connor einen Treffer gelandet hatte.

Als Joshua mich kommen sah, rückte er mit einem Stirnrunzeln seine Baseballkappe zurecht. »Er hat dich auch getroffen, was?«

Ich berührte die brennende Stelle unter meinem linken Auge. »Falsch, das warst du.«

Als er beschämt den Blick senkte, war das den Schmerz beinahe schon wert.

Kapitel fünfzehn

Ein paar Stunden später war die Party im vollen Gange und meine Schwester noch immer nervös. Unruhig zwirbelte sie eine lange Strähne ihres seidenen blonden Haares zwischen den Fingern. »Sehe ich auch wirklich gut aus?«

»Wunderschön«, versicherte ich ihr zum vierzehnten Mal. Sie trug ein eng anliegendes blassgelbes Kleid und darüber einen weißen Cardigan, da es inzwischen ziemlich frisch geworden war. In Kombination mit ihren hellblonden Haaren umgab sie eine beinahe goldene Aura, und ich war mir sicher, dass Beau bei ihrem Anblick dahinschmelzen würde.

»Ich sehe nicht wie eine Übernatürliche aus«, sagte sie, während sie skeptisch an sich hinunterblickte.

»Und das ist auch vollkommen okay so«, antwortete ich und nahm sie beruhigend in die Arme. Ich war glücklich, sie einfach so anfassen zu können.

Es war noch gar nicht lange her, dass ich körperlichen Kontakt jeder Art möglichst vermieden hatte, um zu verhindern, dass mein Wolfsgeruch an anderen hängen blieb. Jetzt, wo ich mir darum keine Sorgen mehr machen musste, genoss ich dafür jede Berührung umso mehr. Insbesondere, wenn ich Ramsey anfasste.

Bath betrachtete mich mit kritischem Blick. »Ich glaube, du solltest noch ein wenig mehr Make-up auftragen.«

Ich strich über die schmerzende Stelle an meiner Wange. »Sieht es so schlimm aus?«

»Zumindest fällt es auf«, sagte sie, zog eine Dose mit Puder aus ihrer Handtasche und reichte sie mir. »Versuch, es noch ein bisschen zu kaschieren, damit Ramsey nicht komplett ausrastet. Du wirst mir noch dankbar sein.«

Um die verlegene Röte, die mir beim Gedanken an Ramsey in die Wangen stieg, zu verbergen, senkte ich schnell den Blick und zupfte mein Kleid zurecht. Bath, die die Dinge gern selbst in der Hand hatte, hatte es für mich ausgesucht. Es war kurz und grün, hatte Spaghettiträger und fiel von den Hüften abwärts in schwingenden Falten. Die Farbe gefiel mir, und ich freute mich, dass es so gut zu meinen roten Haaren passte.

Als die Band ein langsames Stück zu spielen begann und sich die Tanzfläche mit allen möglichen Paaren übernatürlicher Natur füllte, lächelte Bath beglückt. Ich vermutete, dass sie sich im Geist bereits Notizen machte, wer gut mit wem auszukommen schien.

Es gab Dachse, die Tiger zum Tanzen aufforderten, und Jaguare, die Pumadamen zulächelten, und sogar die Harpyie konnte den ein oder anderen Mann auf sich aufmerksam machen, was nun wirklich keine Selbstverständlichkeit war. Eine überwältigende Mischung verschiedener Gerüche stieg mir in die Nase, doch sie störten mich nicht, da von keinem der Anwesenden Gefahr ausging. Neugierig beobachtete ich, wie eine Werfüchsin Jeremiah und einen weiteren Mann auf die Tanzfläche führte und sich zwischen die beiden schob, um in langsamem Rhythmus ihre Hüften an den beiden zu reiben. Ich hatte schon mehrfach gehört, dass dieses Verhalten für Füchse gar nicht so ungewöhnlich war.

Savannah hatte sich schon vor einiger Zeit mit der Entschuldigung, Kopfschmerzen zu haben, verabschiedet. Austin hatte sie nach Hause gefahren und angeboten, bei ihr zu bleiben.

In diesem Moment filterte ich den Geruch eines ganz besonderen Russells aus der Luft heraus. Und tatsächlich, als ich mich umdrehte, sah ich Beau, der sich einen Weg durch die Menge bahnte. Bath hatte ihn noch nicht bemerkt, und wir tauschten ein verschwörerisches Grinsen, als er sich von hinten an sie heranschlich, um sie mit dem Strauß Rosen, den er in der Hand hielt, zu überraschen. Schnell ließ ich die Haare über meine verletzte Wange fallen und spielte mit einer Strähne, um ihm nicht die ausgelassene Stimmung zu verderben, in der er sich ganz offensichtlich befand. Es war wahnsinnig süß, wie er mit meiner Schwester umging.

Beau trug einen grauen Anzug, in dem er einfach nur umwerfend aussah. Als er sich dicht hinter Bath stellte, beobachtete ich sie aufmerksam von der Seite, um ihre Reaktion nicht zu verpassen.

Sie stieß ein überraschtes Kieksen aus, als Beau einen Arm um ihre Taille schlang und ihr mit der anderen Hand die Rosen vor das Gesicht hielt. Beim Anblick des Straußes entspannte sie sich merklich und lehnte sich an ihn, wobei sie einen flirtenden Blick über ihre Schulter warf. »Hey, Baby.«

»Hey, süße Bathsheba«, flüsterte er ihr ins Ohr. »Hast du mich vermisst?«

Die Röte, die Bath bei seiner Frage in die Wangen stieg, machte jede Antwort überflüssig.

»Ich sehe mal nach, ob wir noch genug Getränke dahaben«, sagte ich und wandte mich ab, um den beiden einen Augenblick Privatsphäre zu gönnen.

Während ich den Raum durchquerte, sah ich mich nach Ramsey um. Ich konnte nicht leugnen, dass er mir fehlte, und das machte mir Sorgen. Vermisste er mich genauso? Oder genoss er es, dass ich ausnahmsweise mal nicht in seiner Nähe war?

Ich entkorkte eine ganze Reihe Weinflaschen, während ich allen Gästen, die an der Bar vorbeikamen, um ihre Gläser aufzufüllen, ein freundliches Lächeln schenkte. Es wunderte mich nicht, dass die meisten von ihnen das Essen ignorierten und dafür umso großzügiger bei den freien Drinks zugriffen.

Die Party schien ein voller Erfolg zu werden. Die Tanzfläche war voll, die Leute lachten, und wenn mich nicht alles täuschte, hatte ich sogar eine Fee mit einem Werotter tanzen sehen. Und auch die Gäste, die nicht tanzten, schienen sich hervorragend zu amüsieren. Jede einzelne Frau war von einer ganzen Heerschar Bewunderer umgeben. Die Allianz bestand zu fast zwei Dritteln aus männlichen und nur zu einem Drittel aus weiblichen Mitgliedern. Jede Frau – bis auf meine Schwester, die menschlich und außerdem bereits liiert war, und mich selbst, die ein Wolf und darüber hinaus zumindest halb vergeben war. Niemand stellte sich neben mich, um sich mit mir zu unterhalten, und ich verstand es. Die meisten Mitglieder der Allianz waren skeptisch, was die Dinge anging, die etwas mit mir zu tun hatten. Und wenn Levi und Maynard die Art Wölfe darstellten, denen sie bisher begegnet waren, konnte ich ihnen kaum einen Vorwurf deswegen machen. Also füllte ich weiter lächelnd Gläser auf und erkundigte mich höflich bei den Gästen, ob ihnen die Party gefiel.

Ich beobachtete, wie Beau einen Arm um Bath' Taille schlang und sie auf die Tanzfläche führte. Meine Schwester lehnte ihre Wange an seine Schulter, und beide schlossen die Augen, während sie sich langsam im Rhythmus der Musik zu bewegen begannen. Sie waren sich selbst offensichtlich mehr als genug. Als ich bei ihrem Anblick einen süßen Stich in der Brust spürte, wurde mir klar, dass ich mich unglaublich über Bath' Glück freute. Ich war glücklich darüber, dass sie jemanden gefunden hatte, an den sie sich anlehnen konnte, und dass sie so zufrieden war. Ich freute mich für sie und beneidetet sie gleichzeitig um ihr Glück. Unwillkürlich fragte ich mich, wie es sich wohl anfühlen mochte, sich in den Armen eines Mannes so entspannen zu können, ohne Angst, dass man sich im nächsten Moment unfreiwillig verwandelte oder eine Horde Wölfe auftauchte, die sich einen Dreier mit einem wünschten. Ich war sie so leid.

Ein Räuspern erklang, und einen Moment später erschien

eine langstielige Margerite vor meinen Augen. Als ich aufsah und Ramsey erblickte, verzog ich den Mund unwillkürlich zu einem Lächeln.

Er hatte ein Sakko über sein Russell-Security-T-Shirt geworfen und trug die nassen Haare aus der Stirn gekämmt, als wäre er gerade erst aus der Dusche gekommen. »Ich bin spät dran«, bemerkte er, als die Band den nächsten langsamen Song zu spielen begann.

Ich stellte die Weinflasche ab, die ich in der Hand gehalten hatte, und ging um die improvisierte Bar herum. »Kein Problem.«

»Ziemlich viel los, oder?«

»Ja.«

»Gibt es irgendwas, das du mir erzählen möchtest?«

»Nein.«

Ich nahm die Blume entgegen, die er mir noch immer entgegenstreckte, und hob den Kopf, um ihn anzulächeln. »Hast du den Rest des Bouquets irgendwo liegen lassen?«

»Du bist nicht der Typ Frau, der auf Bouquets steht.«

Ich musste lachen. »Stimmt. Ich freue mich sehr über die hier.« Ich drehte die Blume zwischen zwei Fingern. »Ich mag Margeriten.«

»Ich wollte etwas, das zu deinen Haaren passt«, sagte er mit rauer Stimme und nahm mir die Blume wieder aus der Hand. Mit zwei Fingern knipste er den Großteil des Stängels ab und steckte sie mir anschließend hinters Ohr. Mit einem zufriedenen Blick strich er mir sanft den Kiefer entlang.

Ich genoss das warme Gefühl, das sich bei seiner Berührung in mir ausbreitete, und trat einen Schritt näher, um ihn an den Aufschlägen seines Jacketts zu mir herunterzuziehen. »Du bist ein guter Mann, Ramsey Bjorn«, wisperte ich ihm ins Ohr.

Ich spürte, wie er sich versteifte. »Was ist mit deiner Wange passiert?« Die Wut in seiner Stimme war beinahe greifbar.

»Ich habe mich in einen Kampf eingemischt. Keine große Sache.« Als er mich noch immer skeptisch betrachtete, schlang ich einen Arm um seine Taille und lehnte mich an ihn. »Willst du tanzen?«

»Nein«, antwortete er mit einem Hoffnungsschimmer in der Stimme.

Ich schob meine Hand in seine und zog daran, damit ich ihm ins Ohr flüstern konnte. »Ich kann auch nicht besonders gut tanzen, aber meine Schwester will, dass wir es wenigstens versuchen. Damit die anderen uns zusammen sehen.«

Er warf mir einen resignierten Blick zu, bevor er mich schließlich zur Tanzfläche führte.

Um ehrlich zu sein, hatte Bath nie irgendetwas davon gesagt, dass wir zusammen tanzen müssten, aber mir war klar, dass es nicht schaden würde. Außerdem gab es mir die Möglichkeit, mich in Ramseys Arme zu schmiegen und wenigstens für ein paar Minuten alle meine Sorgen zu vergessen.

Als wir zwischen den anderen Paaren standen, legte er unsicher eine Hand auf meine Schulter und ließ die andere in der Luft hängen, als wäre er sich nicht sicher, wo genau sie hingehörte. Sanft führte ich sie zu meiner Taille, bevor ich die Arme um seinen Nacken schlang und meine Wange an seine starke Brust schmiegte. Selig ließ ich mich von seinem Geruch und seiner Wärme einhüllen und schloss genießerisch die Augen. Ich wollte ihm so schnell wie möglich von dem Zusammentreffen mit den Wölfen in der Agentur erzählen und davon, was mit Connor passiert war, aber hier war es viel zu voll dafür. Ich würde mich noch ein wenig gedulden müssen.

Langsam wiegten wir uns im Rhythmus der Musik. Ramseys Hände lagen angespannt an meiner Taille. Mir war klar, dass er sich nicht besonders wohlfühlte, sich aber um meinetwillen Mühe gab, und das wusste ich sehr zu schätzen.

Als der Song vorbei war, sah ich lächelnd zu ihm auf und

drückte seine Hand. »Ein Tanz sollte ausreichen, um deine Ergebenheit unter Beweis zu stellen. Kein Grund, dich weiter zu quälen.«

Er schenkte mir dieses besondere Lächeln, eindeutig dankbar, dass ich ihn so schnell aus seiner Pflicht entließ.

Bei seinem Anblick setzte mein Herz einen Schlag aus. Ramsey war kantig und schroff, aber wenn er mich anlächelte, dann … Meine Wangen wurden heiß bei den Erinnerungen, die mir durch den Kopf schossen. Schnell versuchte ich, an etwas Keuscheres zu denken.

»Ich bin froh, dass du hier bist«, sagte ich leise.

»Warum?« Er hob besorgt die Brauen. Sofort war sein finsterer Gesichtsausdruck zurück. »Was ist los?«

Durfte ich mich nicht einfach darüber freuen, ihn zu sehen? Aber natürlich hatte er recht – mich beschäftigte etwas. Als ich an Maynard und die anderen dachte, die mir heute einen Besuch in der Agentur abgestattet hatten, bekam ich eine Gänsehaut. »Ich muss dir etwas erzählen, aber nicht hier drin.«

Ramsey packte mich im Nacken und zog mich eng an sich – seine Version einer tröstenden Umarmung. Es war eine Geste, die mir das Gefühl gab, von ihm in Besitz genommen zu werden. Seine Stärke überwältigte mich jedes Mal aufs Neue. Doch es war kein unangenehmes Gefühl. Mit seinem sanften und doch kraftvollen Griff versicherte er mir, dass er für mich da war, mich beschützte; und nicht, dass er seine körperliche Überlegenheit ausnutzen würde, um mich seinem Willen zu unterwerfen.

Das war eine weitere Sache, die mir an Ramsey so gefiel. Er wusste genau, was mir Angst machte, und versuchte mir stets das Gefühl zu geben, dass ich mich in seiner Nähe wohlfühlen konnte. Er legte die Führung in unserer Beziehung in meine Hände – eine Sache, an die ich mich durchaus hätte gewöhnen können. Gesetzt den Fall, die Wölfe würden es jemals zulassen.

Ich nahm seine große Hand in meine und drückte sie zärtlich. »Gehen wir kurz raus?«

Gemeinsam bahnten wir uns einen Weg durch die Menge an Gestaltwandlern, Gorgonen und Gott weiß was für Wesen. Ich meinte sogar, einen Vampir zu sehen, was mehr als außergewöhnlich war. Normalerweise hielten sie sich von solchen Veranstaltungen fern. Vampire fühlten sich in der Gegenwart anderer Übernatürlicher in etwa so wohl wie diese in ihrer – also gar nicht. Und wahrscheinlich machte es die Tatsache, dass sie sich auf einer Party zwischen lauter gut aussehenden, verlockend riechenden und zumindest äußerlich menschlichen Wesen bewegten, nicht einfacher. Das war vermutlich das Gleiche, als würde man einen halb Verhungerten zu einem All-you-can-eat-Abend einladen, um ihm vor Ort zu sagen, dass er nur das Essen anrühren darf, wofür man ihm vorher die Erlaubnis erteilt hatte.

Schließlich hatten wir es geschafft, uns durch die tanzwütige Menge zu kämpfen, und traten in die kühle Nacht hinaus. Der Parkplatz war vollgestellt mit Wagen aller möglichen Modelle und Marken, wobei den Großteil Trucks ausmachten. Einige Leute hatten es sich auf den Strohballen vor dem Eingang bequem gemacht, tranken Bier und unterhielten sich. Ich ging an ihnen vorbei und überquerte den Parkplatz, bis ich mir sicher sein konnte, dass wir uns außer Hörweite befanden.

Schließlich blieb ich stehen, ließ Ramseys Hand los und reckte die Nase in die Luft, um unerwünschte Zuhörer, die sich vielleicht noch in der Nähe befanden, zu identifizieren. Der Parkplatz war viel zu klein für die Anzahl an Autos, mit denen die Gäste hergekommen waren, und so hatten viele ihre Wagen auf dem angrenzenden Feld abgestellt. In einiger Entfernung standen ein paar Bäume, und ab und zu blitzten am dunklen Horizont – dort, wo der Highway verlief – Scheinwerferlichter auf. Mehr Privatsphäre würden wir hier nicht bekommen.

»Was ist los?«, fragte Ramsey. Er klang wütend, aber ich

kannte ihn gut genug, um zu wissen, dass er nicht sauer auf mich war, sondern auf die Dinge, die mir Angst machten.

Unschlüssig, wie ich beginnen sollte, verschränkte ich die Arme vor der Brust. Was ich ihm zu erzählen hatte, würde ihm nicht gefallen.

Ramsey schien zu denken, dass ich fror, und zog sich sofort sein Jackett aus, um mich darin einzuwickeln und eng an seine Brust zu ziehen. Zuerst wollte ich protestieren, ihm sagen, dass die merkwürdigen Kälteschauer nachgelassen hatten, seitdem ich gelernt hatte, mich besser zu verwandeln, aber der Geruch und die Wärme, die von ihm ausgingen, waren so berauschend, dass ich beschloss, mich einfach nur dem Gefühl hinzugeben.

Ich schmiegte mich in seine Arme und ließ zu, dass er mir über den Rücken streichelte, nachdem er sich gegen einen Truck gelehnt hatte, der neben uns stand. Wenn Wölfe in der Lage gewesen wären zu schnurren, hätte ich es in diesem Augenblick definitiv getan.

»Was wolltest du mir erzählen?«, fragte Ramsey in seinem typischen tiefen, brummenden Tonfall.

»Die Wölfe waren heute in der Agentur.« Er erstarrte. »Ja, ich weiß. Und es war genauso schlimm, wie du es dir gerade vorstellst. Maynard, Wyatt und Buck waren da und haben so etwas wie das Wolf-Äquivalent des Flirtens an mir getestet. Sie haben mich daran erinnert, dass sie mich als ihre Frau im Rudel haben wollen und dass ich ihnen auf keinen Fall so leicht davonkommen werde.«

»Ihre Frau?«, fragte er mit gefährlich leiser Stimme.

Ich nickte. Bei der Erinnerung bekam ich sofort wieder eine Gänsehaut. »Maynard hat ziemlich deutlich gemacht, dass er seine Spielzeuge gern mit anderen teilt. Es war wirklich unheimlich. Und ziemlich widerlich.«

»Wo waren deine Schwester und Gracie?«

»Bath war hier, um alles für die Party vorzubereiten. Und ich bin mir ziemlich sicher, dass Gracie die drei eingeladen hatte, doch mal in der Agentur vorbeizuschauen.« Als ein tiefes, wütendes Knurren aus seiner Kehle aufstieg, legte ich schnell beruhigend eine Hand darauf. »Gracie ist nun mal, wie sie ist. Sie selbst ist harmlos, und ich glaube sogar, dass sie mich mag. Aber ihre Loyalität gehört dem Rudel, und das wird sich auch niemals ändern. Es wäre gefährlich, das zu vergessen.«

»Du wirst keine Sekunde mehr mit ihr allein sein«, sagte Ramsey scharf. »Wenn ich nicht die Möglichkeit habe, auf dich aufzupassen, muss für die Zeit einer der anderen Russells übernehmen.«

Ich hatte absolut nichts dagegen. Um ehrlich zu sein, klang es in meinen Ohren sogar nach einem ziemlich guten Plan. Ich nickte.

Ramsey begann, mir wieder über den Rücken zu streicheln, als könnte er so alle Sorgen von mir abwenden. »Ich hätte dich niemals allein lassen dürfen.«

»Aber du hast einen Job«, erwiderte ich sanft. »Du musst andere beschützen. Und Beau helfen. Du kannst schlecht für den Rest meines Lebens den Babysitter für mich spielen.«

»Doch das kann ich, solange es bedeutet, dass du dann in Sicherheit bist«, knurrte er.

Aber was, wenn mich die Wölfe die nächsten zehn Jahre nicht in Ruhe lassen oder die nächsten zwanzig? Was, wenn sich Ramsey entscheidet, zu seinem Bären-Clan zurückzukehren – und zu seiner Bären-Braut?

In der Ferne durchschnitt das Heulen eines Wolfes die Dunkelheit.

Augenblicklich versteifte ich mich, und Ramsey schob sich vor mich, sodass ich zwischen seinem massigen Körper und dem Truck eingesperrt war. Vorsichtig versuchte ich, an seiner breiten Schulter vorbeizuspähen. Doch der Wind kam aus der falschen Richtung, sodass ich keine Witterung aufnehmen konnte.

»Das Rudel ist zurück.«

»Nicht das ganze Rudel«, sagte ich, während ich angestrengt die Ohren spitzte. »Nur ein Wolf. Connor war heute Nachmittag hier.«

»Ist er derjenige, der heult?«

Der Ton veränderte sich ein wenig, und plötzlich wusste ich, um wen es sich handelte. »Nein, nicht Connor. Das ist Owen.«

Ramsey begann, sich auszuziehen. »Ich werde dem Arschloch klarmachen, wessen Revier das hier ist«, knurrte er. »Bevor er eine Chance hat, dich anzufassen, reiße ich ihm beide Arme aus.« Er sammelte seine Sachen ein und reichte sie mir zusammen mit seinen Schuhen. »Geh wieder rein«, sagte er, und im nächsten Augenblick begann ihm ein dichtes braunes Fell zu wachsen, und er kauerte sich auf dem Boden zusammen, um sich zu verwandeln.

Nur ein paar Minuten später stand ich einem riesigen Braunbären gegenüber. Ich sah ihn besorgt an. »Sei vorsichtig, ja?«

Sanft stupste er mich mit seiner schwarzen Nase an, bevor er den Kopf hob und zum Eingang hin nickte. Dann drehte er sich um und verschwand mit großen Sätzen in Richtung des Walds, aus dem das Heulen erscholl.

Ich zog Ramseys Jackett aus und klemmte es mir mit seinen anderen Sachen unter den Arm, bevor ich auf die Scheune zuging. Ein merkwürdiges Gefühl zehrte an meinen Nerven. Wie ein Jucken im Kopf, das einfach nicht verschwinden wollte. Etwas an der ganzen Situation erschien mir seltsam, aber ich kam einfach nicht darauf, was es war. Jedes Mal, wenn ich den Wölfen begegnet war, waren sie zu mehreren gewesen. Und das Heulen hatte fast geklungen wie … eine Begrüßung?

Ich blieb abrupt stehen und blähte die Nasenflügel, um erneut Witterung aufzunehmen. Ein schwacher Geruch nach Stroh lag in der Luft. Und nach Wolf.

Von einer Sekunde auf die andere war jede Faser in meinem

Körper bis zum Zerreißen gespannt. Mein Herz begann zu rasen, mein Atem war nur noch ein abgerissenes Keuchen.

Jetzt konnte ich es hören, das leise Knirschen der Stiefel auf dem Schotter. Und dazu der Geruch nach Mann, gemischt mit einer scharfen Wolfsnote. Vorsichtig sah ich mich um. Zwischen den dicht geparkten Autos war kaum mehr als dreißig Zentimeter Platz. Perfekt, um sich dazwischen zu verstecken und jemandem aufzulauern. Ich warf einen Blick zur Scheune hinüber. Etwa dreißig Meter trennten mich noch vom Eingang, schätzte ich. Das war zu schaffen.

Ein Schatten fiel über mich, und ich fuhr entsetzt herum. Buck Anderson sprang von der Ladefläche des Trucks, neben dem ich stand. Er trat vor mich, grinste mich an und spuckte einen Klumpen Kautabak aus. »Sieht so aus, als kämen wir gerade rechtzeitig zur Party, was?«

Jemand tauchte hinter ihm auf, und im nächsten Moment zog Maynard am Spitzensaum meines Kleids. Ich riss es ihm aus den Fingern, als er anerkennend pfiff. »Hey, hey«, sagte er gedehnt. »Wie es aussieht, hat sich unser Mädchen heute Abend extra für uns in Schale geworfen. Sieht ziemlich verführerisch aus unsere Kleine.«

Die Haut an meinen Armen begann zu kribbeln, und mir war klar, dass mir jeden Moment ein Fell wachsen würde, wenn ich nicht verdammt aufpasste. Die Zähne fest in die Innenseiten meiner Wangen gegraben, trat ich langsam einen Schritt zurück. »Ich gehöre nicht zu dir. Ich bin bereits mit jemandem zusammen.«

»Das erzählst du uns immer wieder, aber ich sehe hier weit und breit keinen Alpha, der seinen Arm um dich gelegt hat. Oder vertue ich mich da etwa?«

Als ich einen weiteren Schritt zurückwich, konnte ich riechen, wie jemand von der anderen Seite des Trucks hinter mich trat. Ich saß in der Falle.

»Mein Partner ist ein Bär«, sagte ich mit so viel Gelassenheit in der Stimme, wie ich aufbringen konnte. »Und wenn du nicht aufhörst, mich zu belästigen, wird er dich bald zum Frühstück verspeisen, verstanden?«

Wyatt streckte die Hand aus, um meine Haare zu berühren. »Wir wollten dir nur mal Hallo sagen, das ist alles. Uns ist zu Ohren gekommen, dass wir auf der Party nicht willkommen sind. Gracie war deswegen ziemlich enttäuscht.«

»Das ist nicht wahr«, protestierte ich.

Als Maynard mit beiden Händen meinen Arm packte, jaulte ich vor Schmerzen auf. Mit einer schnellen Bewegung drehte er mich herum, sodass er mich hielt, als würden wir tanzen. Ein boshaftes Glitzern lag in seinem Blick. »Dann können wir also doch miteinander tanzen?«

Ich hörte, wie einer der anderen Wölfe hinter mich trat und seine Hüften gegen meinen Po presste, sodass ich zwischen den beiden eingequetscht war. »Sie kann mit uns beiden tanzen«, zischte mir Wyatt ins Ohr.

»Lasst mich los!« Verzweifelt wehrte ich mich, während ich keuchend nach Luft rang. Erinnerungen an Roy blitzten vor meinem inneren Auge auf, und ich versuchte, sie mit Gewalt beiseitezuschieben, selbst als Maynard anfing zu summen und seine Hüften an meinen zu reiben.

»Lasst mich los!«, wiederholte ich, doch diesmal klang es tiefer, wütender. Wie das Knurren eines Wolfs. Oh nein, es klang, als würde ich mich verwandeln.

»Wir werden dich niemals gehen lassen, Püppchen«, raunte mir Wyatt ins Ohr, während er mit den Trägern meines Kleids spielte, als wollte er sie mir über die Schultern schieben. »Wölfe hören nicht gern ein Nein. Egal, um was es geht …«

Verzweifelt wand ich mich in seinem Griff, und als einer von ihnen wieder nach dem Saum meines Kleids langte, stieß ich ein wütendes Knurren aus, das definitiv mehr nach Wolf als nach Mensch klang. Fell breitete sich auf meinen Armen aus, und meine Muskeln zogen sich zusammen, nur um sich gleich darauf schmerzhaft zu strecken.

»Sieht so aus, als hätte unser Püppchen ihren inneren Welpen immer noch nicht unter Kontrolle«, sagte Maynard, und als ich das nächste Mal zusammenzuckte, ließ er mich los.

Auch Wyatt löste seinen Griff um meine Arme, sodass ich rückwärts stolperte, jedoch ohne besonders weit zu kommen. Meine Beine krümmten und verkrampften sich, und ich fiel keuchend auf alle viere. Im nächsten Moment spuckte ich Blut.

Ein Blitz erhellte für den Bruchteil einer Sekunde die dunkle Umgebung, und ich konnte sehen, wie Wyatt grinsend die Kamera seines Handys auf mich gerichtet hatte. »Levi wird wenig begeistert sein, wenn er das hier sieht. Dein Liebster scheint dir bisher ja nicht allzu viel beigebracht zu haben.«

»Ich glaube, sie braucht noch eine extra Unterweisung von ihren Rudel-Freunden«, warf Maynard ein.

Und dann waren sie auf einmal verschwunden. Ließen mich zusammengekrümmt auf dem Parkplatz liegen, bis ich mich in einen schrecklichen, armseligen Haufen Werwolf verwandelt hatte.

Als Ramsey mich wenig später fand, war ich gerade dabei, mühsam meine Menschengestalt anzunehmen. Ich blieb stumm, selbst als er mir zärtlich das Blut aus den Mundwinkeln wischte und mir fürsorglich sein Jackett um die Schultern legte.

Ein paar Minuten später tauchte auch Beau auf. »Geht es dir gut?«, fragte er besorgt.

»Klar«, murmelte ich matt.

»Hast du eine Ahnung, warum sie dich angegriffen haben?«

Ich starrte ihn ausdruckslos an. »Sie wollten mich daran erinnern, dass ich zu ihnen gehöre. Sie werden mich nicht vergessen. Niemals. Wir haben alle gehofft, dass sie irgendwann aufgeben würden, aber wir haben uns getäuscht. Sie haben nur mit uns gespielt. Sie hatten nie die Intention, mich einfach so ziehen zu lassen.«

Ich konnte sehen, wie sich Beaus Kiefermuskeln verhärteten, als er wütend die Zähne zusammenbiss und auffordernd zu Ramsey sah. Offensichtlich erwartete er eine Erklärung.

»Eine Falle«, sagte der schroff. »Ich habe das Heulen gehört und nicht verstanden, dass es nur ein Lockvogel war. Sie haben mich mit Absicht in den Wald gelotst, damit ich Sara allein lasse. Als mir klar wurde, was los ist … war es schon zu spät.«

Er hielt inne, und ich meinte zu hören, wie er vor Frustration mit den Zähnen knirschte. »Ich werde sie umbringen.«

»Das wirst du nicht«, sagte Beau entschieden. »Sara braucht dich an ihrer Seite.«

Ramsey nahm meine Hand und zog mich an sich. »Es wird nicht noch einmal vorkommen. Ab sofort lasse ich sie keine Sekunde mehr aus den Augen.«

Doch bei seinen Worten fühlte ich mich nur noch schlechter. Damit würde Ramsey an mich gebunden sein, bis sich mein Schicksal entschied. »Können wir Bath bitte verschweigen, was heute Abend passiert ist?«

Beaus Gesichtsausdruck verriet deutlich, dass er mir die Bitte am liebsten abgeschlagen hätte. »Ich habe nicht gern Geheimnisse vor deiner Schwester.«

»Sie würde sich nur unnötig Sorgen machen. Und ich will nicht, dass sie sich einmischt und einer der Wölfe ihr wehtut«, sagte ich und appellierte damit bewusst an seinen Beschützerinstinkt. »Außerdem geht es mir gut«, log ich. »Nur noch ein wenig wacklig auf den Beinen, das ist alles.«

Beau sah noch immer nicht wirklich überzeugt aus, doch nach einem Moment des Zögerns nickte er und klopfte Ramsey auf die Schulter. »Ich werde Bath sagen, dass ihr zusammen nach Hause gefahren seid.«

Ramsey beugte sich zu mir herunter und hob mich in seine starken Arme. Unter anderen Umständen hätte ich angebracht, dass er mich nicht wie ein Baby behandeln sollte, doch dazu fehlte mir in diesem Moment die Kraft. Es war, als hätten mich mit einem Schlag sämtliche Energie und Hoffnung verlassen.

Die Wölfe würden mich nicht gehen lassen.

Niemals.

Ramsey wusch mir die Haare, während ich wie betäubt in der Badewanne saß.

Er hatte mich, in sein Jackett gewickelt, zu seinem Truck getragen, mich nach Hause gefahren und mir sofort ein heißes Bad eingelassen. Als ich auch bei der Berührung mit dem warmen Wasser noch nicht aus meiner Stumpfheit erwacht war, hatte er angefangen, zärtlich meinen Körper einzuseifen.

Doch nichts schien zu helfen. In meinem Kopf spielten sich wie in einer schrecklichen Endlosschleife immer wieder dieselben Bilder ab, und ich hörte Maynards grausame Worte. *Und glaub bloß nicht, dass du uns so einfach davonkommst.*

Ramsey berührte sanft meinen Kiefer. »Sara?«

»Hast du nachgesehen, ob Gracie im Gästehaus ist?«

Er starrte mich eine Minute lang stumm an. Als ich fragend die Augenbrauen hob, seufzte er: »Ihre Sachen sind nicht mehr da. Sie ist weg.«

Dann war es das also. Sie hatten ihre diplomatische Vertretung abgezogen. Wenn sie das nächste Mal kamen, dann, um mich mitzunehmen. Und sie würden kein weiteres Nein als Antwort akzeptieren. Es war nur eine Frage der Zeit.

Stumpf starrte ich auf den Wasserhahn. Unfähig, Angst oder Panik zu empfinden. Alles, was ich spürte, war die Kälte, die sich immer stärker in meinem Innern ausbreitete.

»Sara.« Ramsey legte einen Finger unter mein Kinn, um mich zu zwingen, ihn anzusehen. »Sprich mit mir.«

Sechs Jahre lang hatte ich mich versteckt, meine Natur vor der Umwelt verborgen, um nicht entdeckt zu werden. Doch jetzt war das Spiel aus. Es fühlte sich an, als wäre ich in tausend Teile zersprungen, die sich unmöglich wieder zu einem heilen Ganzen zusammensetzen ließen.

»Du weißt, dass sie niemals aufgeben werden, Ramsey«, flüsterte ich. »Das haben sie uns mehr als einmal deutlich gemacht.«

Da war wieder das tiefe, beschützende Brummen, das aus seiner Kehle aufstieg. »Wenn sie dich noch ein einziges Mal anfassen …«

»Das werden sie. Sie werden abwarten, bis ich allein bin, um wieder zuzuschlagen.«

»Nein, nicht wenn ich immer an deiner Seite bin.« Er tauchte seine große Hand ins Wasser, um meine kleine, schmale zu nehmen und sie tröstend zu halten. »Ich werde dich nicht allein lassen.«

»Aber wie lange, Ramsey?« Mit Tränen in den Augen sah ich zu ihm auf. »Sechs Monate? Ein Jahr? Drei? Du musst mit deinem eigenen Leben weitermachen, zu deinem Clan zurückkehren. Zu Nikolina. Ich halte dich nur auf.« Stumm sah er mich an. Obwohl ich es nicht wollte, fuhr ich fort. »Meinen Bodyguard zu spielen ist kein kurzfristig angelegter Job, Ramsey. Meine eigene Schwester hat ihr Leben sechs Jahre lang auf Eis gelegt, um mich zu beschützen. Sechs Jahre lang haben wir ausgeharrt und gezittert. Sechs Jahre, in denen ich wusste, dass ich ihr Leben zerstöre, weil ich zu viel Angst hatte, mich zu wehren. Irgendetwas zu tun. Und ich bin …« Ich hob hilflos die Arme. »Ich bin es einfach so leid. Was ich auch tue, ich bin und bleibe eine Gefangene. Als der Mann an meiner Seite wärst du mein Gefängniswärter und Bodyguard in einem, bis entweder sie oder ich aufgeben. Und ich weiß, dass sie niemals dazu bereit sein werden.«

»Woher weißt du das?«

Weil Roy genauso war, wollte ich sagen, doch ich tat es nicht. Bei der Erinnerung an ihn begann meine Haut zu kribbeln, und trotz des warmen Wassers wurde mir eiskalt.

Ramsey griff nach einem Handtuch und hielt es zwischen beiden Händen, sodass ich mich hineinkuscheln konnte. Ich ließ zu, dass er mich darin einwickelte, als wäre ich ein kleines Kind. Dann nahm er mich an die Hand und führte mich ins Schlafzimmer, wo er mich sanft auf die Matratze drückte und sich davor kniete, um mich abzutrocknen.

»Erzähl mir von dem Typ, der dich zum Werwolf gemacht hat.«

»Ich würde lieber nicht über ihn reden.«

»Sara.« Er zog mich in seine Arme und drückte mich fest gegen seine starke Brust. Dann ließ er seine Hände langsam zu meinem Po wandern und umfasste ihn zärtlich. »Erzähl es mir. Ich will den Bastard umbringen. Und ich will diese dreckigen Wölfe dafür umbringen, dass sie Anspruch auf dich erheben. Erzähl mir von ihm, sonst gehe ich auf der Stelle los, um ein paar Köpfe einzuschlagen.«

Ich sah in sein ernstes Gesicht, in dem er seinen wunderschönen Mund zu einem harten Strich zusammengepresst hatte. Mit federleichten Berührungen fuhr ich seine Gesichtszüge nach. Konnte ich ihm vertrauen? Immerhin ging es hier nicht nur um mein Geheimnis, sondern auch um Bath'. »Ich weiß nicht, ob ich es kann«, flüsterte ich. »Du bist nicht mein.«

Er vergrub sein Gesicht am Ansatz meiner kleinen Brüste und drückte eine Reihe harter Küsse auf mein Fleisch. »Du kannst mir vertrauen.«

»Das habe ich nicht gemeint, Ramsey«, sagte ich sanft, während ich mit den Fingern durch sein wirres blondes Haar fuhr. »Ich habe gesagt, dass du nicht mein bist. Du bist Nikolina versprochen. Und du gehörst zum Clan der Bären. All das hier ist immer noch nur eine Show, die wir uns selbst ausgedacht haben. Egal, wie sehr ich mich zu dir oder du dich zu mir hingezogen fühlst – das hier kann nicht für immer so weitergehen. Entweder die Wölfe gewinnen oder wir, und dann kannst du zurück zu deinem Clan, zu deiner Familie gehen. Und zu deiner Verlobten. Unsere Beziehung war von Anfang an zeitlich begrenzt. Ich kann dir nicht von Roy erzählen, weil du nicht mein bist. So einfach ist das.«

In seinem Gesicht spiegelten sich Zorn und Frustration. Nach ein paar Sekunden holte er tief Luft, legte die Hände an meine Wangen und drückte mir einen zärtlichen Kuss auf die Nase. »Versuch, ein wenig zu schlafen.«

Kapitel sechzehn

Am nächsten Morgen wachte ich zu einer Kakofonie aus Hämmern und Bohren auf. Ein rascher Blick aus dem Fenster bestätigte mir, dass die Wilders zurück waren, um weiter am Haus zu arbeiten. Ihr Van stand in der Auffahrt vor dem Haus. Das Hämmern schien vom Dach zu kommen, und ich konnte Stimmen hören – Jackson rief Ramsey zu, dass er ihm irgendein Werkzeug anreichen sollte. Eigentlich hätte ich verärgert sein müssen, dass sie mich so früh geweckt hatten, doch stattdessen verspürte ich ein seltsames Glücksgefühl. Es freute mich, mit anzusehen, wie das alte Anwesen nach und nach zu seinem ehemaligen Glanz zurückfand, und ich fragte mich unwillkürlich, wie es aussehen würde, sobald die Renovierungsarbeiten abgeschlossen waren. Nur eine Sekunde später fiel mir allerdings ein, dass ich das vielleicht nicht mehr miterleben würde.

Ich stieß ein erschöpftes Seufzen aus und versuchte, die finsteren Aussichten vorerst zu ignorieren. Rasch schlüpfte ich in ein T-Shirt und eine Jeans, die von oben bis unten voller Farbspritzer war. Vielleicht konnten die drei noch ein wenig Hilfe gebrauchen.

Im Erdgeschoss fand ich Dan in der Küche. Er war gerade dabei, einen neuen Herd anzuschließen. Als er mich bemerkte, trat er automatisch ein paar Schritte zurück.

Ich schob die Hände in die Hosentaschen und lächelte ihn verlegen an. »Keine Sorge, es ist alles okay. Sind Jackson und Ramsey auf dem Dach?«

»Jep. Ich soll dir sagen, dass du heute nicht arbeiten gehen darfst. Ramsey wollte, dass du zu ihm kommst, sobald du wach bist.«

»Ich werde ihn schon früh genug zu Gesicht bekommen.« Ich hatte heute Morgen keine Eile, ihm zu begegnen.

Dan schenkte mir ein flüchtiges Lächeln, bevor er sich wieder dem neuen Herd widmete. Er war glänzend und schwarz und hatte eine Glasplatte. Mir gefiel er schon jetzt. »Du und Jackson, ihr habt hier tolle Arbeit geleistet«, sagte ich, während ich mit den Fingern über die glatte Oberfläche strich. »Ihr Wilders solltet stolz auf euch sein.«

»Mein Nachname ist eigentlich St James«, erwiderte Dan. »Ich bin nicht mit Jackson verwandt. Er ist nur mein Alpha.«

»Ich dachte immer, dass die Wölfe eines Rudels in einer Blutlinie stehen.« Ich schwang mich auf die Anrichte und schnappte mir einen Apfel.

»Ja, die meisten schon«, erklärte Dan. »Aber meine Familie ist … nicht mehr da.« Er schluckte schwer und wandte das Gesicht ab. »Könntest du mir die Zange geben?«

Ich nahm die Zange aus dem Werkzeugkasten und reichte sie ihm. Ich fühlte mich wie der letzte Arsch. Eigentlich hätte ich ihn gar nicht nach seiner Familie fragen dürfen. Immerhin hatte er mir erzählt, dass es noch nicht lange her war, dass sie alle umgekommen waren, und die Wunden, die ihr Verlust bei Dan hinterlassen hatte, waren noch frisch. Aber ich musste mehr darüber erfahren, wie ein Wolfsrudel funktionierte. Und ich wusste nicht, wen außer ihm ich hätte fragen können.

Dan schien mein schlechtes Gewissen zu spüren. Nach einem Moment des Schweigens richtete er sich wieder auf, gab mir die Zange zurück und fügte hinzu: »Als Jackson zu unserem Rudel stieß, hatten wir gerade keinen Alpha. Und nachdem die anderen alle im Feuer umgekommen waren, bin ich bei ihm geblieben.«

Ich dachte für einen Moment darüber nach, bevor ich meine nächste Frage stellte. »Dann habt ihr beide gerade kein Rudel?«

»Wir *sind* ein Rudel. Eines, das aus zwei Wölfen besteht. Ich könnte mich einem anderen anschließen, aber Jackson nicht. Er würde sofort von dem bestehenden Alpha herausgefordert – wenn sie ihn überhaupt so nah heranlassen würden. Deswegen kümmern wir uns möglichst um unseren eigenen Kram und sehen zu, dass wir uns aus den Territorien der anderen heraushalten.«

Das klang nach einem verdammt einsamen Leben. Allerdings auch nach einem, das perfekt zu meinen Bedürfnissen passte. »Was, wenn sich jemand eurem Rudel anschließen wollen würde?«

Er sah überrascht auf. »Du willst dich mit Jackson paaren?«

»*Was?* Nein! Ist das der einzige Weg, um in ein Rudel aufgenommen zu werden?«

Er zuckte mit den Schultern. »So läuft es eben.«

»Das ist barbarisch.«

»Für normale Menschen klingt es wahrscheinlich ziemlich hart, aber der Wolfsinstinkt ist ziemlich schwer zu unterdrücken, wenn es um diese Dinge geht.«

Dagegen konnte ich kaum etwas einwenden.

»Außerdem bin ich mir sicher«, fuhr Dan mit ruhiger Stimme fort, »dass das andere Rudel Jackson herausfordern würde, wenn sie erführen, dass du zu uns gehörst.«

Ich stieß ein frustriertes Seufzen aus. Jackson war nett und sicherlich stark, aber allein hätte er gegen eine Horde hinterhältiger Anderson-Wölfe keine Chance. »Vergiss, was ich gesagt habe. Ich habe nur laut nachgedacht. In naher Zukunft habe ich nicht vor, mich irgendeinem Rudel anzuschließen.«

Ein erleichterter Ausdruck huschte über Dans Gesicht, den er schnell zu kaschieren versuchte. Nicht einmal andere Wölfe hatten Interesse daran, dass ich mich ihnen anschloss.

Hastig wechselte ich das Thema. »Der neue Herd ist wirklich schön.«

Er grinste mich an. »Es gibt auch noch eine Spülmaschine, die ich einbauen soll. Und neue Toiletten. Aber die wollen sie erst installieren, wenn sie mit dem Dach fertig sind.«

Ich lächelte träumerisch. »Diese Bruchbude wird sich fast wie ein echtes Zuhause anfühlen, wenn ihr mit der Renovierung durch seid. Ich frage mich allerdings immer noch, warum Ramsey es plötzlich so eilig mit den Reparaturen hat, wo er offensichtlich jahrelang kein Problem damit hatte, dass es durchs Dach regnet.« Dan warf mir einen ungläubigen Blick zu. »Ich gehe mal davon aus, dass es was mit seinen Instinkten zu tun hat.«

Da ich keine Ahnung hatte, was es mit den Instinkten von Gestaltwandlern auf sich hatte, hob ich fragend die Augenbrauen. »Wie meinst du das?«

»Du weißt schon, Bären und ihre Höhlen. Familienkram eben.« Er zuckte mit den Schultern. »Er hat sich eine Partnerin genommen, und jetzt baut er ein Zuhause für sie.«

Bevor ich etwas darauf erwidern konnte, wurde ich vom Geräusch knirschender Reifen auf dem Kies der Auffahrt abgelenkt. »Noch ein neues Haushaltsgerät?«, fragte ich Dan mit einem Grinsen.

Doch der sah alles andere als glücklich aus. »Nein, Ma'am.«

Beim Anblick seines ernsten Gesichtsausdrucks krampfte sich mein Magen vor Angst zusammen, und ich rutschte von der Küchenanrichte, um einen Blick aus dem großen Küchenfenster zu werfen.

Hinter dem Van der Wilders parkte der leuchtend grüne Pick-up der Andersons, aus dem nacheinander Levi, Wyatt, Maynard und Gracie ausstiegen. Sie hielten einen Moment inne, um Witterung aufzunehmen, dann gingen sie entschlossen auf die Haustür zu. Eine Sekunde später verstummte das Klopfen des Hammers auf dem Dach.

Mein Herz schlug so heftig, dass ich das Blut in den Ohren

rauschen hörte. Jede Faser meines Körpers bettelte darum, die Flucht ergreifen zu können, aber ich wusste nur allzu gut, dass Wölfe keinen Respekt vor Feiglingen hatten. Jede Schwäche, die ich zeigte, würde alles nur noch schlimmer machen. Also ballte ich die Hände zu Fäusten und trat auf die Veranda hinaus, wo ich auf der obersten Treppenstufe stehen blieb.

Als Levi mich bemerkte, hob er die Hand, um den anderen zu bedeuten, sich im Hintergrund zu halten. Dann trat er einen weiteren Schritt auf mich zu. Maynard und Wyatt grinsten anzüglich, doch Gracie schien alles andere als gute Laune zu haben. Finster starrte sie geradeaus.

Levi streckte die Hand aus, um mich mit einer Geste zu sich zu winken. »Komm her, Mädchen.«

Meine Muskeln verkrampften sich, und ich schluckte ein Winseln herunter, das unwillkürlich in meiner Kehle aufstieg, um dem Alpha zu signalisieren, dass ich mich ihm unterordnete. Er starrte mich unverwandt an, und ich stieg langsam eine Stufe hinab. Dann eine zweite. So sehr ich mich auch dagegen sträubte, seinem Willen zu gehorchen, so überwältigend war der Zwang in meinem Innern, es trotzdem zu tun. Doch bevor meine Füße den Rasen berührten, sprang Ramsey vom Dach. In zusammengekauerter Haltung landete er vor mir und kam rasch auf die Beine, um mich von dem Alpha abzuschirmen, sodass der Druck auf meinen Willen ein wenig nachließ.

»Lass sie in Ruhe!«, knurrte er drohend, wobei seine Stimme mehr nach der Bestie klang, die in ihm schlummerte, als jemals zuvor.

»Howdy, Papa Bär«, antwortete Gracie in herablassendem Ton, offensichtlich vollkommen unbeeindruckt von Ramseys Statur. »Wir sind gekommen, um nach deinem Mädchen zu sehen. Daddy wünscht sich einen kleinen Verwandlungs-Überraschungstest.«

»Verschwindet von meinem Grundstück!« Ramsey starrte sie drohend an. »Sofort.«

Sein Rücken krümmte sich, und ich hätte schwören können, den Ansatz des typischen braunen Fells auf seinen Armen zu erkennen. Als er die Hände zu Fäusten ballte, sah ich, dass ihm Klauen gewachsen waren. Sein ganzer Körper schien vor Wut zu beben. Ich hatte Ramsey noch nie so aufgebracht gesehen.

Levi schien ebenfalls nicht zu entgehen, wie gereizt Ramsey war, denn er hob eine Hand, um seine Wölfe daran zu hindern, ihn weiter zu provozieren. »Ich bin gekommen, um nach dem Mädchen zu sehen und zu überprüfen, ob sie Fortschritte beim Verwandeln macht. Wenn sie sich immer noch nicht unter Kontrolle hat, dann ist sie ab sofort unser. Ich werde nicht zulassen, dass du sie zerstörst.«

Ramsey stieß ein tiefes Knurren aus, während sich die Muskeln an seinem Rücken zu verformen begannen. »Ihr habt sie dazu gezwungen, sich unkontrolliert zu verwandeln. Ihr wusstet, was passieren würde, wenn sie Angst …«

»Das spielt keine Rolle«, unterbrach Levi ihn mit einem selbstgefälligen Grinsen. »Wenn sie Fortschritte machen würde, hätte es so oder so nicht passieren dürfen.«

»Du wirst sie auf keinen Fall anfassen.«

»Heute Morgen musste ich erfahren, dass Gracie anscheinend nicht auf eurer Party willkommen war. Sie wird ab sofort nicht mehr hier leben. Und einer meiner Jungs hat mir erzählt, dass deine Frau Blut gespuckt hat, als sie sich verwandelt hat.« Er reckte das Kinn, um einen Blick auf mich zu werfen. »Deswegen bin ich hier. Ich will sehen, wie sie sich verwandelt. Ob sie Fortschritte gemacht hat.«

Ich erstarrte. Die schrecklichen Schmerzen der Verwandlung vom vergangenen Abend waren noch lange nicht vergessen. Und wenn sie mich nun zwangen, es vor ihren Augen zu tun, würde es ebenso hart und furchtbar werden, das wusste ich. Und sie wussten es auch.

»Sie wird sich verwandeln.« Ramseys Worte klangen schleppend, beinahe lallend, als wäre sein Mund voller scharfer Reißzähne. »Aber nur über meine verdammte Leiche.«

Levis Augen blitzen grün auf. »Kein Problem, Bjorn. Vier gegen einen. Berühmte letzte Worte, würde ich sagen.«

Ich trat hinter Ramseys breitem Rücken hervor. »Vier gegen zwei.«

Ein boshaftes Grinsen umspielte Gracies Lippen. Wie hatte ich jemals glauben können, dass sie meine Freundin war? Sie war genau so lange nett zu mir gewesen, wie sie etwas dabei für sich hatte herausholen können.

»Vier gegen drei«, erklang eine Stimme hinter mir. Dann sprang Jackson ebenfalls vom Dach, um an unsere Seite zu treten.

»Vier gegen vier.« Als ich mich umblickte, sah ich Dan, der mit einem Hammer in der Hand aus dem Haus gekommen war.

Levi stieß ein Knurren aus. »Dann ist unser Friedensvertrag damit aufgelöst, Bjorn?«

»Ihr habt ihn gebrochen. Wenn du meine Partnerin noch einmal berührst, verlierst du deinen Arm.«

Maynard ballte die Hand zur Faust, doch Levi bedeutete ihm mit einer Geste, sich vorerst zurückzuhalten. »Wie du meinst. Aber ich warne dich, wenn wir erst dich fertigmachen müssen, um an sie ranzukommen, werden wir uns nicht zurückhalten.«

Ich hielt die Luft an, während die Wölfe zurück zu ihrem Truck gingen und einstiegen. Erst als der Wagen mit durchdrehenden Reifen die Auffahrt hinunterraste, schnappte ich keuchend nach Luft. Mir war übel und schwindelig.

Ramsey fuhr zu mir herum und legte zärtlich die Hände an meine Wangen. Suchend sah er mir in die Augen. »Bist du okay?«

Ich nickte, bevor ich mich sanft aus seinem Griff befreite. »Das hättest du nicht tun sollen«, sagte ich leise. »Jetzt werden sie uns ihr wahres Gesicht zeigen.«

»Das haben sie bereits getan, als sie dich letzte Nacht angegriffen haben«, stieß er wütend aus. »Als sie dich mit Absicht dazu gebracht haben, dich zu verwandeln, obwohl sie wussten, dass es dir furchtbare Schmerzen bereiten würde. Und als sie einfach hier aufgekreuzt sind, um dir dasselbe noch einmal anzutun. Oder wärst du in der Lage gewesen, dich kontrolliert zu verwandeln?«

Ich schüttelte den Kopf.

»Genau. Und das wussten sie genauso gut wie du und ich.« Ich beobachtete, wie sich seine Klauen langsam zurückzogen, bevor er seine Hand hob, um mir über das Haar zu streicheln, über meine Wangen und die Schultern. Überall berührte er mich, streichelte mich, als wollte er den Schmerz so dazu bringen, meinen Körper zu verlassen. »Sie waren nie an einem Deal interessiert. Die ganze Zeit über haben sie nur ihr mieses Spiel mit uns getrieben. Und ich bin es leid mitzuspielen.«

Ich musterte sein Gesicht, seine wütenden und gleichzeitig entschlossenen Züge, und fragte mich, was er in diesem Augenblick dachte. Jackson und Dan hatten sich ins Haus zurückgezogen, um uns unsere Privatsphäre zu lassen.

»Aber wir haben genauso unsere Spielchen gespielt«, sagte ich aufgewühlt. »Diese Sache zwischen uns – wir haben uns das alles nur ausgedacht, um ihnen vorzuspielen, dass wir beide ein Paar sind. Sie wissen es. Und wir wissen es.«

Ich war mir sicher gewesen, dass es Ramsey nicht möglich war, noch wütender auszusehen. Doch ich hatte mich getäuscht. Er hatte die Augen zu schmalen Schlitzen verengt, und sein Mund war nicht mehr als eine harte Linie. »Hier spielt niemand mehr irgendwelche Spielchen. Du gehörst zu mir, und du wirst bei mir bleiben.«

Ich wünschte mir nichts mehr, als dass er recht behielt. Doch tief in mir regten sich Zweifel, dass die Wölfe das zulassen würden.

Kurz nachdem wir die Wölfe vorerst vertrieben hatten, sahen Ellis und Joshua vorbei. Als die beiden durch die Tür kamen, nahm ich auch Beaus Witterung auf. Er unterhielt sich draußen vor dem Haus mit Ramsey. Wenig später beobachtete ich durch das Küchenfenster, wie sie in Richtung Wald gingen. Vermutlich, um sicherzugehen, dass sich nicht doch noch irgendwelche Andersons in der Nähe rumtrieben.

Ellis und Joshua ließen mich nicht aus den Augen, und nach einer Weile schaltete ich die Xbox ein, damit sie etwas zu tun hatten, während ich an meinem Laptop arbeitete. In den letzten Tagen hatte ich nur selten Lust auf ein Videospiel gehabt. Dafür war einfach zu viel los gewesen.

Und trotzdem gab es nichts, was ich tun konnte. Jedes Mal, wenn ich vorsichtig vorschlug, vielleicht für ein paar Stunden in die Agentur zu fahren, erntete ich nichts als strenge Blicke. Wenn ich eine Farbrolle oder einen Hammer in die Hand nahm, entriss ihn mir sofort wieder jemand. Als ich für alle kochen wollte, tauchte Savannah mit einem Berg Klubsandwiches auf. Und alle weiteren Dates mit Ramsey waren vorerst gecancelt worden. Es wäre zu gefährlich gewesen auszugehen, solange die Wölfe nur auf eine Gelegenheit warteten, mich zu belästigen. Was dazu führte, dass ich in einer Art Hausarrest gefangen war, während alle anderen damit beschäftigt waren, mir den Arsch zu retten.

Die ganze Situation machte mir zu schaffen. Ich hatte mich bemüht, stärker zu werden und selbstbewusster, und doch fand ich mich nicht zum ersten Mal in meinem Leben in der Rolle der abgeschottet lebenden, schutzbedürftigen Sara wieder.

Ich loggte mich auf der Website von Midnight Liaisons ein

und scrollte gelangweilt durch meinen Posteingang, wobei ich die Mails jedoch nur überflog. Ich fühlte mich nicht wohl in meiner Haut und war neben der Spur. Es fiel mir schwer, mich auf etwas zu konzentrieren. Wahllos klickte ich ein paar Profile an, bevor ich in der Datenbank nach Werbären suchte. Nur eine Handvoll Accounts wurde angezeigt. Die meisten lebten in anderen Staaten. Bären waren keine besonders häufige Art unter den Gestaltwandlern.

Als ich Nikolinas Namen las, sog ich scharf die Luft ein und klickte darauf. Eine Weile starrte ich auf ihr Profilbild, bevor ich ihren Steckbrief überflog. Sie war einen Meter fünfundachtzig groß und wog achtzig Kilo. Der Großteil davon war Muskelmasse, da war ich mir sicher. Sie sah stark aus. Ihr Profil war noch immer auf inaktiv gesetzt, was bedeutete, dass sie sich bereits seit einiger Zeit nicht mehr eingeloggt hatte. Sie passte gut zu Ramsey, bei ihr müsste er nicht so vorsichtig sein. Und zusammen würden sie viele niedliche Bärenbabys bekommen. Beinahe konnte ich sie vor meinem geistigen Auge sehen, wie sie zusammen durch die Wälder strichen. Zwei glückliche Bären, die …

Wütend klappte ich den Laptop zu und machte ein finsteres Gesicht.

Als Jackson und Dan reinschauten, um sich zu verabschieden, winkte ich ihnen halbherzig zu, bevor ich in die Küche ging, um mir ein Sandwich zu holen und mich damit auf die Couch zu setzen und zu warten.

Als die Dämmerung einsetzte, wurden Ellis und Joshua von Jeremiah und Austin abgelöst. Sie sprachen kurz mit Beau und Ramsey, dann verließen sie das Haus wieder.

Als ich Ramsey mit gerunzelter Stirn einen fragenden Blick zuwarf, erklärte er: »Sie schieben heute Nacht Wache.«

»Und was ist mit meiner Verwandlungsübung?«

Er schüttelte abwehrend den Kopf. »Die kann bis morgen

warten.« Er streichelte mir über die Haare und drückte mir einen zärtlichen Kuss auf die Stirn, bevor er durch das Haus lief, um zu überprüfen, ob alle Fenster und Türen verschlossen waren.

Als er in den ersten Stock hinaufging, folgte ich ihm in unser Schlafzimmer. »Gehst du heute Abend mit mir zusammen ins Bett?«

»Ja.«

Ein Hoffnungsschimmer regte sich in mir. »Weil du mich beschützen willst, oder weil du es willst?«

»Beides.«

Eine Welle des Verlangens erfasste mich. Augenblicklich wurden meine Nippel hart. Doch ich zwang mich, die lustvollen Gefühle beiseitezuschieben, und verschränkte die Arme vor der Brust. »Ich verstehe dich nicht, Ramsey.«

Er starrte mich verständnislos an. »Wäre es dir lieber, wenn ich woanders schlafe?«

»Nein! Es ist nur … Ich verstehe einfach nicht, was in deinem Kopf vorgeht.« Die Anspannung des Tages zehrte an meinen Nerven, und ich ließ mich schwer auf die Bettkante fallen, darum bemüht, mein Temperament im Zaum zu halten, um nicht vor Frust Dinge gegen die Wand zu werfen.

»Wie meinst du das?«

»Ich meine das hier!« Ich gestikulierte wild mit den Händen, um seine Aufmerksamkeit auf das große Bett zu lenken. »Mich und dich. Dich und mich. Zusammen in diesem Bett. Wie wir uns anfassen, ohne jemals richtig Sex zu haben. Und die Sache mit Nikolina. Ich habe keine Ahnung, wo all das hier hinführen soll, und das treibt mich in den Wahnsinn.«

Ruhig sah er mich an. »Und was glaubst du, wo es hinführen sollte?«

Am liebsten hätte ich ihn für den Satz erwürgt. »Ich will, dass du mir sagst, was du über mich denkst«, knurrte ich. »Ich will, dass du aufhörst, so verdammt schweigsam und stark zu sein, und mir endlich sagst, was du für mich empfindest, Herrgott noch mal! Bedeutet diese Sache zwischen dir und mir etwas, oder bin ich einfach nur eine kurze Umleitung auf der Straße, die dich zu Nikolina führt? Bitte, sag es mir. Denn alles, was ich bisher von dir bekommen habe, sind irgendwelche verwirrenden Signale. In der einen Sekunde kannst du es kaum abwarten, mich zu küssen, und in der nächsten bist du nicht in der Lage, mit mir zu schlafen. In der einen Nacht nimmst du mich in die Arme, und in der nächsten warte ich vergeblich auf dich.«

»Sara …«

»Ist es wirklich so verdammt schwer, mir zu sagen, ob du mich liebst oder nicht?«

Ohne ein Wort ließ er sich neben mir auf die Matratze sinken und zog mich auf seinen Schoß, sodass sich unsere Gesichter nur Zentimeter voneinander entfernt befanden. Ich trug nichts außer einem dünnen T-Shirt und einem Höschen, durch das ich die Hitze seiner Erektion zwischen meinen Beinen spüren konnte.

Er sah mich aus seinen dunklen Augen an. »Du weißt, was ich für dich empfinde, Sara.«

»Nein, das weiß ich nicht. Es wäre mir wirklich sehr lieb, wenn du es einmal laut aussprechen würdest.«

»Ich liebe dich«, sagte er schlicht, und ich spürte ein Gefühl des Triumphs in mir aufsteigen. »Ich liebe dich, seit du bei dem Treffen mit den Wölfen an mir hochgeklettert bist wie an einem verdammten Baum und mir diesen bescheuerten Spitznamen verpasst hast. Du hattest Angst, aber du hast dich ganz einfach geweigert, sie zu zeigen. Das bewundere ich so an dir. Und seitdem sind meine Gefühle für dich jeden Tag nur noch stärker geworden.«

»Dann spielt Nikolina keine Rolle mehr?«, platzte ich heraus.

»Das hat sie nie getan«, erwiderte er sanft, während er mit den Daumen die empfindliche Stelle an meinem Rücken, direkt über dem Bund meines Höschens, massierte. »Mein Leben mit ihr und meinem Clan war vorbei, als ich mit fünfzehn verbannt wurde. Ich habe immer geglaubt, dass ich meine Familie irgendwann vermissen und zu ihr zurückkehren würde, um sesshaft zu werden. Die ganze Zeit wusste ich, dass die Möglichkeit bestand, und ich habe nur darauf gewartet, dass ich sie ergriff.«

Ich traute mich kaum, Luft zu holen, aus Angst, dass er wieder schweigen würde.

Zärtlich fuhr er mit den Fingerspitzen über meinen Rücken nach oben und schob sie nach vorn, um federleicht damit über mein zerbrechliches Schlüsselbein zu streichen. Ramsey schien vom Anblick seiner Hand auf meiner Haut so fasziniert zu sein, dass er nicht mal den Blick hob, um mir in die Augen zu sehen, als er fortfuhr: »Seitdem ich vor allen anderen Anspruch auf dich als meine Partnerin erhoben habe, fühle ich mich dir verpflichtet. Und ab diesem Zeitpunkt wusste ich, dass dies der Weg ist, den ich gehen will. Ich möchte nicht zu meinem Clan zurückkehren, sondern bei dir bleiben – und bei der Allianz. Ich habe dir mein Haus und meinen Schutz angeboten, weil dies die einzigen Dinge sind, mit denen ich dir zeigen kann, dass du mir wichtig bist.«

Als ich die Handflächen auf seine Brust legte, konnte ich durch den Stoff seines Hemdes die Wärme seiner Haut spüren. »Und was ist mit deinem Herz?«

»Das hat schon immer nur dir gehört«, antwortete er mit rauer Stimme.

Ich fuhr mit den Fingern durch sein unbändiges Haar. »Warum hast du mich dann auf Abstand gehalten? Ich …«

Er nahm meine Hand und umschloss sie sanft mit seiner eigenen. »Weil es in dieser Beziehung nicht darum geht, was *ich* will, Sara.«

Ich sah ihn irritiert an.

»Hier geht es um *dich*, Sara, um nichts anderes.« Er blickte mich ernst aus seinen dunklen Augen an. »Ich bin kein Roy, der dich zwingt, ein Leben zu leben, das du gar nicht willst. Ich bin kein Levi, der dich einem Mann verspricht, den du dir nicht selbst ausgesucht hast.«

Mir stockte der Atem. »Ist das der Grund dafür, dass du nicht mit mir schlafen willst?«

Er ließ seinen Blick liebevoll über mein Gesicht wandern. »Ich will nicht, weil du dadurch an mich gebunden wärst. Dein ganzes Leben lang musstest du ertragen, dass dir eine Freiheit nach der nächsten genommen wurde. Aber ich werde dir weder meinen Willen noch meine Wünsche aufzwingen. Wenn du mit den Wölfen fertig und frei in deinen Entscheidungen bist – *wirklich* frei –, dann können wir miteinander schlafen, wenn du es willst. Und wenn du es dann nicht mehr möchtest, ist das genauso okay.«

»Bei dir fühle ich mich zu nichts gezwungen.« Ich fuhr mit den Fingerspitzen die harte Kante seines Kiefers entlang. »Ich bin so glücklich, dass du mich liebst.«

»Ich weiß«, sagte er mit einem sanften Brummen. »Und ich will nicht, dass du das Gefühl hast, etwas darauf erwidern zu müssen. Ich möchte dich damit nicht unter Druck setzen.«

Ich erstarrte. Ich hätte etwas erwidern sollen. Ihn als den meinen bezeichnen, unsere Beziehung anerkennen sollen. Doch plötzlich war ich vor Angst wie gelähmt.

Ein schmerzhafter Ausdruck huschte über Ramseys Gesicht, bevor er sich vorbeugte, um mir einen Kuss auf die Stirn zu geben. »*Du* musst entscheiden, was du willst, Sara. Ich werde dich weder zu einer Entscheidung noch zu einer Beziehung mit mir zwingen. Ich bin nicht wie Roy oder Levi. Ich kann sehr geduldig sein, und ich werde so lange warten, bis du dir sicher bist, was du willst.« Er küsste mich noch einmal, bevor er mich von seinem Schoß hob und aufs Bett setzte. Dann verließ er das Zimmer.

Mit klopfendem Herzen sah ich ihm nach. *Ich weiß, dass du nicht wie sie bist.* Doch die Worte waren mir in der Kehle stecken geblieben; genauso wie das *Ich liebe dich auch*, das mir auf einmal so große Angst machte.

Liebte ich Ramsey wirklich und wahrhaftig? Oder wollte ich ihn nur, weil ich mich in seiner Nähe so unglaublich sicher und geborgen fühlte? Mit einem Seufzen ließ ich mich zurück auf die Matratze sinken und starrte an die Decke, während ich mich fragte, wann genau mein Leben eigentlich so furchtbar kompliziert geworden war.

In dieser Nacht schlief ich nicht gut. Jedes Mal, wenn ich die Augen schloss, sah ich Wölfe. Und wenn ich träumte, war da Roy, der mich tyrannisierte.

Als ich schweißgebadet aus einem weiteren schrecklichen Albtraum aus dem Schlaf schreckte, stellte ich fest, dass Ramsey noch immer nicht zurückgekehrt war. Auf Zehenspitzen schlich ich zur Tür – die inzwischen gerade eingehängt war und nicht mehr über den Boden schleifte –, öffnete sie einen Spaltbreit und spähte auf den Flur hinaus.

Ramsey saß in einem Campingstuhl am Ende des Korridors vor dem großen Fenster und starrte in die Dunkelheit hinaus. Eine sanfte Brise wehte mir entgegen. Er hatte das Fenster auf Kippe gestellt, sodass er Witterung aufnehmen konnte. Auf seinem Schoß lag eine Schrotflinte.

Ein Schauer ging durch meinen Körper, als ich die Waffe entdeckte. Bevor Ramsey mich bemerken konnte, schloss ich die Schlafzimmertür schnell wieder und lehnte mich schwer atmend von innen dagegen. Ihn mit dem Gewehr zu sehen hatte alle möglichen Gefühle in mir ausgelöst. Entsetzen darüber, dass es tatsächlich so weit gekommen war. Angst davor, dass uns die Wölfe angreifen und Ramsey verletzen könnten. Und eine seltsame Dankbarkeit dafür, dass er bereit war, so weit für mich zu gehen.

Als endlich die Sonne aufging, erwachte ich von einem lauten Geräusch, das sich wie ein Schuss anhörte. Erschrocken sprang ich aus dem Bett und stürzte panisch die Treppe ins Erdgeschoss hinunter, die Nasenflügel gebläht, um jeden unwillkommenen Gast schon von Weitem wittern zu können.

Der Laut war inzwischen verklungen, und ich schlich auf Zehenspitzen in die Küche – wo mich Dan und Savannah empfingen, die neben einem Haufen Keramikfliesen auf dem Boden knieten.

Savannah sah von der Fräse auf, als sie mich hereinkommen hörte. Die dunklen Haare fielen ihr in langen seidigen Strähnen über die Schultern. »Haben wir dich geweckt? Das tut mir leid!«

Ich verschränkte die Finger hinter dem Rücken, um ihr Zittern zu verbergen. »Ich dachte nur … ich … Egal, vergiss es.«

Sie schenkte mir noch einen entschuldigenden Blick, bevor sie erneut den Hebel an der Fräse herunterdrückte. Wieder ertönte das krachende Geräusch, das wie ein Schuss klang, und sie legte die zurechtgeschnittene Fliese auf den Haufen rechts von sich. Wenn mich nicht alles täuschte, würde der Boden in der Küche ein hübsches Schachbrettmuster in Weiß und Schwarz verpasst bekommen.

»Die Fliesen sind sehr schön.«

»Ramsey meinte, dass sie dir vielleicht gefallen könnten«, sagte Savannah gleichgültig. »Du kannst uns beim Verlegen helfen, wenn du willst.«

»Okay.«

»Wahrscheinlich ist es einfacher, wenn du dir dabei eine Hose anziehst«, bemerkte sie. »Dann kann Dan auch aufhören, den Boden anzustarren.«

Ups. In der Eile hatte ich überhaupt nicht darauf geachtet, was ich anhatte. Schnell lief ich in den ersten Stock hinauf und streifte mir meine alte Jeans über, bevor ich wieder in die Küche hinunterging. Ramsey war weit und breit nicht zu sehen. Überrascht stellte ich fest, dass mir seine Abwesenheit einen Stich versetzte.

»Wo ist Ramsey?«

»Weggefahren. Er und Beau haben irgendwelche großen Pläne für heute gemacht. Aber meine Brüder und Cousins sind in der Nähe. Mach dir also keine Sorgen.«

Ich ließ mich im Schneidersitz auf den Boden sinken. Savannah hatte unrecht, ich machte mir keine Sorgen. Wenn Ramsey der Ansicht war, dass ich mit dem Rest der Russells als Bodyguards sicher war, dann war ich es auch. Ich war ganz einfach enttäuscht, ihn heute Morgen verpasst zu haben. Auf einmal verspürte ich das unbändige Bedürfnis, seine Hand zu berühren; ihn wissen zu lassen, dass es mir gut ging.

»Wenn ihr beiden hier allein klarkommt, dann sehe ich mal nach, ob Jackson Hilfe mit dem Dach braucht«, sagte Dan und verschwand hastig aus der Küche.

Ich warf Savannah einen fragenden Blick zu.

»Wahrscheinlich liegt es an der Katze in mir. Er ist so jung, dass er vermutlich noch nicht so gut damit zurechtkommt.«

»Oh.« Ich zog die Knie an die Brust. Bisher hatte ich mich in Savannahs Nähe oder mit einem der anderen Russells noch nie unwohl gefühlt. Vielleicht war das eine Sache zwischen natürlich geborenen Gestaltwandlern. »Kommen die meisten Arten so schlecht miteinander aus wie Werwölfe und -katzen?«

»Nein, das sind vor allem diese beiden Spezies«, antwortete sie fröhlich. »Obwohl viele von uns Werschlangen für nicht besonders vertrauenswürdig halten. Und Vampire riechen zwar unglaublich, aber sonst sind sie ziemlich beunruhigende Zeitgenossen.«

Ich machte mir eine gedankliche Notiz, die Informationen irgendwann in die Datenbank von Midnight Liaisons einzupflegen. Inzwischen war ich mir ziemlich sicher, dass es uns teilweise tatsächlich an elementarem Wissen über die Welt der Übernatürlichen fehlte.

Savannah widmete sich wieder der Fräse und reichte mir die fertig zugeschnittenen Fliesen an. »Willst du das lieber selbst machen?«

»Nein. Du machst das super. Vielen Dank für deine Hilfe.«

»Eine gute Gelegenheit, um aus dem Haus zu kommen«, murmelte sie, ohne den Kopf zu heben. »Wie es aussieht, hast du nicht so viel Glück, oder? Hausarrest, bis Ramsey dich entlässt?«

»Ich bleibe vorerst hier, ja.« Beim Gedanken daran lief mir ein Schauer den Rücken hinab. »Aber ich sollte dringend Bath anrufen und sie fragen, ob sie jemanden hat, der in der Agentur für mich einspringen kann.« Trotzdem blieb ich auf dem Küchenboden sitzen. Da waren viel zu viele Fragen in meinem Kopf, die unbeantwortet waren.

Ich nahm eine Scherbe in die Hand und fuhr mit dem Finger an der scharfen Kante des Marmors entlang. Die Fliesen mussten ein Vermögen gekostet haben. Unwillkürlich fragte ich mich, ob Dan recht damit gehabt hatte, dass Ramsey eine Höhle – ein Zuhause – für seine zukünftige Familie baute. Warum fiel es mir nur so schwer, daran zu glauben? Warum hatte ich auf einmal solche Angst vor einer Beziehung, vor einer Zukunft mit Ramsey, obwohl ich mir nicht vorstellen konnte, jemals wieder mit einem anderen Mann zusammen zu sein? Das letzte Mal, als ich mir meinen Freund ausgesucht hatte, hatte er sich als brutale Bestie herausgestellt. Was, wenn ich auch diesmal wieder die falsche Entscheidung traf? Oder, noch schlimmer, wenn ich Ramseys Leben anstelle meines eigenen zerstörte? Nach sechs Jahren, die ich von der Gnade anderer abhängig gewesen war, stand ich plötzlich vor der Wahl, mein Schicksal selbst in die Hand zu nehmen. Und der Gedanke daran machte mir riesige Angst.

Ich schluckte schwer. »Kann ich dich etwas fragen, Savannah?«

Sofort sah sie alarmiert aus. »Natürlich.«

Noch immer strich ich mit den Fingern über die Scherbe in meiner Hand. So glatt auf der einen Seite und doch so rau an den Kanten. »Wie haben sich die Wölfe verhalten, als du ihre Gefangene warst?«

Sie dachte einen Moment über meine Frage nach, bevor sie sagte: »Ziemlich gleichgültig. Neutral.«

Das war nicht die Antwort, die ich erwartet hatte. »Was meinst du mit gleichgültig?«

Sie zuckte mit den Schultern. »Sie sind ein Haufen Riesenarschlöcher, aber als sie mich entführt haben, waren sie sehr darauf bedacht, mir nicht wehzutun. Ich glaube, die ganze Aktion war eher als eine Art Bluff gedacht. Sie haben mich in einer Hütte irgendwo im Wald eingesperrt. Ich musste eine Fessel tragen, mit der ich an die Wand gebunden war, aber ich konnte mich in dem Haus einigermaßen frei bewegen. Sie haben mir meine Privatsphäre gelassen, mir dreimal am Tag etwas zu essen gegeben und mich nicht weiter belästigt oder angefasst. Ich glaube, sie hatten ganz einfach kein Interesse an mir. Wahrscheinlich, weil ich eine Katze bin.«

Dabei hätte ich mindestens einen Wolf nennen können, der sogar ganz besonders an ihr interessiert war, aber ich schwieg dazu. »Und Gracie?«

»Sie ist ein bisschen seltsam. Eigentlich war sie ganz nett zu mir, aber jedes Mal, wenn ihr Vater aufgetaucht ist, hat sie auf einmal so getan, als hätten wir noch kein Wort miteinander gewechselt. Ihre Familie bringt eindeutig ihre schlechtesten Seiten zum Vorschein.«

Ich nickte nachdenklich. »Und was ist mit … Connor?«

Savannah verengte die Augen zu schmalen Schlitzen, und für eine Sekunde sah sie genauso aus wie Beau, wenn er wütend wegen irgendetwas war. »Warum fragst du mich nach ihm?«

»Weil er bis über beide Ohren in dich verliebt ist und sich nach dir verzehrt. Und ich versuche zu verstehen, wie das sein kann, wenn die Wölfe angeblich so wahnsinnig gleichgültig dir gegenüber waren.«

Um ihren Mund zeigte sich ein weicherer Zug. »Connor nicht.«

»Wie, Connor nicht?«

»Er ist nicht wie die anderen. Wenn ich über die Andersons im Allgemeinen spreche, dann zähle ich ihn nicht dazu. Er ist anders.«

»Und warum willst du dann nicht mit ihm reden?«

Sie schenkte mir ein trauriges Lächeln, bevor sie eine weitere Fliese in die Hand nahm. »Weil er nicht anders genug ist.«

Das erschien mir Connor gegenüber mehr als unfair. »Das weißt du doch gar nicht.«

»Wirklich nicht? Ich habe ihn angefleht, mich gehen zu lassen, als ich gemerkt habe, dass ich läufig werde. Ich habe gebettelt, dass er mich zu meinem Freund zurückkehren lässt. Aber er hat sich geweigert, mir zuzuhören. Egal, wie verständnisvoll er manchmal auch erscheinen mag, am Ende des Tages gehorcht er den Befehlen seines Alphas. So einen Mann kann ich nicht lieben. Wenn wir eine gemeinsame Zukunft haben wollen, muss ich mir sicher sein können, dass er meine Bedürfnisse und die meines Kindes an erste Stelle stellt.« Ihre Stimme hatte einen harten Ton angenommen. »Er hat mit mir geschlafen, obwohl er wusste, dass es die Beziehung mit meinem Freund zerstören würde. Es war ihm egal.«

Ich schüttelte ungläubig den Kopf. »Bist du dir sicher, dass er nicht nur das getan hat, was in dem Moment am besten für *dich* war? Was, wenn er dich befreit und der Alpha dich auf der Flucht getötet hätte? Levi und die anderen sind gnadenlos, aber das heißt nicht, dass Connor genauso ist wie sie. Oder dass er nicht in der Lage ist, jemanden zu lieben.« Savannah blieb stumm.

Ihr Schweigen ärgerte mich, also fuhr ich fort: »Nur weil er anders ist als du oder die Russells, bedeutet das noch lange nicht, dass er dein Feind ist. Du solltest ihn anhand seiner eigenen Handlungen beurteilen, nicht an denen anderer.«

Sie schwieg noch immer.

Ich riss ihr die Fliese aus der Hand und zwang sie so, mich anzusehen. »Er ist krank vor Liebe. Er will dich an seiner Seite, aber er weiß nicht, wie er Kontakt zu dir aufnehmen soll. Connor möchte sein Leben mit dir teilen, Savannah, aber du weigerst dich, ihn in deines hineinzulassen.«

»Meinst du wirklich?«

»Ich glaube, wenn du ihn darum bittest, würde er alles für dich aufgeben. Das Rudel, seine Familie – all das bedeutet ihm nichts, solange er weiß, dass er dich hat. Es ist nicht zu übersehen, dass er dich geradezu verehrt – und dass es ihn zerstört, dass du ihm noch nicht einmal eine Chance geben willst.«

Einen Moment lang starrte sie mich an, bevor sie die Lippen zu einem schelmischen kleinen Lächeln verzog. »Reden wir noch von mir, oder sind wir schon bei deiner Beziehung angekommen?«

Darauf hatte ich keine Antwort. Schloss ich Ramsey ebenfalls aus? Ich drückte Savannah die Fliese in die Hand und rappelte mich auf, wobei ich vor mich hinmurmelte, dass ich frische Luft bräuchte.

Als ich auf die Veranda hinaustrat, stellte ich fest, dass die verzogene Holztreppe repariert worden war. Ich ging die Stufen hinab und stellte mich in die Auffahrt, um das Haus zu betrachten. Der neue Anstrich wirkte frisch und einladend, und die Löcher im Dach waren ausgebessert worden. Die Veranda neigte sich noch immer zu einer Seite, aber das würde leicht zu beheben sein.

Seit ich hier eingezogen war, hatte Ramsey alles darangesetzt, um aus dem alten, heruntergekommenen Anwesen ein richtiges Zuhause zu machen. Ich war diejenige gewesen, die seinen Clan und Nikolina zur Sprache gebracht hatte, nicht er. Und er hatte mich niemals angelogen. Warum war ich mir also so sicher, dass er sich gezwungen fühlte, mit mir hier zu leben? Dass ich am Ende diejenige wäre, die verletzt würde? Was, wenn er wirklich mit mir hier leben wollte – freiwillig? Einfach nur, weil er mit mir zusammen sein wollte.

Ich rieb mir über die kalten Arme. Tief in meinem Innern kannte ich die Antwort auf all meine Fragen. Er wollte, dass ich frei war, um ihn zu lieben. Und er würde so lange geduldig warten, die Hand ausgestreckt, bis ich bereit war, sie zu ergreifen. Er wollte, dass ich mir sicher war. Wirklich sicher. Er wollte wissen, dass ich mich für ihn entschied, weil ich ihn liebte und nicht, weil ich einen Beschützer brauchte.

Ich wusste, was mein Herz wollte. Jetzt musste ich nur noch dazu stehen.

Kapitel siebzehn

Mit einem Haufen Russells und ohne Ramsey im Haus gefangen zu sein trieb mich in den Wahnsinn. Rastlos lief ich durch die Zimmer, bis ich hörte, wie ein Truck die Auffahrt heraufgefahren kam.

Ich blieb in der Küche, während er draußen ein paar Worte mit Savannah und Joshua wechselte. Dann stiegen die beiden in ihren sehr viel kleineren Wagen und fuhren davon.

Als Ramsey durch die Tür kam, lächelte ich ihn an. Ich stand hinter der Kücheninsel. Nach dem gestrigen Abend und meinen Überlegungen vom Morgen fühlte ich mich unsicher und nervös. Würde er mir vertrauen, wenn ich mich ihm offenbarte, oder würde er nur denken, dass ich ihn ausnutzen wollte?

Ramsey sah müde aus. Seine Augen lagen tief in den Höhlen, darunter waren dunkle Ringe zu sehen.

»Hattest du einen langen Tag?«, fragte ich.

Er nickte. »Ich muss unbedingt unter die Dusche.«

Es gab eine Million Fragen, die ich ihm stellen wollte. Warum er so müde und wo er gewesen war. Ob alles in Ordnung war. Aber all das konnte warten. »Ich fange schon mal an zu kochen.«

Während Ramsey oben im Bad war, überprüfte ich alle Fenster und Türen darauf, dass sie sicher verschlossen waren. Als er zurückkam, hatte ich ein Weißbrot in dicke Scheiben geschnitten und es zusammen mit einem Nudelgericht aus der Mikrowelle auf zwei Papptellern arrangiert.

Als sein Blick auf unser Abendessen fiel, verzog er die Lippen zu einem müden Lächeln. »Vielen Dank für deine Mühe.«

»Ich muss dich warnen – ich bin alles andere als die perfekte Hausfrau«, sagte ich. »Wenn ich es nicht in die Mikrowelle schieben kann, liegt es eindeutig außerhalb meines Könnens.«

»Dabei habe ich dir extra diese große Küche eingerichtet«, sagte er barsch und nahm sich ein Bier aus dem Kühlschrank, mit dem er sich auf einen der Barhocker an der Kücheninsel setzte.

Ich konnte einfach nicht glauben, was er da gerade gesagt hatte. Entsetzt starrte ich ihn mit offenem Mund an.

Doch er ließ nur den Verschluss seines Biers aufploppen und zwinkerte mir zu.

»Hast du etwa gerade einen Witz gemacht?«, fragte ich, erstaunt über seinen plötzlichen Sinn für Humor.

»Den Gesichtsausdruck wollte ich mir nicht entgehen lassen«, gab er zu.

Ich musste lachen.

Während des Essens vermieden wir alle delikaten Themen und unterhielten uns nur über Unverfängliches – die Reparaturen am Haus, was noch auf seiner To-do-Liste stand oder das Wetter.

Doch irgendwann hielt ich es nicht länger aus. »Wo warst du?«, platzte ich heraus. Ein Lächeln zerrte an seinen Mundwinkeln. Ich wurde rot. »Ich habe mir Sorgen um dich gemacht. Du warst den ganzen Tag unterwegs. Ist irgendetwas passiert?«

Der Ausdruck in seinen Augen veränderte sich. Plötzlich war da eine glühende Hitze, und er ließ den Blick besitzergreifend über meinen Körper wandern, sodass meine Nippel steinhart wurden. »Hast du etwa den ganzen Tag an mich gedacht?«, fragte er mit tiefer, rauer Stimme.

»Lenk nicht vom Thema ab!«

Sein Lächeln wurde breiter. Zum zweiten Mal heute Abend hatte er es geschafft, mich aufzuziehen. »Beau und ich haben nach Tony gesucht.«

»Nach wem?«

Ramsey schwieg einen Augenblick und drehte die leere Flasche zwischen den Fingern, bevor er mir ernst in die Augen sah. »Tony Anderson. Beau glaubt, dass er ihre Schwachstelle ist. Wenn uns irgendwer Informationen darüber liefern kann, was die Wölfe planen, dann ist es Tony.«

Ich schluckte schwer. »Ihr wolltet ihn aber nicht foltern, oder?«

»Nein.« Als er aufstand, erschien mir sein Körper noch größer und breiter als sonst. »Aber wenn es sein muss, kann ich sehr überzeugend sein.«

Das glaubte ich ihm sofort. Eine Gänsehaut kroch meine Arme empor.

Der harte Ausdruck in seinem Gesicht wurde weicher. »Ich habe dir Angst gemacht«, sagte er sanft. »Das tut mir leid.«

»Oh nein«, erwiderte ich hastig, doch er ignorierte meinen Protest.

»Geh schon mal nach oben. Ich komme gleich nach.«

Sofort hellte sich meine Stimmung auf. »Damit wir weiterreden können?«

»Damit du schlafen kannst. Es ist spät, und du bist schwach.«

Schwach? »Gerade würde ich nichts lieber tun, als meine schwache Faust mit deinem schwachen Gehirn Bekanntschaft machen zu lassen«, beschwerte ich mich.

Als er den Mund verzog, war mir klar, dass er mich schon wieder nur aufgezogen hatte. Doch er wurde schnell wieder ernst. »Wirklich, Sara, du musst dich ausruhen.«

»Sollte ich mich nicht wenigstens mal wieder verwandeln?« Der Gedanke daran, dass meine bisherigen Erfolge im Sand verliefen, jagte mir eine Heidenangst ein. Den Hauch Kontrolle, den ich endlich über meinen Körper zurückgewonnen hatte, wollte ich auf keinen Fall einfach wieder aufgeben.

»Das kann bis zum Morgen warten. Ich bitte Savannah, noch mal vorbeizukommen. Sie kann mit dir üben.«

Ich spürte einen schmerzhaften Stich in der Brust. »Du willst mir nicht mehr helfen?«

Er schüttelte den Kopf. »Du brauchst jemanden, der mehr Geduld hat.«

Ich kannte niemanden, der mehr Geduld hatte als Ramsey. Verletzt starrte ich auf seinen Rücken, als er unsere Pappteller in den Papierkorb warf. Mir war nur allzu bewusst, worum es hier ging. Er versuchte, mir Raum zu geben, damit ich eine freie Entscheidung treffen konnte. Dabei wollte ich gar keinen Raum, sondern *ihn*.

Wütend stapfte ich in den ersten Stock hinauf und knallte die Tür zum Schlafzimmer hinter mir zu. Ich würde ihm zeigen, wie hart es war, mir meinen Freiraum und vor allem die Finger von mir zu lassen. Entschlossen durchquerte ich das Zimmer und zog den Baumwollbeutel mit meinen Dessous aus der Kommode. Ich hatte sie mir für einen besonderen Moment aufgespart – und der war jetzt gekommen. Schnell schlüpfte ich in den zarten Spitzen-BH und das durchsichtige Höschen, die beide kaum Spielraum für Fantasie ließen, und zog Jeans und T-Shirt darüber. Doch bevor wir zur Sache kommen würden, musste ich dringend mit Ramsey reden. Über den Mann, der mich verwandelt hatte, und darüber, was mit ihm geschehen war.

Als er an die Tür klopfte, saß ich auf der Bettkante und rieb mir nervös die feuchten Handflächen an der Jeans ab. »Komm rein.«

Er öffnete die Tür und sah sich aufmerksam um, bevor er einen Schritt ins Zimmer machte. »Alles okay?«

Ich nickte und klopfte einladend auf die Matratze. »Ich will mit dir reden.«

Er zögerte einen Moment, kam dann jedoch auf mich zu und ließ sich neben mir auf das Bett sinken. Immer wenn ich neben ihm saß, fühlte ich mich winzig. Es war wirklich bemerkenswert, dass er so groß und massig war und mir trotzdem keine Angst machte. Roy war für einen Mann eher klein und kompakt gewesen, und allein wenn ich seinen Schatten gesehen hatte, war ich bereits in Panik ausgebrochen.

Mit einem Seufzen wandte ich mich Ramsey zu. Ich konnte es unmöglich weiter hinausschieben. Als ich seine Hand nahm, schloss er sofort die Finger um meine. »Was hat Beau dir über Roy erzählt?«

»Nichts.«

Ich hob ungläubig eine Augenbraue.

»Er hat mir erzählt, dass er etwas mit deiner Vergangenheit zu tun hat – und mit Bathshebas – und dass ich mir keine Gedanken deswegen machen soll. Mehr wollte er mir nicht dazu sagen.«

Beau war wirklich ein guter Kerl. Der Gedanke, dass er meine Schwester sogar vor seinem besten Freund in Schutz nahm, gefiel mir.

Ich holte tief Luft, sammelte mich einen Moment und begann dann, den Blick auf seine Hand gerichtet, zu erzählen. »Mit sechzehn habe ich einen Typ kennengelernt, der ein ganzes Stück älter war als ich.« Nachdem der Anfang gemacht war, fühlte ich mich gleichzeitig ein wenig schwindelig und erleichtert. »Ich war als Teenie ziemlich wild. Meine Mutter war Alkoholikerin und mein Vater nie zu Hause. Bathsheba war diejenige, die für mich gesorgt hat. Meine Schwester war schon immer die Erwachsene von uns beiden. Sie hat sich nicht nur um mich und meine Mutter gekümmert, sondern auch darum, dass die anfallenden Rechnungen bezahlt wurden und wir etwas zu essen zu Hause hatten. Als sie eine Zusage für ein College-Stipendium bekam, habe ich sie gedrängt, es unbedingt anzunehmen. Mir war klar, dass ich sie vermissen würde, aber ich wusste auch, dass es das Beste war, was ihr bis dahin passiert war.« Bei der Erinnerung an ihr glückliches Gesicht an jenem

Tag musste ich unwillkürlich lächeln. »In meinen Augen hatte es niemand mehr verdient als sie, sich weiterzubilden und endlich etwas aus sich zu machen, ohne die Bürde ihrer Familie noch länger tragen zu müssen. Und ich wollte ihrer Zukunft auf keinen Fall im Weg stehen.«

Ramsey sagte nichts, drückte jedoch leicht meine Hand, und ich streichelte mit den Fingern meiner anderen über seine Knöchel.

»Dann habe ich diesen Typ kennengelernt. Roy. Das war ein paar Wochen, nachdem Bath ausgezogen war, um aufs College zu gehen. Ich war mit ein paar Freunden auf eine Uni-Party gegangen. Roy war dort, obwohl er selbst nicht studierte. Er war Mechaniker, fünfundzwanzig, und er sah gut aus, ein bisschen gefährlich vielleicht, aber das hat mir damals gefallen.«

Wie dumm und wahnsinnig naiv ich gewesen war. Statt ihn erst einmal richtig kennenzulernen, hatte ich mich von seinem verwegenen Charme und seinem schwarzen Haar blenden lassen.

»Ich war ihm vom ersten Augenblick an verfallen. Nachdem wir ein- oder zweimal miteinander ausgegangen waren, sagte er mir, dass er mich liebte. Und als dumme Sechzehnjährige, die ich war, glaubte ich ihm jedes Wort. Damals hat es mir nichts ausgemacht, dass er ziemlich besitzergreifend war und von Anfang an versucht hat, Einfluss auf mein Leben zu nehmen. Ich war es gewohnt, dass man mir sagte, was ich zu tun hatte. Zu dem Zeitpunkt gefiel mir der Gedanke, einen starken Mann an meiner Seite zu haben, der sich um alles kümmerte. Ich hatte sowieso keine Ahnung, wie ich mein Leben allein auf die Reihe bekommen sollte.« Ich warf Ramsey einen unsicheren Blick zu. »Im Nachhinein klingt das alles sehr traurig, ich weiß.«

»Nicht traurig«, sagte er barsch. »Du warst jung. Und du hattest Angst.«

Ja, aber inzwischen bin ich nicht mehr so jung, und ich habe immer noch Angst. Ich schüttelte den Kopf, um meine Gedanken zu ordnen, dann fuhr ich fort. »Nach ein oder zwei Monaten bestand Roy darauf, dass wir zusammenzogen. Er wollte, dass ich ihm immer zur Verfügung stand und mich um seine Wünsche und Bedürfnisse kümmerte. Meiner Mum gefiel die Idee überhaupt nicht, aber ihre Meinung interessierte mich nicht. Ich drohte ihr, der Polizei von ihrer Drogenabhängigkeit zu erzählen, danach hat sie mich in Ruhe gelassen. Ich zog bei Roy ein, und eine Weile spielten wir das glückliche Pärchen. Um mehr Zeit für ihn zu haben, brach ich sogar die Highschool ab. Wenn wir nicht zusammen waren, dann tat ich Dinge, von denen ich wusste, dass sie ihm gefielen. Roy mochte es, wenn das Haus lupenrein war, also habe ich ständig geputzt. Wenn ich auch nur einen dreckigen Teller in der Spüle zurückließ, hat er mich geschlagen. Das sei seine Art, mir zu zeigen, wie ich die perfekte Freundin für ihn sein konnte, hat er immer gesagt. Außerdem sei ich faul und würde nicht gehorchen. Doch mit Schlägen gehorchte ich.«

Ramseys Griff um meine Hand wurde fester. Ich drückte sie leicht, um ihn zu beruhigen, denn ich wusste, dass die Geschichte noch schlimmer werden würde.

»Je länger ich mit Roy zusammen war, desto deutlicher wurde, dass ich ihn niemals zufriedenstellen konnte. Wir waren ungefähr sechs Monate ein Paar, als er anfing, mich richtig zu schlagen. Als er mich wieder einmal anschrie, was ich alles falsch gemacht hätte, verlor er so sehr die Fassung, dass er sich verwandelte. Und ab dem Zeitpunkt wusste ich, dass er ein Werwolf war. Plötzlich machte alles Sinn – seine seltsamen Kumpels, die jede Nacht vorbeikamen, aber immer nur kurz blieben, seine stundenlange Abwesenheit, nach der er dreckig und nach Erde riechend zurückkehrte. Ich hatte ihn niemals nach diesen Dingen gefragt, dafür war ich viel zu verzweifelt damit beschäftigt gewesen, ihn glücklich zu machen.« Ich sah Ramsey in die Augen. »In einer Nacht stritten wir uns. Das taten wir beinahe jeden Tag, aber diesmal war es besonders schlimm. Und in dieser Nacht hat er mich gebissen.«

»Sara, ich …«

Bevor ich ihm nicht die ganze Geschichte erzählt hatte, würde ich nicht aufhören. Wenn wir eine Chance haben wollten, musste er alles über mich erfahren. »Bis zu dem Zeitpunkt war Roy immer ziemlich pingelig gewesen. Er hat nie aus demselben Glas getrunken wie ich oder mir erlaubt, seine Zahnbürste zu benutzen. Und wir haben nie ohne Kondom miteinander geschlafen. Ich hatte ihn bis dahin einfach für ein wenig neurotisch gehalten, doch wie sich herausstellte, war das genaue Gegenteil der Fall.« Ein Lachen kam über meine Lippen, doch es klang hohl und bitter. »In dieser Nacht hätte er mir beinahe die Kehle rausgerissen. Ich glaube nicht, dass es seine Absicht war, sondern eher, dass es im Affekt geschehen ist. Ich bin eben ziemlich zierlich, und er ist nicht gerade zimperlich mit mir umgegangen. Und plötzlich lag ich da auf dem Boden und blutete wie ein abgestochenes Schwein. Zuerst war er schockiert, doch dann biss er mich immer und immer wieder. Und die ganze Zeit über konnte ich nichts anderes denken, als dass ich nicht verstand, was er da tat. Erst als sich meine Wunden zu schließen begannen, wurde mir klar, was er vorhatte. Entweder er schaffte es, mich zu verwandeln, oder ich würde auf seinem Fußboden verbluten. Immerhin scheine ich ihm damals genug bedeutet zu haben, dass er sich die Mühe gemacht hat, mich zu retten …«

Ich umklammerte Ramseys Hand fester. Meine Stimme war nur noch ein Flüstern.

»Damals wäre ich vor Angst beinahe verrückt geworden. Ich hatte keine Ahnung, was mit mir passierte. Die erste Verwandlung war einfach nur schrecklich. Ich hörte überhaupt nicht mehr auf zu bluten, und danach war ich bestimmt drei Tage in meiner Wolfsgestalt gefangen, ohne zu wissen, ob ich mich jemals wieder zurückverwandeln würde.«

Ich dachte mit Grauen an diese Tage zurück. Die Panik, die mich fest im Griff gehabt hatte, weil ich nicht wusste, was mit mir geschah. Nie im Leben hatte ich mich so einsam und verwirrt gefühlt. Ich stieß einen Seufzer aus.

»Und dann habe ich auch noch die Katze unseres Nachbarn gefressen.« Er lächelte nicht. »Ich musste das alles ganz allein durchmachen. Roy war verschwunden. Als ich mich endlich zurückverwandelte, war der Prozess mindestens genauso schmerzhaft. Und die ganze Zeit über fragte ich mich, ob ich nicht einfach komplett verrückt geworden war und mir das alles nur einbildete. Bis es wieder und wieder passierte. Roy gefiel es nicht, dass ich zum Werwolf geworden war, aber er wusste auch nicht, was er sonst mit mir anstellen sollte. Und es gefiel ihm noch weniger, dass ich ständig weinte. Weil ich noch ein Kind war. Und weil ich Angst um mein Leben hatte. Roy wollte, dass ich stark wäre, und er schlug mich immer häufiger und immer brutaler, um mich abzuhärten. Natürlich funktionierte das nicht. Ich hatte nur noch mehr Angst, und er wurde nur noch wütender.«

Als ich ein schwaches Knirschen hörte, hob ich den Kopf. Ramsey hatte die Zähne so fest zusammengebissen, dass ich Angst hatte, sie könnten ihm jeden Moment ausfallen. »Erzähl weiter«, knurrte er, als er meinen Blick bemerkte.

»Bath hatte von meiner Mutter erfahren, dass ich von heute auf morgen ausgezogen war, und die ganze Sache gefiel ihr überhaupt nicht. Sie ist sofort in ihre kleine Schrottkarre gestiegen, um zehn Stunden damit über den Highway zu brettern, nur um mir ein wenig Vernunft einzutrichtern.«

»Deine Schwester ist ein guter Mensch«, sagte er sanft.

Ich nickte. »Damals hatte ich meine Verwandlungen kein bisschen im Griff. Roy war gerade auf einem seiner nächtlichen

Streifzüge, als Bath plötzlich vor unserer Tür stand. Ich bin in Panik ausgebrochen und habe angefangen, mich zu verwandeln, ohne dass ich etwas dagegen tun konnte. Es war schrecklich. Meine Schwester wusste nicht, was sie tun sollte. Sie dachte, dass ich eine Art epileptischen Anfall hätte. Es war abstoßend. Aber Bath hinterher alles zu erklären war noch viel schlimmer. Nachdem ich mich in einen Menschen zurückverwandelt hatte, war ich nackt, und sie konnte jeden einzelnen blauen Fleck, die Stellen, wo er mich mit seinen Zigaretten verbrannt hatte, und die Bissspuren sehen.«

Ein tiefes Knurren stieg aus Ramseys Brust auf.

Um ihn zu beruhigen, berührte ich leicht seinen Arm. Das alles fühlte sich inzwischen wahnsinnig weit weg an, und doch standen mir die traurigen Erinnerungen noch ganz genau vor Augen. »Bath bestand darauf, mich mitzunehmen. Aber ich war so durcheinander und unsicher, dass ich Nein sagte. Ich war der festen Überzeugung, dass ich nichts wert und dumm war und dass Roy deshalb jedes Recht hatte, mich zu schlagen. Seine Gehirnwäsche hatte gewirkt.«

Wieder hörte ich Ramsey mit den Zähnen knirschen. »Ich hoffe, diese Geschichte hat ein Happy End, sonst muss ich gleich meine Faust gegen die Wand schlagen.«

Ich rieb ihm über den Arm. »Es ist gleich vorbei, versprochen. Also, als Roy nach Hause kam und meine Schwester sah, die damit beschäftigt war, meine Sachen zu packen, griff er sie an. Irgendwie habe ich es geschafft, ihn dazu zu bringen, von ihr abzulassen, doch dann stürzte er sich auf mich. Und das Nächste, woran ich mich erinnern kann, ist Bath mit einer Pistole in der Hand, und dann … Dann hat sie ihn getötet. Mit einem Schuss in den Kopf. Sie hatte geglaubt, dass er mich umbringen würde. Und wer weiß, vielleicht hätte er es tatsächlich getan.«

Vorsichtig sah ich zu ihm auf. Ich hasste es, dass meine Stimme zu zittern begonnen hatte. Doch Ramsey blieb stumm.

»Wir haben ihn irgendwo im Nirgendwo, ein Stück von der Straße entfernt, vergraben«, fuhr ich fort. »Danach haben wir New Mexiko verlassen und sind nie wieder zurückgekehrt. Eine Weile haben wir noch versucht, meine Mom zu überzeugen, mit uns zu kommen. Aber nachdem sie gesehen hatte, wie ich mich verwandelte, war sie der festen Überzeugung, dass sich der Teufel persönlich meines Körpers bemächtigt hatte. Sie hat nicht verstanden, dass …« Ich zuckte mit den Schultern. »Als ich versucht habe, mit ihr zu reden, ist sie auf mich losgegangen. Aber meine Mom war schon immer eine schlimme Alkoholikerin und eine noch schlimmere Drogenabhängige gewesen. Irgendwann haben wir es aufgegeben und den Staat ohne sie verlassen, um neu anzufangen. Und jetzt sind wir hier. Deine Partnerin ist Komplizin bei einem Mord gewesen und hat deswegen nicht die geringsten Schuldgefühle.«

Ramsey sah mich mit ernstem Blick an. »Dann hast du mir bisher nicht von Roy erzählt, weil du deine Schwester schützen wolltest?«

Ich nickte. »Sie hat alles für mich aufgegeben. Ich würde ihr niemals in den Rücken fallen.«

»Und warum hast du dein Schweigen heute gebrochen?«

Ich stand auf, legte ihm die Hände auf die Schultern und sah ihm in die Augen. »Weil ich den ganzen Tag lang über nichts anderes nachdenken konnte als darüber, was du gestern gesagt hast. Dass die Zukunft dieser Beziehung in meiner Hand liegt und dass du mir die Entscheidung überlässt, wie es weitergeht.«

»Und?« Das einzelne Wort klang wie ein wohliges, tiefes Brummen.

»Und ich weiß jetzt, dass ich deine Partnerin sein möchte, Ramsey Bjorn. Ich liebe dich. Ich liebe dich dafür, dass du so warmherzig bist und mich immer beschützt, ohne mir die Freiheit zu nehmen, ich selbst zu sein. Zuerst hatte ich Angst davor, die Entscheidung zu treffen, doch dann ist mir klar geworden, dass mir die Vorstellung von einem Leben ohne dich an meiner Seite noch viel mehr Angst macht.«

Ich fuhr mit den Fingern durch sein wildes Haar und betrachtete zufrieden die Liebesmale, mit denen ich ihn gezeichnet hatte. Langsam beugte ich mich vor, um darüberzulecken. Glücklich stellte ich fest, wie er bei der Berührung erzitterte.

»Deswegen habe ich mich entschieden, die Kontrolle in unserer Beziehung zu übernehmen«, sagte ich leise und zog meinen Kopf zurück, um ihm wieder in die Augen sehen zu können. »Ich will dich als meinen Partner, und ich werde kein Nein als Antwort akzeptieren.«

Ohne den Blick von ihm zu wenden, griff ich nach dem Saum meines T-Shirts und streifte es mir über den Kopf.

Ramsey starrte auf den ziemlich unanständigen BH, der meine kleinen Brüste perfekt zur Geltung brachte. Er war aus roter Spitze und gerade so stark gefüttert, dass er mir ein für meine Verhältnisse recht ordentliches Dekolleté zauberte.

Während Ramsey mich gebannt beobachtete, zog ich mir die Jeans aus und kickte sie beiseite, sodass der rote Tanga zum Vorschein kam, der meinen Po perfekt in Szene setzte. Er war ebenfalls aus leuchtend roter Spitze gearbeitet. Ich hatte die Farbe extra ausgewählt, weil Ramsey mir gesagt hatte, dass er sie mochte.

Ramsey leckte sich über die Lippen, als wäre sein Mund plötzlich sehr trocken geworden. »Sara, ich …«

Ich legte einen Finger auf seine Lippen. »Du hast gesagt, dass ich entscheiden soll. Und das hier ist meine Entscheidung.«

»Solltest du dir dafür nicht lieber noch ein paar Tage Zeit nehmen?«, fragte er, ohne den Blick von meinen Brüsten zu lösen.

Ich stand auf, presste die Hände auf seine stahlharten Brustmuskeln und stieß ihn aufs Bett zurück. »Ich bin mir meiner Entscheidung sehr sicher. Als ich mich heute mit Savannah unterhalten habe, sind mir zwei Dinge klar geworden: Erstens hatte ich die ganze Zeit über Vorbehalte dir gegenüber, ohne dass es mir überhaupt bewusst war. Und zweitens war ich ein Feigling.« Ich stieg aufs Bett und kniete mich über ihn.

Zärtlich streichelte er meine Schenkel, mit denen ich seine Brust gefangen hielt. »Im Moment scheinst du mir nicht besonders feige zu sein.«

»Kein bisschen«, sagte ich mit einem Zwinkern und grinste auf ihn hinab, bevor ich wieder ernst wurde. »Ich will das hier, Ramsey. Und ich will dich. Für immer. Ich weiß, dass du nicht wie Roy bist oder wie Levi oder einer der anderen Wölfe. Das weiß ich schon seit Langem. Es ist mir nur so unglaublich schwergefallen, das vor mir selbst zuzugeben.« Ich beugte mich vor, um ihm einen Kuss auf die Lippen zu hauchen. »Und jetzt möchte ich dir zeigen, wie sehr ich dich will.«

Mit einer blitzschnellen Bewegung hatte er meine Hüften gepackt und mich herumgedreht, sodass ich mit dem Rücken auf der Matratze unter ihm lag. Meine Beine waren weit gespreizt, und sein wunderbares Gewicht lag schwer dazwischen. Ich spürte die ganze harte Länge seiner Erektion an meiner heißen Mitte und musste mich geradezu zwingen, mich nicht daran zu reiben.

»Ramsey«, flüsterte ich und strich mit den Lippen über seine. »Ich dachte, ich bin diejenige, die die Führung in dieser Beziehung übernommen hat?«

Seine Hüften zuckten unkontrolliert gegen mein Becken, und ich sah das wilde Verlangen, das in seinen Augen brannte. Er drückte mir einen harten Kuss auf den Mund, bevor er sein Gesicht an meinem Hals vergrub. »Das hast du, aber …«

»Beim ersten Mal machen wir schnell, okay? Danach können wir uns alle Zeit der Welt lassen.«

Er nickte.

Ich krabbelte unter ihm hervor und ging zur Kommode hinüber. »Ich habe hier etwas, das uns vielleicht über die ein oder andere Anfangsschwierigkeit hinweghelfen könnte«, sagte ich mit vor freudiger Aufregung zitternder Stimme. Er hatte mich noch nicht einmal richtig berührt, und schon jetzt waren meine Nippel so hart, dass sie vor Verlangen schmerzten.

Als ich ihm die Tube mit Gleitgel zeigte, wurde Ramsey tatsächlich ein wenig rot. Ich warf sie aufs Bett und ließ meine Hände zu seiner Taille wandern, um seinen Gürtel zu öffnen und ihm die Jeans auszuziehen. Er trug keine Boxershorts darunter, und sein Schwanz war bereits so hart, dass er mir entgegensprang. Ich beugte mich vor und drückte einen federleichten Kuss auf seine Spitze.

Ramsey stöhnte auf. »Sara!« Seine Stimme klang warnend. »Ich komme gleich.«

Schnell presste ich die Handfläche auf seinen Schwanz und drückte zu.

Für einen Moment versteifte er sich und schloss die Augen, doch schon nach wenigen Sekunden griff er nach mir, als würde er sich nichts sehnlicher wünschen, als mich zu berühren.

Ich tat ihm den Gefallen, beugte mich über ihn und begann, an seinen Lippen zu knabbern. »Normalerweise werden wir so was hier nicht brauchen, aber du bist ein großer Mann. Beim ersten Mal sollten wir es nicht darauf ankommen lassen. Und außerdem ist es eine willkommene Entschuldigung für mich, dich überall anzufassen«, sagte ich mit einem Grinsen, schnappte mir die Tube und drückte eine kleine Portion Gleitgel heraus. Anschließend rieb ich die Hände aneinander, um es zu verteilen, und ohne seinen Blick loszulassen, griff ich nach unten und schlang meine glitschigen Finger um seine harte Erektion.

Das gepresste Stöhnen, das über seine Lippen kam, klang wie das eines sterbenden Mannes. *»Sara!«*

Glücklich fuhr ich mit den Händen an seiner beeindruckenden Länge auf und ab, um das Gleitgel zu verteilen. Sein Atem ging in scharfen, abgerissenen Zügen, die mir verrieten, dass es nicht mehr lange dauern würde, bis er endgültig die Kontrolle verlor.

Ich ließ seinen Schwanz los und beugte mich über ihn, um ihn zu küssen. »Wirst du mich jetzt nehmen?«

Er schloss die Augen, atmete einen Moment nur tief ein und aus, bevor er sich aufsetzte. Dann packte er mich mit beiden Händen und warf mich aufs Bett, um meinen Körper mit Küssen zu bedecken. Langsam wanderte er zu meinem Bauch hinab und umkreiste den Nabel mit der Zunge.

Ein Zittern ging bei der Berührung durch meinen Körper, und ich wühlte meine Hände in seine Haare. »Bitte, Ramsey«, raunte ich. »Ich brauche dich in mir.«

Für einige Sekunden hielt er inne, bevor er sich aufrichtete und mir den von meiner Lust bereits durchtränkten roten Spitzentanga über die Beine streifte. Als ich nackt vor ihm lag, legte er zärtlich eine Hand auf meinen Venushügel. Mit einem Daumen begann er, die nassen Falten darunter zu erkunden. »Du bist so unglaublich feucht.«

Gott, wie gut sich das anfühlte. Ich brauchte ihn in mir. Jetzt. Auffordernd hob ich die Hüften, wobei seine Hand lustvoll gegen meine heiße Mitte gepresst wurde. »Bei diesem ersten Mal lass uns mit sehr, sehr feucht auf Nummer sicher gehen, okay?«

Er nickte und schnappte sich das Gleitgel, um es in den Händen zu verteilen, so, wie ich es ihm vorgemacht hatte. Dann glitten seine Finger wieder an die Stelle zurück, wo ich sie am meisten brauchte, und er begann, das Gel zwischen meinen Falten zu verteilen.

Ich schrie auf, als er mit der Spitze seines Daumens über meine Klitoris fuhr, und wie von selbst glitten meine Hände zu meinen Brüsten, um die harten Knospen durch die dünne Spitze zu massieren. »Ich will deinen Finger in mir spüren.«

Als er meinem Befehl folgte und mit einem dicken, langen Finger in mich eindrang, wäre ich beinahe auf der Stelle gekommen. Mein Atem ging keuchend und stoßweise, und ich biss mir auf die Lippe, um mich davon abzuhalten, mein Becken an seiner Hand zu reiben. Ich hatte noch lange nicht genug von seinen Berührungen, und ich wollte den Orgasmus am liebsten ewig hinauszögern.

Ramsey zog den Finger ein Stück heraus, bevor er abermals tief in mich vorstieß, während er fasziniert die Reaktionen meines Körpers beobachtete.

Ein Stöhnen kam über meine Lippen. »Noch ein Finger.« Als sich der zweite zum ersten gesellte, sog ich scharf die Luft ein, so wunderbar eng und ausgefüllt fühlte ich mich.

Er versenkte beide Finger tief in mir, bevor er sie langsam herauszog. »Du bist so unglaublich eng, Sara. Ich will dir nicht wehtun.«

»Sch«, beruhigte ich ihn und schlang ein Bein um seine Taille, um ihn an mich zu ziehen. Eine Sekunde später spürte ich die Spitze seines Schwanzes dick und feucht an meinem Eingang. »Das wirst du nicht. Wir werden ganz vorsichtig sein.« Als er trotzdem noch zögerte, setzte ich mich auf und küsste ihn wild, bis seine Hüften wie von selbst gegen mein Becken zuckten. Ich drückte ihm einen letzten Kuss auf die Lippen, bevor ich von ihm abließ und mich zurück aufs Bett sinken ließ. »Mach einfach ganz langsam«, flüsterte ich. »Es wird alles gut werden. Versprochen.«

Mit einem Stöhnen packte er meine Hüften und zog mich eng an sich heran, dann beugte er sich über mich. Sein ernster, konzentrierter Gesichtsausdruck rührte mich so sehr, dass ich nichts lieber getan hätte, als ihn abermals zu küssen. Es war ihm deutlich anzusehen, dass er noch immer Angst hatte, mir wehzutun.

Und das nicht ohne Grund, wie ich eine Sekunde später

feststellte. Als er mit der Spitze seines Schwanzes nicht mehr als einen Zentimeter in mich eindrang, stieß er scharf den Atem aus, und ich biss mir auf die Lippe, um nicht dasselbe zu tun. Es war sechs Jahre her, dass ich das letzte Mal Sex gehabt hatte, und Ramsey war ein sehr, sehr großer Mann. Zu behaupten, dass ich mich eng fühlte, wäre eine Untertreibung gewesen. Ich spürte den brennenden Schmerz, als er ein paar Zentimeter weiter vorstieß. Es tat weh, und dennoch hatte sich noch nichts besser angefühlt.

»Ich mache langsam«, presste er zwischen zusammengebissenen Zähnen hervor.

»Langsam«, bestätigte ich und streichelte ihm über die Schultern, um ihm zu signalisieren, dass es mir gut ging.

Mit einem weiteren Vorstoß glitt er noch ein Stück tiefer in mich.

Ich keuchte auf, als das Brennen nachließ und Platz machte für das überwältigende Gefühl, von Ramseys Schwanz ausgefüllt zu werden. Ein lustvolles Zittern ging durch meinen Körper. Gott, er war so groß und so tief in mir, und plötzlich fühlte es sich nur noch unbeschreiblich gut an. Ich ließ meine Hände zurück zu meinen Nippeln gleiten und zupfte an den harten Spitzen.

»Gut?«, presste er hervor.

»Sehr gut«, keuchte ich. »Mehr als gut.«

Er stöhnte auf, und ich spürte, wie er die Hüften hob, um abermals vorzustoßen.

Sein harter, riesiger Schwanz dehnte mich so sehr, dass ich für den Bruchteil einer Sekunde befürchtete, es nicht auszuhalten, doch als er sich tief in mir bewegte, verschwand der Schmerz, um purem Verlangen Platz zu machen.

Ramsey beugte sich zu mir herab, um mich zu küssen. Jedes Mal, wenn er von Neuem zustieß, konnte ich spüren, wie sein keuchender Atem über meine Lippen strich. »Sara … ich … Es fühlt sich so eng, so wunderbar eng an.«

»Tiefer, Ramsey.« Ich bedeckte sein Gesicht mit Küssen, und als ich es kaum noch aushielt, biss ich ihn in die Unterlippe. »*Bitte.* Ich brauche dich tief in mir.«

Mit einem kräftigen Stoß drang er bis zum Ansatz seines wundervollen Schwanzes in mich ein, und ich stöhnte auf. Augenblicklich erstarrte er mitten in der Bewegung aus Angst, mir wehgetan zu haben.

»Nein, hör nicht auf, dich zu bewegen«, flüsterte ich und hob ihm auffordernd mein Becken entgegen. »Ist alles okay?«

»Es ist unglaublich.« Er klang gleichzeitig angespannt und überwältigt. »Gott, ich liebe dich, Sara.«

Bei seinen Worten machte mein Herz einen kleinen Hüpfer. »Ich liebe dich auch, Ramsey.«

Und dann stieß er wieder vor, presste seine Hüften fordernd gegen meine. »Ich halte es nicht mehr lange aus.«

»Ich auch nicht«, stöhnte ich und fuhr mit einem Finger über seine Nippel, bevor ich ihm lustvoll in die Schulter biss. »Bitte, bitte hör nicht auf!«

Ein tiefes Knurren stieg aus seiner Brust auf. Langsam zog er sich ein Stück aus mir zurück, sodass ich mich sofort schmerzlich leer fühlte, doch schon im nächsten Augenblick drang er dafür mit noch unerbittlicherer Härte in mich ein.

Das überwältigende Gefühl, das bei seinen Stößen durch meinen Körper wogte, drohte mir sämtliche Sinne zu rauben. Das hier war … unfassbar. Wunderbar. Umwerfend. Als er das nächste Mal in mir versank, hob ich das Becken, um ihm entgegenzukommen.

Seine Stöße waren zuerst langsam und vorsichtig gewesen, doch jetzt packte er meinen Po und begann schnell und hart in mich hineinzupumpen. Sein wilder und gleichzeitig konzentrierter Gesichtsausdruck verriet mir, dass er nicht mehr weit davon entfernt war zu explodieren. Wieder und wieder drang er mit einer Unnachgiebigkeit in mich ein, die mich am ganzen

Körper vor Lust erschauern ließ – bis er ein tiefes Brüllen ausstieß und sich versteifte.

Als ich spürte, wie er sich in mir ergoss, rieb ich mein Becken wie eine Verrückte an ihm. Wenn er jetzt aufhörte, würde ich wahnsinnig vor Verlangen werden. »Ramsey, bitte …«, stöhnte ich.

Er holte tief und lange Luft, bevor er sich vorbeugte, um mich zu küssen.

Ich erwiderte seinen Kuss und biss ihn fest in die Unterlippe, nicht mehr in der Lage, mich zu kontrollieren. Er steckte noch immer tief in mir, und es interessierte mich nicht, dass er bereits gekommen war, sondern nur, dass ich selbst so kurz davor gewesen war, ohne den Orgasmus mit ihm zu teilen.

Er streichelte mit einer Hand über meine Hüfte, umfasste meinen Po, bis ich wieder zu stöhnen begann.

Verzweifelt krallte ich die Hände in die Laken und hob den Kopf, um ihn anzuflehen. »Bitte, Ramsey, ich muss kommen. Bitte!«

Er zog sich ein Stück aus mir zurück, nur um bereits in der nächsten Sekunde meinem Flehen nachzukommen und hart in mich zu stoßen, wobei er mich fasziniert unter halb geschlossenen Lidern beobachtete, als könnte er es kaum fassen, wie ich mich unter ihm wand. Dann ließ er eine Hand zwischen uns gleiten. Als er meine Klitoris fand und mit einer Fingerspitze leicht über den winzigen feuchten Knopf strich, drückte ich vor Verlangen den Rücken durch und bog ihm mein Becken entgegen. Er verstand meine Einladung und nahm mich mit immer heftigeren Stößen, wobei er unaufhörlich über meine Lustperle rieb und beobachtete, wie ich mich unter ihm aufbäumte.

Als er eine Hand zu meinen Brüsten wandern ließ und mich zärtlich in einen Nippel kniff, ohne von meiner Klitoris abzulassen, wurde mein Keuchen zu einem Flehen. »Bitte … Ja, oh Gott! Ja. Bitte. Hör nicht auf damit. Bitte.«

Und als er die dünne Spitze meines BHs beiseiteschob, um die feste Knospe darunter in den Mund zu nehmen, wäre ich beinahe in Tränen ausgebrochen, so gut fühlte es sich an. Zuerst knabberte er mit den Zähnen daran, bevor er zärtlich mit der Zunge über die samtene Haut leckte.

»Bitte, Ramsey«, keuchte ich. »Ich brauche ...«

»Noch nicht«, murmelte er an meiner Brust und biss dann sanft hinein, was mir einen weiteren Schauer das Rückgrat hinabjagte.

»Warum nicht?«, stöhnte ich.

Er stützte sich auf die Ellenbogen und fuhr mit der Hand über meinen Bauch, während er fasziniert meinen Körper betrachtete. Ich liebte es, wenn er mich mit diesem intensiven, dunklen Blick ansah. »Ich bin noch nicht fertig mit dir«, knurrte er mit tiefer Stimme und stieß im selben Moment seinen harten Schwanz tief in mich hinein.

Ich stöhnte, als ich spürte, wie sich der Orgasmus erneut in mir aufzubauen begann.

In seinen dunklen Augen lag ein besitzergreifendes Glitzern. Ich konnte kaum glauben, dass er schon wieder bereit für mich war. Es war gerade einmal ein paar Minuten her, dass er gekommen war.

»Bist du ...«

Mit einem sanften, federleichten Kuss brachte er mich zum Schweigen. Als er mich auf seinen Schoß zog, sodass ich beide Beine um seine Hüften schlingen konnte, sog ich scharf die Luft ein. Es fühlte sich wunderbar an, wie meine Klitoris gegen seine harten Bauchmuskeln gepresst wurde. Verführerisch leckte er mit der Zunge über meine Unterlippe, während er eine Hand in meine Haare schob, um mich für einen tiefen Kuss an sich zu ziehen. Ich liebte seine ungestüme, wilde Seite. Ich liebte es, dass er mich genauso verzweifelt brauchte wie ich ihn.

»Ich habe da eine Fantasie«, stieß er mit heiserer Stimme aus.

»Du. Auf mir. Wie du dich vor Verlangen auf mir windest, dich an mir reibst. Meinen Namen schreist.«

Allein der Gedanke daran jagte eine Welle der Lust durch meinen Körper. »Das hier ist noch besser. Die Realität. Jede Nacht, bis zum Ende unseres Lebens.«

Er stieß ein tiefes Stöhnen aus und leckte an meinem Kiefer entlang.

Verzweifelt grub ich die Fingernägel in seine Schultern. Er war noch immer in mir. So hart. So tief. Ich hob die Hüften und ließ mich auf ihn herabsinken, wobei ich sie gleichzeitig vorschob, um die süße Reibung zu verstärken.

»Ich will ...« Der Rest seiner Worte ging in einem Stöhnen unter.

»Was?«, fragte ich atemlos und gespannt.

»Dich auf den Knien.« Er leckte wieder an meinem Kiefer entlang, bevor er sich langsam zu meinem Hals vorarbeitete. Dann spürte ich, wie er mich anhob und seinen umwerfenden Schwanz aus mir herauszog.

Ich stieß ein protestierendes Wimmern aus, was mir jedoch auf den Lippen erstarb, als er mich packte und umdrehte, sodass ich vor ihm kniete. Sanft, aber bestimmt legte er eine Hand auf meinen Rücken, damit ich mich auf den Bauch legte, meinen Po in die Höhe gereckt. Mit seinen warmen Händen umfasste er die weichen, runden Kurven. »So wunderschön.«

Ein stockender Atemzug kam mir über die Lippen, als er mit seinem unglaublichen Schwanz gegen meinen feuchten, sich nach ihm verzehrenden Eingang stieß. Und das war die einzige Warnung, die ich bekam, bevor er tief in mir versank und mich abermals mit aller Intensität ausfüllte.

Von meinen Empfindungen vollkommen überwältigt, hielt ich die Luft an, als er fest meine Hüften packte und begann, von hinten in mich hineinzustoßen. Ramsey hatte noch nicht gelernt, was es bedeutete, langsamen, ruhigen Sex zu haben. Er brauchte mich, also nahm er mich, und das so hart und wild, dass das Bett unter seinen Stößen gegen die Wand knallte und sein Becken laut gegen meinen nackten Po klatschte.

Mir war schwindelig vor Verlangen, ein überwältigendes Delirium, in dem sich mein Orgasmus von Neuem aufbaute. Ich war so nah dran, dass mein Körper verzweifelt um Erlösung bettelte. Ich musste kommen, während er tief in mir war. Ich ließ eine Hand zwischen meine Beine gleiten, um meine Klitoris zu berühren, wenn er das nächste Mal tief in mich hineinstieß. Und kaum hatte ich den heißen, glitschigen Lustknopf gefunden, entwich mir ein ersticktes Keuchen, und ich kam. Mein Körper krampfte sich zusammen, und meine Beine wurden steif.

Hinter mir spürte ich Ramseys immer ruckartiger werdende Bewegungen, während ein tiefes Knurren aus seiner Brust aufstieg. »Ich … kann spüren … wie du kommst. Hör nicht auf, dich anzufassen.«

Ich hatte meine Hand sinken lassen. Keuchend wartete ich darauf, dass die letzten Wellen des Orgasmus verebbten.

Doch Ramsey gönnte uns keine Pause. Ich spürte seine rauen Fingerkuppen tastend über meinen Bauch gleiten, bevor er zwischen die feuchten Falten tauchte, um meine Klitoris zu finden. Und als er das nächste Mal seinen harten Schwanz tief in mir versenkte, erschütterte mich ein zweiter Höhepunkt, und ich stöhnte immer und immer wieder seinen Namen.

Mein Körper erzitterte, doch Ramsey hörte nicht auf, über meine feste kleine Perle zu reiben, während er wie wild in mich hineinpumpte, als würde er niemals genug bekommen. Bis meine Stimme zu einem atemlosen Flüstern wurde, während ich mich von einer Welle der Lust nach der anderen davontragen ließ.

Meine Beine fühlten sich wie Gummi an, als er ein letztes Mal hart in mich stieß und meinen Namen herausschrie, während sich sein Körper verkrampfte. Dann zog er sich aus mir zurück und ließ sich aufs Bett fallen, wobei er mich mit sich zog, sodass ich, mit dem Rücken an ihn gekuschelt, neben ihm zu liegen kam.

»Verdammt«, keuchte er.

»Oh ja«, stimmte ich ihm atemlos zu. Das war der längste und intensivste Orgasmus gewesen, den ich je gehabt hatte.

»Das war …« Offensichtlich fehlten ihm die Worte.

»Ja«, sagte ich glücklich.

Er schlang einen Arm um meine Taille und vergrub das Gesicht in meinen Haaren. »Gott, ich liebe dich so sehr.«

Ich lächelte und schmiegte mich enger an ihn. »Ich liebe dich auch, Knuddelbär.«

Und wenn mich nicht alles täuschte, musste er tatsächlich ein Lachen unterdrücken.

Kapitel achtzehn

Am nächsten Morgen weckte mich Ramsey mit einer Reihe zärtlicher Küsse auf den Nacken. Er hatte die Arme beschützend um mich geschlungen, und ich kuschelte mich enger an ihn, um das Gefühl zu genießen, seine warme nackte Haut an meiner zu spüren. Ein glückseliges Seufzen kam mir über die Lippen. So könnte ich den Rest meines Lebens aufwachen.

»Kein Gehämmer heute Morgen?«, fragte ich mit verschlafener Stimme, während er mich auf den Rücken drehte, um sanft an meinem Hals zu knabbern, bevor er tiefer wanderte und mit der Zunge über mein Schlüsselbein fuhr. Ein wohliger Schauer ging durch meinen Körper, als er über die empfindliche Haut leckte.

»Heute kein Gehämmer«, murmelte er und strich mit dem Daumen über meinen Nippel. Als mir ein leises Stöhnen entfuhr, antwortete er mit dem tiefen, brummenden Knurren, das mir inzwischen so vertraut war wie sein Geruch.

»Dann können wir den ganzen Tag im Bett bleiben?«, fragte ich hoffnungsvoll. Ich war wund, aber auf eine erregende Art und Weise. Ramsey hatte mich in der Nacht noch zweimal geweckt und nach mehr verlangt, und ich war mehr als bereit gewesen, ihm zu geben, wonach er sich sehnte.

Er seufzte und drückte mir einen Kuss auf die Brust. »Leider nicht. Ich muss mich mit Beau treffen. Er will sich noch an ein paar anderen Orten umsehen. Vielleicht finden wir Tony doch noch.«

»Hm. Und ich sollte wohl besser mal mit meiner Schwester sprechen. Und mich in der Agentur blicken lassen.«

Er biss mir leicht in den Nippel, und die Empfindung, die dabei wie ein Blitz durch meinen Körper zuckte, ließ mich beinahe sein schnelles »Nein« überhören.

»Was meinst du mit *Nein*?«

Genießerisch küsste er eine Spur von meinen Brüsten bis zu meinem Bauchnabel hinunter. »Nicht sicher.«

»Ich bin dort genauso sicher wie hier, Ramsey. Immerhin werde ich von Russells umzingelt sein. Joshua und Ellis wären sicher bereit, mich zu begleiten. Und die beiden sind groß und …« Ich sog mit einem Keuchen den Atem ein, als er meinen Nabel mit der Zungenspitze umkreiste und anschließend tiefer wanderte. »… und stark. Sie werden schon auf mich aufpassen.«

Meine Beine begannen willenlos zu zucken, als er über die Innenseite meiner Oberschenkel leckte.

»Wenn ich Ja sage, hörst du dann endlich auf, über andere Männer zu sprechen, während ich versuche, dich zu küssen?«

»Sofort«, zischte ich atemlos zwischen zusammengebissenen Zähnen hervor, während eine Woge der Lust meinen Körper erfasste. Und als Ramsey mit der Zunge zwischen die feuchten Spalten meiner Mitte tauchte, hatte ich bereits alles vergessen, was mit den Russells oder der Agentur zu tun hatte.

Zwei Stunden später hielt Ramsey vor dem Büro von Midnight Liaisons, doch wir waren unfähig, uns voneinander zu trennen. Als ich mich zu ihm hinüberbeugte, um ihm einen flüchtigen Abschiedskuss auf die Wange zu geben, zog er mich mit einem Ruck auf seinen Schoß, und wir versanken in einem tiefen Kuss. Mit wildem Begehren berührten sich unsere Zungen, und ich schob mein Becken vor, um mich an seiner harten Erektion zu reiben.

Schließlich war es Ramsey, der sich von mir löste. Liebevoll ließ er den Blick über mein Gesicht wandern.

Doch ich hatte noch immer nicht genug. Mit einem Stöhnen senkte ich den Kopf, um ihn in den Hals zu beißen, nur ein paar Zentimeter über der Stelle, wo ich ihn als den meinen gezeichnet hatte. Allein der Anblick des Liebesmals reichte aus, um meinen Körper in lustvolle Flammen aufgehen zu lassen und den brennenden Wunsch in mir zu entfachen, ihn überall zu beißen, wo ich an seine warme, köstliche Haut herankam. Ich wollte meine Bissspuren an seinem Körper sehen, an jeder noch so versteckten Stelle, um mich jedes Mal, wenn er nackt vor mir lag, darüber zu freuen.

»Du solltest langsam reingehen«, murmelte er und verpasste mir einen zärtlichen Klaps auf den Hintern.

Ich stöhnte an seinem Hals und rieb meine Nippel an seinen harten Brustmuskeln. »Warum musst du nur so verdammt verantwortungsbewusst sein?«

Doch er ignorierte mein Gemecker. »Wenn du auch nur den Hauch von Gefahr witterst, rufst du mich sofort an.« Er sah besorgt aus. Der Gedanke, mich hier allein zu lassen, schien ihm mit jeder Sekunde weniger zu gefallen. »Am liebsten wäre es mir, wenn du zu Hause bleiben würdest.«

»Es wird schon nichts passieren«, beruhigte ich ihn. »Bath braucht dringend meine Hilfe. Die Agentur ist sowieso schon unterbesetzt, auch ohne dass ich durch Abwesenheit glänze. Und außerdem weigere ich mich, mich für den Rest meines Lebens in deinem Haus zu verstecken, nur um darauf zu warten, dass die Wölfe zum Angriff übergehen. Wenn ich mich wie ein Feigling verhalte, werden sie mich auch so behandeln. Ich will nicht, dass sie meine Angst kennen.«

Er legte eine große Hand an meine Wange. »Okay. Aber du verlässt auf keinen Fall die Agentur. Joshua und Ellis müssen dich die ganze Zeit im Blick haben. Ich werde in ein paar Stunden zurück sein.«

Ich lehnte mich vor, um ihn zärtlich ins Ohrläppchen zu beißen. »Es wird schon nichts passieren«, wiederholte ich. »Und übrigens, ich liebe dich.«

»Ich fahre erst kurz zur Tankstelle«, sagte er zwischen zwei Küssen. »Soll ich dir noch irgendetwas besorgen? Einen Kaffee von Starbucks?«

»Starbucks klingt gut.« Ich schenkte ihm ein Lächeln. »Und bring Bath auch einen mit, ja? Am besten holst du gleich vier. Dann haben meine Russell-Babysitter auch was davon.«

»Vier Kaffee.« Er nickte abwesend, während er mit einer Mischung aus Frustration und Sorge beobachtete, wie ich auf den Beifahrersitz zurückglitt und die Tür öffnete. Er sah aus, als würde er mich am liebsten in seine Tasche stopfen und mitnehmen, damit wir nie wieder voneinander getrennt wären.

Ich warf ihm eine Kusshand zu. »Vielleicht haben wir ja noch Zeit für einen Büro-Quickie im Archiv, wenn du noch mal vorbeikommst, um uns den Kaffee zu bringen, Knuddelbär.«

»Führ mich nicht in Versuchung!«

»Wenn ich es tatsächlich darauf anlegen würde, dich zu verführen, würde ich dir sagen, dass du sofort mit reinkommen musst, damit ich nicht gezwungen bin, mich selbst um die Befriedigung meiner Bedürfnisse zu kümmern.« Ich sprang aus dem Truck und zwinkerte ihm zu. »Ich liebe dich.«

Die Hände ums Lenkrad geklammert, blieb er so lange stehen, bis ich die Agentur betreten hatte. Erst als ich mich an der Tür noch einmal zu ihm umdrehte, um ihm einen weiteren Kuss zuzuwerfen, startete er den Motor und fuhr mit quietschenden Reifen davon.

»Sieh mal einer an, wer da kommt«, begrüßte mich Bath mit einem Grinsen.

»Vielleicht sollte ich das eher zu dir sagen«, zog ich sie auf. Es war lange her, dass ich so gute Laune gehabt hatte. »Hast du mich vermisst?«

»Oh Gott, ja, und wie«, stöhnte Bath und kam auf mich zu, um mich zu umarmen. »Es ist unglaublich, wie viel Zulauf wir durch die Party haben. Wir ersticken in Neuanmeldungen. Jedes Mal, wenn ich meinen Posteingang öffne, habe ich dreißig neue E-Mails.« Sie grinste beglückt. »Und, was ist mit dir, alles okay?«

Ich nickte. »Ich versuche, irgendwie wieder zu einem normalen Tagesablauf zurückzukehren. Na ja, so normal der eben sein kann, wenn einem eine ganze Armee Bodyguards am Rockzipfel hängt.«

Sie schenkte mir ein verständnisvolles Lächeln. »Joshua und Ellis sind schon hier. Ich habe sie mit einem Stapel Akten ins Archiv geschickt, damit sie was zu tun haben. Ich gehe mal davon aus, dass Jeremiah und Savannah bei euch zu Hause sind?«

»Jep. Und Ramsey und Beau sind unterwegs. Um Tony Anderson zu finden.«

Bath erschauerte sichtlich. »Ich habe Tony einmal getroffen. Er ist definitiv einer von der gefährlichen Sorte.«

»Langsam bekomme ich so eine Ahnung, dass sie das alle sind.« Dann hielt ich für einen Moment inne. »Na ja, außer Connor vielleicht.«

»Stimmt«, sagte sie nachdenklich. »Und, wie schlägst du dich so?«

Ich schenkte ihr ein aufrichtiges Lächeln. Die Welt sah heute schon ganz anders aus. Was eine Nacht voller Liebe nicht alles bewirken konnte. »Großartig. Ramsey beschützt mich.«

Sie betrachtete mich mit ihrem wissenden Schwesternblick. »Und an der anderen Front ist auch alles okay?«

Verärgert und ein wenig beschämt stellte ich fest, dass ich bei ihrer Frage rot wurde. »Ja, alles okay.« Sie grinste. »Ich habe ihm von unserem Geheimnis erzählt«, platzte ich heraus und sah mich sofort erschrocken um. Hoffentlich hatten mich die beiden Russells im Archivraum nicht gehört. »Von Roy.«

Sie nickte ernst. »Ich habe mich schon die ganze Zeit gefragt, ob Beau Ramsey gegenüber etwas erwähnt hat.«

Ich schüttelte heftig den Kopf. »Nein, er hat es für sich behalten, um dich zu schützen. Aber ich vertraue Ramsey mit meinem Leben.«

»Ich weiß«, sagte sie sanft und sah mir in die Augen. »Und du sollst wissen, dass ich mich für dich freue.«

Ich setzte mich hinter meinen Schreibtisch und fuhr den Laptop hoch, um mich der Flut an E-Mails zu stellen, die mich ohne Frage erwarten würde. Bath schmiedete bereits große Pläne für die Zukunft, aber zuerst mussten wir zusehen, dass wir der Anfragen Herr wurden, die uns seit der Party erreicht hatten.

Joshua und Ellis hatten ihren Aktenberg bereits abgearbeitet und spielten Videospiele auf der Xbox, die sie anscheinend mit in die Agentur geschleppt hatten.

Ich versuchte, mich auf die Arbeit zu konzentrieren, doch immer wieder schweiften meine Gedanken zu anderen Dingen ab. Ramseys Haus zum Beispiel. Oder besser gesagt *unserem* Haus. Den Vormittag verbrachte ich damit, das Internet nach Möbeln zu durchforsten, die zu meinem neuen Fußboden passten, und E-Mails zu beantworten. Abgesehen von den beiden Russell-Bodyguards im Archiv fühlte es sich fast schon nach einem normalen Arbeitstag an.

Ich hätte mir denken können, dass die Ruhe nicht von Dauer sein würde. Als am frühen Nachmittag die Klingel über der Tür Besuch ankündigte, sah ich auf – und schnappte entsetzt nach Luft.

Der gehetzte Gesichtsausdruck der Frau war mir alles andere als fremd. Ängstlich sah sie sich im Büro um, die Arme um die Brust geschlungen und die Schultern nach vorn gekrümmt, als wollte sie sich möglichst klein machen.

Ich warf einen Blick zu Bath hinüber, doch sie hing am Telefon, vollauf damit beschäftigt, einen Kunden am anderen Ende der Leitung zu beruhigen, der offensichtlich besonders viel Aufmerksamkeit verlangte. Den Hörer zwischen Schulter und Ohr geklemmt, starrte sie konzentriert auf den Bildschirm, während sie in die Tasten haute. Meine Schwester würde mir in diesem Fall keine große Hilfe sein können.

Ich stand auf, um die Frau zu begrüßen und sie zum Besuchersessel vor meinem Schreibtisch zu führen. Mit einer einladenden Geste bedeutete ich ihr, sich zu setzen. Die Witterung, die ich aufnahm, verriet mir, dass es sich bei ihr um einen Werotter handelte. »Herzlich willkommen bei Midnight Liaisons«, sagte ich in betont fröhlichem Ton. »Wie kann ich ihnen helfen?«

»Ich … ich glaube, ich möchte meinen Account löschen.«

»Natürlich, das ist überhaupt kein Problem. Können Sie mir Ihre Identifikationsnummer bei der Allianz sagen?«

Sie nannte mir die Nummer, und ich rief ihr Profil auf. Amanda Michigo. Siebenundzwanzig. Kein Partner. Sie war seit sechs Jahren in unserer Datenbank erfasst. Seltsam. Warum wollte sie ihr Profil plötzlich nicht mehr?

»Gibt es irgendein Problem, bei dem ich Ihnen vielleicht weiterhelfen kann? Eventuell kann ich Ihnen ja noch andere Lösungen anbieten, bevor wir Ihren Account endgültig löschen.«

Sie legte sie Unterarme auf meinen Schreibtisch und beugte sich vor, als wollte sie mir ein Geheimnis anvertrauen. »Ich glaube nicht … Nein, ich möchte das Profil bitte einfach löschen. Ich werde in nächster Zeit auf kein Date gehen.«

Ich starrte auf ihre Arme, die von Kratzspuren überzogen waren. Die meisten davon waren bereits verheilt und verblasst, aber es war dennoch eindeutig zu erkennen, dass sie von Krallen stammen mussten. Augenblicklich war ich alarmiert. Diese Art Verletzungen kam mir nur allzu bekannt vor.

Ich warf einen flüchtigen Blick zu meiner Schwester hinüber, doch sie hing noch immer am Telefon. Um die Frau nicht noch mehr zu verschrecken, schenkte ich ihr ein beruhigendes Lächeln, bevor ich mit sanfter Stimme fragte: »Hat Ihnen jemand wehgetan?«

Offensichtlich machte sie meine Frage noch nervöser. Hastig zog sie die Arme zurück und zerrte an den Ärmeln ihres dünnen Pullovers, um die Narben zu verbergen. »Nicht so sehr, wie sie es hätten tun können«, flüsterte sie ängstlich.

Vor Wut stieg Übelkeit in mir auf. Einer plötzlichen Eingebung folgend rief ich ihre Datinghistorie auf.

Maynard Anderson. Ein Date. Am vergangenen Abend.

Am liebsten hätte ich den Kopf in den Händen vergraben und geweint. Sein Profil war nur deshalb online, weil ich zu beschäftigt mit meinen eigenen Problemen gewesen war, um daran zu denken, es zu deaktivieren. Es war allein meine Schuld, dass diese arme Frau hatte leiden müssen. Ich beobachtete, wie Amanda unruhig auf ihrem Stuhl hin und her rutschte. »Ich werde Ihren Account sofort löschen«, sagte ich sanft. »Sie hätten das aber auch ganz schnell von zu Hause aus erledigen können.«

»Ich weiß«, flüsterte sie mit zittriger Stimme. »Aber … jemand hat mir gesagt, dass ich um diese Zeit in die Agentur kommen soll. Um Ihnen etwas auszurichten.«

Mir wurde schwindelig. Das Blut rauschte mir so laut in den Ohren, dass ich Mühe hatte, Amanda zu verstehen. »Wer? Ich meine, wer hat das gesagt?«

Sie schluckte schwer. »Sie haben gesagt, dass … dass sie es satt haben, auf Sie zu warten. Und dass es nicht mehr lange dauern wird, bis Sie zu ihnen kommen werden, um sie anzubetteln, Sie bei sich aufzunehmen.«

Ich starrte sie an. Benommen nahm ich wahr, wie Bath auflegte, nur um eine Sekunde später bereits den nächsten Anruf entgegenzunehmen.

»Ist Ramsey bei euch, Baby?«, hörte ich Beau am anderen Ende der Leitung fragen.

Meine Schwester sah mich mit weit aufgerissenen Augen an. Doch ich war unfähig, einen Laut von mir zu geben, geschweige denn, mich zu bewegen. Ich war mir sicher, mich jeden Moment übergeben zu müssen.

»Nein«, antwortete Bath, ohne den Blick von mir zu lösen. »Sara hat gesagt, dass er sich mit dir treffen wollte.«

Nein. *Nein!*

Beau seufzte genervt auf. »Er geht nicht an sein Handy. Aber ich versuche es gleich noch mal.«

Mit wackeligen Beinen erhob ich mich.

Sie haben gesagt, dass sie es satt haben, auf Sie zu warten. Und dass es nicht mehr lange dauern wird, bis Sie zu Ihnen kommen werden, um sie anzubetteln, Sie bei sich aufzunehmen.

»Vielleicht steckt er nur irgendwo im Stau. Oder er hatte eine Panne.«

Ich fahre erst kurz zur Tankstelle, hatte er gesagt. Und: Soll ich dir noch irgendetwas besorgen? Einen Kaffee von Starbucks?

Vor lauter Arbeit und Internetrecherche war mir gar nicht aufgefallen, dass er nicht wiedergekommen war, um den Kaffee vorbeizubringen. Langsam wandte ich mich zur Eingangstür um.

Bis Sie zu ihnen kommen werden, um sie anzubetteln.

Sie hatten es satt, auf mich zu warten. Mein Partner war ihnen im Weg, und da ich nicht von selbst bereit gewesen war, ihn zu verlassen, hatten sie beschlossen, ihn loszuwerden.

»Sara?« Die besorgte Stimme meiner Schwester durchdrang dumpf das Gedankenkarussell in meinem Kopf. »Geht es dir gut?«

Ich ballte die Hände zu Fäusten, und ohne weiter darüber nachzudenken, rannte ich los. Ich folgte meinen Instinkten, riss die Eingangstür auf und sprintete die Straße hinunter.

»Sara!«, schrie Bath mir hinterher. »Wo willst du hin?«

Ein qualvoller Schmerz schoss mir durch die Glieder, doch ich rannte weiter, ohne stehen zu bleiben, obwohl sich meine Beine krümmten. Jeder Muskel in meinem Körper zuckte, verlangte danach, sich zu verwandeln. Ich ignorierte die Schmerzen, während ich weiterrannte, über einen Parkplatz und am Dollar Mart vorbei, so schnell ich konnte.

Endlich erreichte ich die Tankstelle an der Ecke bei der nächsten Kreuzung. Keuchend und mit hämmerndem Herzen blieb ich stehen. Ein Auto fuhr an mir vorbei und hupte. Ich blockierte die Zapfsäule. Mit zitternden Beinen trat ich ein paar Schritte beiseite und hob die Nase, um Witterung aufzunehmen. Doch der Benzingeruch war so dominant, dass ich nichts anderes riechen konnte. Vor Frust hätte ich am liebsten laut aufgeschrien. Sosehr ich mich auch anstrengte, ich konnte seine Fährte nicht aufnehmen. Seit dem Morgen waren viel zu viele Autos hier durchgefahren. Doch so schnell würde ich nicht aufgeben. Aufgebracht umrundete ich jede einzelne Zapfsäule mehrere Male. Wenn es nötig war, würde ich auf allen vieren über den Boden kriechen, um an dem verdammten Asphaltboden zu schnüffeln.

Da! Ein schwacher Geruch nach Bär an der hintersten Zapfsäule. Ich fuhr mit den Händen über den Schlauch, presste die Nase an den Schlitz für die Kreditkarten, verzweifelt bemüht, die schwache Fährte nicht wieder zu verlieren.

Ein verdrehtes Stück Metall, das halb aus dem Mülleimer neben der Säule lugte, erregte meine Aufmerksamkeit. Ich zog es heraus und schnappte entsetzt nach Luft. Ramseys Nummernschild. Die Ränder waren ausgefranst, als hätte es jemand sehr Starkes – und halb Verwandeltes – mit seinen Klauen abgerissen.

Als ein Klingeln aus dem Mülleimer erscholl, riss ich erschrocken die Augen auf. Ich ignorierte die Bienen, die um den stinkenden Müll schwirrten, und griff hinein. Nach ein wenig Herumtasten zog ich die Hand wieder heraus. Darin hielt ich Ramseys Handy.

Ich fuhr mit dem Daumen über das Display, um den Anruf entgegenzunehmen.

»Ramsey? Hey, Kumpel, ich hab schon angefangen, mir Sorgen zu machen. Wo bist …«

»Ich habe gerade sein Handy gefunden«, unterbrach ich Beau mit zitternder Stimme. »Er ist nicht hier.«

»Sara? Wo ist Ramsey?«

»Verschwunden«, spie ich wütend aus. »Sie haben ihn entführt. Sie haben ihn mitgenommen, weil sie wollen, dass ich nach ihm suche.«

»Sara …«

Das Knurren, das aus meiner Brust aufstieg, hatte nichts Menschliches mehr an sich. »Und genau das werde ich tun«, zischte ich zwischen zusammengebissenen Zähnen hervor. *Niemand* würde sich zwischen mich und meinen Partner stellen.

»Wir müssen jetzt einen kühlen Kopf bewahren, sonst …«

Noch bevor Beau seinen Satz beenden konnte, legte ich auf und ließ das Handy achtlos fallen. Ich schaffte es kaum, mich hinter dem flachen Tankstellengebäude zu verstecken, bevor ich begann, mich zu verwandeln. Wild entschlossen ließ ich die Wellen der Transformation durch mich hindurchfließen, arbeitete mit ihnen, statt mich dagegen zu wehren. Was ich jetzt brauchte – was *Ramsey* brauchte, – war die Hilfe meiner Wolf-Seite.

Langsam, aber stetig und unaufhaltsam passten sich meine Muskeln ihrer neuen Form an. Die Knochen drehten und krümmten sich, als wären sie aus Gummi. Nach nur ein paar Minuten stand ich auf allen vieren, und mein Körper beugte sich den letzten Veränderungen mit so viel Leichtigkeit, wie er es noch nie getan hatte. Es stach und brannte, aber das war nichts im Vergleich zu dem erschütternden Schmerz, der mich früher in Todesangst versetzt hatte. Der Trick bestand darin, die Verwandlung mit offenen Armen willkommen zu heißen. Ähnlich wie bei meinen Gefühlen für Ramsey hatte mir auch hier stets meine eigene Angst im Weg gestanden.

Ich hob die Schnauze, um Witterung aufzunehmen. Meine Sinne waren noch um das Zehnfache schärfer, wenn ich mich in meiner Wolfsgestalt befand. Und tatsächlich dauerte es keine

Sekunde, bis ich die schwache Fährte eines Bären aufgenommen hatte – und von mehreren Wölfen. Der Geruch eines Werwolfs in Menschengestalt unterschied sich leicht von dem, den er in verwandelter Form ausströmte, und mir war sofort klar, dass sie Ramsey überwältigt haben mussten, während sie sich auf zwei Beinen bewegt hatten.

Die Nase dicht über dem Asphalt umrundete ich den Parkplatz. Irgendwo in der Ferne konnte ich ein kleines Kind nach seiner Mutter weinen hören, aber ich ignorierte sein Schreien.

Abrupt blieb ich stehen. Ramseys Fährte war verschwunden. Hier mussten sie ihn ins Auto gezerrt haben und mit ihm weggefahren sein. Ich war mir sicher, dass Ramsey bewusstlos gewesen war. Andernfalls hätte er gekämpft, bis es Tote gegeben hätte.

Im Gegensatz zum Bärengeruch war der der Wölfe noch immer präsent. Ich folgte der Fährte bis hinter das Tankstellengebäude, wo ich für eine Minute verwirrt im Kreis lief. Merkwürdig. Doch dann wurde es mir klar. Sie hatten versucht, mich in eine bestimmte Richtung zu lenken. Natürlich. Das alles war Teil ihres raffinierten, hinterhältigen Plans. Ihr Geruch fand sich nicht nur auf dem benachbarten Parkplatz, sondern führte auch die Straße entlang, bevor er sich durch ein Wohnviertel wand, von dem aus ich auf ein unbebautes Grundstück gelangte. Und auch hier endete die Fährte nicht – ich war mir inzwischen ziemlich sicher, dass es sich um Wyatts handelte. Ich folgte ihr weiter in nordwestlicher Richtung aus der Stadt hinaus.

In Wolfsgestalt kam ich um einiges schneller voran, als wenn ich mich auf zwei Beinen fortbewegt hätte. Die Fährte führte durch verwilderte Gärten, über Zäune und andere Hindernisse, und an einigen Stellen musste ich mehrmals ein Gebäude umrunden, um mir sicher zu sein, in welche Richtung es weiterging. Es war eindeutig, dass die Fährte für eine Wolfsnase gelegt worden war. Als Mensch hätte ich ihr zwar ebenfalls mit Mühe folgen können, aber mit sehr viel mehr Unsicherheiten und nicht halb so schnell.

Als die Sonne hoch am Himmel stand, befand ich mich weit außerhalb der Stadt. Meine Haut juckte und brannte, ein eindeutiges Zeichen, dass mein Körper sich zurückverwandeln wollte. Doch ich ignorierte das Bedürfnis. Die Fährte wurde immer intensiver. Gerüche von anderen Wölfen mischten sich darunter. Es war nicht mehr weit.

Tief im Wald, hinter hohen Bäumen verborgen, entdeckte ich schließlich ein altes Haus im Ranchstil. Dichtes Dornengestrüpp und hohes Gras wucherten um das Anwesen, das von einem kaputten Stacheldrahtzaun umgeben war. Ich suchte mir ein Loch im Zaun und schlich vorsichtig auf das Haus zu, die Nase witternd in die Luft gestreckt.

Das Anwesen war bereits vor langer Zeit verlassen worden. In keinem der Fenster schien sich auch nur eine halbwegs intakte Scheibe zu befinden, und von der hölzernen Fassade blätterte die Farbe ab. An der Vorderseite des Hauses befand sich eine große Veranda, auf der einige Wölfe im Schatten lungerten. Als ich mich näherte, spitzten die die Ohren, und einer hob den Kopf. Ich hatte den Treffpunkt der Andersons gefunden. Dies war der Ort, an dem sie Savannah versteckt gehalten hatten. Und hier hatten sie auch Ramsey hingebracht.

Wachsam ging ich auf das Tor zu. Einer der Wölfe verschwand im Haus, die anderen blieben liegen und beobachteten mich aufmerksam. Beinahe gelangweilt ließen sie die Köpfe zurück auf die Pfoten sinken. Nur einer legte die Schnauze auf das Geländer der Veranda und verzog sie zu einem beinahe menschlichen, boshaften Grinsen.

Sein Anblick machte mich rasend vor Wut. Sie wollten also weiter Spielchen spielen? Kein Problem, aber ich würde mich garantiert nicht an ihre Regeln halten. Ich senkte den Kopf, kauerte mich auf den Boden und begann, mich zu verwandeln.

Damit hatte ich die Aufmerksamkeit der Wölfe zurück, doch es war mir egal, was sie dachten oder taten. Dies hier war meine Waffe, und ich würde sie einsetzen.

Ich wusste nicht, ob es die Wut oder meine Entschlossenheit war, die mir die Rückverwandlung so leicht machte wie noch keine zuvor. Innerhalb von weniger als zwei Minuten lag ich nackt auf dem Rasen und strich mir die schweißnassen Haarsträhnen aus der Stirn.

Die Andersons hatten sich nicht verwandelt. Vielleicht verbrachten sie mehr Zeit in Wolfs- als in Menschengestalt? Ich wusste, dass es bei den Russells anders war. Aber die hatten im Gegensatz zu diesem Wolfsrudel auch noch alle Sinne beisammen.

Ein hohes Jaulen drang aus dem Haus, und im nächsten Moment erschien Gracie auf der Türschwelle. Wie immer trug sie eines ihrer viel zu engen, kurzen Sommerkleidchen und war barfuß. Die lockigen Haare fielen ihr über eine Schulter nach vorn, und als sie mich sah, breitete sich ein strahlendes Lächeln auf ihrem Gesicht aus. »Hey, Mädchen! Ich hab mich schon gefragt, wann du endlich auftauchst.«

Wütend starrte ich sie an und widerstand dem Drang, meine Zähne zu blecken und sie anzuknurren. Ich verstand nicht, was sie mit ihrer vermeintlich freundlichen Art bezweckte. Wir waren keine Freundinnen – so viel war klar. Die Hände in die Hüften gestemmt und ein wissendes Lächeln auf den Lippen kam sie auf mich zu. Als sie vor mir stand, bot sie mir das Handtuch an, dass sie sich über die Schulter geworfen hatte.

Doch ich ignorierte die Geste und streckte meine steifen Muskeln. Ihre falsche Fürsorge konnte sie sich sparen.

Gracie trat einen Schritt vor und versuchte, das Handtuch um mich zu wickeln. »Hier, nimm das, Mädchen …«

Mit einem wütenden Knurren stieß ich sie beiseite und

zeigte ihr meine Zähne, sodass sie überrascht zurückwich und den Blick senkte.

Offensichtlich hatte sie versucht, mich herauszufordern, und ich hatte die Oberhand gewonnen. Befriedigt stellte ich fest, dass sie mit dem Selbstbewusstsein, das der Zorn in mir heraufbeschwor, nicht umgehen konnte. Bis sie mich noch einmal herausforderte, stand ich im Rudel nun über ihr. Sie wollten die starke Sara sehen? Das konnten sie haben.

»Ich will Ramsey sehen.«

»Warum sollte dein Freund hier sein?«, fragte jemand, und als ich den Kopf hob, stellte ich fest, dass es Tony gewesen war.

»Weil ihr wolltet, dass ich herkomme«, antwortete ich ruhig. »Jetzt bin ich hier. Und ich will mit Levi sprechen.«

Tony musterte mich abschätzig von oben bis unten, bevor er langsam nickte. »Dann komm mal rein, wenn du so mutig bist.«

Es gab nichts, was mir die Wölfe noch antun konnten, das sie nicht schon getan hatten. Ich hatte nichts zu verlieren. Also stieg ich die Treppe zur Veranda hinauf und folgte Tony ins Haus.

Im Wohnzimmer befanden sich noch mehr Andersons, zum Teil in Menschen-, zum Teil in Wolfsgestalt. Der Geruch nach abgestandenem Zigarettenrauch und Marihuana verband sich mit dem überwältigenden Gestank nach nassem Fell. Es waren so viele, dass es unmöglich war, irgendeine andere Fährte aufzunehmen.

Als Connor mich bemerkte, sprang er auf und riss sich das T-Shirt über den Kopf, um es mir anzubieten. Dies war etwas anderes als Gracies überhebliche Geste mit dem Handtuch. Zumal mich Connor als männliches Rudelmitglied nicht herausfordern konnte. Deswegen nahm ich sein Angebot entgegen und streifte mir das T-Shirt über.

Connor war leichenblass geworden. »Was machst du hier, Sara? Geht es Savannah gut?«

Ich betrachtete ihn mit kaltem Blick. »Ich bin hier, um meinen Partner zu befreien.«

Auf dem Sofa, das mir am nächsten stand, lag Maynard, die Arme ausgestreckt und mit einem breiten Grinsen. »Ich bin hier, Zuckerpuppe!«

Ich ignorierte ihn, zu sehr damit beschäftigt, Witterung aufzunehmen. Irgendwo hier musste Ramsey versteckt sein. Doch der Gestank nach Wolf und Gras war zu stark, um irgendetwas anderes herauszuriechen.

Als Tony an mir vorbeiging, verpasste er mir einen Klaps auf den Po, und ich fuhr erschrocken herum. Doch ich hatte mich schnell wieder im Griff und starrte ihn herausfordernd an. Er versuchte nur, mich aus der Reserve zu locken, mich nervös zu machen. Aber diese Genugtuung würde ich ihm nicht gönnen.

Connor schüttelte ungläubig den Kopf. »Ich verstehe nicht, was du meinst. Warum sollte Ramsey hier sein?«

»Frag deine Cousins.« Entweder stellte Connor sich mit Absicht dumm, oder die anderen hatten ihn von ihren Plänen ausgeschlossen.

Er warf mir einen unsicheren Blick zu, bevor er das Wohnzimmer verließ und auf die Treppe zuging, die in den ersten Stock führte.

»Hey, Junge, sei nicht gleich beleidigt«, rief Maynard ihm hinterher. »Wir haben dir nur nichts gesagt, weil … Na ja, du weißt schon, warum. Wir können ja schlecht zulassen, dass du jeden unserer Gefangenen flachlegst.«

Mein Herz hämmerte wie verrückt in der Brust, als ich hinter Connor die Treppe hinaufstürzte.

»Onkel Levi? Levi! Wo bist du?« Connor drückte die Klinke der ersten Tür hinunter, doch das Zimmer war leer.

Als er sich der nächsten zuwandte, versuchte ich es auf der anderen Seite des Korridors. Doch auch dieser Raum war verlassen. Staub, Dreck und getrocknete Blätter bedeckten den Boden.

In diesem Moment hörte ich, wie Connor mit einem Knurren in einem Zimmer am Ende des Flurs verschwand.

Mit klopfendem Herzen folgte ich ihm – und keuchte bei dem Anblick, der sich mir bot, entsetzt auf. Ramsey lag auf einer schmutzigen Matratze auf dem Boden. Unter seiner Nase klebte getrocknetes Blut, und eine lange Schnittwunde zog sich über seine Schläfe. Seine Füße waren mit einer Kette aneinandergebunden, die zu einem eisernen Ring führte, der an der Wand befestigt war. Als Connor sich mit geballten Fäusten über ihn beugte, rührte er sich nicht. Mein Herz setzte einen Schlag aus. Oh, Ramsey.

»Levi!«, rief Connor wieder.

Mit Tränen in den Augen kniete ich mich neben Ramsey. Oh Gott, oh Gott, oh Gott. Behutsam berührte ich sein Gesicht, strich ihm die Haare aus der Stirn, sodass ich seine Verletzung betrachten konnte. Er war so unglaublich blass. Und warm. Zu warm. Ich legte meine Wange auf seine Brust. Sein Herz schlug unnatürlich schnell, er atmete hektisch, und ich konnte sehen, wie seine Pupillen unter den Lidern wild hin und her zuckten, als hätte er einen schrecklichen Albtraum.

»Ramsey«, sagte ich sanft und streichelte ihm über die Wange. »Ramsey, wach auf.«

Er antwortete nicht. Nicht mal die kleinste Reaktion seines Körpers auf meine Berührungen war zu bemerken. Panik stieg in mir auf, und ich sah zu Connor hinüber. »Was ist mit ihm los?«

»Er wurde unter Drogen gesetzt«, antwortete er grimmig.

»Genauer gesagt wurde er vergiftet.« Levi lehnte sich gegen den Türrahmen.

Mit einem Knurren sprang ich auf und stellte mich instinktiv zwischen ihn und meinen Partner. »Du hast ihn *vergiftet*?«

Der Alpha grinste boshaft, als er meinem halb nackten Körper von oben bis unten musterte. Erst jetzt bemerkte ich, dass er ein blaues Auge hatte. »Ich weiß nicht, ob du es schon bemerkt hast, aber Bären verfügen über ein ziemlich bemerkenswertes Durchhaltevermögen.« Sein Blick blieb am Saum meines T-Shirts hängen. »Obwohl … die Erfahrung durftest du vermutlich schon machen. Dein knuddeliger Freund hier hat auf jeden Fall nicht auf die Tranquilizer reagiert, die wir ihm verabreicht haben, also mussten wir mit etwas Stärkerem nachhelfen.«

Ich spürte, wie sich meine Finger krümmten, als würde mir in der nächsten Sekunde abermals Klauen wachsen. »Was habt ihr ihm gegeben?«

Levi sah mir in die Augen, ohne zu blinzeln. »Familiengeheimnis. Nur Mitglieder des Rudels wissen Bescheid.«

»Ich bin Mitglied eures Rudels«, stieß ich bitter hervor. »Erinnerst du dich?«

»Bist du das, Mädchen?« Er bohrte seinen Blick noch tiefer in meine Augen. »Zu sagen, dass du Teil des Rudels bist, und es tatsächlich zu sein, sind zwei verschiedene Dinge.«

Ich fletschte die Zähne. »Ich gehöre dazu.«

»Das tust du nicht«, knurrte er. »Streifst du mit uns durch den Wald? Jagst du mit uns? Paarst du dich mit uns? Das sind nämlich die Dinge, die eine Wölfin tut, wenn sie sich zu ihrer Familie bekennt. Und bisher hast du nichts davon getan, also bist du noch immer ein Außenseiter, meinst du nicht auch?«

Ich wollte ihn umbringen. Wollte ihm die Kehle mit den Zähnen herausreißen und zusehen, wie er auf dem Boden zu meinen Füßen verblutete. Außer mir vor Wut ballte ich die Hände zu Fäusten und ignorierte den Schmerz, als sich die Klauen in meine Handflächen bohrten. »Sag mir, welches Gegengift ihm hilft.«

Doch Levi starrte mich nur weiter aus seinen hasserfüllten gelben Augen an, ohne sich zu bewegen. »Familiengeheimnis. Ich kann dir das Gegenmittel geben, aber du wirst einen Preis dafür bezahlen müssen.«

»Was willst du von mir?«

Seine Augen leuchteten gefährlich auf. »Dasselbe, was wir

schon die ganze Zeit von dir wollen, Zuckerpuppe. Du musst dich dem Rudel anschließen.«

Jag mit uns. Streif mit uns durch den Wald. Paar dich mit uns. Das sind die Dinge, die eine Wölfin tut, wenn sie sich zu ihrer Familie bekennt.

Ich biss mir von innen in die Wange, um den wilden Schrei zu unterdrücken, der in meiner Kehle aufstieg. Zuerst musste ich wissen, was genau mit Ramsey los war und wie ich ihm helfen konnte. »Okay«, spuckte ich voller Abscheu aus. »Ich schließe mich eurem Rudel an.«

»In jeder Hinsicht?« Levi hob fragend eine Augenbraue. »Es wäre wirklich zu schade, wenn wir Hoffnungen in den Jungs wecken, die wir am Ende nicht *befriedigen* können.«

»In jeder Hinsicht«, presste ich zwischen zusammengebissenen Zähnen hervor und ignorierte den eiskalten Schauer der Angst, der mir den Rücken hinablief.

»Das ist falsch«, rief Connor und schob sich zwischen seinen Alpha und mich. »Du weißt, dass es falsch ist, Onkel Levi.«

Der Anführer trat einen Schritt vor und schubste ihn zurück. »Warum ist es falsch, Junge? Weil du die hier nicht vögeln willst? Hier geht es um dein *Rudel.* Wir brauchen ein Weibchen. Eine Partnerin für Maynard, damit er übernehmen kann, sobald ich mich zurückziehe. Es geht nicht einfach nur darum, seinen Schwanz in irgendeine Frau zu stecken, Junge. Hier geht es um unser Blut. Darum, dass wir mehr Wölfe brauchen, um einen starken Stammbaum aufzubauen. Es ist an der Zeit, dass du dich zurückhältst.« Er hielt Connors Blick fest. Seine Stimme klang hart wie Stahl. »Oder willst du mich etwa herausfordern?«

Ich sog erschrocken den Atem ein.

Nach einer langen Pause schüttelte Connor langsam den Kopf. »Nein. Keine Herausforderung.«

»Gut.« Levi packte Connor am Arm und schleuderte ihn mit so viel Kraft zur Seite, dass er gegen die Wand krachte. Zusammengekrümmt, den Blick zu Boden gerichtet und rot vor Zorn kauerte er sich auf dem Boden zusammen. »Wie wär's, wenn wir unser neues Familienmitglied zu einem kleinen Streifzug durch den Wald mitnehmen würden? Damit sie sich an ihre neue Umgebung gewöhnen kann.«

Der Wille des Alphas übte einen so ungeheuerlichen Druck auf mich aus, dass ich jeden Muskel in meinem Körper anspannen musste, um ruhig stehen zu bleiben. »Zuerst will ich das Gegengift haben.«

Er krallte eine Hand in meine Haare und zog mich dicht zu sich heran. So dicht, dass ich nichts mehr sah außer seine leuchtend gelben Augen. »Du bist nicht in der Position, Forderungen zu stellen«, sagte er in beinahe sanftem Ton. »Ich bin dein Alpha. Ab sofort tust du, was ich dir sage.«

Und ich musste erschrocken feststellen, dass ich nicht in der Lage war, ihm zu widersprechen.

Ich beobachtete, wie die anderen erwartungsvoll zu Levi aufsahen, der auf der Veranda stand. »Wer hat Hunger?«

Ein zustimmendes Knurren antwortete ihm.

»Zeit für die Jagd, würde ich sagen«, entschied der Alpha, seine Augen gelber als jemals zuvor. »Ich habe Lust auf einen frischen, blutigen Hasen.«

Verärgert stellte ich fest, dass mein Magen knurrte.

Wyatt und Tony hatten das Geräusch offensichtlich auch gehört, denn sie sahen zu mir herüber und grinsten.

Nach und nach zogen die Männer, die noch nicht in Wolfsgestalt waren, ihre Sachen aus. Maynard war der Erste, der auf alle viere fiel und begann, sich zu verwandeln. Und die anderen brauchten nicht lange, bevor sie dasselbe taten.

Ich hätte nichts lieber getan, als wieder hineinzugehen und die Treppe hinaufzustürmen, um nach Ramsey zu sehen, aber solange er an die Wand gekettet war, musste ich das Spiel der

Wölfe mitspielen. Also zog ich mir Connors T-Shirt über den Kopf und kniete mich ebenfalls hin.

Meine Verwandlung dauerte länger als die der anderen. Während sie bereits mit Kampfgeheul in Richtung Wald stürzten, befand ich mich noch zur Hälfte in meiner menschlichen Hülle. Aus dem Augenwinkel sah ich Levi und Connor, die auf mich warteten. Als endlich alle Knochen und Muskeln an die richtige Stelle gerutscht waren, atmete ich erleichtert auf.

Levi kam zu mir hinüber und biss mich leicht in die Flanke, um seine Dominanz zu bekräftigen, und ich zog brav den Kopf ein und hielt mich hinter ihm. Es fühlte sich seltsam natürlich und vertraut an, zwei Schritte hinter meinem Alpha durch den Wald zu streifen, auch wenn der menschliche Teil meines Gehirns mich anschrie, loszurennen und Beau und die anderen zu holen. Aber was würde passieren, wenn ich Ramsey allein ließ? Er war hilflos. Und wenn ich versuchte davonzulaufen, hätten sie mich vermutlich schnell wieder eingefangen. Levi hatte mehr als deutlich gemacht, dass ich ohne seine Erlaubnis nirgendwohin gehen würde.

Warum sollte ich versuchen zu kämpfen, wenn ich damit mein eigenes Leben und das derjenigen, die ich liebte, aufs Spiel setzte? Nein, es war besser, einfach aufzugeben, zu tun, was Levi von mir verlangte. Gegen die Wölfe hatte ich keine Chance, und ich hatte es satt zu kämpfen. Ramseys Leben war in Gefahr, und ich würde nicht zulassen, dass er meinetwegen starb.

Wir holten die anderen Wölfe ein und schlugen uns mit ihnen ins Unterholz. Die Luft des hereinbrechenden Abends war kühl, und mir stieg ein dunkler, erdiger Geruch in die Nase, der meine Sinne kitzelte. Während wir nebeneinander herrannten, kamen die anderen immer wieder zu mir, bissen mir in die Flanken und umkreisten mich. Sie waren in der Stimmung zu spielen – ein Bedürfnis, dass ich in meinem Leben noch nie weniger hatte nachempfinden können.

Als wir die Witterung eines Hasen aufnahmen, drehte sich Levi abrupt herum und folgte der Fährte. Sein Rudel folgte ihm, und ich tat es ebenfalls, auch wenn ich kaum glauben konnte, dass wir tatsächlich alle zusammen demselben kleinen Beutetier nachjagten.

Es dauerte nicht lange, bis der Hase in der Falle saß. Die anderen Wölfe hielten sich im Hintergrund, während der Alpha das Tier zur Strecke brachte und zerlegte. Wir würden nur dann etwas zu fressen abbekommen, wenn er sich dazu herabließ, uns etwas übrig zu lassen. Mir war es recht. Der Hase erinnerte mich in seiner Rolle ein wenig zu sehr an mich selbst, als dass ich noch großen Appetit verspürt hätte.

Als Maynard erneut begann, um mich herumzustreichen, wandte ich mich um und fletschte die Zähne in Erwartung eines weiteren Bisses, doch stattdessen hob er ein Bein und legte es auf meinen Rücken. Verwirrt trat ich einen Schritt zur Seite, doch in der nächsten Sekunde hatte er bereits die Zähne in meiner Flanke vergraben. Dann stieß er gegen meine Hüfte und versuchte erneut, sich auf mich zu schieben.

Er wollte mich tatsächlich besteigen!

Ich wollte schreien, doch aus meiner Kehle drang nichts als ein jämmerliches Winseln. Wieder hob er die Vorderbeine und legte sie auf meinen Rücken, und als ich versuchte, unter ihm wegzutauchen, stand plötzlich Wyatt vor mir.

Ich saß in der Falle.

Streif mit uns durch den Wald. Paar dich mit uns.

Auf einmal spürte ich eine unbändige Wut in mir aufsteigen. Als Maynard das nächste Mal versuchte, sich mit mir zu paaren, stieß ich ein drohendes Knurren aus und schnappte nach ihm. Er erwiderte mein Knurren, und als er mich diesmal biss, war es sehr viel weniger vorsichtig als zuvor. Ich stürzte mich auf ihn, die Zähne gefletscht, und er jaulte überrascht auf, als ich nach seinem Gesicht schnappte.

Im nächsten Moment tauchte ein riesiger Schatten neben mir auf, und ich wurde so hart in die Seite getroffen, dass ich diejenige war, die aufjaulte. Von einer Sekunde auf die andere war der Wald erfüllt vom Geräusch kämpfender Wölfe. Wie wild gewordene Bestien stürzten wir uns aufeinander, bissen und knurrten uns an. Ich schnappte nach Kehlen und spürte Zähne an meiner eigenen. Einer der Wölfe biss mich in den Hinterlauf, und ich heulte vor Schmerz auf, während mich ein anderer frontal angriff und ich auf dem Rücken landete.

Eine Hand hatte mich am Genick gepackt. Über mir stand Levi und starrte mich an. »Verwandle dich zurück, Mädchen!«

Ich schnappte nach seiner Hand.

Levi holte aus, und eine Zehntelsekunde später landete seine Faust krachend auf meiner Schnauze.

Ich jaulte auf, und als er mich zusammengekauert auf dem Boden liegen ließ, wagte ich nicht, noch einmal zum Angriff überzugehen. Meine Muskeln begannen zu zittern und sich zu krümmen, und nicht gerade schmerzfrei, dafür aber relativ zügig verwandelte ich mich zurück. Ein paar Sekunden später hockte ich nackt im Gras. Ich hatte eine große Bisswunde am Oberschenkel. Mit dem Handrücken wischte ich mir das Blut von der Lippe, die immer mehr anschwoll. Als ich mich umsah, bemerkte ich, dass Maynard und Tony beide eine Erektion hatten.

»Bist du komplett durchgedreht?«, schrie Levi und packte mich bei den Haaren.

Wild um mich fuchtelnd, versuchte ich, mich aus seinem Griff zu befreien. »Ich werde mit euch durch den Wald rennen, aber ich werde ganz bestimmt nicht zulassen, dass ihr mich besteigt.«

Er fletschte seine Zähne, genauso, wie er es als Wolf tun würde. »Wenn meine Jungs sich mit dir paaren wollen, wirst du brav dasitzen und lächeln, solange sie mit dir beschäftigt sind, du dumme kleine Schlampe.«

Meine Faust krachte gegen seinen Kiefer.

Augenblicklich war es um uns herum totenstill. Levi ließ mich los, und ich strich über meine schmerzende Kopfhaut, lauernd, was er als Nächstes tun würde.

Mit zwei Fingern berührte er seinen Mundwinkel. »Hast du … hast du mich gerade etwa herausgefordert, Zuckerpuppe?«

Ich zitterte vor Angst und Wut, aber ich war nicht bereit, vor ihm einzuknicken. »Ich bin nicht deine verdammte Zuckerpuppe, genauso wenig, wie ich dein Spielzeug oder die Vögel-Partnerin für deine Söhne und Neffen bin. Ich bin vielleicht ein Wolf, aber das heißt noch lange nicht, dass ich euch gehöre.«

Halb amüsiert, halb fasziniert starrte er mich an. »Das ist tatsächlich eine Herausforderung, oder?«

Ich sagte nichts.

Im nächsten Augenblick stürzte er sich auf mich. Ich krachte mit solcher Wucht auf den Rücken, dass mir sämtliche Luft aus den Lungen wich. Keuchend rang ich nach Atem, doch da traf mich schon seine Faust im Gesicht. Sterne explodierten hinter meinen Lidern.

»Kein Mädchen fordert jemals den Alpha heraus, du dumme kleine Schlampe«, knurrte er und packte mich wieder bei den Haaren. »Ich werde dir jetzt eine kleine Lektion über Wolfsrudel erteilen. Die erste Regel lautet: Wenn dein Alpha etwas von dir verlangt, dann tust du es, ohne mit der Wimper zu zucken, und du zeigst ihm dabei deine Kehle.«

Mit klauenbesetzten Händen schlug ich nach seinem Gesicht.

»Daddy«, rief Gracie von irgendwo aus dem Hintergrund. Sie klang unsicher, ängstlich. »Sie ist noch neu bei uns. Gib ihr doch eine Chance, sich …«

Er fuhr zu ihr herum und funkelte sie aus gelben Augen an. »Willst du mir etwa vorschreiben, was ich zu tun habe, Mädchen?«

Gracie fuhr erschrocken zusammen und warf mir einen besorgten Blick zu.

Ich war ihr dankbar, dass sie versucht hatte, mir zu helfen, auch wenn es ihr nicht gelungen war, sich gegen ihren Vater durchzusetzen.

Als Levi mich erneut auf den Boden schleuderte, hörte ich meine Rippen krachen. Auf allen vieren krabbelte ich rückwärts, während er sich drohend über mir aufbaute und die anderen nervös hinter ihm von einem Bein aufs andere traten.

»Und da wäre noch eine zweite Lektion, die du über Wolfsrudel lernen solltest, Zuckerpuppe: Du wirst dich *immer* deinem Alpha unterordnen.« Als er nach meinen Beinen griff, trat ich wie verrückt um mich, doch er bekam meine Knöchel zu fassen und riss mir die Beine auseinander, bevor er sich dazwischen kniete.

In diesem Moment bekam ich einen losen Stein zu fassen, und ohne lange darüber nachzudenken, hob ich ihn an und schlug ihn Levi mit voller Wucht gegen den Kiefer.

Das krachende Echo schien sich in Wellen durch den ganzen Wald zu bewegen. Der Schlag hätte ausgereicht, um einen gewöhnlichen Mann zusammenbrechen zu lassen. Levi blinzelte irritiert und schwankte.

Ich holte aus und schlug den Stein ein zweites Mal mit so viel Kraft, wie ich aufbringen konnte, gegen seinen Kiefer.

Levi fiel hintenüber und blieb reglos auf dem Waldboden liegen.

So schnell ich konnte, sprang ich auf die Füße und stellte schwer atmend einen Fuß auf seine Kehle. Er war nicht bewusstlos, aber schien leicht weggetreten. Sein Kiefer blutete. Ich verlagerte mein ganzes Gewicht auf den Fuß, mit dem ich ihn auf den Boden drückte.

»Zeig deinem neuen Alpha deine Kehle«, zischte ich. »Schlampe.«

KAPITEL NEUNZEHN

Für eine lange Weile sagte niemand ein Wort. Dann begann Maynard zu knurren. Tony stimmte ein. Und kurz darauf auch Wyatt. Meine Haut prickelte, als sie mich über ihren gefallenen Alpha hinweg anstarrten. Es war ein Knurren, das Wut ausdrückte und mit dem sie mich herausfordern wollten. Die anderen hielten sich in der Nähe auf, aber mit etwas mehr Distanz als die drei; unsicher, was sie als Nächstes tun sollten. Connors Augen leuchteten, aber sein Gesichtsausdruck verriet nicht, was er von der ganzen Sache hielt. Gracie wirkte bestürzt.

Mein Herz klopfte so wild, dass ich Angst hatte, es würde mir aus der Brust springen. Ich hatte es mit Levi aufgenommen und mit ein wenig Glück die Oberhand gewonnen, aber mir war klar, dass ich keine Chance hätte, wenn mich nun die übrigen Wölfe einer nach dem anderen herausfordern würden.

»Ich will dieses Rudel nicht anführen«, stieß ich atemlos hervor und ließ den Stein fallen, mit dem ich Levi niedergeschlagen hatte. »Alles, was ich will, ist Ramsey.«

»Du hast ihn herausgefordert. Und du hast gewonnen«, knurrte Maynard und trat drohend einen Schritt vor. »Damit hast du dein Schicksal besiegelt. Du wirst uns anführen – bis dich einer von uns herausfordert.«

»Nein!« Entsetzt wich ich zurück.

Bevor sich Maynard auf mich stürzen konnte, stieß Connor ihn beiseite und duckte sich, den Blick aus den durchdringenden gelben Augen fest auf mich gerichtet. »Ich werde sie mir als Erster vornehmen.«

Überrascht starrte ich ihn an. Ich hatte geglaubt, dass er auf meiner Seite stand.

Er warf mir einen bedeutungsvollen Blick zu, bevor er mit einem Knurren die Zähne fletschte und mich ansprang.

Ich hatte kaum Zeit, nach Luft zu schnappen, bevor ich rücklings auf dem Boden landete und wir uns mit ausgefahrenen Krallen im Dreck wälzten. Connor schien aus nichts anderem als harten Muskeln und Kraft zu bestehen. Ich versuchte, ihn mit einer Hand wegzustoßen, doch er schlang die Arme um meine Taille und zerrte mich auf die Füße. Eine Hand um meine Kehle gelegt, zog er mich eng an seine Brust.

Ich wehrte mich, jedoch ohne eine Chance zu haben, mich aus seinem Griff zu befreien.

»Wir müssen ihnen eine richtige Show liefern«, flüsterte er mir so leise ins Ohr, dass ich Mühe hatte, ihn zu verstehen. »Du darfst nicht zu leicht aufgeben.«

Dann biss er mich so fest ins Ohrläppchen, dass ich aufschrie und meine Klauen in seinen Bauch grub. Zufrieden stellte ich fest, wie er vor Schmerz zusammenzuckte.

Für einen Moment lockerte sich sein Griff um meine Taille, und wir stolperten zusammen einige Schritte rückwärts, bevor wir wieder auf dem Boden landeten. Ineinander verbissen wälzten wir uns auf dem Boden, und als sich unsere Blicke trafen, riss er die Augen weit auf, um mir zu signalisieren, dass er sich zurückhalten würde.

Ich holte aus und verpasste ihm eine schallende Ohrfeige. Wenn er wollte, dass dieser Kampf echt wirkte, konnte er das gern haben.

Als er sich erneut auf mich stürzte, kratzte er mit seinen langen Nägeln über meine Wange, sodass sie anfing zu bluten. »Sorry«, murmelte er, jedoch ohne von mir abzulassen.

Verzweifelt versuchte ich, die Oberhand zu gewinnen, doch meine Gewichtsklasse konnte es mit seiner auf keiner Ebene aufnehmen. Als ich mich auf ihn rollte, stemmte er einen Fuß in meinen Bauch und trat mich mit solcher Kraft von sich, dass ich im hohen Bogen durch die Luft geschleudert wurde und gegen einen Baum krachte, an dessen Fuß ich bewusstlos liegen blieb.

Als ich erwachte, tat mir jeder Knochen im Leib weh. Benommen setzte ich mich auf und versuchte, trotz meines verschwommenen Blicks etwas zu erkennen.

Maynard saß mit einem blauen Auge und einem geschwollenen Kiefer gegen einen Baumstamm gelehnt. Sein Körper war dreckig und von tiefen Schrammen überzogen. Tony, der sich neben ihn auf den Waldboden gehockt hatte, sah nicht viel besser aus. Und auch Wyatt schien gekämpft zu haben.

Mitten auf der Lichtung standen Levi und Connor, der gerade zum Schlag ausholte und einen Fausthieb in das Gesicht seines ehemaligen Alphas landete. Levi war offensichtlich wieder zu sich gekommen und hatte beschlossen, seine Rolle als Anführer zurückzuerobern. Es war deutlich, dass der Jüngere seine Position mit aller Macht verteidigte. Ein Blick zu den anderen Wölfen hinüber sagte mir, dass keinem von ihnen der Sinn danach stand, ebenfalls in den Ring zu steigen.

Als ich es geschafft hatte, mich auf meine wackeligen, schmerzenden Beine zu stellen, sah ich aus dem Augenwinkel, wie Levi eine Hand hob und seine Kehle entblößte. Mit zusammengebissenen Zähnen und vor Zorn glühenden gelben Augen erkannte er Connors Führungsposition an. Doch das Zittern seiner Hände verriet, dass er mehr als genug eingesteckt hatte.

Schwer atmend drehte sich Connor mit gefletschten Zähnen im Kreis. »Sonst noch wer?« Stille. »Irgendwer?«, wiederholte er herausfordernd.

Auf einmal verspürte ich das überwältigende Bedürfnis, auf die Knie zu sinken und um Gnade zu winseln – diese Alpha-Sache war wirklich nervig.

Er nickte mir ernst zu, bevor er sich zu voller Größe aufrichtete und das Blut von seiner Unterlippe wischte. Er warf zuerst mir einen Blick zu, dann sah er Levi an. »Onkel, du wirst Sara den Schlüssel zu Ramseys Fesseln geben.«

»Und das Gegengift«, fügte ich schnell hinzu.

»Kein Problem.« Connor wandte sich mit zorniger Miene an sein Rudel. »Sie wird ihn mitnehmen. Und keiner von euch wird es wagen, sich ihnen in den Weg zu stellen.« Er richtete seinen Blick auf Maynard und Tony. »Und damit meine ich vor allem euch beide. Sucht euch eure eigenen verdammten Partnerinnen, anstatt die anderer Männer zu stehlen.«

»Du meinst wohl so wie du deine kleine Puma-Dame«, erwiderte Maynard mit einem Grinsen, zuckte jedoch erschrocken zurück, als Connor ihn mit seinem intensiven Alpha-Blick in die Schranken wies.

»Wenn sie mich noch will, dann ja«, sagte er ruhig. »Es interessiert mich nicht, ob sie eine Katze, eine Ratte oder eine gottverdammte Schlange ist. Wenn sie mit mir zusammen sein will und ich mit ihr, dann kann keiner von euch Idioten etwas dagegen ausrichten. Verstanden?«

Unterwürfiges Schweigen antwortete ihm.

»Und wir werden dieser verfluchten Allianz beitreten und uns wie gottverdammte Menschen benehmen und nicht wie irgendwelche wilden Tiere, nur weil uns die Meinung von jemandem zufällig mal nicht passt. Die Tage, in denen wir andere terrorisiert haben, sind vorbei. Ich habe es satt, als Wolf automatisch als Tyrann gesehen zu werden. Wir sind besser als das, und jeder von euch weiß es.« Er wandte sich mir zu. »Wenn du Lust hast, mit dem Rudel durch den Wald zu streifen und auf die Jagd zu gehen, bist du jederzeit bei uns willkommen, Sara. Du und dein Partner.«

Es würde noch sehr lange dauern, bis ich genug Vertrauen in die Wölfe hatte, um auch nur darüber nachzudenken, sein Angebot anzunehmen, aber ich nickte trotzdem. »Danke.«

»Dann sehen wir jetzt zu, dass du zu ihm zurückkommst. Uns bleibt nicht viel Zeit.«

Als das Haus in Sicht kam, sprintete ich los und stürzte die Treppe in den ersten Stock hinauf.

Ramsey sah noch blasser aus. Er schwitzte stark, und sein Herz schlug so schnell, dass ich meinte, es müsste ihm aus der Brust springen.

Mit tränenverschleiertem Blick sah ich zu Gracie auf, die mir gefolgt war. »Wo ist das Gegengift?«

Sie reichte mir den Schlüssel zu den Fesseln und lächelte verlegen. »Es tut mir leid, Sara. Du weißt, wie es mit dem Rudel ist. Wir müssen den Befehlen der Älteren folgen.«

Ich schwieg. Solange Gracie nicht in der Lage war, mir ihr wahres Ich zu zeigen, und nur das tat, was das Rudel ihr vorschrieb, würden wir niemals Freunde werden.

Gracie senkte den Blick und wandte sich ab. »Ich hole Connor. Er wird dir das Gegengift geben.«

Als Ramsey aufwachte, saß ich neben ihm und hielt seine Hand. Der eiserne Griff, mit dem die Angst mein Herz fest im Griff gehabt hatte, löste sich ein wenig, als ich sah, wie er langsam die Augen öffnete. Zärtlich strich ich ihm die schweißnassen Haare aus der Stirn.

»Hey«, flüsterte ich.

Er sah mich an, und augenblicklich verfinsterte sich seine Miene. »Du bist verletzt.«

Lange Kratzer zogen sich über meinen Kiefer, aber die Wunden würden schnell heilen. »Es geht mir gut. Viel wichtiger ist, wie du dich fühlst.«

Er kämpfte sich mühsam in eine aufrechte Position.

»Langsam«, sagte ich sanft. »Wahrscheinlich ist dir noch ein bisschen schwindelig.« Connor hatte mir erklärt, dass das

Gegenmittel ähnlich schlimme Nebenwirkungen hatte wie das Gift selbst.

Als ein dunkles Knurren aus Ramseys Kehle aufstieg, legte ich ihm beruhigend eine Hand auf die Brust. Doch er ließ sich davon nicht aufhalten, sondern sprang auf und stürzte zur Tür.

Als ich mich erschrocken umwandte, sah ich Connor dort stehen.

»Du … du hast meine Partnerin … bedroht …« Ramsey hatte die großen Hände um Connors Hals gelegt.

Zu meiner Überraschung wehrte sich der neue Alpha der Andersons nicht. Hilfe suchend starrte er mich an, als wollte er mich anflehen, etwas zu tun, damit er Ramseys Herausforderung nicht annehmen musste.

»Ramsey, Liebling.« Ich war ebenfalls aufgestanden und hatte meine Hände beruhigend auf seine gelegt. »Es ist okay. Du kannst ihn loslassen.«

»Verdammte Bastarde! Ich werde jeden Einzelnen von ihnen umbringen für das, was sie dir angetan haben.«

»Ramsey! Hör mir zu. Es ist okay. Levi und Maynard waren diejenigen, die hinter der ganzen Sache gesteckt haben. Connor hat mich verteidigt. Er ist jetzt der Anführer des Rudels.«

Es dauerte einen Moment, bevor meine Worte tatsächlich bei ihm ankamen. Dann löste er langsam die Finger von Connors Hals und drehte sich heftig atmend zu mir um. So vorsichtig, als könnte er mich zerbrechen, legte er eine Hand an meine Wange. Und als ich aufblickte und den zärtlichen Ausdruck sah, mit dem er mich betrachtete, wäre ich beinahe in Tränen ausgebrochen. »Du bist …«

»Es geht mir gut«, wiederholte ich mit leiser Stimme. »Das Rudel wird uns ab sofort in Ruhe lassen.«

»Das glaube ich nicht«, sagte er heiser.

»Und ich kann verstehen, warum.« Connor sah ihn mit ernstem Blick an. »Das war das zweite Mal innerhalb kürzester

Zeit, dass Wölfe aus unseren Reihen eure Familie angegriffen haben. Das wird so schnell niemand vergessen, aber wir können versuchen, einen neuen Anfang zu machen.« Er sah zu mir. »Und der erste Schritt wird sein, dass wir uns mit den Vertretern der Allianz treffen.«

Um genau zu sein, bestand der erste Schritt darin, Ramsey nach Hause zu bringen. Er war erschöpft und schwach, und jedes Mal, wenn er einen der anderen Wölfe zu Gesicht bekam, begann er wütend zu knurren und die Zähne zu fletschen. Es dauerte eine ganze Weile, bis Connor und ich es geschafft hatten, seinen schweren, benommenen Körper halb durch den Wald zu zerren und zu tragen. Doch irgendwie schafften wir es tatsächlich bis zu Connors Wagen, mit dem er uns bis zu der Stelle fuhr, an der sie Ramseys Truck zurückgelassen hatten.

»Wir sehen uns morgen früh«, sagte Connor zum Abschied. »Zum Treffen zwischen der Allianz und dem Rudel. Dort werden wir auch entscheiden, was mit Maynard und Levi passiert. Solange sie hier leben, werden sie versuchen, die Regeln zu brechen, die wir aufgestellt haben. Das Rudel wird niemals zur Ruhe kommen, solange sich die beiden in der Nähe aufhalten.« Er sah besorgt aus und so, als wäre er über Nacht zehn Jahre gealtert.

»Was hast du dir vorgestellt?«, fragte Ramsey misstrauisch.

»Rituelle Exekution?«, schlug ich mit einem fröhlichen Grinsen vor.

»Ich weiß nicht, ob das eine so gute Idee wäre«, bemerkte Connor.

»Ich schon«, murmelte ich. »Sie haben meinen Partner angegriffen, und dafür müssen sie bezahlen. Außerdem weißt du genauso gut wie ich, dass sich die Russells nicht mit einem Klaps auf die Finger und ein paar warnenden Worten zufriedengeben werden.«

Sobald wir in Ramseys Auto saßen, zog er sich als Erstes sein Hemd über den Kopf und legte es mir um die Schultern.

Überrascht sah ich ihn an. Ich hatte ganz vergessen, dass ich die ganze Zeit über nackt gewesen war.

»Wo sind deine Sachen?«, fragte er.

»Wahrscheinlich noch an der Tankstelle«, antwortete ich, und im nächsten Moment platzte ein hysterisches Kichern aus mir heraus, das ich nicht zurückhalten konnte. Eine Mischung aus Erleichterung und Unglaube angesichts dieser ganzen absurden Geschichte brach sich in mir Bahn.

Ohne ein weiteres Wort zog mich Ramsey in seine starken Arme, und ich schmiegte meine Wange an seine warme Brust. Das Lenkrad drückte schmerzhaft gegen meinen Rücken, aber das interessierte mich nicht, als ich seinen Duft in mich aufsog. Er roch nach Schweiß und leicht nach dem Gegengift – und nach Ramsey. Er roch so vertraut und wunderbar, dass ich beinahe in Tränen ausgebrochen wäre. Mein Lachen verebbte, und ich kuschelte mich noch enger an ihn.

»Haben sie dir wehgetan?«, fragte er leise. »Sag mir die Wahrheit. Denn in dem Fall werde ich auf der Stelle umdrehen und jedem Einzelnen von diesen Bastarden das Genick brechen.«

»Sie haben es versucht«, antwortete ich sanft. »Aber ich habe mich gewehrt, und ich bin mir ziemlich sicher, dass Levi und Maynard keine Ahnung hatten, wie sie damit umgehen sollten.«

Das tiefe Brummen, das aus seiner Brust aufstieg, schien zufriedene Zustimmung zu signalisieren. »Dann muss ich also nur zwei von ihnen das Genick brechen.«

»Nein.« Ich sah ihm fest in die Augen. »Alles, was du tun musst, ist, mich noch einen Augenblick länger festzuhalten. Es gibt andere Leute, die sich damit beschäftigen werden, die beiden zu bestrafen.«

Er zog mich noch ein wenig enger an sich und drückte mir einen zärtlichen Kuss auf die Schulter. »Du warst alles, woran ich denken konnte«, sagte er heiser. »Als sie mich angegriffen und unter Drogen gesetzt haben, habe ich gekämpft. Und ich habe nicht aufgehört, weil ich nur daran denken konnte, dass ich dich schutzlos zurückgelassen hatte. Der Gedanke hat mich verrückt gemacht. Ich wäre gestorben, wenn dir etwas passiert wäre. Ich würde dich niemals verlassen. Niemals. Das weißt du, oder?«

Ich legte eine Hand auf seine Brust und ließ mir einen Moment Zeit, das stetige, beruhigende Klopfen seines Herzens unter den Fingerspitzen zu spüren. Doch seine Muskeln waren noch immer angespannt. Als könnte er es sich jeden Moment anders überlegen, aus dem Auto springen und zum Haus der Andersons zurücklaufen, um die Wölfe um Gnade winseln zu lassen.

Zärtlich ließ ich meine Hände über seinen Körper gleiten, um ihn zu beruhigen, bevor ich ihm einen Kuss auf den Hals hauchte. »Ich bin frei, Ramsey. Ich habe gekämpft, als sie versucht haben, mich einzuschüchtern, und ich habe gewonnen. Sie werden nicht noch einmal kommen, um mich zu zwingen, zu einer von ihnen zu werden. Connor ist jetzt ihr Alpha. Und unter seiner Führung werden die Dinge anders laufen.«

»Bis der nächste Alpha seinen Platz einnimmt und behauptet, dass du zu ihm gehörst«, knurrte er.

»Das glaube ich nicht«, sagte ich nachdenklich. »Es ist schwer zu erklären, aber … Ich habe keine Angst mehr. Weder vor den Wölfen noch vor den Dingen, die sie mir antun könnten. Die Angst, die ich dort im Wald verspürt habe, bestand allein aus Sorge um dich. Und dann ist mir plötzlich klar geworden, dass ich keine Angst mehr haben muss. In mir steckt eine Kraft, die ich erst finden musste und die mir jetzt niemand mehr wegnehmen kann.« Ich wusste, dass ich in Zukunft stark genug sein würde, mich selbst zu verteidigen; und ich würde es tun, wenn es nötig wurde. Aus dem panischen, zerbrechlichen

Mädchen war ein starker Wolf geworden. Ich war mein eigener Alpha. Ein Gedanke, der mir durchaus gefiel.

Mit einem Lächeln beugte ich mich vor und küsste Ramsey auf den Hals. Ich würde niemals genug von seinem wundervollen Geschmack bekommen. Am liebsten hätte ich ihn von oben bis unten abgeleckt oder ihn gleich ganz aufgegessen. Ich wollte unter seine Haut kriechen und niemals wieder hervorkommen.

Ramsey erwiderte meinen Kuss mit hungriger Leidenschaft.

»Ich liebe dich«, hauchte ich, nachdem wir unsere Lippen voneinander gelöst hatten.

»Ich liebe dich, Sara.« Er fuhr mit den Fingerspitzen über die Wunde an meinem Kiefer. »Aber wenn wir nicht bald losfahren, muss ich tatsächlich zum Haus dieser Bastarde zurückgehen und ihnen die Schädel einschlagen.«

Ich rutschte von seinem Schoß auf den Beifahrersitz. »Dann bring mich jetzt nach Hause.«

Doch anstatt nach Hause zu fahren, zog es Ramsey zuerst zu Midnight Liaisons, wo Beau, meine Schwester und die restlichen Russells sich bis unter die Arme bewaffnet und darauf vorbereitet hatten, einen Befreiungstrupp loszuschicken. Wir erklärten ihnen in wenigen Worten, was vorgefallen war, und vereinbarten ein Treffen mit dem Wolfsrudel für den nächsten Morgen.

Bath umarmte mich minutenlang und befahl mir, mich wenigstens so lange zu gedulden, bis sie meine Wunden versorgt und mir einige frische Sachen zum Anziehen besorgt hatte. Ich bewahrte für den Notfall immer ein paar T-Shirts und eine Jeans im Büro auf. Ich ergab mich ohne Protest ihrer Fürsorge, da ich wusste, dass es ihr Weg war, mit dem Stress und der Erleichterung über meine heile Wiederkehr zurechtzukommen. Doch sobald ich angezogen und von oben bis unten mit Pflastern zugekleistert worden war, wollte ich so schnell wie möglich zurück an Ramseys Seite und mit ihm nach Hause fahren.

Einladend streckte er die Hand nach mir aus. Bat mich, zu ihm zurückzukehren.

Und das war es, was ich immer und immer wieder tun würde.

Nach einem langen, intensiven und angespannten Treffen kamen das Wolfsrudel und die Allianz zu einer Übereinkunft: Maynard und Levi würden verbannt werden.

»Das ist ein Witz, oder?«, fragte Maynard mit seinem typischen spöttischen Grinsen. »Im Ernst, ins Exil?«

»Warum? Weil wir uns an das Gesetz des Rudels gehalten haben?« Levi hatte streitlustig das Kinn vorgeschoben und die Arme vor der Brust verschränkt, als würde er so schnell nirgendwo hingehen.

»Das Gesetz des Rudels hat nichts mit dem hier zu tun«, erwiderte Beau, der drohend über den beiden vor ihm sitzenden Männern aufragte. »Ihr seid nicht nur Wölfe, sondern zur Hälfte auch Menschen. Und nach den menschlichen Gesetzen werden Entführung, versuchte Vergewaltigung und Körperverletzung bestraft. Ihr könnt euch glücklich schätzen, mit einer Verurteilung zum Exil davonzukommen.«

»Exil«, wiederholte Levi gelangweilt, als würde ihm seine Bestrafung auf einmal nichts mehr ausmachen. »Raus aus dem Territorium des Anderson-Rudels?«

»Aus dem Territorium des Anderson-Rudels und dem der Allianz.«

»Was genau umfasst das Gebiet?«, fragte Maynard mit gerunzelter Stirn.

»Alle Staaten bis auf Alaska und Hawaii«, antwortete Beau, und ich musste mir ein hämisches Grinsen verkneifen, als ich die schockierten Mienen der beiden Verurteilten sah. »Und einen Großteil Kanadas.«

»Wenn ihr in eines der beiden Territorien zurückkehrt, seid ihr vogelfrei. Jeder darf euch töten, ohne eine Bestrafung fürchten zu müssen. Mein Vorschlag wäre, dass du die Gelegenheit nutzt, deine alaskischen Wurzeln zu entdecken, Onkel Levi.« Connor ließ den Blick über den Rest des Rudels wandern. Sein Gesichtsausdruck war unerbittlich. »Und dasselbe gilt im Übrigen für jeden von euch, der es nicht für nötig hält, sich sowohl an die Gesetze des Rudels als auch an die der Menschen zu halten.«

Niemand protestierte.

Ich musste zugeben, dass ich beeindruckt war. Anfangs war ich mir nicht sicher gewesen, ob Connor in der Lage sein würde, seine Position als Alpha zu behaupten, aber er schien über Nacht ein anderer Mann geworden zu sein – psychisch stark und selbstbewusst. Vielleicht hatte er wie ich seine innere Mitte gefunden.

Während sich die Versammlung auflöste, ging ich durch die Menge auf den riesigen Mann zu, der die anderen in jeder Hinsicht überragte. Er hatte an der Tür Wache gestanden. Der ewige Beschützer.

Doch bevor ich ihn erreichen konnte, hielt Gracie mich auf. »Hey, Sara … ich … ich wollte nur …« Die Nervosität war ihr deutlich anzumerken, sie konnte kaum stillstehen. »Ich wollte nur sagen, dass es mir leidtut. Es ist wohl so, dass ich nie richtig darüber nachgedacht habe, was wir da eigentlich die ganze Zeit tun.«

Ich erwiderte nichts darauf. Bisher hörte es sich nicht so an, als wollte sie sich ernsthaft bei mir entschuldigen.

Gracie wand sich unter meinem starren Blick. »Ich wollte nur … Ich wollte dir sagen, dass wir ein neues Kapitel aufschlagen, und ich werde dabei sein. Und ich wollte dir außerdem sagen, dass es mir bei euch in der Agentur sehr gut gefallen hat.« Sie warf mir einen verlegenen Blick zu. »Ich habe vor, mein Profil zu aktualisieren. Es hat Spaß gemacht, all diese Männer zu daten. Innerhalb des Rudels hatte ich nicht viele Möglichkeiten, mit jemandem auszugehen. Und wenn sich jemals ein Job bei Midnight Liaisons auftun sollte, dann denk bitte an mich.«

Ich war überrascht. »In Ordnung, wir behalten dich im Hinterkopf«, erwiderte ich höflich.

Gracie lächelte. »Das freut mich wirklich sehr. Ich weiß, dass du mir nicht vertraust, aber vielleicht ändert sich das ja irgendwann wieder – wenn ich mich gut benehme.« Sie sah mich mit einem Blick an, der zeigte, dass sie mir unbedingt gefallen wollte. Vielleicht machte sie sich Sorgen um ihren zukünftigen Status im Rudel.

Ich nickte ihr aufmunternd zu und drehte mich dann um, damit sie nicht auf die Idee kam, noch mehr zu sagen. Vorerst hatte ich von Wölfen die Nase voll.

Als ich auf Ramsey zuging, hörte ich im Vorbeigehen Fetzen einer Unterhaltung zwischen Beau und Connor.

»Wird sie mir jemals verzeihen?«, fragte Connor.

Beau legte eine Hand auf seine Schulter. »Solche Dinge passieren nicht von einem Tag auf den anderen. Aber dieses Treffen heute war ein Schritt in die richtige Richtung. Gib ihr Zeit zu lernen, dir wieder zu vertrauen, irgendwann wird sie dann vielleicht von selbst auf dich zukommen. Aber wenn sie es nicht tut …«

»Dann ist es ganz allein meine Schuld«, sagte Connor grimmig. »Ich habe vieles wiedergutzumachen.«

Dem konnte ich nicht widersprechen.

Beau schenkte ihm ein aufmunterndes Lächeln. »Wie dem auch sei – du bist nach wie vor zu unserer Hochzeit eingeladen. Ich bin der festen Überzeugung, dass die Wölfe merken werden, wie gut es für sie ist, Teil der Allianz zu sein, wenn sie erst ein wenig Zeit mit uns verbracht haben.«

Eine große Hand landete auf meiner Schulter, und ein vertrauter Duft hüllte mich ein. Als Ramsey einen Kuss auf meine Haare drückte, lehnte ich mich in seiner Umarmung zurück.

»Bist du zufrieden mit dem Ausgang des Treffens?«, fragte er mich so leise, dass kein anderer es hören konnte.

»Und was, wenn ich es nicht bin?«

»Dann würde ich so lange ein Wolfsgenick nach dem anderen brechen, bis du wieder lächelst.«

»Das ist der süßeste und blutdürstigste Satz, den je jemand zu mir gesagt hat.«

»Es ist die Wahrheit«, brummte er.

»Was es noch süßer macht. Aber danke, das wird nicht nötig sein. Ich bin zufrieden. Es wird eine lange Zeit dauern, bis ich dem Rudel ganz vertrauen kann, aber ich bin mir sicher, dass Connor das Richtige getan hat.«

»Und warum glaubst du das?«

Ich betrachtete den entschlossenen Gesichtsausdruck des neuen Alphas. »Weil er Savannah zurückgewinnen will, und weil er alles dafür tun würde, um sie glücklich zu machen.«

Ramsey war von den Auswirkungen der Vergiftung auf seinen Körper noch immer erschöpft. Und dank der Kämpfe, die ich durchgestanden hatte, war ich selbst auch nicht gerade in bester Verfassung. Wir hatten uns nach dem Treffen ziemlich schnell verabschiedet, jedoch nicht, ohne Beau zu versprechen, am nächsten Tag zum Lunch vorbeizukommen. Nachdem der Streit mit dem Rudel beigelegt war, wollte sich Bath wieder in die Hochzeitsvorbereitungen stürzen, und ich freute mich darauf, ihr bei der Planung zu helfen.

Nachdem ich aus dem Truck gestiegen war, blieb ich einen Moment in der Auffahrt stehen, um den Anblick der frisch gestrichenen Veranda, des reparierten Dachs und der neuen Fenster in mich aufzunehmen. Ramsey hatte all das hier für mich getan, um mir ein sicheres Zuhause zu bieten. Und es fühlte sich seltsam an, zurückzukehren, in dem Wissen, dass da keine Wölfe mehr waren, die mich verfolgten, oder einer der Russells, der als Bodyguard abgestellt worden war, um die Haustür zu bewachen. Jetzt waren da nur noch wir zwei.

Auf einmal fühlte ich mich unsicher. Woher sollte ich wissen, ob er sich tatsächlich aus freien Stücken für unsere Beziehung entschieden hatte?

Ramsey trat neben mich und betrachtete mich aus leicht zusammengekniffenen Augen. »Was ist los?«

»Es ist nur …« Ich fummelte am Saum meines T-Shirts herum. »Jahrelang hast du davon geträumt, zu deinem Bären-Clan zurückzukehren. Bist du dir sicher, dass du nicht lieber …«

Er starrte mich finster an. »Ich hoffe, du machst Witze.«

Verärgert starrte ich zurück. »Natürlich nicht. Seit du mich kennst, hattest du keine freie Wahl. Du *musstest* Zeit mit mir verbringen. Du *musstest* so tun, als wärst du mit mir zusammen, obwohl du eigentlich jemandem versprochen gewesen bist. Ich möchte einfach nur, dass du weißt, dass ich es verstehe, wenn du dich entscheidest, zu deinem Clan zurückzukehren.«

»Ich bin hier bei dir, weil ich es will.«

»Aber du warst gezwungen …«

Er schüttelte den Kopf. »Ich habe mich freiwillig für die Aufgabe gemeldet. Nachdem Beau mir von dem Plan erzählt hat, habe ich ihm gesagt, dass ich derjenige sein will, der dich beschützt. Ich war vom ersten Moment an von dir fasziniert.«

Schockiert starrte ich zu ihm auf. All die Wochen, die ich bei den Russells verbracht hatte, hatte er bereits Gefühle für mich gehabt. Und ich hatte nicht das Geringste geahnt. »Wirklich?«

»Du warst diese zierliche, wunderschöne Frau, die jedes Mal vor Angst gezittert hat, wenn man sich ihr genähert hat. Umgeben von Gestaltwandlern und Fremden hast du versucht, dich unsichtbar zu machen.« Er verzog den Mund zum Ansatz eines Lächelns. »Während du so getan hast, als würdest du dich gar nicht unsichtbar machen wollen. Das hat mir gefallen. Du warst unglaublich. Ich wollte dich, von Anfang an.«

Mein Herz schmolz vor Rührung dahin. »Aber … dein Clan …«

»Hat mich vor Jahren dafür verbannt, dass ich mit Beau befreundet war. Genau wie die Wölfe mischen sich die Bären normalerweise nicht mit anderen Gestaltwandlern. Meiner Meinung nach macht sie das schwächer, und ich werde sie ganz bestimmt nicht vermissen. Meine Familie ist jetzt hier.«

»Und ich gehöre zu dieser Familie?«

Ein glühendes Leuchten trat in seine dunklen Augen. »Du bist meine Partnerin. Der Grund, aus dem ich lebe. Ich würde alles für dich tun.«

Wenn er noch mehr sagte, würde ich vor Glück anfangen zu weinen. Langsam ließ ich meine Finger über sein Hemd nach oben wandern. Ich hörte, wie er scharf Luft holte, als ich die nackte Haut an seinem Hals berührte. »Würdest du mir dann einen Gefallen tun?«

»Jeden.«

Mit einer Fingerspitze umkreiste ich seine Brustwarze. »Ich habe mich gefragt, ob du nicht Lust hättest, dieses unglaubliche Durchhaltevermögen der Bären unter Beweis zu stellen, von dem ich die ganze Zeit höre …«

Er schlang die Hände um meine Taille, und so mühelos, als würde ich nicht mehr wiegen als eine Feder, hob er mich hoch.

Ich schlang die Beine um seine Hüften, und im nächsten Moment traf mein Mund auf seinen, meine Zunge vereinigte sich mit seiner.

Er knurrte vor Verlangen und stolperte mit mir in den Armen ins Haus.

Ich liebte seinen Geschmack, den Geschmack seines Mundes, die Art, wie er mit seiner Zunge über meine strich. Jeder Schlag sandte einen sengend heißen Blitz durch meinen Körper bis in meine bereits feuchte Mitte, und als wir endlich die Tür hinter uns zuschlugen, wimmerte ich bereits vor Lust und Verlangen. Ich brauchte ihn – tief in mir.

Als ich ihm die Worte ins Ohr flüsterte, alles, was ich mir von ihm wünschte, hörte ich, wie er zu keuchen begann. Atemlos löste er seine Lippen von meinen. »Sofa?«

»Sofa«, stöhnte ich zustimmend.

Innerhalb von zwei Sekunden lag ich auf der Couch, und er machte sich an den Knöpfen meiner Jeans zu schaffen, während ich mit fahrigen Bewegungen an seiner Hose herumfingerte. Hastig zog ich mir mein T-Shirt über den Kopf, als er mir die Jeans von den Beinen streifte und sie anschließend achtlos neben dem Sofa auf den Boden fallen ließ.

Hungrig nach seiner nackten Haut zerrte ich an seinem Hemd. »Zieh das aus. Ich will deine Haut auf meiner spüren.«

Er stieß ein tiefes, lustvolles Knurren aus, bevor er sich das Hemd vom Oberkörper riss und sich über mich beugte, bis ich ganz von seiner massigen Gestalt umgeben war.

Als seine Brusthaare über meine Nippel strichen, verhärteten sie sich augenblicklich zu steinharten Perlen, und ich bog den Rücken durch, um mehr von der Empfindung zu bekommen. »Beiß mich, Ramsey!«

Ein weiteres leidenschaftliches Knurren drang aus seiner Kehle, bevor er sich erneut herabbeugte und eine der harten Spitzen in den Mund saugte.

Ich spürte, wie er leicht mit den Zähnen an der festen Knospe knabberte, und stieß bei dem lustvollen Schmerzgefühl ein wohliges Stöhnen aus. Dann ließ ich meine eigenen Hände auf Wanderschaft gehen, suchte seine Brustwarzen und kniff spielerisch hinein, bevor ich tiefer wanderte, bis meine Fingerspitzen auf die feuchte Spitze seines Schwanzes trafen. Genussvoll schlang ich die Hand um seine ganze dicke, harte Länge.

Er knabberte noch einmal an meinem Nippel, bevor er daran saugte und mit der Zungenspitze darüberleckte.

Bei jeder Berührung zog sich meine heiße Mitte vor Verlangen zusammen. Ich wollte ihn so sehr, so schnell und so hart, dass ich die Fingernägel in seine Schultern grub, um ihn dazu zu bringen, mich endlich zu nehmen. »Na, wie steht es um dein Durchhaltevermögen?«

Als er mir, anstatt zu antworten, ein wenig fester in den Nippel biss, bog ich ihm auffordernd mein Becken entgegen. »Das erste Mal … wird nicht lange dauern.«

»Das ist okay«, keuchte ich, ebenso atemlos wie er. »Beim zweiten Mal lassen wir uns mehr Zeit.«

»Beim dritten Mal«, stimmte er mir zu.

Ich krallte die Finger in seine Haare und tauchte in das unbeschreibliche Gefühl ein, das seine Berührungen in mir auslösten. »Ich werde nicht mitzählen, solange du es auch nicht tust.«

»Deal«, knurrte er und zog mich an sich.

EPILOG

Für die Hochzeit meiner Schwester färbte ich mir die Haare in einem fröhlich leuchtenden Pink. Die Farbe passte perfekt zu dem pfauengrünen Minikleid, das Bath für ihre Brautjungfern ausgewählt hatte. Marie, Ryder und ich hielten je ein kleines Bouquet aus blassrosafarbenen Rosen in den Händen und hatten uns entlang der dreistufigen Treppe vor der Kapelle aufgestellt. Ich hatte mir geschworen, auf keinen Fall zu weinen, wenn ich Bath in ihrem Hochzeitskleid sah, doch kaum, dass die Musik einsetzte, begann ich zu schluchzen.

Als Bathsheba am Fuße der Treppe stand, konnte ich kaum glauben, wie unglaublich schön sie aussah. Sie schien von innen heraus vor Glück nur so zu strahlen. Die blonden Haare trug sie offen, und nur ein schmales Haarband hielt den langen Schleier, der bis auf den Boden fiel. Ihr Kleid mit dem cremeweißen Satinoberteil mit Herzausschnitt und Rock im Prinzessinnenstil aus federleichtem Organza war umwerfend. Sie sah aus wie ein überirdisches Wesen aus dem Märchen.

Den ganzen Weg den Mittelgang hinab hatte sie ihren Blick auf Beau gerichtet, der am Altar auf sie wartete. Er streckte die Hand nach ihr aus, und sie legte ihre hinein, bevor sie sich gemeinsam dem Pfarrer zuwandten, um die Zeremonie zu beginnen.

Ich konnte sehen, wie Ramsey auf seinem Platz in der vordersten Reihe unruhig hin und her rutschte. Er war es eindeutig nicht gewohnt, einen Smoking zu tragen. Ich schenkte ihm ein glückliches, tränenverschleiertes Lächeln, auch wenn ich wusste, dass er es hasste, mich weinen zu sehen. Um ihn nicht zu beunruhigen, wandte ich mich schnell wieder dem Paar vor dem Altar zu.

Die Zeremonie war wunderschön, und nach weniger als einer halben Stunde beklatschten wir das frisch getraute Ehepaar. Die beiden posierten für die obligatorischen Fotos, und wenige Minute später schritten sie unter einem Regen aus Blumen und Reiskörnern hinaus in die Sonne.

Ich bahnte mir einen Weg durch die Gästeschar und stellte mich neben Ramsey, der in seinem Smoking noch größer und attraktiver wirkte als sonst. »Hey, du heißer Kerl. Dein Anzug gefällt mir.«

Er zerrte am Kragen. »Mir nicht.«

Ich strich sein Revers glatt und warf ihm dabei einen besitzergreifenden Blick zu. Die Bissspuren an seinem Hals übten eine magische Anziehung auf mich aus, und am liebsten hätte ich ihn bei der Fliege gepackt und ihn irgendwohin entführt, wo ich schmutzige Sachen mit ihm anstellen konnte. »Du siehst zum Anbeißen aus. Am liebsten würde ich mich auf der Stelle auf dich stürzen.«

Seine Mundwinkel zuckten. Ein eindeutiges Zeichen dafür, dass er gegen ein Lächeln ankämpfte.

Von seiner Reaktion ermutigt, lehnte ich mich gegen ihn und flüsterte so leise, dass nur er es hören konnte: »Und dann würde ich mich um den Verstand vögeln lassen.«

Jemand hinter uns räusperte sich vernehmlich, und Ramseys Ohren liefen knallrot an, als Joshua und Ellis lachend und feixend an uns vorbeigingen. Offensichtlich hatte ich doch nicht so leise gesprochen, wie ich geglaubt hatte.

»Dafür habt ihr später noch genug Zeit.« Joshua boxte mich spielerisch in die Seite. »Jetzt ist erst mal Feiern angesagt.«

Gerade als Ramsey und ich Hand in Hand am Fuße der Treppe angekommen waren, stiegen Beau und Bath in die gemietete Limousine. Ich konnte sehen, wie Beau die Arme um die Taille meiner Schwester schlang und sie auf seinen Schoß zog. Noch bevor die Tür hinter ihnen geschlossen wurde, waren sie bereits in einen leidenschaftlichen Kuss versunken.

»Wie es aussieht, ist meine Schwester jetzt wirklich Mrs Bathsheba Russell«, sagte ich mit Tränen in den Augen und unterdrückte ein Schluchzen. »Sie sieht so unglaublich schön aus.«

Ramsey zog sein pfauengrünes Einstecktuch aus der Brusttasche und reichte es mir. »Du solltest doch eigentlich glücklich sein.«

»Ich bin glücklich«, erklärte ich schniefend. »Genau deswegen weine ich ja.«

Er betrachtete mich skeptisch, bevor er mich eng an sich zog. »Brauchst du vielleicht ein paar Minuten allein mit deinem Knuddelbär?«

Ich warf das Blumenbouquet beiseite und schlang die Arme um seinen Hals. »Gott, es ist so unglaublich sexy, wenn du deinen Kosenamen mit dieser tiefen Stimme aussprichst.« Ich küsste ihn, hart und leidenschaftlich und mit dem unbedingten Bedürfnis, ihn als den meinen zu zeichnen. Erst als jemand hinter uns dezent hüstelte, löste ich meine Lippen von seinem Mund.

»Gibt es einen Ort in der Nähe, an dem wir ungestört sind?«

»Meinen Truck«, sagte Ramsey und trug mich ohne ein weiteres Wort zum Parkplatz hinüber.

Wir erschienen mindestens eine halbe Stunde zu spät und ziemlich derangiert zum Fest. Bath stand gerade mit Jeremiah auf der Tanzfläche und konnte sich vor Kichern kaum halten, während der Rest der Russells versuchte, ihr Dollarscheine an das Mieder zu stecken. Die Band – eine Werdachs-Familie – spielte fröhliche, temporeiche Songs, und der Festsaal schien vor Mitgliedern der Allianz nur so überzuquellen. Eine schwere Duftmischung aus Tiger, Dachs, Puma, Jaguar, Nerz, Fuchs und jedem anderen Tier, das einem nur einfallen konnte, lag in der Luft. Ich meinte sogar, den Geruch einer Fee herauszufiltern.

Ryder und Marie standen gemeinsam in einer Ecke. Es war ihnen eindeutig anzusehen, dass sie sich als einzige Menschen zwischen lauter Übernatürlichen ziemlich fehl am Platze fühlten.

Ich strich mir eine pinkfarbene Strähne hinters Ohr und sah zu Ramsey auf. »Möchtest du tanzen?«

»Muss ich?«, fragte er in hoffnungsvollem Ton.

Ich musste lachen. »Das sagst du immer.« Ich verpasste ihm einen kleinen Schubs in Richtung Ryder, die sehnsuchtsvoll auf die Tanzenden blickte. »Würdest du sie auffordern? Ich glaube, die beiden fühlen sich ein wenig ausgeschlossen, weil sie Menschen sind. Wenn du mit ihr tanzt, sind sie hinterher vielleicht nicht mehr ganz so unsicher.«

Mit einem tiefen Seufzen durchquerte Ramsey den Saal, und ich sah, wie Ryder strahlend zu lächeln begann, als er ihr den Arm anbot, um sie auf die Tanzfläche zu führen.

Ich ging ebenfalls hinüber, um Marie Gesellschaft zu leisten. »Na, alles klar?«

Sie lächelte matt. »Die Trauung war wunderschön. Und die Feier ist sehr nett.«

»Fühlst du dich denn auch wohl hier?«

Ihr Nicken wirkte ein wenig zu eifrig. »Nur ein wenig Kopfschmerzen, aber die gehen sicherlich gleich wieder vorbei.«

In diesem Moment kam Joshua Russell auf uns zugeschlendert. Er schien allein aus breiten Schultern und einem strahlenden, ein wenig eitlen Lächeln zu bestehen. Sein Haar, das normalerweise wild zerzaust war, hatte er glatt nach hinten gekämmt, und auch die Baseballkappe, ohne die er normalerweise nicht aus dem Haus ging, war nirgendwo in Sicht. Er sah unglaublich gut aus, und vor allem auch so, als wäre ihm das nur allzu bewusst. Lässig lehnte er sich neben Marie an die Wand und grinste auf sie hinab.

»Hey, Kätzchen. Schon mal 'nen Raubkater im Bett gehabt?«

Marie verdrehte die Augen. »Hat der Spruch irgendwann schon mal bei einer funktioniert?«

»Einmal würde ausreichen.« Joshuas Grinsen wurde noch breiter. »Also, wie wär's?«

»Wie wär's, wenn du stattdessen irgendeine nette Waschbär-Dame findest, die du belästigen kannst?«, sagte Marie cool. »Ich habe Kopfschmerzen.«

Er drückte sich schwungvoll von der Wand ab und zwinkerte ihr zu. »Okay, wie du meinst. Aber nicht, dass du dich später beschwerst, wenn ich jede einzelne Singlefrau in diesem Saal umgehauen habe und du eifersüchtig bist.«

»Wenn es jemals so weit kommen sollte, werde ich versuchen, nicht zu laut zu weinen«, erwiderte sie trocken.

Joshua ging so beschwingt davon, als hätte er sich nicht gerade eine Riesenabfuhr von einem Menschen eingefahren. Doch mein Grinsen verblasste, als ich bemerkte, wie sich Marie schwer auf einen Stuhl fallen ließ. Sie war so blass geworden, als wäre von einem Moment auf den anderen sämtliche Energie aus ihrem Körper gewichen.

In letzter Zeit war es häufiger vorgekommen, dass Marie sich nicht wohlfühlte. Ich warf ihr einen besorgten Blick zu, doch sie sah mit einem betont fröhlichen Lächeln zur Tanzfläche hinüber, wo Ryder Ramsey mit ihren Tanzkünsten zu beeindrucken versuchte, während mein Liebster so aussah, als wollte er einfach nur davonlaufen.

»Bist du dir sicher, dass es dir gut geht?«

»Alles okay«, sagte sie und nickte in Richtung der Tanzenden. »Sieh mal, da drüben.«

Auf der anderen Seite des Saals saßen Connor und Savannah nebeneinander und hatten die Köpfe zusammengesteckt. Sie berührten sich nicht, aber allein die Tatsache, dass sie endlich wieder mit ihm sprach, war ein gutes Zeichen. Ich drückte ihnen die Daumen, dass sie eine Lösung fanden, und setzte mich neben Marie, um ihr noch ein wenig länger Gesellschaft zu leisten.

Die Hochzeitsparty war ein voller Erfolg und meine Schwester die Schönste auf dem Ball. Ich tanzte selbst ein paarmal, aber viel lieber beobachtete ich Bath dabei, wie sie Spaß hatte und ihre Feier genoss. Sie verließ nicht eine Minute die Tanzfläche, und jedes Mal, wenn ein langsames Stück gespielt wurde, bahnte sich Beau mit besitzergreifender Miene einen Weg durch die Menge zu seiner Braut, und Bath schmolz dahin. Meine Glückstränen wollten an diesem Abend einfach nicht versiegen.

Beim nächsten langsamen Song trat Ramsey vor mich hin und bot mir seine Hand.

Mein Herz machte einen kleinen Satz. Ich hätte vor Liebe für ihn platzen können. Lächelnd legte ich meine Hand in seine und ließ mich von ihm auf die Tanzfläche führen. Zärtlich legte er seine Hände an meine Taille, und ich schmiegte mich an seine Brust. Ich hätte für immer so in seinen Armen liegen können.

Als die Menge langsam begann, müde zu werden, brandete erneut Jubel auf, als ein Stuhl in die Mitte des Saals getragen wurde. Mit einem verlegenen Lächeln und geröteten Wangen stellte Bath einen Fuß darauf und streifte ihr Strumpfband ab.

Beau nahm es entgegen und warf es hoch in die Luft, in Richtung der wartenden Singlemänner.

Joshua war der glückliche Fänger. Grinsend schob er sich das weiße Spitzenband in die Tasche seiner Smokingjacke, während ihm seine Brüder feixend die Ellenbogen in die Seiten stießen.

Als Nächstes brachte Ryder den Brautstrauß, und Bath drehte sich mit dem Rücken zu den Partygästen, während sich die unverheirateten Frauen hinter ihr versammelten.

Marie stieß mich an. »Hey, willst du nicht mitmachen?«

Ich verflocht meine Finger mit Ramseys und lehnte mich gegen ihn. Genau hier und nirgendwo anders wollte ich sein. »Nein, mir reicht es, wenn ich zuschaue.«

Marie blieb ebenfalls sitzen, und als ich auf ihre Hände hinabsah, bemerkte ich, dass sie zu zittern begonnen hatten. Sie war noch immer unglaublich blass.

Von der Mitte des Saals drang fröhliches Kichern zu uns herüber. Bathsheba hatte den Strauß mit beiden Händen gepackt und sich leicht vorgebeugt, um ihn mit viel Schwung hinter sich werfen zu können.

»Alle fertig?« Sie täuschte einen Wurf an und blinzelte verschmitzt über ihre Schulter. »Bei drei. Eins … zwei …«

Der Strauß segelte durch die Luft. Alle Gäste folgten ihm mit dem Blick. Die Singlefrauen streckten sich, versuchten, ihn zu fangen, doch er segelte über ihre Köpfe hinweg und landete direkt in Maries Schoß.

Entsetzt starrte Marie auf das Bouquet. »Das soll wohl ein Witz sein?«

Leseprobe

JESSICA CLARE

schreibt als JESSICA SIMS

MIDNIGHT LIAISONS

Zur Unsterblichkeit geboren

BASTEI LÜBBE TASCHENBUCH

Inhalt

Bei der Datingagentur Midnight Liaisons verkuppelt Marie täglich Vampire, Nixen, Werwölfe und andere übernatürliche Wesen. Doch nun sucht die junge Frau für sich selbst nach einem Date, denn Marie muss sich verwandeln lassen. Und zwar schnell. Sie leidet unter einer unheilbaren Krankheit, und ohne die erlösende Wandlung hat sie nicht mehr lange zu leben. Die Auswahl an passenden Junggesellen ist jedoch begrenzt. Joshua Russel, der charmante Playboy des Puma-Clans bietet ihr seine Hilfe an – und behält Marie dabei ganz genau im Auge.

Kapitel fünf

Es hatte Zeiten gegeben, in denen ich mich darauf gefreut hatte, mit einem umwerfend gut aussehenden Mann auszugehen. Zeiten, in denen mich ein aufgeregtes Zittern erfasste, wenn er mir sanft, aber bestimmt eine Hand ins Kreuz legte, um mich den Gehsteig hinunterzuführen. Heute Nacht lief ein umwerfend attraktiver Mann neben mir her und hatte seine Hand auf meinen Rücken gelegt, und alles, was ich spürte, war Verärgerung. Wie konnte Josh so arrogant sein anzunehmen, er könnte mir etwas darüber beibringen, wie es war, einen Vampir zu daten? Immerhin war ich diejenige, die bei einer Datingagentur arbeitete.

Während ich den Bürgersteig entlangmarschierte, versuchte ich, nicht an Ryder zu denken, die eine schlimme Nacht hatte. Stattdessen konzentrierte ich mich auf meine eigene Situation – die war bescheiden genug.

Josh hatte keine Mühe, mit meinen wütenden, ausladenden Schritten mitzuhalten. Aus dem Augenwinkel sah ich seine große, beschützende Gestalt neben mir aufragen. Er deutete auf ein Restaurant. »Wie wäre es mit dem?«

Mit einem Stirnrunzeln betrachtete ich das gelbe Schild. »Ein Diner?«

Mit einem Grinsen sah er auf mich herab. Es irritierte mich, wie nah er mir war. Die Berührung seiner Hand auf meinem unteren Rücken brachte mich vollkommen durcheinander. »Warum nicht? Da steht, dass sie die ganze Nacht geöffnet haben.«

»Es wirkt nur so …«

»Gewöhnlich? Wir haben schließlich kein Date.« Er verstärkte den Druck auf mein Kreuz, um mich in Richtung Eingang zu steuern.

Ich presste die Lippen aufeinander. Natürlich war es kein Date. »Du musst mich nicht daran erinnern. Und wo wir schon dabei sind, du hast das Restaurant ausgesucht, also wirst du auch zahlen.«

»Warum? Es ist kein Date.«

Ich knirschte mit den Zähnen. »Na gut.«

Als wir das Diner betraten, erhellte ein strahlendes Lächeln das Gesicht der älteren Kellnerin, die uns begrüßte. »Da ist ja mein Junge«, krächzte sie mit rauer Stimme, die vermuten ließ, dass sie mindestens ein Päckchen Zigaretten am Tag rauchte. »Josh, mein Lieber, wie geht es dir?«

Er schloss die kleine, beleibte Frau herzlich in die Arme. »Ich habe mich vor Sehnsucht nach dir verzehrt, Carol.«

Sie stieß ein heiseres Kichern aus und gab ihm einen Klaps auf den Po. »Das Übliche für dich?«

»Das weißt du doch.« Er warf mir einen Blick zu. »Ich habe eine Freundin mitgebracht. Sie würde wahrscheinlich gern erst einen Blick in die Karte werfen.«

Die Kellnerin musterte mich von Kopf bis Fuß aus zu schmalen Schlitzen zusammengekniffenen Augen, wobei ihre weißblond gebleichten Locken auf und ab wippten. »Sucht euch einen Tisch aus. Ich sehe zu, dass du dein Essen bekommst.«

»Du bist ein Engel«, sagte Josh mit einem Grinsen.

Ich verdrehte genervt die Augen und folgte ihm zu einem runden Tisch im hinteren Teil des beinahe leeren Restaurants. Als ich mich auf die Bank setzte, glitt Josh neben mich. Automatisch rutschte ich bis zum anderen Ende, um etwas Abstand zwischen uns zu bringen. Es schien ihn zu amüsieren, was mich nur noch ärgerlicher werden ließ.

»Jetzt verstehe ich, warum du ausgerechnet hierherkommen

wolltest. Spendieren sie dir jeden Abend irgendwo ein Essen dafür, dass du mit alten Damen flirtest?«

Er grinste. »Nicht jeden Abend. Und ich flirte auch nicht. Sie lieben mich eben einfach.«

Als ob sie seine Aussage unterstreichen wollte, erschien prompt Carol mit zwei Wassergläsern und einer Tasse Kaffee an unserem Tisch. Sie stellte den Becher vor Josh ab, zog ihm mit einer Bestimmtheit, die mich überraschte, die Baseballkappe vom Kopf und strich ihm anschließend mit fürsorglicher Geste die Haare glatt. »Drinnen keine Hüte, junger Mann.«

Josh schenkte ihr ein reuevolles Lächeln. »Sorry.«

Mit den wild in alle Richtung abstehenden Haaren wirkte er noch jungenhafter als sonst. Wäre da nicht der dunkle Bartschatten gewesen, der seinen Kiefer bedeckte, hätte er viel zu jung ausgesehen.

»Dieser junge Mann ist charmanter, als gut für ihn ist«, bemerkte Carol, während sie liebevoll mit zwei Fingern sein Kinn umfasste, als wäre sie seine Mutter – oder, besser gesagt, seine Großmutter.

»Er *glaubt* nur, dass er charmant ist«, bemerkte ich. »Und er erwartet von allen anderen, dass sie das auch tun.«

Ein weiteres heiseres Raucherkichern. »Ich mag sie, Josh.«

Augenblicklich färbten sich meine Wangen rot, was Josh mit einem Grinsen quittierte.

»Willst du das Gleiche, was er bekommt, Liebling?«

Ich hätte zu allem Ja gesagt, wenn sie uns danach nur endlich in Ruhe ließ. »Klar, gern. Danke.«

Sie stellte mir ebenfalls einen Becher vor die Nase, füllte ihn mit Kaffee und wandte sich dann mit einem weiteren Lächeln in Joshs Richtung ab, um sich um unser Essen zu kümmern.

»Dann ist das also dein üblicher Trick?«, fragte ich verärgert. »Den charmanten Schnorrer geben?«

»Erstens«, sagte er und hob den Kaffeebecher an die Lippen,

»zahle ich für alles. Carol verdient bei Weitem nicht genug, um mich jedes Mal einzuladen.« Er trank einen Schluck und verzog das Gesicht. »Übrigens ist ihr Kaffee wirklich schlecht.«

Trotzdem trank er ihn. Vielleicht wollte er ihre Gefühle nicht verletzen.

»Und zweitens?«, hakte ich nach, während ich ein paar Zuckertütchen aufriss und den Inhalt in meinen Becher kippte.

»Carol arbeitet an vier Abenden in der Woche. Ihr Mann ist vor drei Jahren gestorben, und sie lebt ganz allein in einem kleinen Apartment in einer gefährlichen Gegend. Sie hat Angst, den Bus zu nehmen, deswegen versucht sie, so oft es geht, mit Freunden mitzufahren. Ich sehe ab und zu nach ihr und nehme sie im Auto mit, wenn es sich ergibt.«

Das war überraschend … nett von ihm. »Ist sie eine Gestaltwandlerin?«

»Nein. Nur eine alte Dame, die niemanden hat, der sich um sie kümmert. Also tue ich es.«

Ich schwieg.

Carol kam mit zwei Tellern aus der Küche zurück, auf denen sich jeweils ein riesiger Stapel Pancakes türmte. Sie stellte sie vor uns ab und platzierte dazwischen eine Flasche mit Ahornsirup.

Ich starrte auf meinen Teller. Noch nie in meinem Leben hatte ich so einen Berg Pfannkuchen gesehen.

Josh presste sich eine Hand auf die Brust und sah dankbar zu Carol auf. »Dein köstliches Essen bringt mein Herz zum Schmelzen.«

Sie kicherte. »Ich bin gleich mit dem Rest zurück. Bis dahin lasst es euch schmecken.«

Nachdem sie verschwunden war, sah ich von dem Pfannkuchenberg zu Josh. »Dem *Rest*?«

Er beugte sich vor. »Du hast dasselbe bestellt wie ich, oder? Könnte es sein, dass du nicht daran gedacht hast, wie viel ein Gestaltwandler verdrücken kann?«

Ich musste zugeben, dass ich tatsächlich nicht darüber nachgedacht hatte. »Und was genau habe ich alles bestellt?«

»Zwei Klubsandwiches, Rührei, die Pfannkuchen«, er deutete auf meinen Teller, »und ein Steak.«

»Ein verdammtes Steak? Zusätzlich zu all dem anderen Zeug? Das ist ja ekelhaft!«

»Bedeutet das, dass ich deine Portion essen darf?«

»Nur, wenn du auch dafür bezahlst«, murmelte ich schnippisch und rammte entschlossen meine Gabel in den vor Butter triefenden Teigberg. »Das hat man davon, wenn man sich von einem hübschen Gesicht ablenken lässt.«

»Du hältst mich für hübsch? Marie, du kleine verruchte Flirtmeisterin.«

»*Voyons*. Eine Redensart, du *tabarnak*.«

»Französisch … Du weißt, wie sexy das ist, oder?«

»Dir ist klar, dass ich dich gerade beschimpft habe, oder?«

»Ich lerne dich immer besser kennen. Anscheinend ist das deine Art, mit mir zu flirten.«

»Ich hasse dich.«

»Noch mehr Flirterei.«

Ich biss die Zähne zusammen und zwang mich, meine Antwort herunterzuschlucken, da er sich offensichtlich entschieden hatte, jedes weitere Schimpfwort aus meinem Mund als Liebeserklärung zu verstehen. Stattdessen konzentrierte ich mich darauf, meine Pfannkuchen in einem See aus Ahornsirup zu ertränken, und nahm anschließend einen Bissen. Die Pancakes waren köstlich. Vermutlich würde ich den ganzen Tag total aufgedreht von dem ganzen Zucker und Kaffee sein, aber das war es wert. Ich konnte sowieso nicht schlafen.

Ein paar Minuten aßen wir in schweigendem Einvernehmen – ich meine Pfannkuchen mit Sirup, Josh seine in akkurate Dreiecke geschnitten.

Nachdem ich ein Drittel der Portion verdrückt hatte und

mich bereits pappsatt fühlte, erschien Carol mit dem restlichen Essen. Josh hatte seinen Teller leer gegessen und war bereit für den nächsten Gang. Während ich in langsamen Schlucken meinen Kaffee trank, verschlang er Rührei, Steak und Sandwiches und unterhielt sich dabei einige Minuten mit Carol. Er fragte sie, wie es im Job lief, und hörte geduldig zu, als sie sich über eine Kollegin beschwerte, die ihr alle Extraschichten wegschnappte. Er erkundigte sich nach ihrem Wasserboiler, der in den letzten Monaten anscheinend nicht richtig funktioniert hatte, und bot an, ihn sich bei Gelegenheit einmal anzusehen. Doch sie winkte ab. Zu guter Letzt fragte er sogar, wie es ihrer Katze ging. Nach ein paar Minuten wandte uns Carol lächelnd den Rücken zu und verschwand in Richtung Küche.

Schweigend versuchte ich zu erfassen, was ich da gerade gehört hatte. Es war eindeutig, dass Josh die Frau gut kannte und sich dafür interessiert, was in ihrem Leben vor sich ging. Ich war ehrlich überrascht. Josh war für mich der typische Kerl für eine Nacht, von dem ich niemals erwartet hätte, dass er sich freundlich mit älteren Damen unterhielt. Offensichtlich hatte dieser unverbesserliche Frauenheld noch eine ganz andere Seite, die mir bisher verborgen geblieben war. Entweder das, oder diese ganze Aktion war ein ausgefeilter Verführungstrick, um entzückte, naive Frauen dazu zu bringen, ihm um den Hals zu fallen. Erst lud er sie in ein rustikales Diner ein und bezirzte sie dort mit seinem schwiegersohnreifen Auftritt gegenüber einer alten Dame, um sie anschließend in seinem Bett willkommen zu heißen. Doch ich konnte mich selbst nicht richtig von meiner Theorie überzeugen. Welcher Playboy würde ernsthaft in Erwägung ziehen, sein Date in einen Diner zu schleppen, um sich dort mit einer alten Frau über Katzen zu unterhalten?

»Also«, begann ich, als wir wieder allein waren. »Du wolltest mir gerade erzählen, was ich alles falsch mache.«

Er schluckte den letzten Bissen Steak herunter, wischte sich den Mund mit einer Serviette ab und nickte. »Zuerst muss ich ganz im Bilde sein. Mit wie vielen Vampiren bist du bisher ausgegangen?«

Ich zögerte. Wie viel sollte ich ihm erzählen? Dabei machte es wohl kaum einen Unterschied, wenn ich nicht mal in der Lage war, überhaupt auch nur einen Vampir dazu zu bringen, bei dem vereinbarten Date aufzutauchen oder es länger als die Dauer einer Verabredung mit mir auszuhalten.

»Drei. Zumindest habe ich *versucht*, sie zu daten. Der Erste war Valjean …«

Josh unterbrach mich mit einem heftigen Kopfschütteln. »Er hat sich verknallt und ist nach Europa gereist. Kennst du Ruby Sommers? Eine hübsche kleine Werjaguar-Dame. Die Schwester von Jayde.«

Ich kannte sie nicht, aber seine Wortwahl machte offenkundig, dass er so ziemlich jede »hübsche kleine Werjaguar-Dame« kannte, die in dieser Stadt lebte. Verärgert knirschte ich mit den Zähnen. »Ich weiß, dass er mit jemandem zusammen ist. Wie dem auch sei … Danach wollte ich mit Bert ausgehen.«

Er begann zu lachen. »Nicht dein Ernst. Echt jetzt? Weichei-Bert?«

Wenn ich nicht damit aufhörte, meine Kiefer so fest zusammenzubeißen, dass sie knackten, würde ich am Ende des Tages keine Zähne mehr übrig haben. »Er ist ein Vampir, oder etwa nicht?«

»Im entferntesten Sinne vielleicht, ja. Der Typ ist ein Loser. Ich kann nicht glauben, dass du mit ihm ausgegangen bist.«

Und dass er mir hinterher gesagt hatte, dass ich nicht sein Typ sei. Sein Korb hatte mir einen gemeineren Stich versetzt, als ich vermutet hätte. »Es war nur ein einziges Date.«

Er nickte. »Er hat dich abserviert, oder?«

Ich sah ihn verdutzt an. »Woher weißt du das?«

»Letzten Sommer habe ich eine Zeit lang Wachdienst für ihn geschoben. Er ist … äh …« Er malte einen riesigen imaginären Hintern in die Luft und begann dann, mit beiden Händen zu wackeln.

»Ja, ich weiß«, zischte ich und schlug nach seinen Händen. »Er steht auf Kurven.«

»Ich wollte eigentlich große Hintern sagen, aber das kommt vermutlich aufs Gleiche raus.« Er lachte. »Auf jeden Fall ist das der Grund, weshalb er Single ist. Er ist mehr als wählerisch, und der Datingpool ist ziemlich klein, wenn man es auf diese Art Körperbau abgesehen hat.«

Ich verdrehte die Augen. »Ja, ja, schon kapiert. Na ja, und Nummer drei hat mich ebenfalls sitzen lassen. Allerdings schon vor unserem ersten Date. Er ist gar nicht erst aufgetaucht.«

Er nickte wissend. »Überrascht mich nicht.«

»Warum? Ich kapier's einfach nicht.«

»Vampire neigen zu nervöser Unruhe.«

Ich betrachtete das Russell-Security-Logo auf seinem T-Shirt. »Ist mir nicht entgangen. Dann sind sie paranoid?«

»Ziemlich extrem sogar«, bestätigte er. »Vampire leben in einer blutrünstigen, mörderischen Welt, in der jeder jeden bekämpft. Wenn du einen ihrer Blutpartner auch nur falsch ansiehst, hast du hinterher nichts mehr zu lachen. Wenn du in ihr Territorium eindringst, um dort irgendein Geschäft zu eröffnen, drohen sie dir. Die sind wie die Mafia, nur mit Reißzähnen. Wenn du neu in der Stadt bist, bist du entweder klug und hältst dich zurück, oder du verlässt sie am besten gleich wieder.«

Das klang furchtbar. Es schien eine Menge Dinge zu geben, die ich nicht über Vampire wusste, und langsam ging mir ein Licht auf, dass Josh mir tatsächlich helfen könnte, meine Wissenslücken zu füllen. »Was ist ein Blutpartner?«

»Wenn zwei Vampire eine Beziehung miteinander eingehen,

bezeichnen sie einander als Blutpartner. Blutpartner trinken nur voneinander. Und da es sehr viel mehr männliche als weibliche Vampire gibt, sind die Männer weitaus häufiger Single. Die Frauen haben dagegen die freie Wahl.«

Interessant. Das hörte sich fast so an, als könnte das ein Vorteil für mich sein. Wenn Vampirfrauen so selten und hoch gehandelt waren, würde mein Wunsch, ebenfalls zum Vampir zu werden, vielleicht positiver aufgenommen werden, als ich bisher angenommen hatte. »Und warum gibt es so wenige weibliche Vampire?«

»Aus demselben Grund, aus dem es auch mehr männliche Gestaltwandler gibt, nehme ich an. Man heiratet meist in eine Familie ein, die nicht besonders umgänglich ist. Und wie ich gehört habe, ist es ziemlich schmerzhaft für das Opfer, falls die Verwandlung nicht funktioniert. Wenn die Person dabei nicht sogar getötet wird.«

Das war nichts, was mich abgeschreckt hätte. Ich würde so oder so sterben, also konnte ich das Risiko genauso gut eingehen.

Auf einmal müde geworden, rieb ich mir die Augen. Je mehr ich über Vampire erfuhr, desto weniger reizte mich die Aussicht darauf, selbst zu einem zu werden. »Also noch mal zusammengefasst: Vampire sind nervös und glauben, dass jeder hinter ihnen her ist. Und das ist der Grund dafür, dass mein Date nicht aufgetaucht ist?«

»Ich vermute es zumindest. Entweder das oder ihm hat dein Aussehen nicht gefallen, und er hat es sich kurzfristig anders überlegt.«

Ich machte ein finsteres Gesicht. »Mit meinem Aussehen ist alles in bester Ordnung.«

»Du bist schön«, bestätigte er.

Für einen Moment war ich vollkommen von den Socken. Verwirrt starrte ich ihn an. »Ich … Danke.«

»Für mich«, fügte er hinzu. »Vampire stehen auf andere Dinge.«

Oh ja, ich erinnerte mich nur zu gut an Große-Hintern-Bert. Trotzdem war mir bei Joshs Kompliment auf einmal ganz warm geworden, und ich störte mich noch nicht einmal an seinem Seitenhieb in Richtung meines furchtbaren Dates. »Und was würdest du an mir ändern?«

Er musterte mich einen Moment lang so intensiv, dass ich spürte, wie ich rot anlief. Langsam ließ er den Blick von meinem Gesicht über meinen Hals zu meinen Brüsten gleiten, bevor er mir wieder in die Augen sah. Er verzog die Lippen zu einem breiten Lächeln. »*Ich* würde absolut nichts ändern.«

Inzwischen fühlten sich meine Wangen so an, als würden sie in Flammen stehen.

»Aber wir reden hier nicht von mir, sondern davon, wie du einen Vampir rumkriegst … Außer, du hast deine Meinung in der Zwischenzeit geändert und willst doch mich?«

Es war nur eine Frage der Zeit gewesen, bis er die Unterhaltung wieder auf seinen eigenen Sex-Appeal lenken würde. Ich verpasste ihm unter dem Tisch einen Tritt gegen das Schienbein. »Ich habe meine Meinung *nicht* geändert. Sag mir lieber, was ich tun muss, um einen Vampir dazu zu bringen, mich toll zu finden.«

»Ihr Mädchen und euer merkwürdiger Vampir-Fetisch«, sagte er mit einem Kopfschütteln. »Dir ist hoffentlich klar, dass es nicht wie im Fernsehen abläuft, oder?«

»Ich bin nicht dumm.«

»Nein, bist du nicht, aber das heißt noch lange nicht, dass ich deinen Männergeschmack nicht anzweifeln darf.« Als ich ihn wütend anfunkelte, hob er abwehrend eine Hand. »Okay, okay. Lass uns mit den grundlegenden Dingen anfangen. Du hast die Dates über die Agentur vereinbart?«

Auf einmal nervös, schwieg ich. Josh war der Schwager meiner Chefin. Wenn sie erfuhr, dass ich die Datenbank für meine persönlichen Zwecke nutzte, wäre ich auf der Stelle gefeuert. Das war ein absolutes No-Go, zumal ich nicht mal ein vollwertiges Mitglied der Allianz war.

Auch wenn Bathsheba damals selbst Dates für sich über die Agentur vereinbart hatte. Doch jedes Mal, wenn das Thema zur Sprache kam, betonte sie, dass sie keine andere Wahl gehabt hatte. Man hatte sie mit der Tatsache erpresst, dass ihre Schwester Sara ein Werwolf war, was damals noch niemand gewusst hatte. Dass ein Mensch auf Dates mit Mitgliedern der Übernatürlichen Allianz gegangen war, hatte zu einem Eklat innerhalb der Allianz geführt, und deswegen wollte Bath auf keinen Fall, dass Ryder oder ich im selben Wespennest herumstocherten. Ich wusste, dass es einige Übernatürliche gab, die nur zu gern mit einem Menschen ausgegangen wären, aber der Großteil befürchtete, dass wir ihre Arbeit sabotierten. Etwas, wofür ich sogar Verständnis hätte haben können, wenn es nicht meine eigenen Pläne durchkreuzen würde.

Josh seufzte widerstrebend. »Ich werde dich nicht im Stich lassen, Marie. Wenn ich das vorhätte, wären wir dann in diesem Moment hier?«

Ich hatte keine Ahnung. Aber wie es aussah, blieb mir nichts anderes übrig, als ihm zu vertrauen. Allein kam ich ganz offensichtlich nicht weiter, und es war nicht gerade so, dass es in der Datenbank vor Vampiren nur so wimmelte. Die Experimentiermöglichkeiten hielten sich also in Grenzen. »Ich habe mir ein Profil in der Datenbank angelegt. Als Minnie Michigo. Werotter-Weibchen.«

Er nickte anerkennend. »Michigo war eine gute Wahl. Von denen gibt es hier ziemlich viele.«

Das Gefühl der Aufregung, das mich bei seinem wohlwollenden Kommentar ergriff, irritierte mich. »Das war genau der Grund, aus dem ich mich dafür entschieden habe. Außerdem gehören sie keiner überlegenen Raubtierspezies an, die einschüchternd wirken könnte.«

Wieder nickte er mit nachdenklicher Miene. »Der Typ, der nicht aufgetaucht ist, könnte einen Background-Check gemacht und dabei festgestellt haben, dass Minnie Michigo gar nicht existiert.« Er zog sein Handy aus der Tasche und begann, darauf herumzutippen.

»Was machst du da?«, fragte ich, augenblicklich alarmiert.

»Ich sehe mir Minnies Profil an.« Dann runzelte er die Stirn und sah zu mir hinüber. »Kein Foto?«

»Ich schicke es ihnen, wenn sie danach fragen«, sagte ich und ärgerte mich gleichzeitig über meinen defensiven Tonfall. »Warum sollte das Aussehen überhaupt eine Rolle spielen?«

»Weil du es hier mit Männern zu tun hast«, erwiderte er schlicht. »Hast du dem letzten Typ eins geschickt? Zeig es mir mal.«

Ich zog mein Handy aus der Tasche und schickte das Foto an Joshs Profil.

Er riss die Augen auf. »Was zur Hölle ist das?«

Trotzig verschränkte ich die Arme vor der Brust. »Irgendein Foto, das ich aus dem Internet heruntergeladen habe. Ich dachte, dass es ganz lustig und unbeschwert wirkt.« Genau die Dinge also, in denen ich selbst nicht wirklich gut war. »Die Pose wirkt vielleicht ein wenig albern, aber ich finde, sie hat etwas Natürliches.«

Josh starrte weiter auf das Bild, dann sah er wieder mich an. »Das bist nicht du, oder?«

Ich schnaubte. »Nein, das bin nicht ich. Sie steckt sich die ganze Faust in den Mund, das könnte ich gar nicht.«

»Marie«, sagte er langsam. »Das ist nicht ihre Faust. Das ist nicht mal ein Teil ihres eigenen Körpers.«

Ich riss ihm das Handy aus den Fingern und starrte auf den Bildschirm. Oh mein Gott! »Ich … oh …« Ich spürte, wie mir abermals die Hitze in die Wangen stieg, und gab ihm schnell sein Handy zurück. »Ich dachte wirklich nur, dass es ganz witzig aussieht …«

Lachend ließ er den Kopf in den Nacken fallen. »Langsam bekomme ich eine Idee davon, warum Date Nummer drei Angst davor hatte, sich mit dir zu treffen.«

»Halt die Klappe!«

Josh grinste mich an, bevor er den Blick noch einmal auf das Display senkte und den Kopf schüttelte. Dann schaltete er das Handy aus, legte es auf den Tisch und beugte sich zu mir herüber.

Innerlich wand ich mich unter seinem durchdringenden Blick. »Was?«

»Im Moment sehe ich drei Hauptprobleme.«

»Und wie lauten die?«

»Bist du dir sicher, dass du das hören willst?«

Jetzt wollte er mich quälen. »Natürlich will ich es hören«, zischte ich aufgebracht. »Würde ich sonst mitten in der Nacht hier mit dir sitzen?«

Er zuckte übertrieben zusammen und presste sich mit dramatischer Geste eine Hand auf die Brust, als hätte ich ihn mitten ins Herz getroffen. Bekümmert senkten sich die langen, dichten Wimpern auf seine Wangenknochen, als er die Augen schloss. »Das hat wehgetan, Marie. Sehr sogar.« Er klang amüsiert, trotzdem wurde ich den Eindruck nicht los, dass ich ihn mit meinen Worten tatsächlich getroffen hatte.

»Du wusstest von Anfang an, warum ich mich mit dir treffen will«, sagte ich trotzig. »Also entweder hilfst du mir jetzt, oder du lässt mich in Ruhe.«

»Ich werde dir helfen, aber nur unter bestimmten Bedingungen.«

»Was für Bedingungen?«

»Wenn du einen Vampir finden willst, musst du dir bei der Suche von mir helfen lassen.«

»Tust du das nicht genau in diesem Moment?«

»Nein. Ich meine *richtig* helfen. Du arbeitest für eine Datingagentur, oder? Du hilfst deinen Kunden dabei, den richtigen Partner zu finden.« Er stach sich den Zeigefinger in die Brust, was meine Aufmerksamkeit auf seine festen Muskeln und die breiten Schultern lenkte, die sich unter seinem eng sitzenden Hemd spannten. »Ich bin ein Experte, was Frauen angeht.«

»Was du nicht sagst«, erwiderte ich trocken.

Josh legte den Kopf schief, als wollte er meinen Gesichtsausdruck deuten. »Glaubst du mir nicht? Ich denke, meine Erfolgsbilanz spricht für sich selbst.«

»Ja, schon klar. Die sagt vielleicht was darüber aus, dass du weißt, welcher Köder am besten funktioniert, aber …«

»Köder?« Er begann, schallend zu lachen.

»*Aber* ich habe noch keinen Beweis dafür gesehen, dass du auch weißt, wie man eine echte Beziehung führt«, beendete ich ungerührt meinen Satz. »Du gehst nie lange genug mit einer aus, um rauszufinden, ob sie die Richtige für dich sein könnte. Was dir gefällt, ist die Jagd, Joshua Russell. Du angelst dir ein Mädchen, verabredest dich mit ihr, und danach lässt du sie fallen.«

»Da wir gerade schon bei der Anglermetapher sind«, sagte er sanft. Seine Augen leuchteten gefährlich intensiv. »Ich weiß nicht nur, welchen Köder man benutzen muss, sondern auch, wie ich meinen Fang am besten an Bord hole. Wenn ich ihn zurück ins Meer werfe, dann allein aus dem Grund, weil ich eine andere Sorte Fisch bin.«

»Die Sorte, die noch mal davongekommen ist?«, zog ich ihn auf.

Als er lachte, löste sich die Spannung, die für einen Moment in der Luft gelegen hatte, sofort wieder. »So was in der Art.«

Aus seiner Perspektive klang sein Verhalten wahnsinnig … pragmatisch. Er hörte auf, sich mit ihnen zu treffen, sobald er feststellte, dass sie nicht das waren, wonach er suchte. Das klang vernünftig. Oder ließ ich mich nur von ihm um den Finger wickeln?

Ich seufzte ergeben. »Okay. Und was kann ich deiner Meinung nach tun, um mir einen Vampir zu angeln?«

»Du musst dich fangen *lassen*. Dazwischen besteht ein gewaltiger Unterschied. Und genau hier komme ich ins Spiel. Ich werde dir helfen, aber nur, solange du bereit bist, meinen Rat ernst zu nehmen. Sonst funktioniert es nicht.«

Ich warf ihm einen beunruhigten Blick zu. Sein Angebot war großzügig, und trotzdem … »Ich verstehe nicht ganz, was *du* davon hast.«

»Wie wäre es mit der Gewissheit, dass du in Sicherheit bist?« Als er die Lippen zusammenkniff, ertappte ich mich dabei, wie mein Blick automatisch zu seinem weichen, warmen Mund zuckte, der von einem dunklen Bartschatten umgeben war. »Du bist ein Mensch, der mit so ziemlich jedem Vampir aus der Stadt ausgehen will. Damit bringst du dich in Gefahr, Marie. Wenn du dich mit dem Falschen anlegst, könnte das ziemlich unangenehme Folgen für dich haben.«

Über die Gefahren hatte ich mir zugegebenermaßen bisher kaum Gedanken gemacht. Die Konsequenzen interessierten mich nicht. Warum musste Josh mich dazu zwingen und den ganzen Prozess damit verlangsamen?

»Ist das deine Ritter-in-glänzender-Rüstung-Show, die du auch mit ihr abziehst?« Ich deutete mit dem Daumen in Carols Richtung, die am anderen Ende des Restaurants die Bestellung eines Truckers entgegennahm. »Der heilige Patron der verlorenen Seelen und hoffnungslosen Fälle?«

»Nein«, sagte er ernst. »Es geht darum, dass du das bekommst, von dem du glaubst, dass du es willst. Ich habe keine Ahnung, warum du ausgerechnet einen Vampir möchtest, aber ich weiß, wie entschlossen du bist. Und da du ganz offensichtlich nicht davon abzubringen bist, werde ich dir helfen.« Er nahm seinen Kaffeebecher in die Hand, bemerkte, dass er leer war, und griff nach meinem. »Ich will, dass du irgendwann darauf kommst, dass du in Wirklichkeit *keinen* Vampir willst. Sie sind ganz anders als in den Filmen.«

»Ich bin nicht so naiv, wie du denkst, und auch nicht so leichtgläubig«, erwiderte ich. Als ich beobachtete, wie er mit den Lippen meinen Kaffeebecher berührte, spürte ich, wie ein seltsames Kribbeln meinen Körper erfasste.

»Okay, dann bin ich vielleicht derjenige, der leichtgläubig ist, weil ich denke, dass du deine Meinung ändern könntest, wenn du erst einmal siehst, wie Vampire wirklich sind.«

Mein Mund wurde trocken, als er mich ernst aus seinen umwerfenden Augen betrachtete. Ein träges Grinsen breitete sich auf seinen Lippen aus, als er den Rest meines Kaffees herunterkippte und den Becher auf den Tisch stellte. »Vielleicht entscheidest du dich stattdessen am Ende doch für eine Katze.«

Etwas sagte mir, dass er damit vor allem auf eine ganz bestimmte Sorte Raubkatze anspielte – einen Puma. Vielleicht hätte ich ihm die Wahrheit erzählen sollen. Doch als er mich weiter erwartungsvoll angrinste, blieben mir die Worte im Hals stecken. Die Art, auf die er mich zum Lachen brachte, seine Flirtereien … Er behandelte mich wie eines der Mädchen, mit denen er normalerweise ausging. Und so verrückt das selbst in meinen eigenen Ohren klang, es gefiel mir, dass er mich attraktiv fand.

»Warum ich?« Die Frage hatte ich mir nicht verkneifen können. Ich war weder so hübsch noch so aufgeschlossen wie Ryder. Und auch nicht so weich und feminin wie Bathsheba. Im Vergleich mit den beiden schien ich nur aus harten Kanten, dunklem Haar und Brille zu bestehen. Ich lachte nicht lauthals los oder machte Witze wie Sara. Mein Humor war eher beißend, und ich verhielt mich anderen Menschen gegenüber meist distanziert. Was sah er in mir, das ihn dazu bewegte, hier zu sein? Mir mehr oder weniger einen One-Night-Stand anzubieten, wenn es jemals dazu kommen sollte, dass ich meine Meinung über Vampire änderte?

Er legte seine großen Hände um den Kaffeebecher, der zwischen seinen Fingern auf einmal winzig klein wirkte. »Weil ich noch nie jemanden getroffen habe, der so einsam ist wie du, Marie. Mit deinem abweisenden Stirnrunzeln hältst du jeden von dir fern. Es wird Zeit, dass du ein wenig auftaust.« Als er sich verschwörerisch über den Tisch zu mir vorbeugte, kam sein umwerfendes und gleichzeitig verheerendes Grinsen zurück. »Und ich bin mir ziemlich sicher, dass ich dich zum Schmelzen bringen könnte.«

Wenig später hatten wir das Restaurant verlassen. Ein aufgeregtes Gefühl wütete in meinem Magen, und ich war nicht in der Lage gewesen, Josh in die Augen zu sehen, geschweige denn mich mit ihm zu unterhalten. Entgegen seiner Behauptung hatte er mich zum Essen eingeladen und mich zur Agentur zurückbegleitet. Dann hatte er sich relativ schnell verabschiedet. Vielleicht, weil er Carol nach Hause fahren wollte.

Ich arbeitete ein paar Stunden und gaukelte mir selbst vor, dass alles wie immer war, bis sich Ryder – jedes einzelne blonde Haar perfekt frisiert und wie aus dem Ei gepellt gekleidet – wieder an ihren Schreibtisch fallen ließ. Sie erwähnte ihre Transformation mit keinem Wort, und ich sagte ebenfalls nichts dazu. Wenn sie reden wollte, wusste sie, dass ich ein offenes Ohr für sie hatte. Allerdings wollte Ryder nie darüber sprechen, und ich verstand sie.

Als die Sonne die ersten Strahlen über den Horizont schickte, kamen Bath und Beau ins Büro. Sie wirkten wie immer hellwach und glücklich, während Ryder und ich wie üblich zum Ende unserer Schicht mehr durch die Agentur krochen als aufrecht gingen. Sie begrüßten uns und betraten dann, die Köpfe zusammengesteckt, Bath' Büro. Kaum dass die Tür hinter ihnen zugefallen war, drang Bathshebas Gelächter zu uns herüber.

Ryder lächelte, verzog den Mund aber kurz darauf zu einem Gähnen. »Glücklich verliebte Pärchen sind etwas Schönes, oder?«

Ich zuckte mit den Schultern. »Vermutlich. Wenn man ein hoffnungsloser Romantiker ist.«

Sie verzog das Gesicht. »Wir arbeiten für eine Datingagentur. Ein hoffnungsloser Romantiker zu sein gehört zu unserer Jobbeschreibung.«

Zugegeben hatte sie damit nicht ganz unrecht.

Wie üblich um genau zehn Minuten nach acht kam Sara in die Agentur geschlendert. Sie hielt einen riesigen Kaffeebecher von Starbucks in der Hand, und ihr verschmierter Lippenstift ließ darauf schließen, dass sie im Auto vor der Tür rumgeknutscht hatte. »Guten Morgen«, rief sie fröhlich. »Ihr zwei seht aus wie das blühende Leben.«

»Pass auf, was du sagst, sonst knurre ich dich an«, scherzte Ryder und verzog den Mund zu einem weiteren herzhaften Gähnen.

»Das würde ihr vermutlich auch noch gefallen«, warf ich verschmitzt ein, während ich meinen Laptop herunterfuhr.

Sara grinste breit und fuhr sich mit einer Hand durch die zerzausten, kinnlangen roten Haare. »Seid ihr mit Bath' Projekt weitergekommen?«

»Nicht wirklich«, gab ich zu. »Ich setze mich nächste Nacht wieder dran.«

Mit einem zustimmenden Nicken ließ sich Sara auf ihren Schreibtischstuhl fallen und zog ihr Handy aus der Tasche, um eine Nachricht zu schreiben.

Ein paar Minuten später kamen Beau und Bath zurück

ins Großraumbüro. Als Bath zu der kleinen Küchenzeile hinüberging, um sich einen Kaffee einzuschenken, bemerkte ich die Röte auf ihren Wangen und an ihrem Hals. Offensichtlich war Sara nicht die Einzige, die an diesem Morgen schon wild rumgemacht hatte. Ich verspürte einen neidischen Stich. Vielleicht fand sich tief in mir verborgen doch eine hoffnungslose Romantikerin.

Nachdem Sara und Bath die Tagesschicht übernommen hatten, verließen Ryder und ich die Agentur. Erschöpft fuhr ich nach Hause in mein kleines Apartment, wo ich Schlüssel und Handtasche auf den Beistelltisch direkt neben der Haustür warf. Ich duschte und schlüpfte in einen bequemen Pyjama, legte ruhige Musik auf und kochte mir einen Kamillentee. Ich war todmüde. Doch als ich im Bett lag, konnte ich trotzdem nicht schlafen. Meine Gedanken drehten sich wie wild im Kreis. Ich bekam Josh einfach nicht aus dem Kopf. Seine Hand an meinem Rücken. Dieses träge, flirtende Grinsen, das er mir so beiläufig zuwarf, als wäre er sich seiner verheerenden Wirkung nicht bewusst. Die Zuneigung und Sorge, mit der er sich um Carol kümmerte, die außer ihm niemanden hatte.

Ich habe noch nie jemanden getroffen, der so einsam ist wie du, Marie.

Wenn es tatsächlich so war, dann aus dem Grund, dass es weniger Menschen verletzen würde, wenn ich starb.

Einige Stunden lang warf ich mich ruhelos hin und her. Vor Frust hätte ich heulen können. Mein Blick fiel auf die Heilige Jungfrau Maria, die auf meinem Nachttisch stand. Bis zu ihrem Tod hatte sie meiner Mutter gehört und davor ihrer Mutter. Zärtlich berührte ich die kleine Figur. *Bitte, lass mich schlafen. Mach, dass das alles nur ein Fall von fehlgeleitetem Verlangen ist.* Doch der Schlaf wollte nicht kommen. Es fühlte sich an, als hätte mein Körper verlernt, Ruhe zu finden.

Irgendwann stand ich auf und schnappte mir eine Puzzlebox. Entweder ich beschäftigte mich, oder ich würde weinen. Um die Stille zu übertönen, schaltete ich den Fernseher ein und breitete die Puzzleteile auf dem Esstisch aus. Meine Mutter hatte Puzzle geliebt und sich jede Nacht, wenn sie nicht hatte schlafen können, damit beschäftigt. Jetzt war ich es, die ihre Gewohnheiten übernommen hatte. Ein Gedanke, der mich mit den Tränen kämpfen ließ.

Nervös knetete ich die Hände im Schoß und ließ die Beine unter der Untersuchungsliege, auf der ich saß, hin- und herschwingen, sodass das Papier unter meinem Po knisterte.

Als der Arzt das Behandlungszimmer betrat, sah er mich besorgt an. »Ich hatte nicht erwartet, Sie so schnell wiederzusehen, Marie. Geht es Ihnen gut?«

»Ja«, log ich. »Ich wollte mit Ihnen nur über meine Medikation sprechen.«

Der Arzt schlug meine Krankenakte auf. »Sie haben drei Kilo abgenommen, seit Sie das letzte Mal hier waren.«

Ich zuckte mit den Schultern. »Ich achte nur auf mein Gewicht.«

Er betrachtete mich skeptisch. »Sie waren letzten Dienstag bei mir. Ziemlich viel Gewichtsverlust für die paar Tage.«

»Mein Magen hat verrückt gespielt, inzwischen geht es mir aber wieder besser. Und das ist auch nicht der Grund, weshalb ich gekommen bin. Ich wollte mit Ihnen über die Schlaftabletten sprechen, die Sie mir verschrieben haben.«

»Haben Sie das Gefühl, dass sie die Magenverstimmung ausgelöst haben könnten?«, fragte er und musterte mich eingehend.

»Eigentlich wollte ich mich erkundigen, ob es vielleicht ein stärkeres Mittel gibt. Oder ob es okay wäre, wenn ich die Dosis ab und zu verdoppele.« Also jedes Mal, wenn ich ins Bett ging.

Das besorgte Stirnrunzeln des Arztes wurde stärker. »Ich habe Ihnen bereits die stärkste Dosis verschrieben, Marie.«

»Oh, okay. Ich dachte nur, dass es nicht schaden kann, nachzufragen.«

Er legte meine Akte beiseite, um mir mit einer kleinen Stablampe in die Augen zu leuchten. »Sie sehen tatsächlich sehr müde und erschöpft aus. Wirken die Tabletten nicht?«

»Nicht wirklich«, gab ich zu. »Vielleicht können wir es mit einem anderen Medikament versuchen? Eines, das ich noch nicht genommen habe?«

»Sie haben in den letzten Monaten alles ausprobiert, was ich empfehlen kann. Wenn die Medikamente nicht helfen, müssen wir vielleicht andere Faktoren mit in Betracht ziehen.«

»Ich bin mir sicher, dass es da nichts zu betrachten gibt.« Ich wollte um jeden Preis verhindern, dass er mich zum Versuchskaninchen in seinem kleinen Medizinexperiment machte, sobald er herausfand, woran genau ich litt. Das war der Augenblick, in dem ich für gewöhnlich den Arzt wechselte. »Ich stand in letzter Zeit einfach sehr unter Druck, und ich arbeite nachts. Das alles zusammen hilft vermutlich nicht gerade beim Schlafen.«

Er ignorierte meine Ausflüchte, leuchtete mir noch einmal in die Augen und begann dann, mich gründlicher zu untersuchen. Nachdem er mir in die Ohren, die Nase und den Hals gesehen und meinen Puls gemessen hatte, strich er sich nachdenklich übers Kinn. »Ich würde gern ein paar eingehendere Tests durchführen, Marie.«

Resigniert ließ ich den Kopf hängen. »Ich möchte eigentlich nur ein paar stärkere Tabletten haben.«

»Wenn das Medikament bisher nicht angeschlagen hat, dann wird es Ihnen auch in einer höheren Dosis nicht helfen. Ich glaube, dass etwas anderes hinter Ihrem Problem steckt. Deswegen würde ich gern ein paar Bluttests durchführen. Es gibt einige seltene Krankheiten, die Schlaflosigkeit auslösen können, und wir sollten ausschließen können, dass Sie unter einer von ihnen leiden, bevor wir weitere Maßnahmen ergreifen.«

Ja, die Krankheiten waren mir nur allzu bekannt. Ich nickte steif. »Natürlich. Wie Sie meinen.«

»Wir können noch heute einen Termin für Sie im Labor vereinbaren. Sobald die Ergebnisse der Blutuntersuchung da sind, können wir uns dann gemeinsam darüber unterhalten, wie es weitergehen soll. Wie gesagt muss das alles gar nichts bedeuten, aber ich will so viele Szenarien wie möglich ausschließen, damit wir die beste Behandlungsmethode für Sie finden.« Er tätschelte mir beruhigend das Knie. »Melden Sie sich beim Rausgehen einfach kurz bei Betty am Empfang. Sie wird den Termin im Labor für Sie vereinbaren, ich trage die Infos in Ihre Akte ein.«

Ich schnappte mir meine Handtasche, dankte dem Arzt und schlüpfte aus dem Behandlungszimmer. Er folgte mir nach ein paar Sekunden und wechselte auf dem Flur einige Worte mit einer Krankenschwester, bevor er den Flur hinunterlief, um den nächsten Patienten zu behandeln. Ich wartete noch einen Moment ab, versicherte mich mit einem kurzen Blick zum Empfangstresen, dass Betty gerade nicht in meine Richtung sah, und ging eilig auf die Tür zu.

Ich würde mich keinen weiteren Bluttests unterziehen. Ich wusste bereits, was nicht mit mir stimmte, und ich würde die nächsten sechs Monate ganz bestimmt keinen Arzt an mir herumdoktern lassen, um einen Weg zu finden, mich zu heilen, wenn ich wusste, dass der einzige, der mir bekannt war, Reißzähne und einen Biss in den Hals beinhaltete. Trotzdem … Mit verkrampftem Magen zog ich die Karte des Allianz-Arztes und mein Handy aus meiner Handtasche und wählte.

»Little Paradise Familienklinik«, meldete sich eine Frauenstimme. »Wie kann ich Ihnen helfen?«

»Ich brauche einen Termin. Wenn möglich noch heute. Ich habe Probleme zu schlafen und wollte mich erkundigen, ob Ihr Arzt mir etwas empfehlen kann.«

Im Hintergrund hörte ich das Klicken von Fingernägeln auf einer Tastatur. Dann herrschte für eine Sekunde Stille, bevor sie sagte: »Der Doktor hat um vier Uhr heute Nachmittag für Sie Zeit.«

»Ich werde da sein. Vielen Dank.«

Manchmal genügt ein Kuss

Jessica Clare
WILD GAMES - IN EINER HEISSEN NACHT
Roman
Aus dem amerikanischen Englisch von Angela Koonen
240 Seiten
ISBN 978-3-404-17700-4

Undercover bei einer Reality-Show mitmachen oder den Job verlieren - Journalistin Abby hat die Qual der Wahl. Zähneknirschend erklärt sie sich bereit, beim Fernsehen hinter den Kulissen zu recherchieren. Kurz darauf findet sie sich in einem knappen Bikini auf einer einsamen Insel wieder, umgeben von lauter durchgeknallten Kandidaten. Einer davon ist besonders nervig: Der arrogante Dean droht Abby in den Wahnsinn zu treiben - spätestens, als er sie vor laufender Kamera heiß küsst ...